LENDAS DO MUNDO EMERSO

3 – OS ÚLTIMOS HERÓIS

LICIA TROISI

LENDAS DO MUNDO EMERSO

⟨ 3 – OS ÚLTIMOS HERÓIS ⟩

Tradução de Mario Fondelli

Título original
LEGGENDE DEL MONDO EMERSO
III – GLI ULTIMI EROI

Copyright © 2010 Arnoldo Mondadori Editore S.p.A., Milão

Direitos para a língua portuguesa reservados
com exclusividade para o Brasil à
EDITORA ROCCO LTDA.
Avenida Presidente Wilson, 231 – 8º andar
20030-021 – Rio de Janeiro – RJ
Tel.: (21) 3525-2000 – Fax: (21) 3525-2001
rocco@rocco.com.br
www.rocco.com.br

Printed in Brazil/Impresso no Brasil

CIP-Brasil. Catalogação na fonte.
Sindicato Nacional dos Editores de Livros, RJ.

T764u	Troisi, Licia, 1980- Os últimos heróis/Licia Troisi; tradução de Mario Fondelli. – Rio de Janeiro: Rocco, 2012. – (Lendas do Mundo Emerso; v. 3) 14x21cm Tradução de: Leggende del Mondo Emerso, III: Gli ultimi eroi ISBN 978-85-325-2749-3 1. Ficção italiana. I. Fondelli, Mario. II. Título. III. Série.
12-0837	CDD – 853 CDU – 821.131.1-3

Para Paolo Barbieri,
pelas maravilhosas visões
com que me brindou nestes anos
(e por Ido)

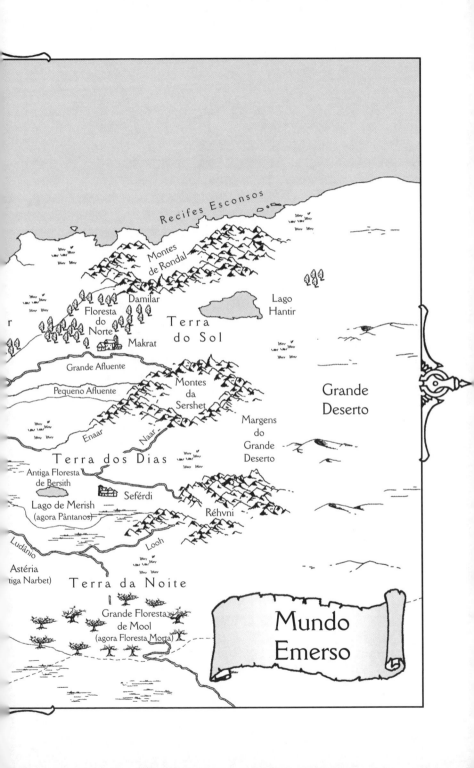

ALGUNS PASSOS PARA TRÁS...

Adhara não tem mãe nem pai. O seu nascimento não aconteceu conforme as leis da natureza: Adhara foi criada com magia, a partir do corpo de uma jovem falecida, Elyna. Adrass, um sacerdote que se juntou à Seita dos Vigias, deu-lhe a vida com uma única finalidade: ser a Sheireen, a Consagrada destinada a lutar contra os Marvash, criaturas destruidoras que periodicamente se manifestam no Mundo Emerso para começar uma nova era. Mas Adhara nada sabe no dia em que se inicia a sua vida ao despertar numa clareira, sem memória e sem consciência de si.

O encontro com Amhal, o jovem e atormentado Cavaleiro de Dragão, a deixará profundamente abalada: cabe a ele dar-lhe um nome, e Adhara se apaixona na mesma hora. No caminho que enfrenta para descobrir a própria identidade, passa um período na corte de Makrat como dama de companhia da princesa Amina, neta de Dubhe e Learco – soberanos da Terra do Sol – e filha de Neor.

As suas vicissitudes se misturam e se confundem com as do Mundo Emerso. Depois de um longo período de paz, uma nova ameaça desponta no oeste: os elfos, forçados a sair do Mundo Emerso devido à chegada das outras raças, estão agora decididos a retomar uma terra que consideram sua propriedade. São guiados por Kriss, um rei jovem e de extraordinária beleza, determinado a devolver o Erak Maar – como é chamado em élfico o Mundo Emerso – ao seu povo, e pronto a não se deter diante de coisa alguma para alcançar seus objetivos. Kriss fez com que uma doença mortal se espalhasse por todo o Mundo Emerso, dizimando e prostrando a população no intuito de enfraquecê-la e dar início à invasão.

Ao seu lado, San, neto da Sheireen Nihal, volta ao Mundo Emerso depois de uma longa ausência. San é um dos dois Marvash, e a sua finalidade é conscientizar Amhal de que é o segundo Marvash, fadado a, junto com ele, destruir aquele mundo.

Depois da descoberta de sua verdadeira natureza, Adhara decide fugir. Não tenciona se sujeitar ao seu destino, assim como gostaria o Ministro Oficiante do culto de Thenaar, Theana, pois o que de fato lhe interessa é salvar Amhal de si mesmo. Mas algo começa a não funcionar no seu corpo, provocando violentas dores e enegrecendo pouco a pouco os dedos da sua mão esquerda. Apesar disto, quer reencontrar Amhal e livrá-lo da influência de San, que enquanto isso o apresentou a Kriss. Graças a um medalhão mágico, o rei dos elfos oferece ao jovem a possibilidade de livrar-se de qualquer sentimento e, portanto, também da dilacerante sensação de culpa que sempre sentiu devido ao lado obscuro que percebe dentro de si. Ao tornar-se um dos mais poderosos capitães dos elfos, Amhal junta-se a Kriss na investida contra a Terra do Vento.

Amina confronta Amhal, que matou seu pai no dia em que decidiu seguir San. O jovem iria facilmente dominar a mocinha, não fosse a intervenção de Adhara. Amhal, no entanto, não parece reconhecê-la e, aliás, não demonstra qualquer hesitação em lutar com ela. Mas justamente quando Adhara está prestes a sucumbir, alguém a leva embora.

Amina acaba sendo salva pelo exército da rainha, e passa a convalescência ao lado da própria Dubhe. Nesta altura, tem a oportunidade de repensar sua vida, a recente perda de entes queridos e o seu excruciante desejo de desforra. A avó, que vê nela a si mesma ainda jovem, ajuda-a a entender que não há alívio na vingança, e que só um objetivo maior poderá ajudá-la a derrotar a dor. Assim sendo, Amina pede para ficar com ela e ser treinada nas artes do combate.

Enquanto isso, Adhara descobre quem é o seu misterioso salvador: Adrass. Não fez outra coisa a não ser ir atrás dela desde que se separaram, decidido a reencontrá-la para convencê-la a aceitar o seu destino. Mas há outro motivo para ele ter ficado no rastro da sua criatura: o mal-estar que está consumindo Adhara deve-se a uma imperfeição da magia que a criou e que a levará à morte. Adrass, no entanto, está convencido de que pode encontrar a cura numa biblioteca perdida, escondida nas entranhas da cidade de Makrat.

Adhara preferiria não acompanhar o seu inimigo: quem a acorrentou àquele destino, com efeito, foi ele, que lhe deu uma não vida. Mas não tem escolha: apesar de tudo, o desejo de viver supera qualquer outra coisa.

Enquanto isso, Theana está de corpo e alma envolvida com a doença. Entra em contato com Uro, um gnomo de aparência ambígua, que lhe apresenta uma cura milagrosa. Ela se mantém cética, mas quando experimenta a poção descobre que os resultados são muito bons. Começa então a distribuí-la maciçamente, mas tenta ao mesmo tempo entender como Uro conseguiu prepará-la. A resposta não demora a chegar: a poção contém sangue de ninfas torturadas e mortas com este fim, pois elas são imunes à peste. Theana se vê diante de um terrível dilema: continuar a usar a poção, e desta forma salvar o Mundo Emerso, ou então recusá-la e condenar à morte certa um povo inteiro?

Decide falar diretamente com as ninfas, explicando os crimes de Uro e pedindo perdão. Ao mesmo tempo, implora para que doem uma parte do seu sangue para o preparo da poção. O Ministro Oficiante consegue finalmente chegar a um acordo com as ninfas, provendo finalmente o Mundo Emerso de uma arma, embora não definitiva, para combater a doença.

Enquanto isso, Adhara e Adrass chegaram a Makrat, nesta altura entregue ao caos depois que a corte se mudou para Nova Enawar, abandonando a cidade empesteada. Penetram na biblioteca subterrânea, um lugar que afunda por centenas de braças nas entranhas da terra. A descida para os níveis mais baixos, que supostamente guardam os livros com as informações necessárias para curar Adhara, complica-se devido ao fato de Adrass dar sinais de ter contraído a doença. Apesar de ser seu inimigo, Adhara decide ajudá-lo e salva a sua vida.

Esta experiência muda profundamente o relacionamento entre os dois. Pouco a pouco, Adrass reconhece que Adhara não é um mero robô, mas sim uma verdadeira pessoa. Adhara, por sua vez, se esforça para entender os motivos de Adrass, o tortuoso e sofrido percurso que o levou a entrar na Seita dos Vigias.

As condições da jovem, de qualquer maneira, continuam piorando; a mão esquerda, nesta altura, está morta, e Adrass é forçado a amputá-la.

Afinal, os dois chegam ao fundo da biblioteca, onde fica a área mais inacessível, aquela dedicada à Magia Proibida. O último aposento é, no entanto, vigiado por um monstro gigantesco com o qual Adhara é forçada a lutar. Conseguem finalmente entrar na grande sala, e Adrass encontra o que procurava. Precisa levar Adhara a um templo dedicado a Shevrar, um templo que só pode ser alcançado por meio de um peri-

goso artefato mágico, um portal, onde terão de obter o Selo do deus, a sua bênção.

Os dois conseguem chegar a este lugar, um local onde Adhara pode sobreviver por ter sido consagrada ao deus, mas que suga as energias vitais de Adrass. O homem, que nesta altura já considera Adhara uma filha, decide, no entanto, salvá-la mesmo que isto lhe custe a própria vida.

O ritual cumpre-se a contento, Adrass está esgotado, mas Adhara consegue levá-lo para fora, em segurança. Aqui, entretanto, um novo e inesperado perigo espera por eles: Amhal os pega de surpresa e conseguiria matar Adhara, não fosse pela intervenção de Adrass, que se mete entre os dois, morrendo para proteger a jovem.

Adhara está fora de si: acaba de encontrar um pai, só para vê-lo morrer. A luta entre ela e Amhal é feroz, com fartura de recursos mágicos e encantamentos que acabam destroçando o portal, arremessando-os para um local distante e desconhecido. Adhara parece levar a melhor, e chega a desarmar Amhal: a vingança está ao seu alcance, mas, de repente, se recusa a matá-lo. Não se contenta em ser o que Theana, o destino e os deuses querem que seja. Nunca matará o Marvash, o homem que ama. Baixa a espada e se afasta: aprenderá a ser a Sheireen do jeito dela.

PRÓLOGO

Uma verdadeira multidão se apinhava no templo de Nova Enawar. As pessoas que se aglomeravam no adro eram tão numerosas que muitas desistiram de entrar e esperavam do lado de fora, amontoadas junto aos muros. Fora necessário chamar os soldados para que aquele tropel não se transformasse em tragédia. Já tinha acontecido numa aldeia no sopé dos Montes da Sherset, uma semana antes. Era um pequeno templo, nada mais que um galpão de madeira. Os sacerdotes encarregados eram jovens e inexperientes, os mais velhos haviam sido ceifados pela peste já fazia algum tempo. As pessoas chegaram de todos os lugares infectos, mesmo dos mais longínquos, depois de viagens exaustivas às quais os retirantes mais fracos não haviam resistido. No fim do dia registraram vinte mortes: velhos, mulheres e uma criança esmagada pela multidão. Quem estivera lá, contava que o pessoal pisoteava os cadáveres, empurrado por quem vinha atrás, e que estava disposto a fazer qualquer coisa para conseguir a poção que curava, a poção que fazia a diferença entre a vida e a morte. Então, Theana decidira que era preciso impor disciplina, porque a multidão era um monstro dominado por instintos bestiais e que, como um animal, tinha de ser domada. Era preciso recorrer aos soldados para que os trágicos acontecimentos de uma semana antes não se repetissem, e a sacerdotes itinerantes que levassem a cura diretamente aos hospícios onde se isolavam os doentes. Estava treinando-os justamente naqueles dias para enviá-los ao Mundo Emerso. Enquanto isso, decidira distribuir a poção somente no templo por ela presidido, o maior do Mundo Emerso, o de Nova Enawar.

Os avisos foram afixados com três dias de antecedência numa área limitada, mas sabia que iria chegar uma multidão muito maior do que a esperada.

Os romeiros começaram a formar uma longa fila já nas primeiras horas noturnas. Houve algumas brigas, mas os soldados conseguiram apaziguá-las sem maiores dificuldades. Ao alvorecer começara a chover, mas ninguém tinha saído do lugar. Ao pé do altar, na escuridão do templo, ouvia-se uma sinfonia de lamentações e de gemidos surgindo do pano de fundo de um vago murmúrio, a respiração pesada de milhares de pessoas. Havia moribundos carregados nos braços pelos parentes. Alguns faleceram antes mesmo de a distribuição começar. Entre as naves circulavam os Caridosos, os rostos encobertos pelas características máscaras bicudas. Distribuíam água aos sedentos, davam assistência a quem precisava.

Theana contemplava aquela informe agitação da galeria logo embaixo do teto do templo. O espaço era dividido em três naves por duas séries de imponentes colunas. A luz filtrava, escassa e mortiça, pelas janelas de alabastro: lá fora o dia estava cinzento e os poucos raios de sol custavam a entrar no edifício. Nas paredes, mal dava para ver os afrescos que, na penumbra, pareciam representar figuras de pesadelo que dominavam os presentes. Um ar lúgubre pairava no ar naquele dia.

Lá de cima, a multidão parecia realmente uma criatura com milhares de cabeças, mas incapaz de pensar, só animada por um desesperado desejo de sobreviver. Cada um, suportando o fardo da própria história, perdia a identidade e se confundia numa massa indistinta que não tinha alma nem passado. Vivia no presente, no momento fugaz do aqui e agora. Mas, afinal de contas, a essência de toda peste era justamente aquela. Morrer sozinho ou então ver a própria tragédia pessoal perdida entre as tantas outras que se consumavam contemporaneamente. Assim, a morte deixava de ser um fato pessoal e já não acontecia na intimidade doméstica, mas sim em qualquer lugar, em plena luz do sol. O gemido extremo se confundia entre milhares de outros iguais, como corpos nas valas comuns. Theana já tinha visto muitas. No fim, os cadáveres tornavam-se indistinguíveis, amontoados uns em cima dos outros no apertado espaço de um buraco.

Pare de pensar nestas imagens aflitivas, *disse para si mesma e afastou-se destas reflexões. Não era hora de inúteis sofismas. Um dia exaustivo esperava por ela.*

Os ajudantes que iriam assisti-la na distribuição da poção, aquela pela qual as ninfas haviam aceitado doar o próprio sangue e que era capaz de curar a doença, estavam enfileirados diante dela. Eram quase todos muito jovens, e seus rostos estavam amedrontados e cansados. Ela podia entender: aquela turba que fora ao templo para receber de suas mãos a vida, pronta a fazer qualquer coisa para sobreviver, também a assustava, principalmente depois do que vira da galeria.

A metade dos ajudantes eram ninfas. O acordo que arrancara de Calipso, a rainha delas, previa que representantes das duas espécies assistissem à distribuição do remédio. Porque as ninfas confiavam, é verdade, mas não completamente depois do que acontecera com Uro, o gnomo que as matou para tomar seu sangue. Queriam, antes, estar seguras de que o fruto de seu sacrifício tivesse sido usado para o melhor. Theana havia aceitado de bom grado aquela condição, e desde o princípio imaginara que aquele observatório lhe teria sido útil. Bastava que uma delas assistisse a uma só distribuição para que oferecesse sua ajuda. O desespero dos homens, o estado lastimável em que a doença os espreitava, compungia qualquer um. Mas aquele dia era diferente. Aquele dia os doentes não suscitavam piedade, naquele dia provocavam pavor.

Theana olhou para os sacerdotes à sua volta.

– Sei que vocês estão com medo – começou. – É justo que não confiem. Mas o exército está aqui para protegê-los, e já conseguiu conter diversas desordens. Experimentem não pensar nos peregrinos apenas como uma massa de moribundos. Olhem-nos nos olhos e procurem o homem além da doença. Isso os ajudará a compreender que não há nada a temer.

– Minha senhora, celebramos os ritos primeiro? – perguntou um.

Theana permitiu-se um sorriso.

– Quantos de vocês acreditam que estejam aqui por Thenaar? Lá fora muitos já perderam a fé. Não, hoje não estamos aqui pela cura das almas, mas pela cura dos corpos. E os ritos nos farão perder tempo, arriscando irritar aquela gente. Na suposição de que alguns deles já tenham morrido, não podemos agir de outro modo.

Jamais teria pensado em chegar a dizer tal coisa. No passado, sua fé era muito mais inflexível. Mas tinha mudado ao ligar-se à miséria e à dor. Talvez aquela não fosse a direção que esperava ter dado ao culto, talvez sonhasse com uma religião diferente para o seu deus, mas os tempos lhe tinham imposto outra escolha.

– A vocês serão dados dois recipientes. Um contendo a poção, o outro, uma bebida de sabor idêntico, mas inócua.

A sala foi percorrida por um murmúrio de consternação. Theana levantou a mão e obteve silêncio.

– *Muitos dos homens que virão até vocês implorar pela salvação já têm a morte marcada na face. A poção não fará efeito sobre pessoas em que a doença esteja em um estado demasiado avançado. É, portanto, inútil que seja administrada quando não houver a mínima esperança.*

– *Mas como faremos para compreender quem deve receber ou não a poção? E mais, se não percebermos? Não terá início um boato de que os estamos enganando? Se essa gente se rebelar em massa, será uma catástrofe!*

Theana impôs a calma com um gesto.

– *Todos sabem que a poção nem sempre é eficaz. E os dois compostos têm o mesmo sabor. Não têm com o que se preocupar. Em relação à sua primeira pergunta, a resposta é a discrição de vocês. Não viram milhares de doentes? Alguns de vocês já trabalharam algum tempo com os contagiados: os assistiram, acompanharam-nos até a morte e, em poucos casos afortunados, os viram curar-se. Então, recorram a esta experiência. Lembrem-se dos que voltaram e sobreponham-nos aos outros. Em seus corações saberão, ao primeiro olhar, quem pode ser salvo e quem não pode.*

– *Mas é terrível!* – *Quem falou foi uma moça muitíssimo jovem, pálida, com o colo manchado por manchas negras similares às que a doença deixava.* – *Para entender o estado de um doente, nos custaria uma visita aprofundada, exames que requerem tempo e perícia! E depois me recuso a assumir uma responsabilidade semelhante: o meu caso não significa morte certa. Seria um homicídio!*

Theana olhou-a por longo tempo, intensamente. Havia algo de puro e vibrante naquela indignação, alguma coisa que ela própria perdera fazia tempo. Mas sabia que, em circunstâncias especiais, a pureza poderia ser muito mais danosa do que a malícia.

– *As pessoas que hoje estão aqui reunidas devem ser mais de oito mil. Não podemos perder tempo com exames demorados, e não há poção para todos. Teremos então de mandar todos de volta para casa, a fim de não fazer injustiça a nenhum deles? Ou então distribuí-la até acabar, negando-a aos outros sem levarmos em conta as suas condições de saúde?*

A jovem apertou os punhos.

– *Não, mas...*

A voz de Theana suavizou-se.

– Num mundo normal, você estaria certa. Decidir arbitrariamente acerca da vida e da morte de um homem é uma coisa abominável. Mas não temos escolha. Pois é, vocês estão sendo alistados para o homicídio. Não tenciono mentir, e quero que estejam inteiramente conscientes do que estão prestes a fazer. Irão matar pessoas, hoje. Mas salvarão muitas outras. Procurarão dar a vida a quem ainda tem alguma esperança e condenarão os que, na verdade, já estão condenados. Pensem bem nisto. Eu entenderei se alguém quiser desistir.

Um silêncio pesado seguiu-se às suas palavras. Não era a primeira vez que fazia aquela preleção, e mesmo assim sentia toda vez o coração bater acelerado no peito. O que iria fazer se todos decidissem desistir?

Uma única jovenzinha se mexeu.

– Não posso, sinto muito, mas francamente não posso. Não quero esta responsabilidade. – Olhou para ela com olhos úmidos, em busca de uma remissão, de um perdão que Theana não lhe podia conceder.

– Ali está a porta. Poderá sair por ela sem ter de passar pela nave.

A jovem ainda demorou-se por alguns instantes, então dirigiu-se cabisbaixa para a saída.

– Mais alguém? – perguntou Theana.

Ninguém falou.

Desceram as escadas juntos e mergulharam no caos do templo. Logo que entraram, o silêncio dominou o lugar. Milhares de olhos estavam fixos neles. O cheiro de morte apertava a garganta. Theana o conhecia muito bem. Nesta altura, estava sempre com ela, até quando se apartava para rezar. Já não conseguia tirá-lo das narinas. Cada um deles se encarregou de uma fileira, a sacerdotisa no meio da nave, dominada pelo vertiginoso vão do pináculo central do templo. Thenaar nunca pareceu tão longe. Fechou os olhos por um instante, e falou.

– Pode se aproximar – disse ao primeiro da fila.

Tudo aquilo que dissera acerca de não considerar os doentes como uma multidão indistinta ficou logo sem sentido. Os rostos sobrepuseram-se na sua mente, que pouco a pouco apagou todo traço até ela só enxergar a cara da doença. As mesmas palavras, repetidas centenas de vezes. O barril com a poção ou outro com uma bebida inócua. A concha que mergulhava e voltava cheia, dentro dela a resposta: vida ou morte. E assim pelo resto do dia e uma boa parte da noite. Até sobrarem no chão só os cadáveres dos que não haviam conseguido. As naves encheram-se rapidamente de Caridosos que cuidavam dos mortos. Eram silenciosos e escuros como baratas. Theana observou-os, enquanto se mexiam entre os corpos com perícia e desprovidos de qualquer emoção.

De repente todo o trabalho daquele dia pareceu-lhe inútil. É verdade, as coisas tinham melhorado desde o surgimento da poção. As mortes diminuíram e, principalmente, o moral tinha melhorado. Pois neste momento a peste já não era uma condenação sem apelação. Agora havia uma cura. Mas as pessoas continuavam morrendo. Por mais que Theana e os seus se esforçassem na distribuição do remédio, continuavam sendo muito lentos, e a doença, rápida demais. Além disto, havia os elfos, que não se detiveram um instante sequer, que não paravam de avançar e conquistavam tudo que encontravam em seu caminho. Se continuasse daquele jeito, os habitantes do Mundo Emerso estavam fadados a sucumbir.

O Ministro Oficiante pensou na Consagrada. Tivera-a em suas mãos e a deixara escapar. Desde então procurara esquecê-la, apagá-la do seu horizonte. Uma Sheireen que não queria aceitar seu destino era uma garota qualquer. Mas era possível esquivar-se do fado? Às vezes dizia a si mesma que Thenaar operava por meios imperscrutáveis, que se o destino de Adhara era enfrentar o Destruidor e salvá-los de alguma forma isto iria acontecer. E pensando nisto se absolvia por ter deixado que fugisse, tentando aplacar as dúvidas que a atormentavam. Estava cansada, infinitamente exausta.

— Minha senhora.

Theana virou-se. Quem falara era um dos jovens sacerdotes que a haviam ajudado naquele dia. Estava esgotado, visivelmente prostrado, mas seu rosto estava marcado por uma expressão muito séria.

— Fez um bom trabalho — disse Theana, com um sorriso.

— Nada mais do que o meu dever, mas não é por isto que estou aqui — replicou ele. — É algo bastante grave, e gostaria de lhe falar em particular.

Foram a um pequeno escritório perto da galeria. A leste, a alvorada começava a tingir o céu de um azul esbranquiçado. Theana sentou-se com alguma dificuldade, soltando um longo suspiro. Sentia que não iria gostar daquela conversa.

— Venho da Terra do Vento e, como já deve saber, os elfos subjugaram quase completamente o meu país — foi logo dizendo o jovem sacerdote. Theana anuiu. *Na condição de Ministro Oficiante, participava das reuniões táticas que o rei Kalth organizava mensalmente e conhecia muito bem o tamanho da derrota que os ameaçava.*

— Alguns dias atrás encontrei num asilo para os doentes um amigo que não via fazia muito tempo, um soldado. Estava se recuperando e conseguira de alguma forma fugir dos territórios ocupados. Disse-me alguma coisa que me deixou profundamente perturbado. Contou que, à noite, nas zonas conquistadas, os elfos se dedicam a estranhos rituais, acerca dos quais me pedia um esclarecimento.

Theana empertigou-se, preocupada.

— Que tipo de rituais?

— Nas aldeias de que se apossaram, costumam erigir uma espécie de obelisco, um objeto não muito grande, metálico, extremamente pontudo e com base triangular. O meu amigo viu um no vilarejo ocupado de onde fugiu, e afirma que também há em todos os lugares habitados que foram conquistados. É em volta destes obeliscos que acontecem as reuniões noturnas.

— Ele conseguiu descrevê-las?

O rapaz anuiu.

— Por via de regra, só participam delas três elfos no máximo, um dos quais usa trajes diferentes, seja dos civis, seja dos soldados. Pelo que me contou, poderia tratar-se de um sacerdote ou de algo parecido. Cantam e rezam na sua língua, e no fim derramam uma gota de alguma substância na base do obelisco, algo guardado dentro de uma pequena ampola. Quando fazem isto, o obelisco se ilumina por um instante de reflexos arroxeados.

Theana fechou os olhos e remexeu longamente na memória à cata de alguma coisa que lembrasse aqueles ritos. Tratava-se, quase certamente, de cerimônias sem maior importância, algo para celebrar a conquista. Mesmo assim, porém, o obelisco tinha todas as características de um objeto construído para canalizar forças mágicas. Mas para que erigir um monumento desse tipo e santificá-lo daquela forma?

— Por que lhe contou?

— Porque a coisa o deixara preocupado, e queria saber de mim do que se tratava. São pessoas, que perderam a própria terra, que a viram cair nas garras do inimigo. Acredito que a senhora possa entender se lhe *digo que, para nós, o lugar onde nascemos é tudo, e quando o arrancam das nossas mãos é como se nos tirassem uma parte do nosso coração. Por isto o meu amigo viveu aquela cerimônia como se fosse uma violência. Ele sabe que os elfos acreditam em Thenaar, só que o chamam Shevrar. Por isto pensou que eu pudesse explicar a origem daqueles ritos.*

Theana percebeu um arrepio ao longo da espinha.

– Tocarei no assunto durante a próxima reunião tática.

– Poderia ser tarde demais. Os elfos já controlam quase toda a Terra do Vento.

– Do que tem medo?

– Não sei. Mas se os obeliscos são realmente artefatos mágicos, estão fincando-os em todo lugarejo conquistado.

– Falarei com os meus conselheiros mais fiéis e farei com que se procure uma resposta – disse Theana.

Seguiram-se alguns segundos de silêncio, mas o rapaz não se mexeu.

– Qual é a opinião da senhora? – perguntou, afinal.

Ela ajeitou-se no assento.

– Não sei. Mas, infelizmente, compartilho os seus receios. A pertinácia com que aquela gente nos odeia, e com a qual está levando a cabo o seu plano de conquista, é algo assustador. – Fechou os olhos por mais um instante. Não aguentava mais. O cansaço do dia, e agora aquela notícia... – Gostaria de poder tranquilizá-lo – concluiu com um sorriso tristonho –, mas não posso. – Olhou pela janela. A leste, o céu estava agora quase branco. – Nenhum de nós pode.

PRIMEIRA PARTE

A TERRA DAS LÁGRIMAS

I
FLORESTAS DESCONHECIDAS

De uma hora para outra, as pernas de Adhara cederam. Tinha quase esquecido a exaustão e a dor, quando de repente seu corpo chegou ao limite. O tronco de uma árvore deteve a sua queda, e ela se apoiou com todo o seu peso. Ignorava por completo onde estava. Olhou em volta, perdida. Então, lembrou. O combate com Amhal havia destruído o portal da biblioteca, arremessando ambos a um lugar desconhecido. Deixara Amhal no chão, ferido, e adentrara a floresta, na calada da noite.

Não importava para onde ela virasse os olhos, tudo parecia desconhecido e hostil. Do chão brotavam estranhas plantas de folhas largas e carnudas, dos galhos das árvores pendiam sombrios cipós extremamente compridos. E aquelas flores, imensas e obscenas, quase pareciam esperar que ela desse um passo em falso, escancaradas em cima dela como bocas famélicas.

Não fazia muito tempo que caminhava, mas estava exausta devido à luta com Amhal. Faltava-lhe o ar, o flanco machucado ardia terrivelmente. Até mesmo o coto recomeçara a atormentá-la. Era como se a mão ainda estivesse ali, como se Adrass nunca a amputara, como se pouco a pouco tivesse recomeçado a apodrecer. Sentia a dor lancinante da carne corroída, o chiado dos tendões. Mas na ponta do seu pulso esquerdo não existia mais coisa alguma, e a pele mostrava-se suave e lisa depois da primorosa cauterização que Adrass realizara para tratar a ferida.

Não, não era a dor que a fazia chorar. Levou a mão direita aos olhos, e as lágrimas pareceram queimar como fogo líquido. Pensava no duelo com Amhal, no beijo longo e desesperado ao qual se haviam entregado; pensava em Adrass, no seu corpo nesta altura perdido, enterrado entre os escombros do portal. Lembrava aqueles últimos e terríveis dias em que se tornara um pai para ela, só para vê-lo morrer diante dos seus olhos, morto pelo homem que ela amava. E não conseguia se conformar.

Por que todo aquele sofrimento, por que estava fadada a perder tudo que conquistava? Os deuses pareciam ter escolhido para ela uma vida tão hirta de dificuldades só para se divertirem, só para vê-la às turras com os estorvos da sua existência e fracassar miseravelmente. Era por isto que existiam Consagradas e Destruidores, por isto que Sheireen e Marvash se massacravam ao longo dos séculos? Por mera diversão dos deuses?

Só sabia que estava exausta.

Apalpou o lado machucado, e a mão ficou manchada de sangue.

Estou correndo o risco de morrer, pensou, mas era uma mera constatação. Naquela altura, viver ou morrer não fazia a menor diferença.

Deixou-se escorregar pelo tronco, até a casca arranhar sua pele. Caiu na grama alta, entre enormes samambaias e flores de aparência ameaçadora. Levantou os olhos. Entre as copas das árvores conseguiu ver um pedacinho de céu. Nada mais do que um triângulo preto, pontilhado por uma miríade de estrelas. De um lado, um gomo de lua, extremamente luminoso.

O céu era o mesmo do Mundo Emerso, o céu cruel do dia em que nascera acordando numa clareira, sem saber quem fosse nem de onde viesse. Era de manhã naquele dia, enquanto agora era uma noite profunda e sombria. Lá de cima, algum deus cruel vira-a se arrastando durante aquele tempo todo, e talvez ainda a observasse, rindo. Adhara sorriu para as estrelas. Estava cansada de brincar. De qualquer forma, agora a história seria outra.

Deixou que o corpo relaxasse, abandonou os braços ao longo dos quadris, deitada no chão, completamente sem forças. Fechou os olhos, o escuro envolveu-a, levou-a consigo.

A densa escuridão do seu sono de repente animou-se. Havia alguma coisa. Uma forma vaga e cândida, uma pequena chama que se agitava, como que sacudida pelo vento.

Pouco a pouco começou a ouvir uma voz, flébil, tão fraca que se confundia com o próprio eco. E pronunciava palavras incompreensíveis numa língua esquecida.

Logo que se deu conta dela, Adhara ficou à mercê de um profundo sofrimento, de um sombrio desespero. Podia senti-la na carne, como se lhe pertencesse.

Não entendia as palavras, e não era capaz de distinguir quem as estava pronunciando, mas falavam de dor e morte.

Correntes apertando seus pulsos. Uma escuridão infinita cobrindo seus olhos. E alguma coisa queimando-lhe o peito, insinuando-se no seu seio como uma cobra, cavando sua carne como um estilete, cada vez mais fundo, até chegar ao coração.

Rápido... rápido... rápido!

Adhara arregalou os olhos, mas teve de fechá-los na mesma hora. Havia uma luz ofuscante. Sacudiu a cabeça, e pareceu-lhe cheia de pedras. Estava toda dolorida. O sol aquecia seus ombros. Passou a mão na testa e percebeu que estava coberta por um véu de suor.

Sentia-se tomada por uma serpeante angústia. Lembrava muito bem o sonho que acabara de ter. Achou que queria comunicar-lhe alguma mensagem, da qual, entretanto, não entendia o sentido.

Voltou a abrir os olhos, devagar, tentando distinguir alguma forma conhecida naquele caos de luz. Pouco a pouco os contornos iam se definindo. Reconheceu o lugar onde desmaiara, na noite anterior, o perfil da ramagem e das folhas, a forma de algumas flores. Era um verdadeiro triunfo de cores, fortes, agressivas. As corolas cegaram-na com suas pétalas roxas e vermelhas, as folhas nas árvores com seu verde incandescente. Os perfumes eram inebriantes.

Deu uma olhada na paisagem. Na luz do dia e com a mente mais descansada talvez fosse mais fácil orientar-se. Mas, a não ser o fato de estar numa floresta, tudo o mais a levava a pensar que tinha acabado num pesadelo. Porque nenhuma das plantas que a cercavam pertencia ao seu mundo. A vegetação rasteira era uma maranha de arbustos que nunca vira antes. Havia árvores de fuste extremamente comprido, dos quais se desprendiam amplos leques de folhas tão finas quanto agulhas. E também plantas encimadas por volumosas excrescências vermelhas e polpudas, outras por folhas leves, de bordas cortantes.

Adhara voltou a apalpar a testa. Estava fresca. Talvez tivesse ficado com febre naquela noite, mas agora já não estava febril. Não estava delirando. Acabara de fato num lugar irreal.

Apoiou a cabeça no tronco de uma árvore de casca porosa. Lá se encontrava ela, prestes a recomeçar. Estava viva, e tinha mais uma vez de lutar, de esforçar-se para sobreviver. Criou coragem e examinou a ferida no flanco. Era sem dúvida um corte e tanto, mas a hemorragia, pelo menos, tinha estancado.

Com extrema delicadeza, afastou a fazenda do casaco, nesta altura uma coisa só com as bordas do ferimento. Talvez houvesse o perigo de alguma infecção. Nada de mais. Sabia que Adrass a deixara preparada para qualquer eventualidade. Seria suficiente olhar em volta, a sua memória de criatura artificial cuidaria do resto: iria certamente identificar uma planta com que se curar. Em vez disso, no entanto, só levou alguns minutos para descobrir, aflita, que a coisa não funcionava. Nada, ao seu redor, despertava as suas lembranças. Tudo era totalmente desconhecido. Até aquele momento o seu instinto sempre conseguira tirá-la de qualquer enrascada. Agora, de repente, a sua voz interior permanecia calada.

Fechou novamente os olhos, tentando vencer o pânico que, das pernas, começava a subir às têmporas. Não demorou a encontrar a resposta. Não seria agradável, mas não havia outro jeito.

Juntou as forças. Aquela noite de sono devolvera-lhe as energias, e sentia que podia conceder-se um único, simples encantamento.

Evocou um fogo mágico. A bola avermelhada apareceu diante dela, animada por uma luz fraca. Teria de bastar.

Pegou o punhal e enfiou-o no globo até o cabo. Esperou até o fogo completar o seu trabalho tornando a lâmina de uma cor vermelho-escura. Então respirou fundo. Examinou o flanco. Criou coragem. Mordeu o lábio, fechou com força os olhos e, finalmente, apoiou a faca na carne. O seu grito quebrou o profundo silêncio daquele lugar estranho.

A fome não demorou a mexer com suas entranhas. Adhara não lembrava quanto tempo se passara desde a sua última refeição, mas sentia que precisava recuperar as energias. A ferida estava agora livre de qualquer infecção, mas o procedimento que usara a deixara totalmente exausta. As árvores estavam carregadas de frutos, mas não conseguia encontrar nenhum de aparência comestível. Aquelas cores brilhantes e aquelas formas sensuais pareciam feitas de propósito para convidar a uma mordida fatal. Mas não tinha escolha, precisava correr o risco. Foi andando mais um pouco, em busca de algum fruto de aparência mais inofensiva que os outros, até ver uma árvore carregada de enormes maçãs arroxeadas. Pegou uma no chão e fincou os dedos numa polpa sucosa e farelenta que ressudava um líquido vermelho vivo, tanto assim que por um momento pensou ter as mãos manchadas de sangue. Por dentro havia um coração branco leitoso. Experimentou-o com a ponta da língua: o sabor era extremamente doce. Decidiu confiar e devorou-o com vontade.

Descansou pelo resto do dia. O curso dos acontecimentos deixara-a aturdida e sentia-se como que arremessada num sonho. Precisava recuperar o fôlego, e para fazer isto tinha de enfrentar e resolver o que acontecera poucas horas antes.

Cavar uma vala não foi nada fácil, com uma única mão e aquela dor no flanco que não queria saber de ir embora. Mas *tinha* de fazer. Usou a espada como uma alavanca, apoiou-se na empunhadura e gastou as últimas energias que lhe sobravam.

Quando acabou, deitou nela a arma. Era o que restava de Adrass. Seu corpo, sabe lá onde estava. Talvez enterrado sob os escombros do templo élfico, talvez apodrecendo em algum lugar distante, jogado longe pela explosão do portal. Mas o homem que ele fora merecia uma vala onde descansar.

Adhara arrancou com força uma mecha de cabelos. Teria cortado, se pudesse, mas era infinito o número de coisas que com uma só mão já não conseguia fazer. Tudo bem. Quase gostava de estar sofrendo por ele.

Deixou a reluzente madeixa azul na pequena cova, ao lado da arma, e cobriu-a de terra. No fim do trabalho, fincou em cima um simples cepo. Ficou de joelhos e tudo que soube doar ao homem que lhe dera a vida, e que pouco antes a salvara, foi um tristonho silêncio. Mas foi naquele mudo sofrimento que encontrou o sentido da vida que esperava por ela. Iria honrar a morte de Adrass cumprindo a missão para a qual ele a criara. Pois é, levaria adiante a luta, por ele. E era por isto que tinha de sobreviver. Por isto e porque uma grande tarefa a aguardava. Sentiu uma fisgada de dor quando o rosto de Amhal abriu caminho em suas lembranças. O rapaz era o Marvash que ela precisava destruir, e era o homem que não podia deixar de amar. E, a cada dia que passava, o abismo em que se precipitara

27

ficava mais profundo. Tinha de salvá-lo e, ao mesmo tempo, devia derrotá-lo. E conseguiria, por amor dele e de Adrass.

Porque ela era a Consagrada, e o destino do Mundo Emerso estava em suas mãos.

Ficou descansando dois dias, nos quais procurou recuperar as energias, e por isto mesmo quase não se mexeu. Tinha a impressão de ser uma hóspede importuna, como se todo aquele ambiente perturbador, desde as árvores até a invisível fauna, não parasse um só momento de espioná-la, segui-la, pronto a atacá-la.

Encontrou mais frutos. Havia uns de cor violeta e casca crocante que, uma vez aberta, revelava uma polpa amarela, viscosa e sumarenta, cheia de sementes. Outros eram alongados, de várias cores e cheios de espinhos; o interior, no entanto, era doce e granuloso. E havia mais outros amarelados, estriados, com polpa dura e compacta, não muito saborosos, mas ótimos para tirar a sede.

Procurou comer a maior quantidade possível, esperando que lhe fizessem bem e a ajudassem a recobrar-se. Escolheu as plantas que mostravam os sinais de algum animal: se as criaturas do lugar se alimentavam com elas, era provável que resultassem comestíveis para ela também.

No terceiro dia, no entanto, decidiu que era hora de se mexer. Ainda não se recobrara completamente, mas achou que já tinha recuperado bastante energia para seguir adiante.

Não sabia para onde ir, mas acreditava que o melhor a fazer era sair dali quanto antes.

Logo que decidiu retomar a marcha aconteceu um fato inexplicável. Sem qualquer motivo aparente, escolheu uma trilha margeada por grandes árvores e começou a andar. Seus pés escolheram por ela. Era como se fosse capaz de *perceber* a direção certa, de forma confusa e irracional, mas clara para seu corpo. Ficou imaginando que talvez fosse o instinto que voltava, finalmente, a ajudá-la. Rumou sem hesitação para o oeste. Sabia que lá iria encontrar as respostas que procurava.

À medida que avançava, sentia em si alguma coisa que a incitava a ir mais depressa. Era como se uma corrente fluísse do terreno e guiasse os seus passos. E a coisa assumia um toque ainda mais misterioso quando a associava aos sonhos.

Tinham voltado todas as noites desde a morte de Adrass, idênticos. Sempre havia a pequena chama que iluminava a escuridão, cada noite mais fraca, e aquelas frases aflitas que ecoavam na sua cabeça. No começo parecera-lhe uma língua desconhecida. Ao acordar, de manhã, nem se lembrava das palavras que ouvia repetir. Mas na terceira noite, pouco a pouco, ficaram gravadas na sua mente e, de manhã, ela as recordou. Era élfico. Podia entendê-lo, graças a mais um presente com que Adrass brindara a sua memória. E, então, compreendeu o sentido. Era um desesperado pedido de ajuda.

Venha a mim antes que seja tarde demais, antes que ele me possua por completo. Venha a mim antes que chegue o fim.

Com o passar das noites a visão se tornava cada vez mais definida. A pequena chama, cada vez mais fraca, ia assumindo as feições de um corpo, ágil e esbelto. Uma figura confusa, na qual só havia um detalhe bastante claro: tinha algo vermelho que brilhava no meio do peito. De um vermelho intenso, da cor do sangue, como uma ferida. Toda vez que, no sonho, Adhara tentava concentrar a atenção naquele particular, também sentia alguma coisa no próprio peito. Uma sensação dolorosa, como uma lâmina que procurasse abrir caminho na sua carne, dilacerando-a e queimando-a. De manhã, acordava entorpecida e suada, a mão correndo pelo sulco dos seios, onde o estilete a feria. Mas não havia ferimento algum, e a dor também sumira.

Teve certeza de que alguém a estava chamando, e que era por isto que suas pernas conheciam claramente o caminho a seguir. Mas como e por quê, ela não sabia.

As imagens do seu recente combate com Amhal continuavam a persegui-la. Por mais que tentasse esquecê-las, de repente caíam traiçoeiramente em cima dela tirando-lhe o fôlego. Podia rever os olhos apagados do rapaz e a maneira com que procurara matá-la, sem a menor hesitação. E lembrava principalmente os lampejos vermelhos no seu peito. Eram a primeira coisa em que reparara durante o embate. Era um medalhão que soltava reflexos cor de sangue, como o do vulto no sonho.

Andou por um dia inteiro, só parando para comer um dos grandes frutos que levava consigo e para acalmar a sede em algum riacho.

Enquanto isso, o ar parecia ter mudado de cheiro e de consistência. Adhara percebia um toque salobro, um odor totalmente novo. A vegetação também ia paulatinamente mudando, e as plantas de folhas largas foram substituídas por arbustos rasteiros de uma cor verde mais escura. As flores ficaram menores e de aspecto mais parecido com o que se acostumara a ver no Mundo Emerso. Uma leve brisa soprava, e as árvores acompanhavam a sua direção, baixando docilmente a cabeça. Quando viu uma planta parecida com uma oliveira, Adhara sentiu-se de repente quase em casa.

Começou a ouvir um barulho baixinho ao longe, como um resmungo que se tornava cada vez mais distinto. O cheiro tornou-se mais intenso e a vegetação, mais baixa, açoitada por uma impetuosa ventania. Muito em breve sobrou somente um despojado tapete verde, formado de folhas gordas e carnudas. E foi de chofre, ao chegar ao topo de um morro, que se viu diante de um espetáculo de tirar o fôlego.

Uma desmedida extensão de água, de um puríssimo azul, alastrava-se além do penhasco negro contra o qual investiam continuamente ondas impetuosas, encimadas por espuma branca. Adhara ficou encantada. Era algo imenso e poderoso, alguma coisa desmedida. Nunca tinha visto antes, não sabia que era o mar.

Avançou devagar para a borda do penhasco, atraída pelo vazio. Seus pés detiveram-se a um passo do abismo. Lá embaixo a água turbilhonava em remoinhos mortais, que ao longo dos séculos haviam moldado a pedra em forma grotesca e bizarra. As ondas eram tão violentas que os borrifos de espuma chegavam até ela.

Precisou de bastante força de vontade para desviar os olhos do precipício. O vazio a atraía, chamando-a com voz sedutora. Mirou o horizonte, perdido num azul absoluto, só contido pela linha que separava a água do céu. O dia se encontrava no fim e o sol, num triunfo alaranjado que feria os olhos, estava prestes a mergulhar no mar.

Adhara sabia que, no Mundo Emerso, o mar ficava para o norte, lambendo as costas da Terra do Mar. O que era, então, o oceano diante dela? Que lugar era aquele onde agora se encontrava?

Não teve tempo de encontrar uma resposta, pois um braço apertou com força seu pescoço, enquanto uma lâmina riscava de leve a pele da garganta.

— Não se mexa, se não quiser morrer!

A lâmina comprimia a sua jugular e já tinha marcado a carne. Adhara mal chegou a pensar no punhal que usava na cintura, quando o agressor já estava a tirá-lo da bainha.

– Ficarei com isto – disse, sem soltar a presa. Adhara rangeu os dentes. Tinha outro punhal, escondido na bota, mas aquela faca encostada na garganta impedia que se dobrasse para pegá-lo.

Fora pega de surpresa como uma novata, pelas costas, enquanto se deliciava tolamente com a paisagem. Levantou os braços.

– Está bem, você venceu – disse, conformada.

Diante daquelas palavras, a pressão da lâmina pareceu tornar-se mais leve: foi uma mudança praticamente imperceptível, que mesmo assim permitiu que Adhara se desvencilhasse para tentar uma reação.

– O que pensa que está fazendo, sua tola? – disse o agressor, detendo logo seus movimentos e fincando-lhe mais fundo a faca na pele.

A tática não havia funcionado. O sujeito, um homem a julgar pela voz, não tinha nada de parvo. Percebeu que se mexia e, pelo barulho, achou que estava procurando num alforje. Tirou dele alguma coisa. Um capuz, descobriu Adhara, logo que um saco de pano grosseiro cobriu sua cabeça.

– E agora procure ser boazinha, se não quiser que em lugar de vendá-la eu acabe cegando-a – acrescentou o homem, enquanto procurava amarrá-la.

Segurou os pulsos, mas percebeu que faltava a mão esquerda. Foi forçado a atar os braços ao corpo, fazendo passar a corda na altura dos cotovelos. Aí virou-a e deu-lhe um empurrão nas costelas.

– Vamos andando, mexa-se!

Adhara reparou que falava com um estranho sotaque arrastado, como se aquela não fosse a sua língua.

Estava paralisada de medo. Aquele sujeito não hesitaria em matá-la se ela tentasse rebelar-se, e principalmente parecia ter algo não propriamente humano.

Um traço obscuro na sua presença, nos seus gestos e ainda mais no seu cheiro sugeria alguma coisa que ela preferiria ignorar. Decidiu deixar-se guiar, amaldiçoando a própria ingenuidade. Mas nesta altura era tarde para remediar. Só podia esperar sair com vida.

2

PERDÍDO

Amhal recobrou-se de repente, saindo de um vazio só habitado por uma dor surda.

Tentou entender onde se encontrava, mas à sua volta tudo estava mergulhado na escuridão. A escassa luz da lua iluminava trechos da paisagem que ele não conseguia decifrar. Era uma planície gramada coberta de incomum vegetação. Um raio lunar salientou os contornos de uma folha enorme, de bordas rendilhadas, que não pertencia a nenhuma planta conhecida. Um pouco mais além, reparou nos troncos retorcidos de árvores sem casca e no perfil aguçado de plantas rasteiras que espetavam as palmas das mãos com suas finas agulhas. Flores imensas brotavam do terreno.

Levou a mão à cabeça e percebeu que havia algo errado. Um filete de sangue correu pela sua face, o seu sangue que cheirava a bosque e frescor, o sangue das ninfas. Levantou-se, com algum esforço, e sentiu uma fisgada na mão esquerda que o deixou sem fôlego. Olhou para ela: faltavam dois dedos, e o ferimento ainda sangrava.

Rasgou uma tira de fazenda da camisa e improvisou uma estreita atadura: tinha de estancar imediatamente a hemorragia, já perdera muito sangue.

Aquela vista despertou toda lembrança, uma depois da outra, como os grãos de um colar. A explosão do portal, o duelo, os últimos golpes que ele e a Sheireen, a Consagrada, haviam trocado entre si.

E aquele beijo.

Ainda sentia nos lábios o sabor dela. Ainda percebia nas narinas o cheiro do seu sangue que ele mesmo encetara. Levou as mãos às têmporas e apertou, pressionou até doer, como se quisesse livrar-se daquela única, dolorosa lembrança.

Não mais Sheireen, mas sim Adhara, era assim que ela se chamava. E aquele nome despertava mais recordações, igualmente dolorosas, as sobras de um liame que ele procurara com toda a sua força quebrar.

Sentiu-se à beira da loucura. Não era capaz de tolerar aquele tumulto de paixões, não depois da ausência de sentimentos que experimentara nos últimos tempos. E justamente quando teve a impressão de perder-se definitivamente, o medalhão no seu peito começou a pulsar. Primeiro debilmente, depois com uma luz vermelha cada vez mais intensa. E à medida que a luz se tornava mais vigorosa, a paz desceu sobre os seus pensamentos. Adhara voltava a ser somente Sheireen, o sabor dos beijos desaparecia dos seus lábios. Logo a seguir, o único odor que pôde perceber foi o fresco perfume da noite.

Voltou a respirar normalmente e olhou ao seu redor com calma. Era novamente dono de si mesmo.

Observou a paisagem que o cercava e compreendeu estar num lugar desconhecido. Por alguns instantes ponderou a hipótese de seguir nos rastros da sua presa, mas não havia pistas visíveis, e de qualquer maneira o embate deixara-o exausto e ferido. Cogitou que era melhor recuperar as forças e cuidar da mão ferida antes de retomar a caça.

Roçou sem querer no medalhão e por um instante avaliou seu coração: reparou, com satisfação, que estava frio, desprovido de qualquer emoção. Voltara à normalidade.

San já lhe dissera muitas vezes: "Temos uma vantagem sobre o nosso inimigo: ela está sozinha, nós somos dois. E estamos acima de tudo e de todos. Nós somos uma coisa só."

Era verdade. Amhal podia comunicar-se com San até quando estavam longe, como se fossem duas partes distintas de uma mesma mente.

Logo que decidira ficar do lado de Kriss, San lhe ensinara a entrar em contato com ele. Poderia ser útil, no caso de, por algum motivo, se separarem ou precisarem um do outro, uma possibilidade que até então não acontecera.

Sendo assim, procurar o companheiro foi a primeira coisa que Amhal fez logo que cuidou da mão. Limitou-se a um simples encantamento de cura, não tinha condição de tentar magias mais complexas.

Enquanto via o sangue manchar a fita de pano que usara como atadura, ficou como que encantado. Lembrou com fria isenção que houvera um tempo em que ele procurava conscientemente ferir a si mesmo. Naquela época, a vista do sangue derramado em exaustivos e punitivos castigos era para ele um consolo. Era o preço a ser pago por ser diferente, e aquela sangria fazia com que se sentisse quase normal. A cada gota, uma pulsão de morte que desaparecia. San convencera-o de que não lhe bastaria sangrar até a morte para apagar do seu coração a tentação do mal.

Agora, a vista daquele sangue não lhe dava vertigem alguma. Evocava, ao contrário, pensamentos mais práticos: sangue queria dizer ferida, e ferida significava perigo. Era preciso enfaixar, medicar, curar.

Era a isto que a sua vida se reduzira: a uma luta pela sobrevivência. Era o que ele sempre desejara, o presente com que Kriss o brindara. Uma vida sem sentimentos era uma vida sem dor. A consciência e a emoção não eram forçosamente um bem.

O encantamento para entrar em contato com San não era dos mais banais. Amhal sabia que não estava nas melhores condições para realizá-lo, mas mesmo assim decidiu tentar.

Tirou o punhal da bota, uma arma que o seu mestre lhe doara como símbolo do liame entre os dois, quando se haviam juntado ao exército élfico. Entregara-o e logo a seguir incidira a pele, para selar o vínculo com uma gota de sangue.

Amhal deixou que os olhos corressem pela lâmina, então espetou um dedo e viu o sangue ser literalmente absorvido pelo aço. Sentiu-se desmaiar, mas não arredou o pé e seguiu em frente, evocando a fórmula necessária para estabelecer o contato. Sua cabeça rodava e o enjoo embrulhava seu estômago. Foi forçado a desistir antes de perder os sentidos.

Encostou-se num tronco, suspirou. O sol começava a matizar o céu. Aquela longa noite estava chegando ao fim, e ele estava esgotado. Fechou os olhos quando já alvorecia.

Desde o momento em que Kriss presenteara-o com a insensibilidade, Amhal tinha parado de sonhar. As suas noites eram poços negros que o engoliam no fim do dia e o cuspiam de volta ao amanhecer, puro e inocente como um recém-nascido.

Naquela noite, no entanto, sonhou. Percorria uma trilha de terra batida, numa árida planície fustigada pelo vento. Mesmo assim, apesar da desolação do lugar, sentia-se sereno. Aquela ausência de vida, para ele, significava limpeza, ordem, o extremo rigor das coisas mortas.

No começo mexia-se leve e ligeiro, como que desprovido de peso. Tinha a impressão de ser um mero esqueleto, os ossos libertos da carne e do sangue graças a um vento purificador. À medida que avançava, contudo, era como se nova carne fosse colonizando devagar o seu esqueleto. Percebia as contrações trabalhosas dos músculos, o correr do sangue nas veias, e tudo isto o prostrava, como um peso cada vez mais insustentável que o dobrava no chão.

No céu amarelo que dominava a planície foi se desenhando uma figura imponente. Não conseguia distinguir os contornos, mas sabia que era ela, a Sheireen. Era imensa, e a visão lhe provocava um terror cego. Não receava a sua força ou a sua espada. Não tinha medo de ser derrotado ou de morrer. Era alguma coisa mais sutil, uma inquietação que não conseguia explicar. Ela estava por toda parte, ocupava todo o céu e o dominava, e, só de vê-la, ele se precipitava de novo em abismos de dor. Lembrou, no sonho. A primeira vez que a tinha visto, o dia em que a salvara, aquela vez que a apertara nos braços, com sofrimento e desejo. Sentiu, na ponta dos dedos, a maciez da sua carne.

Gritou, e a figura de Adhara preencheu ainda mais o espaço em volta. Amhal já não conseguia ouvir o sibilar do vento que fustigava a planície, aquele som doce e impessoal. Tudo ressoava com a voz dela.

Amhal... eu não quero matá-lo...

Acordou sobressaltado, aos berros. As sensações que o sonho despertara desapareceram quase de imediato, mas o deixaram perturbado. Mal conseguia respirar, ofegante. De repente lembrou o último sonho que tivera antes de receber de Kriss o presente pelo qual vendera a sua alma. Movia-se na mesma planície, mas então, enquanto avançava, o vento o descarnara, como se quisesse livrá-lo do peso supérfluo da sua humanidade e ressaltar nos seus ossos o esplendor da pureza do mal. Um sonho totalmente especular quando comparado com o que acabava de ter.

Não pense nisto. É um sonho, somente um sonho. Nunca mais voltará a se repetir.

Mas por que recomeçara a sonhar? Por que logo naquela hora? Levantou-se, irado. Não tinha tempo para bobagens como aquelas. Precisava alimentar-se, devia procurar água. Encontrou um regato não muito longe do lugar onde havia descansado. Mergulhou a cabeça na água gelada, deixou que o limpasse das últimas inquietações.

Começou a tirar o casaco para refrescar-se, mas percebeu que a fazenda, de alguma forma, resistia. Surpreso, olhou o peito e ficou abalado: o medalhão que usava no pescoço aderia à carne como se nela estivesse fincado. Roçou nele devagar com a ponta dos dedos. Aprendera a considerá-lo um presente precioso. Era o instrumento com que Kriss, sabia muito bem disto, podia controlá-lo. Mas também era o objeto mágico graças ao qual pudera esquecer todo o sofrimento da sua vida anterior. Era o artefato élfico que o livrara de todo sentimento, tornando seu coração impermeável às emoções.

Puxou com força e o casaco rasgou, mas o medalhão continuou no mesmo lugar, vermelho como sangue. Era impossível tirá-lo dali sem dilacerar a carne. Amhal apalpou o contorno com os dedos, então passou a mão no peito. Não sabia por quê, mas sorriu, e ficou encantado ao olhar aquele objeto de cores irisadas que se refletia na água.

Aprontou um leito para a noite e decidiu descansar até se recobrar por completo. Ficou acampado perto do regato por uns dois dias. De repente entendia perfeitamente as palavras que San sempre lhe dissera acerca da natureza de Marvash de ambos. Compreendia até que ponto estavam unidos, pois sem ele, agora, sentia-se perdido.

Não tinha a menor ideia do que iria fazer em seguida, nem sabia para onde ir. Estava pregado àquela planície desolada, aonde a explosão do portal o arremessara, à espera de ordens. Desde que recebera o medalhão de presente, não tinha feito outra coisa a não ser obedecer. A San e a Kriss. Não desejava coisa alguma, a morte e a vida eram a mesma coisa para ele: somente San podia dizer-lhe para o que viver ou morrer. O mestre era a sua consciência, o seu instinto de sobrevivência, o único vínculo que o mantinha ligado ao mundo dos vivos.

E também havia os sonhos. Não se lembrava deles, mas, ao acordar, *sabia* que tinha sonhado. Pois sentia-se transtornado por sentimentos e desejos da sua vida passada. E percebia que sonhava com *ela*. San saberia dar uma resposta a isto também, desde que Amhal conseguisse alcançá-lo.

No terceiro dia tentou de novo. Pegou o punhal, sacrificou mais um pouco do seu sangue. Ainda não se recobrara completamente, a dor na mão deixava-o louco, mas estava melhor, e precisava urgentemente de alguém que lhe dissesse o que fazer.

Sua cabeça rodava enquanto executava o feitiço, mas apertou o queixo e seguiu em frente. Então percebeu-o. Era sempre assim, quando entravam em contato. Não conseguia ver San, mas podia senti-lo, como os dois haviam percebido a presença do outro antes mesmo de se encontrarem. Algum alívio, logo que se deu conta de que estava com ele.

Matou-a? A voz de San chegou como um eco distante.

Alguma coisa dentro dele o fez estremecer. *Quem se recusou a matar-me foi ela.*

Não respondeu, disse San.

Mais silêncio. Sentia-se estranhamente desconfortável. Acontecia toda vez que o pensamento tinha a ver com a Sheireen. Por mais que se esforçasse, não conseguia deixar de lembrar a beleza do seu rosto, o perfume da sua pele.

Não, não a matei. Estava a ponto de dominar-me.

Mal. Muito mal. Tornou-se perigosa. Sabe onde ela está neste momento?, perguntou San.

Nem sei onde eu estou. É um lugar muito estranho.

Está longe, muito longe. Permita que eu veja com seus olhos.

Amhal percorreu com o olhar o que estava à sua volta, o caos de uma floresta virgem cheia de vida, as folhas largas e carnudas, as flores de cores violentas, os cipós retorcidos.

Está nas Terras Desconhecidas.

Tranquilidade. As emoções de San chegavam imediatamente até Amhal. Respirou fundo, aliviado. Se San estava tranquilo, ela tampouco tinha motivo de inquietar-se.

Já passei por onde está agora, muitos anos atrás, continuou San. *Não foi muito longe daí que encontrei Kriss pela primeira vez.*

Era a pura verdade. As Terras Desconhecidas eram o reino dos elfos, o lugar para onde se exilaram voluntariamente depois que os homens e as outras raças haviam colonizado o Erak Maar, o Mundo Emerso. Mherar Thar, era assim que chamavam aquelas plagas, Terra das Lágrimas.

Está muito longe, e eu preciso de você aqui, agora. A situação está evoluindo rapidamente, e muito em breve Kriss pedirá a nossa ajuda de novo.

Diga o que tenho de fazer para voltar, e eu o farei, disse Amhal.

Onde está o seu dragão?, perguntou San.

Não sei. Acabei aqui depois da explosão de um portal.

Teve sorte. Os portais podem ser muito perigosos: quando são destruídos, a energia mágica que soltam é imensa e imprevisível. Conheço pessoas que acabaram bem no meio do oceano.

Diversão. Foi a sensação que Amhal percebeu. Era uma história que San considerava engraçada. Nesta altura conhecia-o quase como a si mesmo, mas sempre ficava pasmo diante da imensidão dos abismos que o espírito do mestre podia alcançar. Ao contrário dele, San não tinha a menor dificuldade para aceitar e dar livre desabafo à escuridão aninhada em seu coração. Amhal já perguntara várias vezes a si mesmo como ele conseguia aquilo. Talvez tivessem sido os anos a ensinar-lhe a aceitar aquela parte de si, ou talvez todas as experiências pelas quais passara, a dor que tinha padecido, haviam-no levado a ser cínico, a não ter medo de coisa alguma.

Sei como fazer para que volte entre nós num tempo relativamente breve. Conheço a região da floresta na qual se encontra agora, eu também perambulei nela alguns anos atrás. É o único lugar das Terras Desconhecidas onde cresce a gemina, aquela planta que pode ver entre a vegetação rasteira. Orva fica a não mais de dez dias de caminhada daí. Precisa ir para lá, e logo que chegar explicarei como voltar para junto de mim e de Kriss.

Amhal ficou reanimado. Muito em breve já não haveria lugar para sonhos perturbadores, nem para incertezas. Estaria novamente ao lado de San, da sua metade, e então tudo se esclareceria. Roçou com os dedos no medalhão que pulsava em seu peito.

3

PRISIONEIRA

Adhara não se deu conta de quanto tempo foram andando. De capuz na cabeça, o espaço e o tempo não demoraram a ficar sem sentido. Seguiram por terrenos variados, às vezes em declive, outras vezes em aclive. O rumorejar do mar só os acompanhou por um trecho do caminho. Pouco a pouco foi esmorecendo até desaparecer por completo. Adhara teria gostado de dizer ao seu agressor que não havia necessidade de mantê-la encapuzada, pois, afinal, não fazia a menor ideia de onde estava. Mas ficou calada, da mesma forma que ele.

Depois de algum tempo voltou-se a ouvir o barulho das ondas, cada vez mais marcado, até o homem que a capturara levá-la à praia e mandar que subisse num barco. Foi uma travessia tumultuada. E mais uma vez Adhara receou que emborcassem. Finalmente chegou uma quietude improvisa, a luz do sol que filtrava pelas malhas do capuz devagar se apagou. O ar ficou mais fresco e úmido, e o ruído dos remos que afundavam nas ondas pareceu refranger-se num lugar fechado, produzindo um eco abafado. Logo a seguir o barco chocou-se com algo sólido, e Adhara pôde finalmente ficar livre do capuz.

– Como é, vai descer ou quer ficar aí? – perguntou o raptor, ríspido.

Adhara pôde finalmente ver seu rosto. Suas suspeitas foram confirmadas: era um elfo. O corpo magro e incrivelmente alongado, os traços duros e os olhos gélidos, os cabelos verdes presos num rabicho eram as características mais inconfundíveis do inimigo. Mordeu os lábios, tomada por um sentido de perigo iminente.

– Vamos, mexa-se!

Adhara obedeceu e botou um pé fora do barco, procurando não cair devido aos braços atados. Arrastou-se até a margem, onde o elfo ajudou-a a sair da água.

Daquela posição, observou o local onde tinha acabado, e o que viu deixou-a atônita: estava num lugar encantado. Era uma caverna quase completamente alagada, a não ser pela minúscula praia de seixos à qual havia arribado, com a largura de apenas duas braças. O teto, com umas trinta braças de altura, acabava numa estreita fenda parcialmente coberta por uma maranha de vegetação que transbordava para o exterior. Aquela greta, no entanto, não era a principal origem da luz. A gruta era iluminada por um fulgor que parecia transparecer da superfície da água, de um azul extremamente puro, fluorescente, como se abaixo deles houvesse uma fonte luminosa submersa. O brilho que espalhava aclarava as paredes da caverna com reflexos irreais, oníricos. A jovem esqueceu, por um instante, que era uma prisioneira e olhou em volta, incrédula. Mergulhou a mão na água e a viu tingir-se de prata.

Da pequena praia, subia uma precária escada de madeira que se insinuava numa abertura larga o bastante para deixar passar uma pessoa. A escada não tinha corrimão, e os rangentes degraus só pareciam aguentar-se por milagre. Enquanto a percorriam, Adhara olhou para baixo e viu que a água estava encobrindo a prainha, subindo lentamente até eles.

Pelas passadas aceleradas do elfo, compreendeu que não demoraria a lamber os seus pés e apressou-se, empurrada pelo carcereiro e pela faca que ele apontava em suas costas.

Do fim da escada partia uma dezena de escuras galerias, estreitos buracos cavados grosseiramente na pedra, dos quais se viam os rostos de outros elfos.

Entraram em um dos maiores. A rocha estava úmida e escorregadia, e Adhara teve de prestar atenção para não cair. O elfo levou-a a um túnel mais amplo, seguida por uma miríade de olhares que a acompanhavam, e ela percebeu que todas as galerias que vira enquanto subia ligavam-se com as demais. Tiveram de dar muitas voltas, insinuando-se num labirinto de estreitos corredores antes de chegar a uma sala iluminada por pequenas janelas redondas cavadas na pedra. E também de pedra era uma espécie de banco esculpido diretamente na parede que corria ao longo de toda a sala oval. Lá também havia elfos, sentados, quase todos armados de longas lanças.

– Finalmente voltou. Mais alguns minutos e a maré fecharia a entrada. Vejo que trouxe uma hóspede.

Quem falara fora um elfo que se sentava numa posição proeminente em relação aos demais. Vestia uma couraça que lhe cobria todo o peito, com ombreiras imponentes e braçadeiras de couro. Por baixo, usava uma simples túnica de pano rude que deixava entrever braços e pernas extremamente musculosos. Tinha a cabeça raspada, de forma que as orelhas pontudas pareciam ainda mais compridas que as dos seus similares. Adhara ficou imaginando se fosse realmente um elfo, nunca vira um deles de aparência tão vigorosa. Tinha olhos de gelo, de um violeta muito claro e impiedoso, e mesmo assim o rosto possuía traços extremamente suaves, quase femininos. Ao contrário dos outros em volta, não segurava uma lança, mas sim um longo machado de dois gumes, fino e delgado como todas as armas élficas, que mantinha apoiado no braço direito.

– Encontrei uma intrusa no topo dos recifes de Thranar – explicou o agressor. E deu um empurrão em Adhara que acabou no meio da sala. Todos os olhares estavam fixos nela.

– Quem é você e o que faz no Mherar Thar? – perguntou o elfo de cabeça raspada.

Só então Adhara se deu conta de que até aquele momento a conversa não havia acontecido na sua língua, mas sim em élfico. A última vez que ouvira aquele idioma, em Salazar, só conseguira entender umas poucas palavras. Agora compreendia tudo sem o menor problema. Evidentemente, alguns dos seus conhecimentos inculcados só voltavam à sua mente depois de algum tempo.

De qualquer maneira, não lhe pareceu uma informação a ser participada aos seus carcereiros. Fingiu um olhar perdido.

Os elfos sentados trocaram entre si olhares significativos.

– Quem é você? – repetiu, desta vez na língua do Mundo Emerso, e com o mesmo sotaque sibilante do raptor.

– O meu nome é Adhara.

– Adhara... a virgem.

Ela ficou sem resposta. Não desconfiava que o seu nome tivesse um significado em élfico. Sentiu um aperto no coração: quem lhe dera aquele nome fora Amhal, e não conseguia ouvi-lo pronunciar sem pensar imediatamente nele.

– O que veio fazer aqui?

– Para ser sincera, eu nem sei o que seja "aqui".

Os olhares dos elfos tornaram-se mais severos e desconfiados.

– Mherar Thar – repetiu o chefe. Tinha uma voz extremamente fina, para ser de sexo masculino.

A Terra das Lágrimas, Adhara traduziu mentalmente. A coisa não lhe dizia nada.

– Os humanos como você chamam-na de Terras Desconhecidas.

O cenário ficou claro na mesma hora. Lembrava vagamente alguma coisa daquele lugar, algumas informações que Adrass devia ter inserido nela. Um livro de Senar, que falava do seu fatídico encontro com os elfos e da vida do outro lado do Saar. Encontrava-se, portanto, nas terras de onde aquele povo provinha. Acabara bem nos braços do inimigo. Era então assim as cidades dos elfos? A coisa parecia-lhe um tanto estranha. Uma viagem vendada, aqueles guardas armados até os dentes, a entrada que, ao que parecia, só era viável em determinadas condições da maré: o que é que aquela gente estava escondendo?

– Acabei aqui por engano. Fiquei envolvida na destruição de um portal.

– E o portal a materializou exatamente aqui, a um passo da nossa casa?

– Acordei no meio de uma floresta e andei bastante para entender onde estava.

O elfo continuava a fitá-la, desconfiado.

– E o que estava fazendo junto de um portal?

Adhara avaliou o que ia dizer.

– Tive de passar por ele para chegar a uma biblioteca na qual se encontravam livros indispensáveis para a minha sobrevivência, mas fui atacada e, no combate, o portal acabou sendo destruído.

O elfo continuava desconfiado.

– E os seus cabelos azuis? Você é um semielfo?

– As minhas origens são de semielfo... por parte de pai.

– Humana ou semielfo, é difícil voltar destas bandas, sabia disto? Vigora a pena de morte para qualquer um que as invada.

– Vocês mesmos me trouxeram para cá. Vendada.

O elfo deu uma palmada na pedra, impaciente, e o seu olhar ficou mais severo.

– Já chega! Já brincamos bastante. Foi enviada por Kriss? Você é uma espiã?

Lentamente a situação ia se aclarando.

– Usar um semielfo... Não pensei que pudesse recorrer a um truque tão baixo. O que diz o seu amo? Que os humanos são escória e precisam ser exterminados, que temos de retomar o que é nosso... O que foi que lhe contou para levá-la a trair desse jeito o seu povo?

– Eu venho do Mundo Emerso, não faço a menor ideia do que está me dizendo – defendeu-se Adhara.

– Você é igual àquele ser desprezível do San que serve nas suas fileiras. Aquele mestiço como você... Faz parte da natureza dos semielfos trair?

Adhara sentiu uma fisgada no coração e finalmente entendeu.

– Tudo bem – disse. – Quer a verdade? Então vou contar. Venho do Mundo Emerso, onde assisti à guerra, a que vocês, elfos, empreenderam contra nós. E encontrei San, que seja maldito. Acabei aqui enquanto lutava com um seu... discípulo – acrescentou, procurando controlar o tremor na voz. – E estou tentando voltar ao Mundo Emerso para lutar contra ele e derrotá-lo.

O olhar do elfo suavizou-se de leve. Obviamente, estava acostumado às mentiras, pois havia percebido a verdade naquelas palavras. Mas ainda não confiava. Ficou de pé, e Adhara notou que era mais magro do que imaginara, e tinha pernas descomunalmente afuseladas. Seu corpo, sob a massa de músculos, parecia o de um adolescente.

– Está me dizendo que é nossa inimiga?

– Só estou dizendo que sou inimiga de Kriss.

Diante daquele nome, um murmúrio correu pela sala. Alguns dos presentes cuspiram no chão.

– Você é muito esperta. Soube adaptar-se de pronto à situação, ao que parece. Mas quem me garante que está dizendo a verdade, que não é uma espiã enviada aqui pelos nossos inimigos?

– Ninguém. Mas não lhe parece estranho que mandem para cá uma humana, que logo despertaria as suas suspeitas? E, de qualquer maneira, muito poucos humanos jamais se atreveram a atravessar o Saar.

O elfo olhou em volta, perscrutou-a de novo. Então, parou e fitou um dos seus.

– Leve-a para uma cela, enquanto deliberamos, e mantenha-a trancada até nova ordem.

Escuridão. Mais uma vez escuridão, só quebrada por uma pequena chama. Adhara tentou enfocá-la, mas a única coisa que conseguia distinguir era a gota vermelha, brilhante e ameaçadora, no coração da chama. Trêmula, a luz revelou uma figura. Vislumbravam-se quadris estreitos e o prelúdio de um seio pequeno e imaturo.

Uma mulher, pensou.

E a voz, a voz furou a consistência do nada que a cercava, primeiro amortecida, depois cada vez mais clara. Um som sibilante, quase ofegante, áspero. Élfico. E não repetia o costumeiro apelo de ajuda, não implorava salvação. Não, desta vez murmurava outra coisa, com voz desesperada.

Diga-lhe que me lembro dos nossos dias em Orva, antes que Kriss entrasse nas nossas vidas. Diga a Shyra que ainda guardo o saquinho, mesmo agora que me tiraram tudo.

Adhara procurou esticar a mão para tocar na chama, mas todo movimento parecia esgotá-la, como se estivesse mergulhada na lama. Tentou falar, mas sua boca se abria muda. A pequena chama ficou mais fraca, até tudo se perder numa tênue luz azulada.

Adhara procurou se mexer, mas ainda estava de braços atados no peito. À sua volta, paredes de rocha sem qualquer acabamento, fechadas em cima de grades de ferro. Estava na cela, mais uma vez desperta.

De novo aquele sonho. Agora sabia com certeza que naquelas visões havia uma mensagem oculta. Não era por acaso que chegara ao covil da resistência. Quem guiara os seus passos até a caverna fora a mulher do sonho. Tinha de encontrar a tal Shyra e informá-la da mensagem. Talvez, então, tudo pudesse ser esclarecido.

O elfo entrou na cela à noitinha. Despira a armadura e só vestia um amplo casaco sobre uma calça justa. A cintura estava apertada por um cinto ao qual ficava preso um longo punhal. Mandou que fechassem a porta atrás dele e curvou-se à altura da jovem, que se sentava num canto. Fitou-a longamente nos olhos, e Adhara sentiu-se desconfortável.

– Está pronta para contar a verdade?

– Já contei.

– Uma parte, talvez.

Adhara suspirou. Não tinha outra escolha a não ser confiar no seu instinto.

– Desde que estou nas suas terras, tenho uns sonhos.

– Bom para você. Eu parei de sonhar a partir do momento em que Kriss entrou na minha vida e a transformou em terra queimada. Desde então, só tenho pesadelos, noite após noite. – Sua boca entortou-se numa careta de dor.

– Não são sonhos normais – continuou Adhara. – Sonho sempre a mesma coisa... Uma figura que não consigo distinguir, mas que fala comigo e me pede ajuda.

– Por que deveria interessar-me pelos seus devaneios?

– Porque acabei aqui seguindo aquela voz. É difícil explicar, mas... as minhas pernas *sabiam* para onde ir. O meu cérebro não fazia ideia de onde eu estivesse, mas o meu corpo sabia que tinha de vir para cá.

O olhar do elfo ficou mais severo.

– Não tente me embromar. Só quero respostas claras, e não delírios acerca dos seus sonhos.

– Esta noite sonhei de novo. Talvez não tenha sentido, mas... preciso falar com Shyra. Não sei quem ela é, mas devo falar.

O elfo fincou na sua cara um olhar de fogo.

– Quem lhe revelou este nome?

– A figura que vejo no meu sonho.

– E o que tem a dizer para ela?

– Sinto que só posso contar para ela.

Adhara perguntou a si mesma se estava fazendo a coisa certa. Até aquele momento tinha sido sagaz, procurara entender a situação sem se expor demais. Agora, porém, estava estragando tudo. Por causa de um sonho. Mas, afinal de contas, muitas coisas na sua vida já haviam sido determinadas pelo instinto.

– Diga para mim – insistiu o elfo.

– Não creio que possa entender. Acredito que seja alguma coisa pessoal.

– Fale logo – sibilou ele, levando a mão ao cabo do punhal.

Adhara não tinha escolha.

– Tenho de dizer-lhe que aquela com que sonho se lembra dos dias passados em Orva, antes de Kriss entrar na vida delas. E que ainda guarda o saquinho... Ainda está com ele, mesmo agora que lhe tiraram tudo.

De repente o elfo deu um pulo, com fúria. Adhara nem mesmo viu a mão que sacava o punhal, só sentiu o baque da própria nuca se chocando com a pedra, o calor do sangue que escorria da ferida e o gelo da lâmina na garganta. O rosto do elfo estava quase colado no dela. Os traços distorcidos por uma ira cega.

– Como é que sabe destas coisas? Onde a escondem? Quem é você?

A sua voz tornara-se um grito, sua mão apertava a gola do casaco de Adhara até deixá-la sem fôlego. Ela só conseguiu murmurar algumas palavras confusas:

– Eu... não... sei quem é... Shyra...
– Eu sou Shyra, sua maldita!

4

SHYRA

Shyra lembrava muito bem aquele dia. Orva estava invadida pelo cheiro de maresia. Só acontecia uma vez por ano, em ocasião da floração da veridônia. O mar enchia-se de algas, até parecer uma infinita extensão verde, um gramado que de uma hora para a outra tomara o lugar do oceano. Mais dois dias, no máximo, e as flores iriam aparecer: eram pequenos globos azuis que formavam longos cachos. Boiavam na superfície da água, e à noite brilhavam iluminando a cidade. Finalmente, após um só dia de vida, explodiam soltando no ar um pólen fluorescente. As ruas ficavam cheias, os telhados encobertos e o cheiro do mar pairava no ar, intenso e inebriante. Parecia neve, aquela neve que nunca tinham visto, mas que, sabiam disto, existia no Erak Maar, e particularmente no Condado da Areia, de onde provinham os seus antepassados.

Era uma dessas noites. Ela e Lhyr tinham doze anos. Haviam saído junto com os outros para assistir à explosão das flores, empoleiradas à beira do penhasco. Acontecia todos os anos, mas era sempre uma surpresa. E quando as flores estouravam murchando em cima do tapete de algas, o pessoal soltava um murmúrio de maravilha. A lenda dizia que era Phenor, a deusa da fecundidade, que passeava pela camada verde e, roçando as flores com os pés, as fazia explodir.

Shyra gostava daquela noite. Antes de mais nada porque lhe permitia sair do templo e zanzar livremente pela cidade, e também porque a irmã adorava aquela festa. Esperava a explosão com impaciência, de olhos fixos no tapete de algas, o queixo apoiado nos joelhos apertados no peito.

Quando o ar se enchia dos estalidos das flores, que concluíam com aquele suspiro a sua existência terrena, nunca deixava de bater palmas, admirada. As luzes do pólen enchiam seus olhos de uma forma toda especial, e Shyra não se cansava de olhar. Eram gêmeas, ela e Lhyr, e todos diziam que eram idênticas, mas os olhos dela nunca brilhavam daquele jeito.

Naquela noite haviam assistido ao espetáculo e, como de costume, tinham brincado de pega-pega pelas ruas da cidade, entre prédios de madeira e calçamento de pedra, recolhendo e guardando com fartura aquele pólen cheiroso.

Subiram até o topo da colina e se deitaram no chão, rolando-se no pólen, até tornarem-se duas figuras de luz espichadas no solo, sob um céu cheio de estrelas. Estavam esgotadas. Mais uma hora, e a alvorada chegaria. Os sacerdotes iriam passar por lá e as levariam de volta ao templo. Lhyr para as obrigações do culto, Shyra às do treinamento. Era o destino das crianças oferecidas ao templo.

– Que tal fazermos um trato? – disse Lhyr, de repente.

Shyra virou-se para ela.

– Que tipo de trato?

– Daqueles que duram a vida inteira.

Lhyr levantou-se com um pulo e, antes de a irmã poder dizer qualquer coisa, tirou o punhal da cintura dela. Com elegância, como tudo aquilo que fazia, cortou uma madeixa dos próprios cabelos e mostrou-a, segurando-a entre os dedos.

– Aqui está. Agora tem de fazer o mesmo com os seus.

Shyra encarou-a com algumas dúvidas, mas obedeceu. Ninguém sabia, mas os cabelos delas tinham um matiz de verde levemente diferente. A qualquer um que as conhecesse pareciam da mesma cor, clara e reluzente, mas as duas sabiam que não era bem assim. Era a pequena diferença que ambas cultivavam como um segredo só delas. Quanto ao resto, os sacerdotes haviam se encarregado de torná-las diferentes: Lhyr tinha cabelos longos, enquanto Shyra, destinada a tornar-se um guerreiro, usava-os bem curtinhos. Teve, portanto, de fazer algum esforço para conseguir cortar uma mecha. Segurou-a, entregando-a então à irmã.

Lhyr pegou-a, passando ao mesmo tempo a sua às mãos de Shyra. Então rasgou uma tira da túnica, na qual guardou a sua madeixa. Pediu para Shyra fazer o mesmo, em seguida pegou a mão dela que segurava os cabelos.

– Precisa jurar que a levará sempre consigo, qualquer coisa que aconteça.

– Se realmente fizer questão...

– Shyra, é uma coisa *sagrada*. Será o nosso vínculo, o nosso segredo. Quando os nossos caminhos nos separarem, isto nos manterá eternamente próximas. E quando uma de nós morrer, a outra queimará ambas as madeixas, está bem?

– Mas que ideia mais macabra...

– Está bem? – insistiu Lhyr, apertando com mais força a mão da irmã.

Shyra viu-se forçada a concordar.

– Jure.

– Eu juro.

Para os elfos, os gêmeos eram um sinal do destino. Não eram muitos os que nasciam, e aqueles poucos eram considerados criaturas especiais, beijadas pelos deuses, ainda mais quando eram idênticos, como Shyra e Lhyr. Por isto os pais consagravam-nos às divindades protetoras da cidade, Shevrar e Phenor no caso de Orva. Levavam-nos ao templo, onde seriam criados pelos sacerdotes.

Por mero acaso, Shyra foi destinada ao culto de Shevrar e Lhyr ao de Phenor, mas com o passar do tempo todos acharam que se tratava de uma escolha guiada pelos deuses. Porque Shyra era um verdadeiro garoto levado, naturalmente habilidosa com as armas e os exercícios de guerra, enquanto Lhyr tinha tendência ao estudo e à contemplação. De forma que ninguém podia imaginar que a vida do templo fosse para elas um empecilho.

Não havia coetâneos onde elas viviam; eram o único par de gêmeas da sua geração e consumavam uma existência cinzenta num mundo de adultos que as veneravam, mas que ao mesmo tempo lhes impunham obrigações e mais obrigações. Só tinham mesmo o liame que as unia, e por isto mesmo eram inseparáveis. Cada uma conhecia os pensamentos da outra e, quando suas tarefas permitiam, passavam longas horas juntas, em silêncio.

No entender dos sacerdotes e de todos os demais, havia algo mórbido e insano naquele liame. Mas Shyra e Lhyr não se importavam. Depender uma da outra era a única maneira que tinham para sobreviver.

A carreira de Shyra foi assombrosa: general aos vinte anos. Lhyr não ficou atrás. As suas qualidades de maga eram fora do comum. A magia élfica tinha características particulares, que haviam induzido os humanos a acreditar que os elfos não eram magos. Na verdade, ela simplesmente se baseava em princípios diferentes, numa comunhão tão intensa com a natureza que um humano nem conseguia imaginar. Mas, sabendo como usá-la, o mago se tornava capaz de coisas extraordinárias, e Lhyr, quanto a isto, era imbatível.

Com o passar dos anos, seus caminhos separaram-se. Foram forçadas a viver longe, passavam meses inteiros sem se verem. O apego mórbido que haviam mostrado durante a infância parecia ter sumido com a idade adulta. Mas era apenas o que o resto do mundo podia ver. Shyra sempre levava consigo o saquinho de pano com os cabelos de Lhyr; usava-o preso ao pescoço, por baixo do casaco, e nunca se separava dele.

Lhyr ensinara-lhe um fácil feitiço para se comunicarem de longe. Faziam isto todas as noites, contando o que acontecera ao longo do dia. Às vezes nem precisavam demorar-se longamente sobre os vários fatos. De alguma forma misteriosa e estranha, cada uma das duas sempre sabia o que a outra estava fazendo. Havia um liame sutil, um vínculo tenaz que as unia além da distância e lhes permitia trocar pensamentos e sentimentos. Agora que estavam distantes, aliás, pareciam mais próximas do que nunca.

Kriss apareceu na vida de Shyra de repente. Tinham sido treinados juntos, às vezes haviam até cruzado suas espadas. Shyra guardara dele a imagem de um bonito rapaz, mas anônimo não fosse pela sua posição social: era o filho do rei.

Foi quando o ouviu falar numa taberna, cercado pelos seus camaradas, que de súbito se deu conta dele. Talvez fosse o que disse, ou quem sabe a maneira com que o disse. Não eram coisas novas. O Erak Maar era lembrado por todos como uma terra prometida; à noite as mães inventavam para os filhos histórias sobre aquele lugar encantado, onde da terra brotavam leite e mel.

A carestia que havia dezenas de anos fustigava a população dos elfos alimentava sonhos de redenção e esperança, sugerindo que numa terra nova e fecunda as coisas poderiam ser diferentes. Todos gostariam, afinal, de voltar ao Erak Maar como donos, e muitos falavam amiúde de uma reconquista. Mas ele foi o primeiro a dizer que se tratava de um projeto realizável, o primeiro a pegar aquele sonho e transformá-lo em realidade.

Enquanto discursava, parecia animado por um fogo sagrado, como se os próprios deuses estivessem inspirando aquelas palavras.

Falava de honra, de hora de retomar o que pertencia ao seu povo, de dar um basta a um exílio que já durara até demais.

Shyra foi entre os primeiros a acreditar nele. Tudo iria ser diferente, no Erak Maar. Não haveria carestias, e os soldados não desperdiçariam o seu adestramento em inúteis manobras.

No fim da guerra, a terra seria dividida imparcialmente entre todos os habitantes; todos seriam donos do seu lote. Shyra jurou obediência ajoelhando-se diante dele e suplicando que a levasse consigo.

Mais tarde, não soube dizer por que fez aquilo. Estava ávida de sangue e de morte, pois no templo só lhe ensinaram isto, e faminta de ideais. No mundo limitado de Orva não havia coisa alguma para viver e morrer, não existia glória.

Kriss oferecia-lhe um ideal pelo qual sacrificar a vida, algo que aos seus olhos reluzia muito mais do que uma existência tranquila, de um marido e filhos.

– Confio nele – explicou a Lhyr – e você também deveria fazer o mesmo. O nosso desterro teve uma duração tão longa que nos acostumamos à humilhação, a uma vida de exilados. O Erak Maar é a nossa terra.

– Não está se sentindo à vontade aqui, irmã? Não ama Orva? – retrucou Lhyr, em dúvida.

– Não tem nada a ver. Eu estou falando de autossacrifício para oferecermos uma vida melhor aos nossos filhos. Você vai ver, Kriss nos levará longe, irá nos devolver a antiga grandeza de antigamente.

– E que necessidade temos de ser grandes? Eu gosto desta cidade, do ruído do mar, da floração da veridônia. Vivemos felizes aqui, você não pode negar.

Shyra sacudiu a cabeça.

– Mas este não é o nosso lar!

– Para mim é. E também é para muitos outros elfos.

– Está errada, quando pensa assim. Lar é onde há os ossos dos seus antepassados, é a terra que os deuses nos deram, que construíram para nós antes mesmo de a gente nascer.

Lhyr empertigou-se, ficou séria.

– Lar é o lugar onde vivem as nossas lembranças, as pessoas que amamos. O meu lar é onde sinto a sua presença – acrescentou, olhando para a irmã com intensidade.

Shyra pareceu pouco à vontade.

– Sim, claro... para mim também, mas... – Engoliu em seco, confusa. – Mas no Erak Maar seremos todos mais felizes. – E recomeçou a jogar em cima dela todo o repertório de propaganda com que naqueles dias Kriss conquistava elfos para a sua causa.

Lhyr ficou ouvindo em silêncio, sorrindo tristonha de vez em quando.

– Pode ser... mas não gosto nem um pouco dos olhos dele – concluiu.

No começo foram poucos os que acreditaram em Kriss. Muitos riam dele. E os seus seguidores eram considerados uns fanáticos.

Mas também havia quem anuía em silêncio. Quem se juntava às suas tropas. Porque a última colheita fora ruim e deixara a população esfomeada, pois muitos estavam cansados das cidades-estado com suas divisões internas e queriam que os elfos se unissem de novo formando uma única nação.

Havia sido um lento crescimento. A rebelião, primeiramente apenas murmurada, espalhara-se rápida como uma calúnia, insinuando-se nas casas, infiltrando-se nas famílias e dividindo-as. E os que no começo riam, tinham agora de levar muito a sério Kriss e as suas fileiras cada vez mais numerosas.

O passo final foi dado quando o rei Devhir compreendeu que o filho estava seriamente ameaçando a paz do reino. Acusou-o de conspiração e mandou aprisioná-lo. Era justamente o que Kriss e os seus esperavam.

O exército rachou-se ao meio, e Shyra liderou os rebeldes na guerra civil. Os pais foram trucidados pelos filhos, famílias inteiras foram dilaceradas por um conflito para o qual ninguém estava preparado.

Lhyr deixou-se simplesmente levar pelos eventos. No refúgio do seu templo, ficou à espera. Aguardou que tudo acabasse, que aquela loucura generalizada se aplacasse e que a irmã voltasse para ela. E Shyra, de fato, acabou voltando, mas não para falar dos bons tempos de antigamente.

– Só precisam garantir-lhe o seu apoio. Ele é inspirado pelos deuses, ele santifica Shevrar mais do que todos vocês já fizeram na vida. Ele *é* Shevrar – disse.

Lhyr mal podia reconhecê-la. Os olhos da irmã brilhavam de um fogo interior que lembrava cada vez mais um incêndio incontrolável. Já tinha consumido muito do que fora Shyra, e parecia agora ameaçar destruir o que sobrava dela.

De qualquer maneira, o vínculo entre as duas gêmeas não podia ser quebrado nem mesmo por uma guerra, e foi em nome deste liame que decidiu.

– Se é isto que você quer... Estou com você – disse.

Devhir foi degolado em praça pública como um criminoso qualquer.

O filho estava sentado ali perto, e não piscou sequer. Shyra se encontrava ao seu lado.

O resto aconteceu rápido, como num sonho. A submissão de Shet, Merhat e Nelor, a unificação dos elfos. Finalmente, a guerra de conquista.

Shyra passou de um massacre para outro, sem se importar com o sangue derramado. Tudo encontrava uma justificativa no objetivo final. Tudo encontrava um significado na exaltação daqueles dias, nos quais se sentia finalmente, no corpo e na alma, mais viva do que nunca.

Foi pouco antes da Noite das Flores que Kriss a convocou.

Shyra apresentou-se pontual, altiva como sempre.

O rei falou longamente com ela, e à medida que revelava os seus planos, Shyra sentia o sangue gelar nas veias.

Os elfos eram numericamente muito inferiores em relação aos habitantes do Mundo Emerso. Se quisessem vencer, precisavam absolutamente restabelecer as devidas proporções. Por isto Kriss pensara numa doença capaz de exterminar uma boa parte da população do Erak Maar.

E até aí Shyra não teve motivo de discordar, admirava aliás o pragmatismo do rei e os seus dotes estratégicos. O que fez vacilar a sua fidelidade foi o que veio a seguir.

– Precisamos de um mago excepcionalmente talentoso, que dedique a esta tarefa toda a sua vida: terá de manter continuamente ativo o selo que criará, noite e dia, sem qualquer interrupção.

– Não será difícil encontrar, entre os nossos, alguém disposto a um sacrifício desses.

– Não duvido. Aliás, já encontrei. Você não tem uma irmã consagrada ao culto de Phenor?

Kriss já havia enviado os seus homens na tentativa de convencer Lhyr, mas os sacerdotes não deixaram que os emissários sequer chegassem a vê-la.

– Você é a única que pode persuadi-la – disse.

Foram dias terríveis. Até aquele momento, Shyra tinha se sacrificado inteiramente a ele, e não havia coisa alguma que não estivesse disposta a conceder; bastaria um sinal, e daria a ele a própria vida. Mas a vida de Lhyr era outra coisa. A única que jamais poderia oferecer ao elfo.

Tentou dizer a si mesma que o sonho de Kriss valia qualquer sacrifício, procurou lembrar como se sentia antes que ele entrasse na sua vida. Mas não podia.

Foi até a irmã. Para entender.

– Não confio naquele elfo, você sabe disto – disse Lhyr. – Procurei manter-me afastada o máximo possível, e também tentei compreender, pois sei que você é um dos ajudantes em que ele mais confia. Mas, por mais que me esforce, só vejo em Kriss loucura e violência.

– Se quiser posso explicar...

A irmã deteve-a com um gesto.

– Acho que poderá entender, então, que isto nada mais tem a ver com Kriss. Tem a ver com nós duas. Fizemos um trato, quinze anos atrás, e acho que você se lembra.

Shyra acariciou o saquinho em que havia os cabelos de Lhyr.

– Quer sacrificar àquele homem até isto? Gosta dele mais do que gosta de mim?

Shyra sacudiu a cabeça, desesperada.

– Deu-lhe tudo, sacrificou anos e mais anos da sua vida, entregou-lhe a sua alma. Mas aquela alma também me pertence, juramos naquela tarde. Agora ele quer a mim, mas eu pertenço a você, sabe disto. Razão pela qual quem deve responder é você, e não eu. Quer que eu faça o que ele quer? Quer que morra por ele?

Shyra sentiu um desespero que não experimentava havia muito, muito tempo.

– Não faça isto comigo, eu lhe peço...

– Eu não estou fazendo nada. Quem faz é ele. É uma prova, Shyra. De você ele quer tudo, quer que renuncie a qualquer coisa para demonstrar-lhe a sua devoção, para ter certeza de que sempre fará o que lhe pedir. Eu, por minha vez, só quero que seja feliz. Por isto, se está realmente convencida de que a sua vida é com ele, farei o que me pede: desistirei de tudo e me entregarei a Kriss. Mas pense bem, Shyra, pois é um caminho sem volta.

Shyra fitou-a por um bom tempo. Estava dilacerada. Mas pouco a pouco os olhos da irmã a capturaram. Sentiu-se sugada por aquele vórtice. E então tudo ficou claro. Sorriu.

– Você é mais importante que qualquer outra coisa – disse, e segurou uma de suas mãos. – Perdoe-me, nem deveria ter pedido.

Lhyr sorriu a acariciou a face da irmã.

– Sabe que não há coisa alguma que eu não faria por você.

Shyra voltou para Kriss tranquila. Tinha certeza de que o rei iria entender. Afinal de contas, estava cercado por uma porção de ótimos magos. Por que iria querer justamente a irmã?

Ajoelhada diante do trono, explicou de peito aberto o que sentia. Kriss permaneceu impassível.

Por fim limitou-se a fazer um gesto com os dedos.

– Pode ir, está dispensada – disse, com frieza.

Shyra levantou-se sem saber o que pensar.

Voltou ao templo uma semana mais tarde. Os sacerdotes disseram que Lhyr não estava mais lá.

– Vieram cinco dias atrás. Eram dez. Mataram um de nós. Pegaram-na à força: ela gritava, se debatia. Não temos a menor ideia para onde a levaram.

Shyra voltou para Kriss como que enlouquecida, chegou até os pés do trono ainda que lhe tivessem proibido entrar. Teve de matar um guarda para abrir caminho.

– Onde está a minha irmã, onde? – gritou, descontrolada.

– Está aonde você não foi capaz de levá-la – respondeu Kriss, com um sorriso de superioridade. – Deveria ter orgulho dela, pois irá nos garantir a vitória.

5

O SICÁRIO

— Sofremos um tropeço aqui em Laran — disse a chefe do pelotão, uma fêmea enxuta e seca como um prego, indicando o mapa com um dedo. — Já se passaram seis dias sem que os nossos consigam vencer suas defesas. Os inimigos estão entrincheirados dentro da aldeia, e não há jeito de tirá-los de lá.

Gersh, comandante das tropas assentadas na Floresta da Terra do Vento, um elfo gorducho e lerdo por causa da idade, olhou para o mapa passando a mão no queixo glabro. Era descomunalmente imponente, para um sujeito da sua raça, e parecia ter alguma coisa de humano. Sua aparência atarracada e volumosa, no entanto, não havia impedido que fizesse carreira no exército. Para Kriss, a capacidade era mais importante que qualquer outra coisa, e Gersh era sem dúvida capaz.

— Tinha dado ordens para que Kerash fosse até lá com os seus para oferecer ajuda. O que houve?

A fêmea pareceu desconfortável.

— Pois é, Kerash deveria ter levado reforços a Laran, mas...

Os olhos de Gersh ficaram como fendas.

— Mas?

— A notícia acabou de chegar, eu mesma recebi de um dos nossos mensageiros: o comandante Kerash morreu.

Gersh empertigou-se com um pulo.

— Morreu? Quando?

— Há três noites. Uma cilada.

Gersh apertou o queixo. Já fazia um mês que as coisas iam daquele jeito. O primeiro homicídio não surpreendera ninguém. Todos sabiam que a rainha da Terra do Sol tinha ao seu dispor uma guarda especial de assassinos que, logo após os elfos darem início à reconquista do Mundo Emerso, começara a agir. Para contrastar aquela ameaça fora suficiente reforçar os controles e aumentar o número das sentinelas noturnas. Mas aí houvera outra vítima, e então mais outra, e mais outra. Tinham, portanto, compreendido que o vento mudara e que a rainha Dubhe, aquela serpente rastejante, encontrara um jeito de tornar os seus guerreiros mais astutos.

À medida que as mortes ficavam mais numerosas, os boatos também começaram a se espalharem. Falavam de uma sombra que, à noite, penetrava sorrateiramente nos acampamentos, silenciosa e letal como uma aranha peçonhenta. Nada podia detê-la, e a sua sede de sangue era insaciável. Não havia sentinela capaz de descobri-la, nem guarda capaz de enfrentá-la. Nunca fracassava, e não havia como capturá-la. Outros diziam que não se tratava de uma só pessoa, mas sim de um grupo de sicários treinados; alguns diziam que era um homem, outros, que era uma mulher, e até havia quem afirmasse que se tratava de uma criança. Mas ninguém chegara a ver o autor cara a cara: se alguém tinha conseguido, levara consigo o mistério da sua identidade para o túmulo.

Gersh também achava que se tratava de várias pessoas.

– Ainda eles? – perguntou entre os dentes.

– Tudo indica que sim.

O comandante deu um murro na mesa, e a guerreira estremeceu, surpresa.

– Precisamos deter este pessoal. E não só pelas baixas que está causando. A tropa começa a inventar lendas a respeito destes covardes, os soldados estão assustados, e principalmente o comando fica com uma péssima imagem, de fraqueza e ineficiência!

Gersh ficou de pé, foi andando de um lado para outro da tenda.

Tinham desperdiçado seis dias por aquela aldeia periférica, seis dias para desentocar quatro gatos pingados, um pequeno grupo de idiotas humanos. Mas o rei fora claro: não havia objetivos de importância irrelevante naquela guerra. Todo vilarejo devia ser conquistado e subjugado.

– Precisamos resistir, não podemos deixar que aqueles sicários vençam – disse, afinal. – Arregimente mais cinquenta soldados. Não quero perder mais um único dia por esta aldeia miserável.

A guerreira fez uma mesura.

– Senhor, no que diz respeito à sua segurança...

– Bastam duas sentinelas na entrada da minha tenda. Eu sempre durmo com um só olho fechado, ainda tem de nascer o sicário que me pegue desprevenido.

A chefe do pelotão olhou para ele, titubeando, e Gersh teve vontade de fazer pesar a sua autoridade, mas afinal a guerreira concordou e saiu.

O comandante ficou sozinho, no silêncio do acampamento. Já fazia um bom tempo que todos dormiam. Ele, por sua vez, era um amante da noite. Era de noite que estudava suas estratégias, que planejava seus novos movimentos. A calma das horas noturnas facilitava a concentração.

Dedicava ao sono apenas umas poucas horas, um sono sempre vigilante que podia ser interrompido pelo mais imperceptível ruído. Afinal, treinara para a guerra durante muitos anos. No fundo do coração, sempre soubera que, mais cedo ou mais tarde, teria de combater de verdade. Porque ele nascera soldado e tinha a guerra no sangue. Percebera-a no ar, sentira a sua aproximação dia após dia. Vira-a tomar forma nos rostos cansados dos seus concidadãos, ouvira o seu canto nos discursos – primeiro clandestinos e depois bem explícitos – de Kriss. E finalmente ela chegara. Uma guerra justa, santa, uma guerra de reconquista. E ele mostrara que estava pronto.

Tirou a armadura. Já era tarde até para ele. Não tinha escudeiros para assisti-lo, achava aquele hábito de muitos dos seus iguais uma concessão a um luxo que jamais deveria existir em tempos de guerra. Despiu-se lentamente, o corpo cansado. Afinal de contas estava com cinquenta anos.

Virou-se para alcançar o catre e, por um instante fugaz, pôde vê-la.

Não se deixara anunciar de forma alguma: nada de barulhos suspeitos, nada de murmúrios. Parecia ter-se materializado no ar, aparecendo por magia, fruto do pior dos pesadelos.

Por um momento seus olhos se cruzaram. Gersh olhou para ela. Cabelos longos e lisos, o rosto oval de uma menina e olhos negros, poços nos quais afogar o terror. Era extremamente jovem, devia ter dezessete anos no máximo. Mas ele logo a reconheceu.

– Não... é... possível... – murmurou aflito, depois esticou a mão para o punhal escondido na bota, a única arma que ainda tinha no corpo. Os dedos não tiveram tempo. Um só movimento do braço, amplo, redondo, e a sua garganta se abriu como uma flor vermelha. Tombou no chão sem um único gemido.

A jovem limpou a lâmina na calça. Olhou em volta e viu a lâmpada apoiada na mesa, onde estava o mapa desenrolado sobre o qual Gersh e a guerreira tinham discutido acerca da guerra. Quebrou-a e o pergaminho pegou fogo na mesma hora.

As chamas logo alcançaram a barraca.

Já estava fora dos limites do acampamento quando a primeira voz gritou:

– Fogo! Fogo!

As luzes da alvorada iluminavam uma apagada manhã cinzenta quando voltou ao seu alojamento. A jovem sentia que o seu tempo estava chegando ao fim. A respiração já estava mais ofegante, as juntas começavam a doer.

Dura cada vez menos, maldição!, disse a si mesma enquanto ingressava na tenda. Cada vez que entrava às escondidas no próprio acantonamento pensava no absurdo paradoxo que a forçava a penetrar sorrateiramente não só nos acampamentos do inimigo como também no dela.

Sentou-se no catre bem em cima da hora. Desta vez pegou um espelho. Queria controlar, mesmo sem saber exatamente por quê. Talvez para calcular o tempo que lhe sobrava, talvez para lembrar-se dos próprios limites. Ou, quem sabe, somente por curiosidade, para ver ao vivo o milagre de Tori, aquela espécie de pacto com o demônio que tinha aceitado quando ficara com a ampola do gnomo.

No espelho, ainda pôde ver o rosto de uma menina. Preferia não olhar para si mesma. Os traços lisos e ingênuos sempre traziam à sua memória lembranças demais. A infância perdida, o Mestre, e finalmente o seu companheiro de uma vida, o homem que aquele rosto tinha amado.

De repente as rugas cobriram a sua pele aveludada, numa garatuja de riscos que partiam dos olhos para a testa, e aí para baixo, em volta da boca. No seu rosto desenhou-se um arabesco que falava do tempo passado, um ornato para cada um dos seus anos. Os olhos ficaram embaciados, como que inchados de todas as imagens de morte às quais tivera de assistir em setenta anos de vida, os lábios ressecaram. Tudo aconteceu muito rápido. Dubhe contemplou de novo seu rosto de velha no espelho. Já não era o sicário, a aprendiz de Sarnek, a jovem pela qual Learco se apaixonara. Voltara a ser a rainha cansada, esgotada. O dia devolvia-lhe seus anos, a noite trazia consigo a juventude.

Guardou o espelho e ficou olhando para as mãos encarquilhadas, mãos que apesar de tudo ainda conseguiam matar. O alvorecer tingia o céu para o leste. Estava na hora de recomeçar a fingir.

Naquele dia aceitara a ampola de instinto, sem fazer a si mesma perguntas demais. Mas levara algum tempo antes de decidir usá-la. Precisara vivenciar mais mortes, mais horrores e a irrupção da sua neta.

Começara a treinar pessoalmente Amina e, com o passar dos dias, justamente na comparação com as forças jovens e frescas da garota, compreendera até que ponto seu corpo tinha envelhecido. Dos reflexos de antigamente sobrara muito pouco, e seus golpes já não apresentavam a mesma precisão. E enquanto isso a guerra avançava sem piedade, uma guerra na qual ela não tinha condições de lutar. E então tomara a decisão. Fechada na sua barraca, certa noite, o líquido entregue por Tori parecera-lhe reluzente. Era como se a estivesse chamando.

Tomara um primeiro gole diante do espelho e ficara esperando. Imaginara uma transformação tremenda, preparara-se para a dor. E, longe disso, sua pele simplesmente esticara-se no rosto, adquirindo tom e cor, seus músculos recobraram vigor, e ela voltara a ser a garota de dezessete anos que ganhava a vida como ladra.

Ver-se de novo como era então havia sido um verdadeiro trauma. Afastara-se apressadamente do espelho. Pois se a imagem refletida lhe dava a ilusão de nem um só dia ter passado desde então, as coisas em volta lembravam tudo que tinha perdido.

Antes de passar à ação, sentiu que precisava fazer alguma coisa. Lembrava muito bem o dia em que, muitos anos antes, resolvera nunca mais desempenhar o ofício de sicário. Embora tivesse deixado a última carta de Sarnek numa cabana, perto da aldeia dos Huyé, recordava as palavras de cor. Durante muitos anos aquelas frases haviam sido o penhor do seu juramento, e embora já não existissem nem mesmo as cinzas do Mestre, e tivesse havido outros amores e uma vida inteira a separá-la da morte dele, não podia certamente dizer que o tinha esquecido. De alguma forma, Sarnek permanecera sempre ao seu lado. E Dubhe, durante aqueles anos todos, sempre levara consigo o punhal que ele lhe dera. Mas estava na hora de esquecer até aquele último vínculo com o passado.

Não poderia matar usando aquela arma. Teria sido uma traição em relação a Sarnek. Por isto, na noite antes da sua primeira missão de assassina, separara-se dela. Limpara o punhal o melhor possível, contando os arranhões na lâmina. Lembrava-se de cada uma daquelas arranhaduras, cada uma um troféu de diferentes batalhas. Envolvera-o então num pano de veludo e guardara-o num estojo. Nunca mais iria usá-lo. Pegara as armas, novas e sem história, e saíra. Confiava que Sarnek, onde quer que se encontrasse, fosse entender a traição.

Foi assim que a coisa começou. Ela se lembrava de tudo, como se já não tivessem passado tantos anos desde a última vez que se movimentara furtiva no escuro ou cortara uma garganta. A assassina dentro dela tinha dormido um sono atento, vigilante, durante aquele tempo todo, pronta a voltar à ação logo que chegasse a hora. E a hora chegara. Às vezes pensava que acabara se tornando igual à sua pior inimiga, a Guardiã dos Venenos na Guilda, Rekla, que ela matara uma vida antes. Ela também rejuvenescida graças a poções mágicas e da mesma forma escondendo a idade.

Somos diferentes, eu faço isto pelo meu povo, dizia a si mesma, mas era uma justificativa que não tirava o gosto amargo daquelas noites passadas a enganar o tempo, cumprindo horrores dos quais havia jurado manter-se para sempre distante.

– A senhora está com uma aparência muito cansada... – disse Baol, o seu ordenança, entrando na tenda. Dubhe estremeceu. Havia muito trabalho a fazer, e ela não se poupara naqueles últimos tempos. Saía quase todas as noites, e amiúde só voltava ao amanhecer. Não se concedia muitas horas de sono.

– Tenho estudado os mapas para a estratégia de amanhã – mentiu.

Baol se permitiu um sorriso.

– Talvez não houvesse necessidade. Ontem à noite um incêndio iluminou o céu, a oeste.

Dubhe fingiu interesse:

– E a causa?

– O acampamento élfico pegou fogo. Os soldados aquartelados perto da aldeia de Casta fugiram. Capturamos alguns, outros morreram na batalha e só uns poucos conseguiram escapar.

– A sorte está conosco – observou Dubhe, enquanto tomava a xícara de leite quente que Baol trouxera.

– Não se trata de sorte.

Dubhe preferiu não interromper o silêncio que se seguiu, limitou-se a sorver mais um gole.

– Mais uma vez, foi o assassino misterioso, o nosso aliado sem nome.

O boato de um sicário excepcionalmente capaz que trucidava os inimigos também se espalhara entre as tropas do Mundo Emerso. Dubhe sempre tentara minimizar a coisa. Em alguns casos, até fingira enviar alguns dos seus homens para investigarem o assunto.

– Que diferença faz conhecer a sua identidade? Ele nos ajuda, e isto já basta – disse, devolvendo ao ordenança a xícara vazia.

– Se fosse um dos nossos, poderia ser ainda mais útil.

– Se quisesse trabalhar em equipe, já teria se apresentado. Provavelmente é um caçador solitário.

Puxou-se de pé, mas a dor nos joelhos quase a bloqueou. Baol percebeu na mesma hora e acudiu. Ajudou-a com discrição, como de costume. Era por isto que Dubhe o mantinha por perto. Às vezes parecia poder ler os seus pensamentos; estava sempre presente quando se precisava dele, e nunca deixando que se sentisse velha e inútil. Era o único com que não se envergonhava de mostrar-se fraca e cansada. Se porventura pudesse contar a alguém o que estava acontecendo, este alguém seria sem dúvida alguma Baol. Mas sabia que o dela era um segredo que não podia ser partilhado.

O ordenança acompanhou-a até uma cadeira num canto e ajudou-a a despir a leve armadura que vestia desde que escolhera lutar.

Dubhe reparara desde o começo. Cada vez que o efeito da poção passava, sentia-se um pouco mais velha e prostrada. As dores nas juntas ficavam mais fortes, o cansaço, mais profundo. As rugas aumentavam enquanto a sua vista piorava. Aquele filtro exigia um preço, e o preço era a própria vida. No acampamento se comentava como a rainha estava definhando, e todos lembravam o sofrimento que tivera de enfrentar naqueles últimos tempos, desde a morte do marido e, depois, do filho. Ninguém estranhava mais o seu rápido declínio.

Quanto a Dubhe, ela não se preocupava. Parecia-lhe uma troca justa. Percebera pela primeira vez o passar do tempo quando nascera Neor. De repente, dera-se conta de que algum dia iria morrer. Claro, ainda podia ver diante de si dias gloriosos. Poderia suportar a velhice, a lenta decadência do corpo. Mas o marido antecedera-a no túmulo, e depois fora a vez do filho, e então entendera. Que não havia mais espaço para a glória nem para a felicidade, que os tempos amargos finalmente a alcançaram, e que a partir daquele momento o seu caminho estava marcado. Começava a olhar a morte com serenidade, até mesmo com alívio. Pois já deixara para trás o melhor da vida, e tudo que lhe sobrava era um amontoado de lembranças, maravilhosas recordações de uma vida plena. Assim sendo, doava prazerosamente à causa os dias do crepúsculo. Afinal de contas, era uma rainha, e continuaria sendo até o seu último suspiro.

– Muito bem, o que está previsto no programa de hoje? – perguntou, com um sorriso a Baol, depois de trocar de roupa.

O ordenança olhou para ela, sério.

– Tenho uma notícia de que não irá gostar.

6

O ÚLTIMO SONHO

Shyra contou o resto da história com impiedosa lucidez. A vida que desmoronava em cima dela, toda ideologia que desaparecia atrás de um horizonte de sofrimento com o qual era impossível compactuar. Até o vazio de todas as coisas, até o chamado da morte. No fim de tudo, a resistência. Aqueles mesmos homens que sempre combatera, que antes do sacrifício da irmã considerara traidores, de repente pareceram-lhe certos. De forma que, afinal, decidira juntar-se a eles e lutar contra Kriss.

Adhara ouvira tudo em silêncio, atônita. De uma hora para outra tudo fazia sentido, e a sua andança da explosão do portal até aquele momento adquiria um significado.

Quando acabou, Shyra pareceu-lhe como que esvaziada. Mas logo recobrou-se e levantou os olhos: ardentes de fúria.

Levantou-se e começou a andar de um lado para outro, com uma determinação que parecia querer varrer para longe qualquer resquício daquela fraqueza que a induzira a confessar-se com uma estranha.

Adhara achou que chegara a hora de retribuir:

– Foi sincera comigo. Agora é a minha vez de ser sincera com você.

Contou tudo, desde o despertar na clareira até os sonhos em que Lhyr se manifestava. Não escondeu coisa alguma: falou da sua natureza, de Adrass, de San e de Amhal.

Shyra observava-a agora, com olhos diferentes. Já não havia ódio em seu olhar, aquele relato devia ter tocado em alguma corda secreta.

– Esta é a verdade sobre como cheguei aqui – concluiu Adhara. Quem se sentia cansada agora era ela, mas também de alguma forma aliviada.

– Onde está o Marvash neste momento? – perguntou logo Shyra.

Adhara sacudiu a cabeça.

– Eu fui embora, deixei-o ferido na clareira.

– Você está ciente de que a batalha da qual é a protagonista está acontecendo há milênios, não é verdade?

– Sei que a história do Mundo Emerso é determinada pela alternância de Marvash e Sheireen, e que a sina deles é combater ao longo dos séculos pelos destinos do mundo.

– O Marvash é o mal em pessoa, Adhara – disse Shyra, muito séria. – Todos os nossos deuses são benévolos. O mal foi introduzido no mundo pelo Marvash, princípio de toda a malevolência, adorador da morte, fonte de todo o sofrimento. – Cuspiu no chão com desprezo. – Marvash nem mesmo é o seu nome. Nós cancelamos o nome verdadeiro, e somente os sacerdotes de Shevrar o conhecem e se atrevem a pronunciá-lo.

– Amhal não é assim – afirmou Adhara, com convicção. – Há alguma coisa boa nele, mas foi abafada por San.

– San, o neto da última Sheireen...

Adhara anuiu.

– O ciclo está se corrompendo... Na nossa história não se faz menção a liames de parentesco entre Marvash e Sheireen. – Shyra pareceu preocupada. – Para nós, Marvash e Sheireen são nesta altura lendas perdidas. Desde que moramos aqui no Mherar Thar, nunca mais os vimos. Muitos dos nossos nem mesmo acreditam neles, acreditam que não passam de mitos.

– Quem me dera... – murmurou Adhara, baixinho.

Shyra sorriu com amargo sarcasmo.

– Eis até que ponto o Erak Maar nos pertence, a ponto de Marvash e Sheireen não serem mais elfos, mas sim humanos.

Adhara olhou para ela sem entender, e Shyra sentiu-se na obrigação de explicar:

– O primeiro Marvash era um elfo, acho que já sabe disto. Naquela época os elfos não podiam ter filhos e não morriam. Eram uma linhagem perfeita, que vivia em harmonia com o mundo e com os deuses. Os mais capazes acabavam sendo admitidos numa casta sacerdotal dedicada ao culto dos deuses. Entre eles havia um que sobressaía por inteligência e sensibilidade, que se distinguia dos demais, e que logo se tornou o predileto dos deuses. Ninguém jamais poderia imaginar que sob o semblante daquela figura cheia de virtudes se escondesse na verdade o primeiro Marvash. Só com o passar do tempo começaram a se manifestarem os primeiros traços da sua verdadeira personalidade. Viver entre os deuses levou o Marvash a invejar a capacidade que eles tinham de criar. Qualquer coisa que um deus desejasse, ela aparecia. Bastava o desejo para dar-lhe a existência. Os elfos, por sua vez, além de não procriar, não cultivavam a terra e viviam daquilo que os deuses ofereciam. Era algo que o Marvash não conseguia tolerar. Para ele tornou-se uma obsessão. Tentou surrupiar de todas as formas o segredo dos deuses, para ele mesmo poder criar alguma coisa. Tentou construir estátuas e simulacros, mas nenhum daqueles objetos era vivo. A vida ficava além do seu alcance, e isto deixava-o louco. De forma que, certo dia, completamente transtornado, partiu em pedaços uma estátua que tinha erguido. Os estilhaços pularam com violência em todas as direções, e um deles acertou um pássaro empoleirado num galho. A ave caiu ao chão, morta. E foi então que o Marvash entendeu. Os elfos não podiam criar, é verdade, mas podiam destruir. Se o poder dos deuses era criar a vida, só havia um jeito para os elfos se igualarem a eles: acabando com ela. E foi assim que o Marvash foi dar com o seu melhor amigo, que era para ele como um irmão, e o matou a sangue-frio. Ninguém, antes dele, conseguira tal coisa, pois os elfos eram imortais. Foi o primeiro homicídio da história. Com as mãos sujas de sangue, riu com uma gargalhada insana e desesperada, porque finalmente tinha descoberto como tornar-se um deus. Por isto o chamamos de Marvash, o Destruidor.

Shyra fez uma breve pausa.

– Quem o deteve foi Shevrar, moldando do aço e do fogo uma nova criatura, a Sheireen, que conseguiu acorrentar o Marvash nas entranhas da terra junto com todos os seus seguidores. Não conseguiu, entretanto, matá-lo, porque aquele primeiro homicídio realmente fizera dele um deus. Quando finalmente a batalha foi vencida, os deuses decidiram abandonar a terra e os elfos ao seu destino. Retiraram-se no Ehalir, o Paraíso Escondido, e nunca mais voltaram. Os elfos ganharam a capacidade de ter filhos, mas perderam a imortalidade. No curso dos séculos, o Marvash procurou voltar, enviando ao Erak Maar os seus prosélitos, os Destruidores. Shevrar moldou uma nova Sheireen. E assim por diante, durante milênios. Todos elfos, está me entendendo? Não há lugar para os humanos nesta lenda. E agora está me dizendo que você, que só deve ter umas poucas gotas de sangue élfico nas veias, é a nova Sheireen, e que o filho de uma semininfa é um Marvash. O Erak Maar não é mais nosso, já não é há muitíssimos anos.

Shyra sorriu de novo, um riso desiludido e tristonho. Adhara ficou imaginando se não estivesse pensando em tudo aquilo que tinha perdido para correr atrás de um sonho que agora, e se dava conta disto, se mostrava em todo o seu insano delírio.

– Por que não aconteceu comigo, Adhara? – disse afinal, olhando para ela. Seus olhos estavam cheios de uma dor inconsolável. – Por que você sonhou com a minha irmã, e não eu? Logo eu que a invoco todos os dias, que procuro por ela a cada momento da minha vida, e que depois da fuga da cela em que Kriss me aprisionara nem mais consigo lembrar o seu rosto? Por que pediu ajuda a você, e não a mim?

– Era uma sacerdotisa – observou Adhara.

– Isso mesmo, devotada ao culto de Phenor, a deusa da terra e da fecundidade. É uma espécie de complemento de Shevrar, é difícil explicar para alguém que não seja um elfo... Shevrar e Phenor são duas faces da mesma moeda, são o princípio masculino e o feminino da força da criação. Um destrói o que é velho e outro o substitui com o novo. São entidades distintas mas, ao mesmo tempo, inseparáveis.

– Eu sou a Consagrada – disse Adhara. – É por isto que falou comigo e me levou até você. Os sonhos, a estranha sensação que me acompanha desde que botei os pés nesta terra, de saber exatamente para onde ir... Ela queria que eu encontrasse você. Há um sentido nisto tudo, eu sinto. Não estou aqui por acaso, faz parte de um único desígnio.

– E qual seria? – perguntou Shyra, com amargura. Parecia que ainda estava vendo o rosto da irmã, antes que fosse sacrificada por Kriss, e o sentimento de culpa por ter contribuído ao seu destino nunca a deixava.

– Amhal usa um medalhão que brilha de uma luz vermelha, a mesma que vi em sonho no peito da sua irmã.

Shyra fitou-a longamente, em seguida aproximou-se, apoiando os cotovelos nos joelhos.

– Desde que me juntei à resistência não parei um só instante de procurar Lhyr. Mas nunca consegui descobrir onde está. Ninguém sabe. Ao que parece, a prisão não é vigiada, e ninguém a levou até lá. É como se tivesse sido engolida pelo nada. – Passou nervosamente a mão na cabeça, várias vezes. – Só conseguimos descobrir uma coisa. A última pessoa que a viu disse que tinha um olhar estranho e que usava um medalhão vermelho. Um dos nossos é um sacerdote, e afirma que existem artefatos capazes de subjugar a vontade ao mesmo tempo que funcionam como trâmite para certos selos. Acreditamos que o medalhão usado pela minha irmã seja a chave do selo, e que seja ele a mantê-la prisioneira.

Adhara deu um passo adiante.

– Amhal, com efeito, mudou desde que se juntou a Kriss: faz coisas que nunca teria feito antes, leva a cabo chacinas sem pestanejar...

– É um Marvash – disse, cética, Shyra.

Adhara meneou a cabeça.

– Você não o conhece... Eu *sei* que há alguma coisa boa nele. Salvou a minha vida, deu-me um nome, muito daquilo que sou eu devo a ele. Sempre lutou contra os seus impulsos, não pode ter-se rendido de uma hora para outra, e sem motivo.

– Já lhe expliquei a história dos Marvash. Não há esperança, Adhara, são criaturas corruptas até a medula. A vocação delas é o mal, a matança é o seu alimento, e contra isto a vontade de nada adianta. Sim, claro, talvez o seu amigo já tenha sido uma pessoa normal, antes de a sua verdadeira natureza despertar. Mas era só fingimento, aparência, a maneira com que os Marvash se escondem diante dos olhos do mundo.

– Eu o beijei – disse Adhara, de impulso. – Lá na clareira, quando nos defrontamos. Beijei-o e pude *senti-lo*. Ele ainda está lá, por baixo daquele medalhão, sob a casca de insensibilidade que construiu à sua volta. E eu o levarei de novo à luz. Eu o salvarei.

– O seu destino é um só: matá-lo ou ser morta por ele. Em toda a história não existe um único Marvash que tenha voltado atrás. Cada um seguiu em frente para a meta, procurando levar morte e destruição, ou morrendo na tentativa. E cada vez que um Marvash ganhou, uma civilização, um povo, uma cidade foram varridos da face da Terra, e o ciclo recomeçava, irreprimível. Cabe às Sheireen opor-se aos Marvash. Os deuses escolheram você para este fim, e não há como você se rebelar.

– Que se danem os deuses! – esbravejou Adhara. – Não estavam comigo quando acordei sem saber quem era, e não estarão comigo no fim, quando olharei fixamente para Amhal e o arrancarei de si mesmo. Você mesma disse: os deuses abrigaram-se no Ehalir, abandonaram este mundo a si mesmo, abandonaram a mim! Caberá a mim, só a mim e do meu jeito, acabar com esta loucura.

Shyra ficou imóvel, olhos fixos nos de Adhara.

– Está blasfemando, e está fazendo isto diante de uma esposa de Shevrar. A minha aparência pode enganar, mas eu sou uma sacerdotisa, embora glorifique o meu deus com as armas.

– Pense o que quiser. Mas eu sei que estou sozinha neste mundo, agora mais do que nunca, só que não me dobrarei diante de um destino no qual não acredito. Cumprirei o meu dever, serei Sheireen até o fim, mas do jeito que eu escolher. E se ninguém fez isto antes, serei lembrada como a primeira.

Shyra sorriu.

– O seu aspecto engana. É muito mais decidida do que parece. Então, o que tenciona fazer?

– Para início de conversa. Precisamos acabar com o reinado de Kriss – respondeu Adhara. – Antes de mais nada, encontraremos a sua irmã.

Levaram-na para uma das pequenas celas cavadas na rocha onde Adhara já havia sido trancada pelo seu carcereiro. Tinha uma janelinha irregular que dava para a caverna, pela qual entrava uma luz azulada. Adhara olhou para fora. A maré subira e nada se via da embocadura pela qual fora conduzida à gruta. A prainha na qual haviam arribado também tinha desaparecido.

– Até amanhã estamos isolados – disse Shyra. – É uma boa maneira de nos defendermos dos nossos inimigos. – Aí olhou para Adhara. – Tem alguma ideia acerca de onde se encontra Lhyr?

– Trouxe-me para cá. Acredito que também me explique como poderemos salvá-la... Em sonho, presumo, como fez até agora.

Shyra deu um sorrisinho. Sempre havia alguma coisa desesperada no seu riso, algo que gelava o sangue.

– Então é a isto que preciso apegar-me para ter de volta a minha irmã, aos sonhos de uma mestiça?

– Não me parece que os meus sonhos tenham mentido até agora – replicou Adhara, com firmeza.

Shyra fitou-a intensamente.

– Então sonhe esta noite. E procure vir a mim, amanhã de manhã, com alguma coisa concreta. Então decidiremos o que fazer.

Virou-se para ir embora, mas se deteve.

– Consegue lutar com esse negócio? – disse, indicando com o queixo o coto.

Adhara levantou-o.

– Não me impediu de fazer frente a Amhal, mas sinto uma imensa falta da mão esquerda.

Shyra calou-se por um momento.

– Ajude-me, e eu verei o que podemos fazer com essa mão.

Adhara dirigiu-lhe uma expressão interrogativa, mas a guerreira saiu sem acrescentar mais nada.

Então, ela ficou sozinha, suspensa em todo aquele azul que transformava a caverna num lugar de sonho. Ou de pesadelo. Deu uma olhada em volta. As paredes eram toscas e não havia móvel algum. Um nicho no muro servia, provavelmente, de armário, enquanto outro maior, grande o bastante para abrigar um corpo deitado, devia ser a cama. Havia nele um saco cheio de palha e um cobertor dobrado. Aquele aposento era o que realmente se podia esperar de um covil de rebeldes.

Adhara deitou-se naquela espécie de colchão, suspirando. Sempre rejeitara a ideia de os deuses determinarem o destino. A sua existência sempre dependera das ações dos homens, de pessoas providas de vontade. Homens eram os Vigias que a tinham criado, homem era Amhal que lhe dera um nome, e homem era Adrass, duas vezes pai dela, pois a trouxera à vida a partir de carne morta e porque a salvara da espada do Marvash. Mas agora, pela primeira vez, tudo parecia de fato obedecer a um desígnio. Chegara até ali devido a um sonho, e a sacerdotisa que a havia evocado estava ligada a Amhal, e portanto à sua missão, pelo misterioso medalhão vermelho. Sem contar o fato da explosão do portal tê-la arremessado para lá, onde se deparara com a possibilidade de quebrar para sempre o selo que espalhava a morte no Mundo Emerso. Tudo combinava. Teriam sido, então, os deuses a levá-la àquela gruta? A guiar a sua existência terrena pelo caminho que inexoravelmente conduziria a Amhal?

A pequena janela redonda projetava no teto um círculo irregular de luz. As ondas faziam-no tremeluzir, desenhando figuras fantásticas nas saliências da pedra. Adhara esforçou-se para ler nele uma mensagem, um sinal que a ajudasse a compreender. Foi tentando dar um sentido a tudo aquilo que estava vivendo que adormeceu.

A figura surgiu lentamente das trevas. Primeiro o medalhão, vermelho e reluzente como fogo. Cravado no meio do peito, era um coração palpitante de reflexos rubros de sangue. O resto parecia tomar forma e consistência a partir daquele núcleo maligno. Pela primeira vez, Adhara pôde ver o rosto de Lhyr.

Era uma jovem de rosto suave, mas os traços estavam levemente tensos devido a uma aflição interior. Tinha olhos de uma cor violeta pura e cristalina, e cabelos lisos e brilhosos que desciam até os ombros. Vestia uma túnica branca, furada na altura do medalhão, do qual pingava sangue. Adhara procurou naquela imagem os traços de Shyra, mas não encontrou coisa alguma que os lembrasse.

Era uma imagem muda e pesarosa.

Diga onde está, pensou Adhara, mas quando tentou falar percebeu que não conseguia abrir a boca. Levantou as mãos – tinha novamente ambas, como costuma acontecer nos sonhos – e levou-as aos lábios, mas encontrou-os costurados. Olhou Lhyr e reparou que em sua boca também se vislumbrava a presença de um espesso fio preto que a selava com grandes pontos irregulares. Sentiu-se paralisada pela angústia.

Falei com a sua irmã Shyra, e ela acreditou em mim. Mas agora preciso trazê-la até você, pensou com intensidade, esperando poder se comunicar com Lhyr.

O medalhão começou a brilhar com mais força e iluminou com a sua lúgubre luz rubra o espaço em volta. Não passava de uma pequena cela, e o corpo de Lhyr ocupava quase todo o espaço disponível. O teto era baixo, sustentado por vigas de madeira, o chão e as paredes eram de terra batida. O lugar era parecido até demais com uma cova. A figura contraiu-se cada vez mais até só o medalhão continuar visível, como uma gota de sangue na mais profunda escuridão. E Adhara então viu. A cova ficava sob uma imensa estátua de madeira, com a altura de pelo menos vinte braças. Não havia sinal de juntas: ou os artesãos que a realizaram eram de uma perícia sem igual, ou tinha sido esculpida numa única tora. Representava uma mulher de cabelos extremamente longos, enrolados em volta de um corpo magro. As pontas das madeixas transformavam-se em brotos e botões de rosa. Em uma das mãos segurava uma árvore de tronco e galhos retorcidos, na outra, uma chama ardente. O rosto era severo, quase carrancudo, e Adhara teve a impressão de já tê-lo visto antes, de conhecê-lo até demais. Sentiu um aperto no coração, um desagradável presságio.

Foi só um momento, depois a escuridão engoliu a visão e tudo desapareceu. A única coisa que Adhara continuou vendo foi o palpitar vermelho do medalhão.

Uma voz carregada de dor murmurou palavras em élfico:

Rápido, não perca tempo, antes que eu morra e o Erak Maar seja perdido para sempre.

Adhara esticou a mão até tocar no medalhão e, quando a ponta dos dedos roçou nele, sentiu uma dor excruciante invadir seu braço, descer até os quadris e preencher todo o corpo.

Gritou e recuou na mesma hora.

Estava novamente na sua cela. Impossível dizer que horas eram: a luz era a mesma de quando adormecera. Mas alguma coisa tinha mudado. Agora sabia onde Lhyr estava morrendo.

7

GUERREIROS DAS SOMBRAS

Os jovens guerreiros estavam perfilados na luz límpida de Nova Enawar. Não era hora para grandes celebrações, mas Dubhe insistira, mesmo assim, para que a investidura de Amina fosse pública e com todas as honras. As horas difíceis precisavam de ocasiões de diversão e lazer muito mais do que as pacíficas, e já fazia muito tempo que o seu povo não tinha a chance de aproveitá-las. O clima agraciara-os com um dia de sol e com uma boa notícia. Um pequeno grupo de soldados conseguira entrar em Makrat, a capital da Terra do Sol dominada pelo Conselho dos Sábios, homens sem escrúpulos que na hora da anarquia se apossaram da cidade. Naqueles últimos tempos, esta havia sido a principal preocupação de Kalth.

– Não acha que há coisas mais importantes do que reconquistar uma cidade de mortos? Os elfos continuam avançando, e muito em breve toda a Terra do Vento cairá nas mãos deles – objetara Dubhe quando o neto expressara a intenção de reconquistar Makrat, levando-a de volta à legalidade.

– Estamos perdendo esta guerra, e você bem sabe disto. A peste concedeu-nos uma trégua, é verdade, mas a poção de Theana não é uma solução definitiva. Justamente por tudo andar mal, precisamos reconquistar Makrat. Tenho de mostrar ao meu povo que não me esqueci dele, preciso dar-lhe alguma coisa para ele acreditar que ainda há esperança. E a hora não poderia ser melhor: tudo indica que a doença está ceifando menos vítimas agora; podemos, portanto, nos concentrar em duas frentes.

No fim, Dubhe só pôde concordar.

Kalth estava ao seu lado, de uniforme militar. Nunca pisara num campo de batalha, mas sabia que os tempos exigiam um rei guerreiro, e como tal devia apresentar-se. Vestia uma armadura simples, mais própria para a batalha do que para os desfiles. Uma armadura que nem chegara perto do sangue e do aço, mas isto não importava. Dubhe percebia que as pessoas olhavam para ele com admiração e renovada esperança.

O seu olhar também se deteve no jovem neto. Tinha os cabelos levemente desgrenhados devido ao vento, de um preto lustroso, e os olhos límpidos e sérios; a aparência comedida e compenetrada de quem está acostumado a liderar outros homens. Kalth era a própria imagem do pai, de um Neor ainda jovem e na plenitude das suas capacidades. A semelhança era tão forte que lhe fazia mal. Olhando para Kalth, quase podia iludir-se que o filho não tinha morrido, que o destino decidira devolvê-lo. Mas sabia que não era bem isso. Tivera de sepultar a dor pela perda nas mais recônditas profundezas do seu coração. Os tempos não permitiam o luto, e dela se exigiam coragem e determinação. Era uma ferida da qual não era possível sarar. Permanecia presente no fundo das suas entranhas, onde o filho crescera durante nove meses, e não parava de sangrar por um só momento. Dubhe ficou pensando em até que ponto aquele sofrimento insuportável pesara na sua decisão de tomar a poção, aquela dor que à noite apertava sua garganta e quase lhe impedia de respirar.

Kalth virou-se para ela e sorriu.

– Está pronta?

Dubhe limitou-se a anuir. Kalth se aproximou da irmã. Amina vestia um uniforme todo preto, que fazia dela uma sombra entre as sombras. Os cabelos cortados bem rentes, como de costume. Levantou o olhar e seus olhos espelharam-se nos do gêmeo. Tinha estampada no rosto uma expressão grave e decidida.

Até pouco antes, apesar das dificuldades que tivera de enfrentar, continuava sendo uma menina. No entanto, já não era mais agora. O treinamento com a avó, levado adiante com constância todos os dias, com uma pertinácia que até então só havia demonstrado nos seus caprichos, transformara-a numa mulher. Agora era como o irmão, que o ônus do comando forçara a crescer depressa.

Dubhe não sabia se tinha ou não de ficar contente com isto. Havia esperado por um destino diferente para os netos. Quando nasceram e segurara-os nos braços pela primeira vez, pensara aliviada que a eles caberia uma sorte diferente da dela, que cresceriam num mundo de paz. Não fora assim.

Kalth desembainhou a espada com elegância e ofereceu a lâmina a Amina.

– Jura servir ao seu rei, à sua terra e ao Mundo Emerso inteiro com lealdade e fidelidade até a morte?

Pronunciara aquelas palavras com o mesmo tom com que se dirigira aos outros jovens diante dele, e que a partir daquele dia entrariam nas fileiras dos Guerreiros das Sombras, o grupo de espiões chefiado pela rainha.

Amina fitou-o com um olhar ardente de paixão e confiança, o olhar de um súdito para o seu soberano.

– Juro – disse, e passou a palma da mão na lâmina até derramar uma gota de sangue. Aí enxugou-a com o casaco e beijou-a.

Foi a vez de Dubhe. Deu um passo adiante e segurou um punhal que Baol lhe oferecia. Sentiu um arrepio ao pegá-lo. Durante todo o tempo do treinamento da neta continuara a pôr-se a mesma pergunta: era justo endereçar às armas aquela que até então não passara de uma menina? Era conveniente ensinar-lhe a maneira de matar um homem, de evitar e rebater um golpe mortal, de infiltrar-se no território inimigo? Ainda não conseguira encontrar uma resposta. Aquele gesto, entregar-lhe o punhal, significava decidir de uma vez por todas o destino de Amina. Por isto, demorou.

Olhou para ela, estudou seu rosto, as suas roupas, e sentiu-se orgulhosa.

– Que a noite seja a sua companheira fiel, que as sombras a assistam. Desde hoje será uma Guerreira das Sombras – disse, afinal, com solenidade.

A comemoração foi sóbria, mas não faltou alegria. Dubhe observou Amina brincar com Kalth. Fazia muito tempo que não os via tão unidos. Na verdade, nunca foram muito chegados. Mas a dor irmana, e agora os dois gêmeos tinham ficado sozinhos. Fea perambulava um tanto perdida pelo jardim, seguida pela dama de companhia que Kalth lhe arrumara. Amina voltara para ela tarde demais. As aflições, a dor haviam lhe quebrado a fibra, e agora movia-se tomada por um lastimável estupor. Lembrava-se muito pouco da sua vida anterior, e até mesmo os filhos eram uma recordação de contornos incertos.

Levara um bom tempo para reconhecer a filha, quando voltara a vê-la, e agora não tinha certamente entendido coisa alguma da cerimônia que acabara de acontecer. Melhor assim. A antiga Fea nunca aceitaria que a sua Amina se tornasse uma espiã.

Dubhe chegou-se aos netos.

– Já sabe que o adestramento ainda não acabou, não sabe? – começou com um sorriso, dirigindo-se a Amina.

Ela se virou.

– Está a fim de treinar um pouco?

Sabia muito bem que de uns tempos para cá a avó não tinha mais condição de lutar. A última vez que medira forças com ela, havia levado a melhor com uma única investida.

– Ainda não é hora de você descer em campo – disse Dubhe.

Amina ficou séria.

– Eu sei. Já não sou a cabecinha de vento de antigamente. Pensei que já estivesse convencida disto.

– E estou mesmo – disse Dubhe, carinhosamente.

– E também sei que a admissão nos Guerreiros das Sombras é uma demonstração de confiança da qual preciso mostrar-me digna. Mas pode crer que conseguirei. Já sabe que, quando boto uma coisa na cabeça, não desisto tão facilmente.

Dubhe afagou-a na cabeça com um sorriso. Em seguida virou-se para ir embora.

– Até a próxima reunião, então.

– Não quer ficar festejando conosco?

– Tenho tarefas a cumprir – respondeu ela. Precisava preparar-se para a noite, o único momento em que de fato se sentia viva. Aquelas ciladas noturnas já se haviam tornado uma espécie de droga para ela. E naquela noite planejava fazer muitas coisas.

O elfo gritou de dor, mas Dubhe permaneceu impassível e puxou com mais forças as cordas com que o prendera a uma árvore. O punhal, na sua mão direita, pingava sangue. O rosto da jovem que substituíra o cheio de rugas da rainha encrespou-se num sorriso amargo. No passado, não conseguiria fazer uma coisa como aquela. Antigamente já tinha alguma repulsa pelo assassinato, e provocar dor intencionalmente era uma coisa que nem passava pela sua cabeça.

Como o tempo muda a gente, pensou com amarga ironia.

– Isto pode acabar quando você quiser. Só precisa contar a verdade.

O elfo dirigiu-lhe um olhar súplice.

– Mate-me – implorou.

– Não antes de você me dizer a verdade.

– Não pode pedir a minha traição.

– Então terá de sofrer.

Incidiu novamente a carne, devagar, como se estivesse saboreando aquele momento.

Como se a Fera estivesse novamente comigo... pensou, enquanto o elfo berrava.

Segurou-o pelo pescoço.

– O que são aqueles misteriosos artefatos que montam nas aldeias conquistadas?

Ele sacudiu a cabeça, o pouco que a firme pegada da inimiga permitia. Dubhe afastou-se dele e mediu a largos passos a pequena clareira aonde tinha levado a sua presa. Tudo começara desde que Theana mencionara aqueles malditos obeliscos. O primeiro havia sido um mero interrogatório, resultando na morte do prisioneiro.

Agora, diante daquele elfo coberto de cortes e de sangue, a sua firmeza vacilava. A vitória, a salvação do seu povo, poderia realmente justificar qualquer coisa? Seria, aquela, de fato a sua última arma, ou algo há muito tempo esquecido estaria na verdade voltando à tona?

Encostou a lâmina na garganta do elfo e foi tentada a fincá-la. Os olhos do sujeito continham uma súplica tão aflita que Dubhe não podia deixar de sentir-se dilacerada.

– Se não quiser dizer o que são aqueles instrumentos, diga então onde está Kriss.

O elfo arregalou os olhos.

– Não pode pedir isto! Ele é o meu rei, é tudo para nós. Pode cortar-me em pedaços, mas nada direi.

Dubhe soltou-o com raiva e fincou o punhal. Uma ferida na perna, precisa como uma incisão cirúrgica. O elfo voltou a gritar.

– Morrerá pouco a pouco, sangrando. Não será uma boa morte. Fale a verdade e eu lhe darei o golpe de misericórdia.

– Não... – chorou o elfo.

Desta vez quem gritou foi ela. Afundou a lâmina na garganta do prisioneiro e deixou que o corpo se abandonasse nas cordas que o prendiam à árvore, até o estertor de agonia se calar.

Dubhe sofreu uma terrível fisgada de dor. Sentia-se horrivelmente suja, como muitos anos antes, quando após cada trabalho de ladra ia à Fonte Escura e mergulhava na água gelada. Tinham-se passado tantos anos, desde então, que nem dava para contar, e agora não havia fonte suficientemente pura para limpá-la de tudo que vira na vida e daquilo que acabava de fazer.

Jogou o punhal no chão, com horror, e a vista da pele lisa das suas mãos, a percepção do corpo tenso e pronto para a ação como já fora muitos anos antes deixaram-na furiosa. Porque se os músculos eram os de antigamente, se os membros mostravam-se jovens e elásticos, a sua alma estava pesada, manchada de horrores. O presente de Tori era mais terrível do que poderia ter imaginado.

Deixou a sua vítima pendurada nas cordas, de cabeça largada no peito, e fugiu o mais rápido possível, rumo ao acampamento e à sua verdadeira vida. O sol iria levantar-se acima das agulhas dos pinheiros e lhe devolveria aquelas rugas bendidas.

Meteu-se entre as barracas, furtiva como de costume. Ninguém à vista, das tendas só se ouvia a respiração de quem dormia. Mais uma noite sem maiores problemas, e o seu segredo estava salvo.

Já ia afastando a cortina do seu alojamento, quando se deteve na entrada. Lá dentro, sentada, havia uma figura de preto que logo se virou ao ouvir o leve fru-fru da fazenda mexida. Treinara-a bem demais. Amina.

Os olhos das duas se cruzaram por um instante, e Dubhe achou que naquele momento devia parecer quase da mesma idade da neta. Era como se passado e futuro colidissem e se misturassem.

– Ora, ora, quem é você? – agrediu-a Amina. Mas a pergunta quase morreu em seus lábios. No rosto da jovem intrusa reconheceu logo os traços da avó.

Dubhe tentou fugir, mas a poção, pérfida como sempre, traiu-a. Percebeu a pele que se contraía, os músculos que perdiam o tom. Curvou-se para a frente e Amina acudiu para socorrê-la.

Acabaram ambas no chão, de joelhos. Dubhe olhou para a neta.

– Eu lhe peço, não conte a ninguém – murmurou com um flébil sorriso.

Explicou-lhe tudo. Enquanto contava, a loucura da sua escolha parecia-lhe cada vez mais grave, imperdoável. Desde que a aceitara, nunca parara de perguntar a si mesma se a poção de Tori não escondia alguma coisa obscura. Amina ficou ouvindo em silêncio, atônita.

– Fiz isto porque compreendi que precisávamos recorrer a medidas extremas para acabar com esta guerra. E uma vez que a idade não me permitia esta possibilidade, pois bem, agarrei-a sozinha. Porque a guerra é um monstro que devora os jovens e os fortes, enquanto a vida, mesmo com sua crueldade, tende a eliminar os velhos e os fracos. Os velhos como eu.

Amina continuava a fitá-la sem nada dizer, mas tudo nela expressava uma censura da qual Dubhe era incapaz de eximir-se.

– E quanto a mim, não pensou?! – exclamou afinal, quebrando o silêncio. – Eu preciso de você.

Dubhe ficou sem palavras. Sentiu alguma coisa derreter-se em seu peito.

– Ainda estou aqui. Sempre estarei.

– Está envelhecendo a olhos vistos. Agora mesmo está mais velha que de manhã! Como teve a coragem, então, de pedir que eu parasse com meus caprichos, com minhas loucuras, para não me sacrificar inutilmente?

– Não é a mesma coisa, esta...

– Num impulso repentino tomou aquele negócio e começou a bancar o justiceiro solitário, como se não houvesse um exército para apoiá-la. Está jogando fora a sua vida. Está se entregando... – disse a garota, com os olhos úmidos.

E de repente Dubhe entendeu a decepção da neta, aquele sentimento profundo de traição. E percebeu que não havia jeito algum de justificar-se. Aproximou-se de Amina, abraçou-a, mas ela desvencilhou-se.

– Não pense que um abraço possa consertar as coisas! Precisa parar de tomar a poção!

– Não posso.

– Só quero que você pare, pois, do contrário, qual é o sentido do treinamento que me deu?

– Torná-la melhor do que eu.

Amina mordeu o lábio, apertou os punhos.

– Eu queria ser *como* você, era a coisa que mais desejava no mundo!

– Infelizmente, não sou tão forte quanto você acreditava.

– Por que não pode ser, por mim? Eu bem que me esforcei para melhorar.

Amina caiu em prantos. De pé diante dela, no seu uniforme novo, parecia ter voltado a ser a menina de sempre.

Dubhe abraçou-a.

– Perdoe-me – sussurrou, e a neta apoiou a testa no seu peito.

Em seguida, afastou-se devagar.

– Promete que nunca mais fará uma coisa dessas?

Mas era uma pergunta da qual já conhecia a resposta. Podia lê-la no olhar da avó.

– Já fui longe demais, não posso parar. Mas a poção que me sobra é muito pouca – disse Dubhe. – Mais uma ou duas missões, e tudo acabou.

– E não vai procurar mais?

Dubhe sacudiu a cabeça com um sorriso triste. Amina também sorriu, mas alguma coisa havia se quebrado dentro dela. Dubhe se dava conta disso. Sempre chega a hora em que os nossos mitos nos decepcionam. É em cima dos cadáveres deles que construímos a nossa identidade. Mesmo assim, teria preferido que a neta continuasse se iludindo. Mas dentro em breve tudo acabaria. Mais umas poucas missões. E finalmente a última, a decisiva.

8

O TEMPLO DE PHENOR

Amhal chegou às portas de Orva depois de uma jornada de oito dias, dois a menos do que San tinha considerado. A necessidade de juntar-se novamente a ele era tão urgente que o impelira a superar mais depressa a distância que o separava da capital.

Na entrada, diante do enorme portão de madeira entalhada, dois guardas tentaram detê-lo. Num piscar de olhos estavam no chão, com uma lança fincada num flanco.

– Queira desculpar a ineptidão dessas sentinelas – disse um elfo na própria língua. – Não tinham reparado no selo no seu peito. Por favor, entre. Estávamos esperando pelo senhor.

Amhal passou os dedos no medalhão. Tinha feito um furo no colete de couro, para que fosse sempre visível; por outro lado, agora aderia perfeitamente à pele e seria impossível mostrá-lo de outra forma.

O elfo acompanhou-o por um estreito corredor de madeira. Em Orva, toda construção era daquele material, embora esculpido muitas vezes de maneira a parecer pedra, ou tijolo, ou até mesmo rocha natural.

Clareava o caminho com uma estranha engenhoca de vidro que irradiava uma luminosidade leitosa, uma magia cuja natureza Amhal não conseguia entender. Afinal de contas, aquele guarda não era um mago, dava para ver. Uma luz diferente animou o ambiente. Alguma coisa esverdeada e perturbadora, que soltava reflexos espectrais naquele buraco sem ar.

– Já estamos chegando.

Desembocaram no que parecia uma verdadeira caverna de madeira. Era imensa, com um pé-direito de pelo menos vinte braças e arcos em forma de ogiva, pontudos. Cheirava a resina silvestre, um inconfundível odor de magia. Amhal percebia que o ambiente vibrava, que estava cheio dele. Se aguçasse a vista, poderia até ver o ar tremular, como nos dias muito quentes.

Diante deles apareceu um portal gigantesco. Era uma abertura com duas braças de largura, no máximo, mas tão alta que quase chegava a alcançar o teto. Também tinha forma de ogiva, com a ombreira enfeitada com complexos entalhes que emolduravam uma inscrição. Amhal tentou interpretá-la, mas pareciam palavras élficas sem sentido.

– O que quer dizer esta epígrafe?

– São os nomes das pessoas que deram seu sangue para a construção deste portal. Entenda, o Erak Maar e a terra habitada pelos elfos ficam muito longe, e não é apenas o Saar que os separa, mas também a Floresta Obscura; conectar dois lugares tão distantes exige enormes quantidades de magia. Considere, também, que o nosso senhor fez passar por este portal todas as tropas que levou ao Erak Maar para a conquista. Poderá entender, então, que não bastava um selo qualquer. Razão pela qual não só foi preciso o sacrifício do mago que o construiu, como também de cem elfos, cujo sangue empapou as fundações do portal. Os nomes deles foram escritos com sangue.

Amhal aproximou-se. O enfeite fora esculpido, mas o vazio criado pelo entalhe fora de fato preenchido com uma cor vermelho-escura. Sangue. O sangue de cem inocentes. Aí estavam os alicerces do sonho de Kriss.

Observou a superfície trêmula do portal. Era verde, translúcida e flutuava como um leve véu agitado por uma aragem imperceptível.

– Sabe como funciona? – perguntou o guarda.

Amhal anuiu. San lhe explicara pouco antes de eles passarem pela porta da cidade. Os dedos roçaram apressadamente no medalhão.

– Não poderá usá-lo para que o leve até o Erak Maar, obviamente – prosseguiu o elfo. – Construir um portal na casa do inimigo seria impossível. Mas pelo menos lhe permitirá chegar às margens do Saar.

San dissera que encontraria uma viverna esperando por ele. A partir daí, tudo seria mais fácil.

Amhal sacou o punhal e incidiu um dos dedos da mão esquerda que lhe sobravam. O sangue logo jorrou, translúcido, com aquela consistência particular que desde sempre marcara o fato de ele ser um mestiço. Sacudiu a mão jogando algumas gotas no portal, que se ativou na mesma hora.

O véu esverdeado sumiu, deixando o lugar a uma superfície azulada, parecida com água. Amhal olhou para ela sem a menor emoção. Em seguida deu um passo, mergulhou no portal e desapareceu.

Adhara puxou o capuz em cima da cabeça. Era feito de tecido rústico e picava a pele, mas precisava cobrir-se de qualquer maneira.

– Tudo em você revela que é um humano; se a vissem, aconteceria o pânico – explicara Shyra, após pintar de verde seu cabelo.

Era inverno, mas não fazia muito frio. O ar, aliás, era até morno, e isto não convidava a agasalhar-se daquele jeito. Este detalhe também poderia despertar suspeitas, precisavam agir com cuidado. Afinal de contas, eram apenas cinco mulheres contra uma cidade inteira.

Entrar em Orva não foi difícil.

– Uma vez por ano festeja-se o Pesharjai, o Dia do Milagre – explicara Shyra. – Doentes de todo o Mherar Thar chegam a Orva em busca de uma cura no templo de Phenor. Mesmo agora que a cidade está sujeita à lei marcial, neste dia as portas ficam abertas e os controles são menos meticulosos.

Tinham-se juntado à multidão de pessoas que entrava na cidade pela porta principal. Era um amontoado de desesperados. Havia rostos desfigurados por chagas imundas, crianças abandonadas inertes nos braços das mães, aleijados.

– Eis os frutos da guerra – comentou Shyra, com desprezo.

Foi naquele momento que Adhara sentiu-se agarrar pelo pulso.

Haviam topado com um guarda, um daqueles que detinham aleatoriamente os transeuntes para algum tipo de controle.

Ela baixou o rosto e limitou-se a mostrar o coto. O guarda retraiu imediatamente a mão.

– Pode passar.

Contavam que durante o Pesharjai tudo era possível, até o crescimento de um membro perdido.

Avançaram levadas pelo rio de gente, empurradas por todos os lados. Havia alguns que entoavam salmos com tristeza, outros se queixavam, e muitos simplesmente conversavam. Adhara sentia-se aturdida. O azedume de muitos corpos apinhados nas ruelas estreitas da cidade dava um nó na garganta, mesmo não conseguindo dissipar por completo o cheiro da maresia. Era uma nota dominante sobre qualquer outro odor, que envolvia e inebriava. Pensou naquilo que Shyra lhe contara acerca daquela cidade, na Noite das Flores.

Olhou em volta, tentando entender aquele sítio no qual se consumara a tragédia das duas gêmeas. Era um lugar diferente de qualquer outro no Mundo Emerso. A sensação de estar longe de casa era oprimente. Tudo era alheio. As pedras com que as ruas eram pavimentadas, enormes paralelepípedos desiguais, cortados de uma rocha dura e preta na qual os carros haviam deixado marcas profundas. Mas principalmente as construções. Eram todas de madeira. Uma madeira trabalhada por marceneiros de extraordinária habilidade, pois imitava as várias formas da pedra. Quase todos os edifícios eram leves e esguios, cheios de finos pináculos e de aparência severamente triste. Havia alguma coisa naqueles prédios que reportava ao exílio. Eram todos altos, imponentes, debruçados sobre ruas tortas e estreitas que eles oprimiam com seu tamanho. Por toda parte dominava o marrom, em todas as suas tonalidades. Algumas fachadas eram enfeitadas marchetando madeiras diferentes, mas, ainda assim, Orva parecia mais a cópia de uma cidade que um centro habitado. Adhara não ficaria surpresa ao ver nas esquinas não pessoas vivas, mas sim bonecos de madeira. Tudo era tão austero que o amontoado de desesperados que fluíam pelas ruas parecia destoar. Não havia lugar para a vida naquele local.

Continuaram acompanhando a multidão que avançava até desembocar numa ampla praça redonda. Em volta, casas baixas amontoadas umas em cima das outras. Separado por duas amplas alamedas, um edifício maior. A planta era mais ou menos circular, mas definir a sua estrutura não era nada simples. Sobre uma primeira sequência de arcos, apoiava-se uma série de abóbadas de vários tamanhos, encimadas por uma bem maior que tinha, no topo, uma espécie de obelisco de ouro em forma de raio. Em volta do edifício, erguiam-se, finas e extremamente altas, seis torres marcadas, em três alturas diferentes, por uma espécie de varandins. Ao contrário de todos os demais, este edifício não tinha a cor da madeira, pois era pintado de vermelho vivo, como se o sangue de milhares de vítimas tivesse entranhado os seus muros.

Adhara ficou impressionada. Havia algo solene e majestoso naquela enorme construção, mas também obscuro e perturbador. Percebia a reverberação de alguma coisa conhecida naquelas paredes, algo que a assustava. Talvez a sombra do seu destino, talvez o vínculo perverso que a ligava a Shevrar e ao seu dublê, Phenor, que ali era venerada.

À medida que se aproximava, sentia-se cada vez mais oprimida pela sua massa. Reparou que os muros eram totalmente cobertos de frisos que, a julgar pela cor e pelo brilho, deviam ser de cristal negro. Distinguiu claramente palavras élficas.

– É um salmo para Phenor, o mais famoso – explicou Shyra, baixinho. – Foi ditado pela própria deusa a Thyuv, a sua primeira sacerdotisa, no dia em que os deuses abandonaram o Erak Maar. São as últimas palavras que os deuses deixaram aos elfos.

– E o que diz?

– É uma cantiga de adeus. Um ato de amor por uma terra bendita que foi corrompida pela maldade das suas criaturas. É um hino à beleza destruída, à paz despedaçada pelo desejo do poder. E é uma esperança para o futuro: quem doou aos elfos a capacidade de procriar foi Phenor, justamente porque, afinal de contas, acreditava neles e na possibilidade de se remirem.

Shyra parou de repente e Adhara achou-a profundamente perturbada.

– O que foi? – perguntou baixinho, mas a outra não respondeu. Parecia tomada por uma ira cega. Adhara acompanhou o seu olhar e viu a figura que aparecera num dos balcões. Lá de baixo, não conseguia enxergá-la direito, mas parecia um elfo já idoso, envolvido numa longa capa.

– Quem aparecia naquele púlpito era Lhyr – disse Shyra. – Durante o Pesharjai mostrava-se às pessoas junto com suas coirmãs e oficiava os ritos. – Calou-se por um instante, franzindo a testa. – E lá está, agora, quem ficou no lugar dela: Larshar, a cobra de Kriss.

Mencionara o sujeito enquanto estavam planejando a missão. A resistência não era um movimento tão minoritário assim entre os elfos. Havia muitos bolsões de rebeldia em Orva, bem mais que em outras partes. Desde que Kriss se fora, os focos de descontentamento se tornaram muito mais numerosos, também apoiados por uma população que, embora não abertamente hostil ao novo rei, não via com bons olhos a reconquista do Erak Maar e nada fazia para reprimir a ação dos rebeldes. Afinal de contas, Kriss assumira o poder na onda do entusiasmo que as suas palavras sabiam suscitar, aproveitando o seu inegável carisma. Mas, agora que estava longe e o custo da guerra começava a pesar na população, o descontentamento se espalhava cada vez mais. Portanto, Kriss nomeara um regente para a cidade de Orva, um dos mais influentes sacerdotes de Shevrar.

– Conhecia-o muito bem – lembrou Shyra. – Ensinou-me a doutrina quando eu ainda era criança, antes de ele galgar os degraus da hierarquia. Um elfo maldoso. Gostava dos castigos corporais, que infligia generosamente e com grande prazer.

Desde que Larshar assumira o poder, em Orva a situação havia rapidamente piorado. As execuções estavam na ordem do dia, o toque de recolher e a lei marcial vigoravam, o controle sobre a população tornara-se extremamente rigoroso. As denúncias eram estimuladas, e uma acusação anônima bastava para acabar no patíbulo. Os relacionamentos sociais irremediavelmente deterioraram-se, destruídos pela suspeita que já serpeava dentro das próprias famílias. Um verdadeiro inferno que tivera como único resultado exasperar a situação e reforçar a rebelião.

– De certa forma, deveríamos agradecer-lhe: nunca fomos tão amados pelas pessoas como agora – afirmou Shyra, de olhos obstinadamente fixos em Larshar.

Adhara acompanhou a figura até ela desaparecer. Mantivera-se imóvel como uma estátua, o guardião perfeito daquela cidade de mortos.

Entraram, finalmente, no templo de Phenor. A luz filtrava através das chapas de alabastro que decoravam as janelas de arco redondo, espalhadas ao longo do contorno das numerosas abóbodas que formavam o teto. Aquela luz fazia com que tudo parecesse dourado. De ouro os corpos apinhados, que lentamente se arrastavam para o altar, de ouro as paredes e os adornos. Havia inscrições em todo canto e atavios geométricos de cristal negro. O olhar perdia-se no jogo de cúpulas que se inseriam uma dentro da outra, todas marcadas por nervuras vermelhas de fogo.

Adhara estava prestes a perder-se, atordoada pela decoração e por aquela luz que dava contornos oníricos a todas as coisas, quando sentiu-se segurar pelo braço por Shyra, que a puxou para um canto, dentro de um nicho lateral.

– Está pronta?

Adhara anuiu. Remexeu no alforje que tinha a tiracolo e sacou um objeto metálico. Avaliou o seu peso por alguns instantes, indecisa. Era uma mão. Os dedos eram finos canudos, articulados, montados em torno de pernos que permitiam movimentá-los. A palma era formada por uma série de barrinhas aparafusadas num cilindro central. Shyra mandara fazê-la pelo mais habilidoso ferreiro entre os rebeldes.

– Não é uma verdadeira mão, mas tem por dentro um ímã que permite fechá-la para segurar uma espada. E de qualquer maneira, na pior das hipóteses, pode usá-la para se proteger dos golpes.

Adhara ainda não a experimentara. Sim, claro, já a usara algumas vezes, nos dias em que ficara no refúgio dos rebeldes, na caverna, deixando nela uma estranha sensação. Não era exatamente como uma mão, mas fizera com que se sentisse menos desprotegida.

Depois de mais alguns minutos, as outras três companheiras juntaram-se a Shyra e Adhara.

Shyra apontou para o objetivo delas.

– Se os seus sonhos não mentem, é para lá que temos de ir.

Sob a maior das cúpulas erguia-se uma estátua inteiramente de madeira. Adhara reconheceu-a na mesma hora, pois era aquela que tinha visto em sonho. Fora justamente a sua descrição a guiar Shyra.

Deteve-se naquela figura. Agora podia entender perfeitamente o seu simbolismo: os rebentos e o fogo nas mãos correspondiam à espada e ao raio nas mãos das estátuas de Shevrar; o rosto, embora feminino, era incrivelmente parecido com o do deus. Um arrepio correu pela sua espinha. Por mais longe que ela fosse, tinha a impressão de voltar sempre ao ponto de partida, para aquela divindade misteriosa que exigia a sua presença, que lhe dera a vida com uma única finalidade, justamente como os Vigias.

Baixou os olhos e se deu conta de quão difícil seria conseguir fazer o que se propunham. Diante da estátua havia um grande altar de madeira entalhada, onde várias sacerdotisas já haviam começado a cuidar dos doentes. Cada uma delas encostava as mãos no enfermo, para então recitar uma ladainha de olhos fechados. Só uns poucos momentos, e o postulante voltava para o lugar de onde tinha vindo, esperando que a longa viagem enfrentada valesse aqueles poucos instantes.

A esperança nos leva a fazer as coisas mais insensatas, disse Adhara a si mesma. *Exatamente como aquela que você está a ponto de tentar agora mesmo.*

– Quase chegamos. Vamos lá.

As palavras de Shyra deram-lhe novo alento. Todas elas tiraram as roupas que haviam vestido até então e jogaram-nas no nicho. Embaixo daqueles humildes trajes, usavam as vestes das sacerdotisas de Phenor: longas túnicas de um rosa pálido, com a gola, as mangas e as bordas listadas de um verde brilhante. Mantiveram o capuz na cabeça. Normalmente, as sacerdotisas só os vestiam durante as viagens, mas Shyra acreditava que no meio daquela confusão ninguém iria reparar.

Moveram-se juntas, margeando as paredes do templo. Não havia muitos doentes por ali, principalmente à medida que se aproximavam da estátua de Phenor. No meio do templo, com efeito, os pedintes eram agrupados por alguns guardas em dez fileiras paralelas. Adhara e as outras contornaram o bloqueio sem maiores problemas. Agora estavam a umas dez braças do altar. Pararam. Shyra olhou para cima. Alguma coisa brilhou por um instante perto de uma das janelas.

– Preparem-se – disse.

Tirou do alforje um pequeno arco e uma flecha, retesou-o. Uma estria luminosa cortou em dois o ar do templo, até fincar-se no altar. A ponta ardente penetrou na madeira e as chamas começaram logo a se espalharem.

Um grito, acompanhado imediatamente por muitos outros. A multidão pareceu perder o rumo, o pânico difundiu-se como uma onda num lago de água parada.

– Agora! – sussurrou Shyra, decidida. Adhara e as outras pularam adiante, enquanto o templo mergulhava no caos.

As sacerdotisas, esquecendo a atitude hierática, saíram em debandada confundindo-se com os doentes. Todos se afastaram do altar, que não demorou a ficar em chamas. Os guardas procuraram aproximar-se do incêndio, mas a multidão de fiéis fugindo obstruía o caminho. O ar ressoava de gritos; muitos acabaram no chão, alguns foram pisoteados, outros caíram de joelhos e começaram a rezar.

Adhara e as companheiras agiram antes que a situação degenerasse, aproveitando aquele momento fugaz entre a surpresa e o aparecimento do pânico. Só dispunham de uns poucos minutos durante os quais o altar seria acessível. Depois haveria confusão demais, o incêndio se alastraria e alguém acudiria para controlá-lo.

Adhara concentrou-se naquela corrida desesperada.

– Rápido, os guardas não vão demorar a chegar! – disse Shyra.

Adhara rezou para que Lhyr falasse com ela, sugerindo-lhe o que fazer, pois o sonho não lhe dera nenhuma pista a respeito. Passou as mãos no friso, com a madeira que já começava a esquentar. Fechou os olhos.

– Então?

– Espere mais um momento – murmurou. Estava com calor, um calor terrível, mas não saberia dizer se era devido ao fogo ou ao afã.

Os dedos da mão direita correram ao longo de todo o altar. Nada de intuições a guiá-la, nada de vozes interiores a sugerir o que fazer.

– Afaste-se, nós mesmas vamos cuidar disto!

Um guarda acudiu para dominar o incêndio.

Adhara ouviu o barulho da lâmina que trespassava a carne, um gorgolejo sufocado e depois um baque, e compreendeu que chegara a hora de lutar.

– Faça alguma coisa, daqui a pouco vão cair em cima da gente! – gritou Shyra.

– Estou tentando!

Procurou de novo, mais e mais, até encontrar alguma coisa dura, algo que, no meio daquela madeira, tinha a consistência da pedra. Apertou, e o altar saiu devagar de baixo dos seus dedos. Abrindo os olhos, viu que se afastava revelando uma abertura na base.

– Empurrem! – ordenou Shyra. Adhara obedeceu. Só eram quatro. A quinta, de espada em punho, enfrentava um guarda.

O altar mexeu-se devagar, chiando sobre invisíveis dobradiças, e a fenda revelou uma abertura escura, na qual mal se conseguiam distinguir alguns degraus.

– Para dentro!
Adhara precipitou-se escada abaixo.
– Thara, feche! – ordenou Shyra.
Thara, dois guardas mortos aos seus pés, anuiu e começou a empurrar de volta o altar para impedir a passagem. Foi assim que Adhara a viu pela última vez, à mercê do inimigo, condenada a uma morte certa. Depois foi só escuridão.

9

A RAINHA E O MINISTRO OFICIANTE

— Posicionamos os ashkar em todas as aldeias conquistadas – disse o elfo, indicando um mapa da Terra do Vento. – Os humanos, agora, estão entrincheirados aqui – continuou, deslocando o dedo para uma área na fronteira com a Terra da Água –, mas acreditamos que muito em breve recuem.

Kriss estava de pé, ao seu lado. Vestia a armadura, como sempre. Era um guerreiro, totalmente concentrado nas obrigações militares. Não se tratava de uma pose, de uma imagem que quisesse transmitir aos seus súditos. A missão era uma ideia fixa que roía a alma do soberano noite e dia, que não o deixava descansar quando estava escuro e enchia-lhe a mente à luz do sol. Não sobrava espaço para mais nada em sua vida, pelo menos até ele conseguir levar a cabo o seu grande sonho.

– Há quanto tempo esse território resiste aos nossos ataques? – perguntou.

– Há duas semanas.

O rei ficou calado por alguns instantes.

– Terei de ir para lá pessoalmente, uma vez que vocês não são capazes de cumprir o seu dever.

O elfo estremeceu de indignação.

– Meu senhor, trata-se apenas de um pequeno trecho insignificante... A Terra do Vento já está, praticamente, em nossas mãos...

Kriss varreu para longe o mapa, com um gesto raivoso. O pergaminho caiu no chão, levando consigo as bandeirinhas usadas no planejamento dos ataques.

– Tudo, tudo deve ser meu! – trovejou. – Cada maldito vilarejo, cada maldita casa, tudo! Há alguma coisa nesta minha frase que não entendeu?

– Será feito, meu senhor.

Uma risadinha preencheu o silêncio que seguiu. San estava aproveitando a cena.

Kriss contraiu o queixo e suspirou.

– Perdoe-me – disse ao soldado. – Esta guerra esgota todas as minhas energias, e... é verdade, estou cansado. Mas você é um bom súdito, um valoroso combatente.

– Sim, meu senhor – respondeu o sujeito, indeciso, como se aquela calma repentina o assustasse mais que o rompante de ira.

– Então vá, e envie mensageiros a Throk, diga-lhe que estou chegando e que muito em breve toda, *toda* a Terra do Vento será nossa. Mande-o preparar os ashkar para os últimos vilarejos. Os ashkar são o que mais importa, está me entendendo? – disse, segurando-o pelos ombros. O soldado anuiu, apavorado. – Pode ir.

O elfo fez continência e sumiu.

– Deveria procurar manter a calma.

Kriss se virou. San estava sentado numa cadeira ao lado do trono improvisado, uma taça de vinho na mão e um sorriso de desafio no rosto.

– O que lhe faz pensar que pode tratar-me deste jeito na frente dos meus homens? – replicou o rei, gélido.

– Eu não o *tratei* de forma alguma. Só limitei-me a sorrir.

– Faça de novo e será um homem morto.

A ameaça pareceu suscitar a hilaridade de San, que assumiu uma expressão entre a surpresa e a gozação.

– Matar... a *mim*? E se me matar, sua graciosa realeza, como poderá levar a bom termo o seu plano?

Kriss avançou lentamente.

– Você não é o único, sabe disto.

– Amhal não seria capaz de levar adiante o plano sozinho.

– Nem você.

San já não sorria.

– Não pense em me assustar com suas ameaças.

– Não, claro que não – disse o rei, mais seguro. – Sei perfeitamente o que você quer.

– Assim espero. Porque farei o que pede de mim, logo que a Terra do Vento estiver em suas mãos, mas você terá de mostrar que pode cumprir suas promessas.

Kriss ajeitou-se com calma no assento. Parecia ter recobrado toda a sua segurança.

– Nunca faço promessas que não posso cumprir.

– Melhor assim – disse San, sombrio, o olhar perdido no vazio.

– Uma vez que você me tiver livrado dos humanos, e muito em breve terá de fazer isto, poderá tê-lo novamente. Eu jurei e estou preparado a jurar de novo.

Aquelas simples palavras foram suficientes para que San fosse tomado por uma profunda tristeza.

– Isto mesmo, San, estará novamente com você – repetiu Kriss, enquanto um sorriso sutil encrespava seus lábios.

O templo de Levânia, a pequena cidade na fronteira entre a Terra do Vento e a da Água, era uma construção de tamanho modesto, mas mesmo assim estava invadido por uma verdadeira multidão de pessoas, quase todas atacadas pela doença. Dubhe moveu-se entre aquela massa turbulenta com cautela, auxiliada por Baol, que abria caminho para ela. Era o seu povo, mas ainda assim sentia uma estranha repugnância. Aquele pessoal não se apinhava no templo porque acreditava no deus de expressão severa que o observava de cima do seu altar, não estava ali para rezar. Só havia comparecido por causa da poção. Depois de virarem as costas aos templos de Theana quando tudo corria bem, agora todos se redescobriam crentes, uma coisa que, no entender de Dubhe, os amesquinhava. Ela nunca precisara da fé, na vida, nem mesmo quando Learco e Neor morreram. Agora que se aproximava do fim, não se entregaria a uma conversão de última hora. Iria morrer como vivera, sob um céu que preferia imaginar vazio. Mas durante uma boa parte da sua vida ficara observando a fé sólida e autêntica de Theana. Vira-a pregar, construir templos, gastar toda a sua existência mostrando às pessoas o verdadeiro rosto de Thenaar, aquele que a Guilda tinha enterrado sob uma montanha de mentiras. E nunca deixara de ter um profundo respeito por aquela fé.

Agora via-a humilhada por aquelas pessoas que, se não estivessem doentes, nunca teriam sequer pisado no templo. Era fé aquilo? Abdicar de si mesmo e das próprias convicções só para salvar a vida?

Está sendo dura demais com eles, disse a si mesma, mas não conseguia pensar de outra forma.

Theana estava perto do altar e distribuía a poção com a ajuda de um jovem sacerdote. Tinha um sorriso para todos, um sorriso exausto. Quando a viu, seus olhos se iluminaram.

– Continue sozinho – ordenou ao rapaz, e aproximou-se dela.

– Não devia se incomodar. Eu mesma poderia ter vindo – disse, apertando com a mão seu braço.

Ela também envelhecera. Havia mais rugas no seu rosto, as costas estavam curvas, e um ar de imenso esgotamento exalava da sua figura.

– Não me trate como uma velha. Ainda dou para o gasto – respondeu Dubhe, com um sorriso.

– Não é isto, sabe o que eu queria dizer...

Dubhe agitou a mão com fingida indiferença.

– Já acabamos com os rapapés? Estou errada ou tínhamos alguns assuntos a discutir?

Trancaram-se num pequeno aposento nos fundos do templo. Baol foi dispensado, e Dubhe deixou-se cair pesadamente numa cadeira perto de uma larga mesa de mogno. Theana despiu vagarosamente os trajes rituais, guardando-os com cuidado num grande armário encostado na parede.

– Espero que o sacerdote deste templo não fique chateado por eu usar os seus paramentos. Trazer comigo os meus para todos os lugares que visito aumentaria sem motivo a minha bagagem.

– Por que se sujeita a estas viagens cansativas? – perguntou Dubhe. – Por que tanto trabalho por pessoas que nem mesmo acreditam no seu deus?

– Você tampouco acredita, mas mesmo assim eu faria qualquer coisa por você – respondeu Theana.

Atravessou a pequena sala devagar e também sentou-se, do outro lado da mesa.

– Você é dura demais – prosseguiu. – Os homens são fracos.

– Pois é. É por isto que o Mundo Emerso acabou numa situação destas.

– O meu deus é muito diferente do da Seita dos Assassinos: um deus que lhe dava as costas se você não se curvasse diante dele. O meu Thenaar recebe todos, ainda mais quem não crê. Esta gente precisa sentir que não a abandonamos, que estamos perto dela. Afinal, você se juntou ao exército pela mesma razão, não foi?

Dubhe, mesmo a contragosto, teve de concordar:

– É o que acontece comigo. Estas pessoas devem sentir que Thenaar está com elas, até o último respiro. A esperança é mais forte que qualquer poção, é um filtro para a alma.

Dubhe sorriu.

– Você continua a mesma.

– Se pensar bem, você também – disse Theana, maliciosa. – Mas vamos ao que interessa. Então, o que descobriram os seus soldados?

– Nada. Nenhum dos prisioneiros que capturamos tem a menor ideia do que sejam os artefatos élficos que o seu homem viu. Interrogamos todos eles longamente, exaustivamente, mas parece que de fato nada sabem a respeito do assunto.

Theana apoiou-se no encosto da cadeira e olhou pela janela, preocupada.

– Isto torna a situação ainda mais séria.

– Eu sei. Por que Kriss está sacrificando os seus soldados em alguma coisa que não entendem? E por que insiste em desperdiçá-los em batalhas sem qualquer sentido tático?

– Como assim?

– Os elfos se desgastam em combates absurdos. Procuram conquistar até os vilarejos mais insignificantes.

Theana passou a mão na testa.

– Querem o controle total do território.

– Um vilarejo com umas poucas casas não tem qualquer valor estratégico. Parece uma obsessão insana, um verdadeiro erro tático.

– Acha que significa alguma coisa?

Dubhe meneou a cabeça.

– Não faço ideia. Mas Kriss não tem nada de bobo. Trouxe até aqui os seus soldados, longe de casa, convencendo-os a arriscar tudo; foi capaz de espalhar a doença letal entre o nosso povo, e até agora demonstrou ser um ótimo capitão. Tem de significar alguma coisa. – Ficou um momento em silêncio. Então lembrou de repente: – Um deles deu-lhes um nome. Chamou-os de "catalisadores".

Theana pareceu ficar subitamente mais atenta.

– Falou isto na nossa língua?

Dubhe anuiu.

– Quase todos eles falam. Mal, mas falam.

– Poderia ter escolhido a palavra errada... Não se lembra se repetiu o nome em élfico?

Dubhe voltou a ver a vítima como se ainda estivesse diante dela. No fim, quando a dor se tornara insuportável, começara a resmungar na sua língua. Ela segurara sua cabeça pelos cabelos.

– Ashkar – disse, seca. A palavra interrompeu a meada dolorosa das lembranças. – Falou "ashkar".

Theana acabrunhou-se. Afastou a cadeira e começou a andar de um lado para outro.

– Ashkar é um termo élfico para indicar um específico artefato mágico, uma espécie de catalisador natural. Quando o meu homem mencionou os obeliscos, pensamos imediatamente que se tratasse de algo parecido.

A expressão de Dubhe deixava transparecer que não estava entendendo.

O tom de Theana tornou-se quase didático.

– Um artefato é um objeto capaz de receber a magia e de modificá-la, de forma a permitir que o usuário a aproveite. A Lança de Dessar era um artefato, assim como o Talismã do Poder. A magia humana não costuma recorrer muito a eles: para produzi-los é preciso ter um conhecimento profundo da matéria e da sua composição, e também uma extraordinária capacidade de moldá-la conforme a própria vontade, capacidade que nós, humanos, possuímos em quantidade muito menor do que os elfos. É por isto que, entre eles, os artefatos mágicos são bastante comuns.

– E os catalisadores?

– Os catalisadores são artefatos capazes de absorver a magia e de multiplicá-la. A Lágrima na espada de Nihal era um catalisador. Era graças àquela pedra que a última Sheireen podia evocar magias de alto nível, mesmo não sendo uma maga particularmente dotada. Pelo que disse o elfo por vocês interrogado, os obeliscos têm esta finalidade: captar a magia e multiplicá-la.

Dubhe continuava não entendendo.

– E daí? Isto não nos ajuda a compreender a sua finalidade.

– É verdade, mas pense – disse Theana, apoiando as mãos na mesa e curvando-se para ela. – Centenas de obeliscos, um para cada vilarejo da Terra do Vento, até mesmo um para cada casa. Todo o território coberto por objetos capazes de multiplicar uma obscura magia, da qual ignoramos a natureza.

Dubhe sentiu um arrepio correr pela espinha.

— Uma magia que deve alcançar qualquer lugar da Terra do Vento...

— Pois é.

— Mas qual é o sentido de fazer uma coisa destas nos territórios conquistados? Já estão sob o controle de Kriss. — Dubhe acariciou o queixo, pensativa. — E se tivesse a ver com a peste?

— Thenaar não queira — disse Theana, voltando a sentar-se. — Logo agora que as coisas começam a melhorar, embora haja doentes demais, e a poção escasseie.

— Como estão indo as suas pesquisas sobre a doença?

Theana fitou-a, desanimada.

— Não andam. A poção, por enquanto, é a única arma de que dispomos.

Ambas ficaram caladas por um bom tempo. Lá fora começara a chover, uma chuva insistente e silenciosa. Dubhe pensou naquela ameaça obscura, em todos aqueles obeliscos fincados como espinhos na sua terra.

— Precisa contar para Kalth. E investigar — concluiu.

Theana baixou os olhos.

— Precisam de mim em outros lugares...

— Talvez você goste de ficar em contato com estas pessoas, mas já deve saber que precisamos do seu cérebro muito mais que dos sorrisos com que costuma brindar os aflitos.

— Você está certa. Como de costume — murmurou Theana.

Entreolharam-se em silêncio. Com uma fisgada de dor, Dubhe pensou que em breve fosse perder até aquela última amizade: as duas estavam velhas, e para ambas o prazo estava se esgotando.

Levantou-se a duras penas.

— A minha presença também é exigida alhures — disse.

— Tem certeza daquilo que está fazendo? — perguntou, à queima-roupa, Theana.

Dubhe fingiu não entender, mas bastou-lhe olhar a amiga nos olhos para entender que havia sido descoberta.

— O meu povo precisa de mim.

– Por isto mesmo não deveria consumir-se tão depressa; deveria, ao contrário, fazer o que lhe cabe, isto é, ajudar o seu neto no seu ofício de rei.

A muda repreensão daquelas palavras irritou Dubhe.

– Num mundo melhor não haveria mais necessidade de pessoas como eu e como você: num mundo melhor você ficaria no seu templo em Nova Enawar, cercada por multidões adoradoras, e eu no meu palácio com o meu marido e o meu filho. Mas este é o Mundo Emerso, e até duas velhas como nós precisam se mexer para salvá-lo. Este é o lugar onde nascemos e para o qual demos o nosso sangue, este é o lugar ao qual dedicaremos o nosso último suspiro. Sou a rainha, e o serei até o fim.

– Não precisa morrer por isso.

– E como é que você sabe? – insurgiu Dubhe.

O olhar de Theana anuviou-se.

– Está envelhecendo a olhos vistos, e não de dor. Sei reconhecer os efeitos desses filtros.

– Se me quiser bem, se realmente gostou de mim durante estes anos todos, não diga mais nada, e deixe-me continuar pelo meu caminho – replicou Dubhe.

– Não quero perdê-la. É por isto que lhe estou dizendo isto.

– Irá perder-me de qualquer maneira. É só uma questão de tempo. Eu prefiro ir ao encontro do meu destino fazendo alguma coisa pelo meu povo ao longo do caminho.

Theana sorriu com tristeza e baixou a cabeça.

– É um adeus, então?

A expressão de Dubhe suavizou-se.

– Tenho muitas coisas a fazer antes, e só partirei depois de levá-las a cabo.

Theana aproximou-se e apertou-lhe a mão.

– Eu lhe peço, tome cuidado. Você é a última coisa que me sobra da minha vida de antigamente. Você e Thenaar, no fim da minha jornada.

Dubhe apertou aqueles dedos magros e ressecados, tão parecidos com os seus.

– Não se preocupe – limitou-se a dizer. Dirigiu-se apressadamente à porta, mal conseguindo reprimir uma lágrima. Pois sabia que aquela era a última vez que se viam.

10

EM BUSCA DE LHYR

A escuridão era impenetrável e Adhara ficou com falta de ar. Acima delas, o barulho de passos apressados, gritos e clangor de armas. Pensou na jovem que havia ficado do lado de fora e que estava sacrificando-se por elas.

Uma luz acendeu-se no escuro, iluminando um espaço estreito, apertado entre paredes de madeira. Vinha de um pequeno objeto de vidro que Shyra segurava. Devia ser algum artefato mágico.

– Vamos – disse, e o grupo começou a descer.

Adhara livrou-se rapidamente da veste sacerdotal e sacou o punhal. Depois do primeiro corredor, desembocaram em outro aposento. Diante delas erguia-se uma parede na qual se abriam duas passagens.

– Para onde, Adhara? – solicitou-a Shyra.

Ela deu um passo adiante. Olhou para as duas aberturas. Pareciam exatamente idênticas, duas portas entalhadas na madeira. Fechou os olhos, procurou aquela voz interior que a guiara até aquele momento. *Sentiu* alguma coisa.

– À direita.

– Tem certeza?

Não, não tinha absolutamente certeza. O seu percurso até a estátua fora guiado por visões, indecisos sonhos e sensações.

– Tenho – mentiu, e foi a primeira a avançar. Seguiram por outro corredor, que logo desembocou em outro aposento que dava acesso a mais três caminhos. Aquele lugar era um verdadeiro labirinto: inúmeras eram as precauções com que haviam protegido a prisão onde Lhyr estava trancada. Adhara foi novamente forçada a recorrer ao próprio instinto. Escolheu de impulso, esperando que as pernas ainda a levassem na direção certa. Atrás delas, de repente, perceberam um ruído alarmante.

– Não pare – intimou Shyra.

O percurso tornava-se cada vez mais complexo. Cada corredor desembocava num aposento, e os aposentos não demoraram a ficar idênticos uns aos outros: circulares, de madeira, com cinco portas que levavam a outros tantos corredores. O tempo acabou perdendo o sentido: parecia que estavam sempre percorrendo o mesmo caminho, ao infinito.

– Estamos dando voltas – disse Khara, uma das companheiras. – Já passamos por aqui.

– E como é que você sabe? É tudo a mesma coisa – replicou a outra, Thjsh.

– Pois é. Estes corredores formam círculos. Erramos logo no começo.

As duas guerreiras élficas começaram a discutir sobre o caminho certo, mas Shyra as interrompeu.

– Parem com isso – disse, seca. – Lhyr falou com Adhara, só ela sabe aonde estamos indo.

A sua voz não demonstrava qualquer incerteza, expressava, aliás, uma fé inabalável. Adhara bem que teria gostado de ter a mesma confiança. Em seguida, uma vibração no chão, um ruído estrídulo.

Shyra parou de estalo e segurou o braço de Adhara.

– Caladas. – Deixaram até de respirar.

No silêncio que se seguiu foram tomando forma sons inequívocos e ameaçadores: tropel de pés, vozes abafadas que sussurravam ordens, ruídos de espadas.

– Rápido! – ordenou Shyra, e Adhara correu de um aposento para outro sem pensar, esperando que, mesmo na pressa, seu coração não se equivocasse, que Lhyr não cortasse logo naquele momento o fio sutil que as conduziria até ela.

Quando viu uma luz no fim do túnel, bloqueou-se. Mais barulho de passos, mais ruído de armas.

– Maldição, fomos descobertas – disse Shyra. Obviamente os guardas já haviam vencido a resistência de Thara, irrompendo a seguir no labirinto. Ficaram imóveis por um tempo interminável, incapazes de decidir o que fazer.

Quem superou o impasse foi Khara.

– Nós seguimos por aqui. Boa sorte – disse, então segurou a mão de Thjsh e escolheu um corredor, ao acaso. – Descobriram-nos, por aqui! – gritou a plenos pulmões.

Shyra entendeu logo. Pegou a mão de Adhara e a levou para o corredor oposto, e escondeu o artefato luminoso sob a túnica. Ficaram agachadas num canto, respirando devagar, sem dar um pio. Só demorou alguns minutos para os guardas aparecerem. A escuridão brilhou nos reflexos das suas lanças, o silêncio ecoou com a respiração ofegante deles. Pelo barulho, deviam ser quatro, talvez cinco. A mão de Shyra, apertando o pulso de Adhara, tremeu.

Quando o escuro voltou a ficar absoluto e o silêncio completo, Shyra empurrou Adhara para a frente, entregando-lhe o pequeno vidro luminoso. Foi com o olhar que lhe pediu para seguir adiante. Havia uma nova preocupação naqueles olhos, mas também uma renovada determinação. Porque agora estavam sozinhas, pois aquela missão que era pessoal até demais – Shyra bem sabia disto – custara a vida de três companheiras. Adhara levantou a luz diante de si. E desta vez o sentiu. Um débil chamado, um pungente lamento. Embocou a passagem, decidida.

Continuaram avançando, deixando-se guiar pela voz, até aquela sequência de túneis chegar ao fim. Acabaram num aposento diferente dos outros, hexagonal, que dava para uma minúscula porta fechada com um pesado cadeado. Em cima, uma janelinha obstruída por uma grade de ferro. Adhara sentiu-se tomar por uma aguda sensação de dor.

– Está ali, não é verdade? – disse Shyra, baixinho, com voz trêmula.

Adhara anuiu. A outra não conseguiu conter-se e pulou adiante. Tudo aconteceu num piscar de olhos. Um barulho quase imperceptível, alguma coisa que chiava. Adhara percebeu bem em cima da hora, talvez a própria Lhyr a estivesse avisando... Uma armadilha! Uma flecha pronta a ser desferida logo que um intruso se aproximasse daquela porta. Jogou-se em cima de Shyra e arrastou-a pelo chão. Mas não com suficiente rapidez. Sentiu o corpo dela que se contraía.

O dardo acertara no seu ombro de raspão. Nada mais que um arranhão, mas ainda assim a guerreira empalideceu na mesma hora. Adhara forçou-a a manter-se calma, enquanto os seus conhecimentos despertavam. Examinou a ferida, passou a língua no sangue. Cuspiu.

– Está envenenada.

Shyra praguejou, uma palavra ríspida que Adhara não entendeu.

– Só foi um arranhão, não creio que seja mortal. Se eu incidir, vai dar tudo certo.

Passou instintivamente o punhal para a mão metálica, enquanto com a outra beliscava a carne ferida. O ímã fez com que os dedos se fechassem na empunhadura, e o braço guiou o golpe. Um corte incrivelmente preciso, levando-se em conta que Adhara nunca usara a mão artificial até então. Foi a primeira a ficar surpresa com a naturalidade com que tudo aconteceu, como se aqueles dedos de aço fossem desde sempre parte dela.

Deixou o sangue escorrer, em seguida rasgou uma tira de pano do casaco e usou-a para enfaixar a ferida.

– Obrigada – disse Shyra. Tentou se levantar, mas quase imediatamente caiu.

– Não creio que você possa continuar.

– Não diga bobagem.

– Shyra, é um veneno poderoso; se não a tivesse desviado da trajetória do dardo você teria morrido.

– Tudo bem, mas não morri. Vamos em frente.

As pernas não obedeceram e se dobraram sob o peso do seu corpo vigoroso. Estremecia, os músculos cobertos por um véu de suor gelado.

– Shyra...

– Não, não agora, maldição! Não logo agora que estou perto dela, que posso pegá-la em meus braços e levá-la embora!

Adhara segurou-a pelos ombros.

– Fará isto quando a gente sair daqui. Já estamos chegando lá. Mas deixe que eu me encarregue de abrir a porta, confie em mim. Aí iremos embora, as três juntas.

A contragosto, Shyra viu-se forçada a concordar. Ficou num canto, os ombros encostados na parede.

– Como acha que sairemos daqui? – ciciou.

– Não ignoro completamente a magia, há um encantamento que vem a calhar. – Adhara ficou então diante da porta. Encarou-a por alguns instante, então soube o que fazer.

Aproximou-se de Shyra e tirou o broche que prendia o seu capuz em volta do pescoço.

– Preciso dela – disse, mostrando a agulha pontuda. Voltou à porta e curvou-se, enfiando a ponta na fechadura. Ficou inteiramente concentrada, até o broche se iluminar com um halo dourado. Mais um instante e ouviu-se um estalo. Adhara puxou o ferrolho e a porta se abriu rangendo sobre as dobradiças.

– Salve-a – disse, baixinho, Shyra. – Eu lhe peço, salve-a por mim.

Adhara segurou o punhal com a mão direita e, com a esquerda, empurrou a porta. Entrou numa densa escuridão.

A luz que filtrava só conseguia iluminar uma estreita fatia do chão, que logo adiante se perdia num impenetrável breu.

Avançou devagar, aguçando os sentidos. Percebeu um vago ruído à direita. Virou-se, botou devagar um pé diante do outro, com todo o cuidado, procurando fazer menos barulho possível. De repente, uma respiração flébil, irregular. Adhara levantou o pequeno globo luminoso. Tarde demais. Algo o golpeou fazendo-o cair. Estilhaçou-se no chão, e dos fragmentos exalou uma tênue fumaça brilhante que se dissolveu no ar: a magia que o fazia resplandecer. Um baque, e Adhara compreendeu que a porta tinha sido fechada por alguma coisa ou alguém. A escuridão, agora, era total.

Sondou o espaço diante dela com o punhal, enquanto recuava para não deixar as costas desprotegidas. As dimensões do lugar onde se encontrava pareceram dilatar-se de forma desmedida, tanto assim que ela mal conseguia entender onde estavam o teto e as paredes.

Aguçou o ouvido e percebeu uma presença. Apenas um estertor confuso, quase imperceptível. Esperou que fosse um animal, mas sabia que não era bem isto. Aquele lugar tinha forçosamente de ser vigiado por alguma sentinela. E teria de lutar com ele, para chegar à meta.

Percebeu um deslocamento de ar e se encostou rapidamente numa parede. Ouviu o outro praguejar. Era, sem dúvida alguma, um elfo, treinado, porque pulou de lado e tentou de novo acertar nela. Adhara parou o golpe com o punhal. O contato entre a lâmina do guarda e a dela provocou faíscas que por um instante clarearam a escuridão. Foi então que o viu. Os olhos brancos, o rosto pálido e determinado, sem idade.

Afastaram-se de novo, e Adhara teve tempo para preparar um ataque mágico.

Concentrou-se, murmurou as palavras do feitiço e um fogo se acendeu, pairando no ar. Mas a careta escarnecedora do elfo foi a única coisa que conseguiu iluminar antes de apagar-se numa espécie de saco, no qual o guarda sufocou a luz. Breu, mais uma vez.

– Não espere safar-se com mágicas de meia-tigela – sibilou. A sua voz era rouca e metálica, como a de uma máquina que ficou muito tempo sem uso. Evidentemente, aquele saco era um artefato capaz de neutralizar a magia.

Mais uma vez, Adhara recuou.

– Este é o meu reino, a escuridão é a minha casa. Você está cega, mas eu... eu... posso ver tudo!

O elfo tentou dar uma estocada, pela qual Adhara não esperava. Abaixou-se e sentiu a lâmina adversária cortar uma mecha dos seus cabelos.

Acendeu mais um fogo mágico e viu o elfo, dobrado no meio do aposento, virar-se para ela. Mais um instante, e aquela chama também foi apagada, mas não antes de revelar a Adhara a posição das paredes.

– O que acha que está fazendo? Não pode competir comigo – disse o vigia. – Eu vivo aqui embaixo, desde sempre.

Adhara tentou localizá-lo pelo som da voz. Deslocava-se muito rápido. Pulou em frente, procurando chegar aonde lhe parecia ter ouvido as suas palavras. O seu punhal só encontrou o vazio.

Então um golpe nas costas derrubou-a. Rolou sobre si mesma, mas a lâmina fincou-se na carne do seu ombro. Gritou, rolou de novo, levantou-se, a lâmina reta diante de si.

Silêncio.

– O seu sangue sabe a elfo – disse o guarda, depois de uns instantes. – Quem é você?

Adhara recuou e seu calcanhar pisou em alguma coisa que produziu um sinistro rangido.

– Aqui embaixo estão guardados, desde sempre, segredos inconfessáveis. Já matei outros, como você, suas ossadas serão a sua companhia. A que acaba de pisar veio aqui para libertar um rebelde. Cortei a sua cabeça.

O elfo atacou com a velocidade de um raio, ela ficou imóvel até o último momento. Quando ouviu o assovio que cortava o ar, levantou a mão metálica. O ímã atraiu o aço, os dedos fecharam-se na lâmina e Adhara puxou-a para si. Sentiu a respiração do elfo no seu pescoço, percebeu o calor do seu corpo. Apertou o braço armado em volta da sua garganta, virando-o de costas.

– O quê...?

A pergunta apagou-se num rouco gorgolejo. Adhara fechou os olhos enquanto percebia o corpo do elfo, primeiro, enrijecer sob o seu aperto e, depois, afrouxar. Sentiu asco de todo aquele sangue derramado e de todo aquele que ainda teria de derramar. Então só foi o silêncio. Entre os dedos metálicos, ainda apertava o punhal do inimigo.

Tentou acalmar-se, procurou não pensar no cadáver aos seus pés e acendeu mais um fogo mágico.

Diante dela apareceu um aposento circular. No chão, quatro ou cinco esqueletos largados. Num canto um balde. E restos de comida por toda parte. Aos seus pés, o elfo, de olhos brancos e garganta cortada. Aquele ser realmente vivia lá embaixo, tendo as suas vítimas como sua única companhia.

No fundo, viu uma porta. Desejou que fosse a última. Reparou num molho de chaves que, preso à cintura do vigia, brilhava na fraca luz do globo luminoso. Vencendo a repulsa que ainda sentia ao tocar naquele ser, apanhou-o. Havia três chaves: pegou a que o instinto lhe sugeria, e mais uma vez não ficou decepcionada.

A porta abriu-se devagar e, finalmente, Adhara entrou.

II
A CRIATURA OCULTA NA ESCURIDÃO

Havia um odor que apertava a garganta naquele buraco, cheiro de morte e podridão. O lugar era asfixiante, justamente como o vira no sonho: nada guardava além de um cilindro de madeira, só um pouco maior que o corpo nele deitado. No teto abria-se uma grade que permitia alguma ventilação.

Não havia outra luz a não ser a vermelha, intensa e sangrenta, que pulsava num medalhão.

Seus olhos tiveram de se acostumarem àquela luz desnatural, de forma que no início não conseguiram distinguir a aparência da criatura guardada naquele aposento. Mas quando começou a vislumbrar seus contornos, Adhara procurou com todas as suas forças fazer coincidir a figura que pouco a pouco ia aparecendo naquela luminosidade vermelha com as lembranças do sonho. Tinha imaginado encontrar uma moça jovem e bonita, com o rosto fresco e os olhos cheios de doçura.

E ao contrário, naquela espécie de jazigo, havia alguma coisa difícil de ser definida. Parecia uma flor murcha, uma criatura corroída por alguma terrível doença que a devorava por dentro. O horror bloqueou Adhara, enquanto a imagem ia paulatinamente se definindo.

A roupa era idêntica às das sacerdotisas do templo de Phenor, mas estava gasta e manchada de sangue que, escuro e denso, continuava escorrendo do medalhão. Dentro daquele traje folgado demais, percebia-se um corpo ressecado, de braços abertos em forma de cruz. Podiam-se contar os ossos, um por um, das clavículas que se juntavam, na altura dos ombros descarnados, com os seios flácidos e caídos, parcialmente visível através do decote, e com os braços de uma assustadora magreza.

A pele estava marcada por manchas escuras e, em alguns lugares, parecia rachada por chagas purulentas.

Adhara procurou os traços da jovem do sonho naquela figura, mas os malares quase furavam a pele do rosto, retesada e escura como a de uma múmia. A boca estava aberta numa espécie de grito mudo, e dela corria uma baba densa e leitosa. Os dentes, quase todos cariados, estavam à mostra, assim como as gengivas exangues. No crânio não sobrara qualquer resquício de cabelos.

Não pode ser ela, não é possível, pensou Adhara, e já estava a ponto de sair correndo, para fugir daquele pesadelo e procurar a verdadeira Lhyr, quando uma voz a deteve:

Sou eu.

Percebeu-a na mente, enquanto o corpo diante dela permanecia mudo.

Era a voz do sonho, a voz de Lhyr.

– É um truque.

Não é não.

– A rapariga que vi é lindíssima, jovem, é...

Foi nisto que Kriss me transformou, com a magia que eu mantenho viva.

Adhara não conseguia despregar os olhos daquela criatura e, observando-a, compreendeu que falava a verdade. Porque naquele horror podia reconhecer a obra de Kriss e dos seus. Aquela que vira em Amhal e que o levara à perdição.

– É o medalhão, não é verdade? – disse, quando conseguiu falar de novo.

Sim, é o medalhão. Kriss pendurou-o no meu pescoço no dia em que veio buscar-me no templo com a força. Desde então o meu corpo não me pertence, nem a minha vontade. Fiquei longos meses aqui, desprovida de consciência, só capaz de manter vivo noite e dia o selo que provocou a morte de tantos dos seus similares.

– A sua irmã está aqui fora. Jurou lutar contra Kriss.

Eu sei. Fico contente que o meu sofrimento e o do meu povo tenham servido pelo menos para isto.

A sombra de uma triste satisfação passou pelo seu rosto.

– Mas como conseguiu guiar-me até você se, como diz, o medalhão dominava a sua vontade?

Foi graças a você.

O rosto da criatura continuou imóvel, mas Adhara percebeu que estava sorrindo.

Você é a Consagrada, é a Sheireen, e a partir do momento em que pisou no Mherar Thar, percebi a sua presença. Foi como se a minha consciência voltasse pouco a pouco a despertar. Comecei a chamá-la, a pedir a sua ajuda, porque sabia que os deuses não a tinham enviado até mim sem uma razão. É um milagre, Adhara, um milagre.

Adhara ficou calada.

Sei o que está pensando, prosseguiu Lhyr. *Há um plano nisto tudo, um plano que guia os seus passos, os passos de todos nós.*

– Se for assim, onde fica então a nossa liberdade?

Na aceitação do nosso destino.

– Não basta para mim. Há coisas que simplesmente não se podem aceitar.

Podemos aceitar tudo, justamente porque sabemos que as nossas andanças e os nossos sofrimentos não são desprovidos de sentido.

– Chega de conversa. Não temos tempo para isto. Só me diga o que tenho de fazer.

Aceite o inevitável.

Adhara avançou dominando o nojo e curvou-se em cima daquele ser torturado. Resultava para ela impossível associar aquela voz límpida e delicada ao corpo que tinha diante de si. Não fosse pelo quase inaudível e sibilante estertor que percebeu ao se aproximar, já parecia um cadáver. O peito subia e descia levemente conforme o ritmo da respiração moribunda.

Adhara observou o medalhão. Estava bem no meio do peito de Lhyr, por cima da túnica, mas parecia mesmo assim aderir à pele. A fazenda, com efeito, estava rasgada ao longo dos contornos, e finos tentáculos pareciam desenredar-se do medalhão para entranhar-se na carne.

Passou de leve a mão no objeto e sentiu emanar dele uma aura maléfica que quase a estonteou. Resistiu ao louco desejo de afastar os dedos e fugir, e segurou o artefato pelas bordas tentando puxá-lo para si. Lhyr emitiu um gemido rouco e aflito, e dobrou-se imperceptivelmente para a frente. Sangue jorrou do medalhão, ensopando ainda mais a túnica manchada.

Este medalhão já faz parte de mim. Quando Kriss colocou-o no meu peito percebi a sua força, mas não acreditei que fosse um artefato tão poderoso. No começo só parecia sugar de mim a consciência e ajudava-me a manter o selo funcionando. Pouco a pouco passou a penetrar no meu peito. Quase não deu para perceber. Dia após dia entranhava cada vez mais os seus tentáculos, envenenando o meu coração. Agora é parte de mim.

— Mas o que rege a sua vontade é ele, não é? É ele que impede que você vá embora, ou até que simplesmente deixe de evocar o selo. *Isso mesmo.*

— E então, para salvá-la, preciso encontrar um jeito de tirá-lo daí. *Não está aqui para salvar-me.*

Adhara fitou Lhyr com olhar incrédulo. Como resposta, só encontrou o branco leitoso de dois olhos cegos.

— Chamou-me durante dias, mandou-me percorrer milhas e mais milhas até eu encontrar a sua irmã... para quê, se não para salvá-la?

Para dar um basta nisso tudo. Está aqui para salvar o Mundo Emerso, para deter Kriss.

— Não posso fazê-lo sem salvar você. E, para conseguir, preciso arrancar essa coisa do seu peito.

O medalhão tem excrescências de metal que cercam o meu coração. Se você tirá-lo, eu morro.

— Deve haver algum jeito; você mesma disse, existe um plano, um destino para cada um de nós... Se eu não puder salvá-la, qual foi o sentido disto tudo?

Olhe para mim. Olhe de verdade.

Adhara foi forçada a passar os olhos nos contornos daquele corpo torturado.

Este já não é um corpo vivo. Não se deixe enganar pela minha voz. Eu sou uma alma aprisionada aqui por engano, já não pertenço a este mundo. Fiz o que tinha de fazer, completei a minha parábola terrena e salvei a minha irmã. Só desejo ficar livre, agora, e desfazer o que fiz.

— Não é verdade. Shyra está à sua espera, não irá embora sem você, precisa de você!

Talvez. Mas muito em breve irá entender que, mesmo sem mim, tem muita coisa a fazer neste mundo.

– Está se entregando, e eu não vou deixar!

Adhara apertou os dedos em volta do medalhão, reprimiu a horrível sensação gelada que subiu pelo seu braço e puxou. Lhyr ganiu de novo, seu corpo estremeceu. Sofria terrivelmente, Adhara podia sentir na própria carne. Soltou a presa. Lhyr gemia diante dela.

Já é tarde demais para mim, mas ainda tenho uma coisa a fazer. Há uma razão para Kriss me manter aprisionada aqui, em vez de matar-me logo que evoquei o selo. A razão é que esta magia precisa ser mantida viva pelo mago que a criou; os esporos que espalham a doença, e nos quais eu impus o selo, destroem-se sem parar, e eu preciso criar novos, noite e dia. O sentido da minha presença é este, o motivo pelo qual continuo viva. No momento em que eu morrer, os esporos deixarão de se reproduzirem. Ninguém ficará mais doente e a peste desaparecerá do Mundo Emerso.

– Acontecerá o mesmo depois de eu libertá-la.

Precisa aceitar o inevitável.

– Não quero! – gritou Adhara. – Não posso acreditar que seja impossível desfazer este mal, não consigo conformar-me com o fato de haver pessoas que simplesmente não podem ser salvas. Que raio de deuses podem exigir uma coisa dessas?

Lhyr permaneceu imóvel, mas Adhara percebeu uma profunda tristeza exalar daquele corpo.

Não os deuses, mas sim os elfos, os homens e todos aqueles que durante milênios ensanguentaram o Mundo Emerso, transformando um paraíso numa terra maldita.

– E por que, então, os deuses não detiveram o primeiro Marvash? Por que não fizeram com que Kriss morresse antes de isto tudo acontecer, por que não mexeram um dedo sequer diante do sofrimento de Amhal?

Aquela palavra desabrochara finalmente dos seus lábios, materializando a presença obscura que desde o começo pairara na conversa entre as duas. Porque salvar Lhyr queria dizer salvar Amhal, e não salvá-lo significava aceitar que o destino da Sheireen era um só, único e imutável.

Porque este é o nosso mundo, porque esta é a prova que de nós é exigida nesta vida.

Adhara voltou a perceber aquela dor profunda, comovida, mas desta vez ficou quase irritada.

– Mas você afirma que foram os deuses a trazer-me aqui, ao que parece para se divertirem enquanto o Marvash e a Sheireen procuram matar um ao outro, sem eles se dignarem a intervir!

O seu destino é muito mais que isto. Você é a esperança, o último liame entre os deuses e os homens, a promessa de um mundo futuro no qual a unidade perfeita de antigamente será restabelecida. Não há possibilidade de você recusar. Pode parecer cruel, mas é isto mesmo. Devido às culpas de um só ser, todos estão sofrendo, e graças a uma só criatura todos encontrarão a paz. Você é esta criatura.

– E o que preciso fazer, então? – murmurou Adhara.

Mate-me.

– Sabe muito bem que não posso.

Pode, sim. É a única que pode fazê-lo.

Adhara gritou, desesperada, não queria render-se: tinha de provar que ainda havia esperança para aquela carne torturada, que Lhyr podia voltar para junto da irmã.

– Deve haver um jeito de arrancar esse medalhão.

Não há. Liberte-me, Sheireen.

Adhara fitou diretamente Lhyr nos olhos.

É por isto que a guiei até aqui. Liberte-me desta prisão, livre-me desta dor e deixe-me voltar ao lugar de onde vim. A morte é a minha única salvação e, junto com a minha, a de milhares de outras pessoas.

Adhara apertou os punhos, as lágrimas escorrendo contra a sua vontade.

– Eu não quero matar...

Mas eu mesma estou pedindo. Faça por mim, eu suplico.

Um silêncio denso e compacto tomou conta do ambiente. Adhara só se dava conta dos próprios soluços e da respiração ofegante de Lhyr, diante dela.

Lentamente, os dedos desceram para o punhal. Achou que seria a primeira e última vez, que ninguém voltaria a forçá-la a levar a cabo um ato como aquele. Que dali por diante nunca mais baixaria a cabeça, nem diante dos homens, nem diante dos deuses. Cerrou os olhos enquanto a mão se fechava na empunhadura da arma. Foi com infinita raiva que percebeu como aquele sangue era necessário e que ela era a única capaz de fazê-lo jorrar.

– Só me diga mais uma coisa. Amhal está sendo subjugado por um medalhão como este? – perguntou, com voz trêmula. Pareceu-lhe que a resposta demorasse uma eternidade.

Isto mesmo.

Adhara voltou a fechar os olhos, a sua mente vacilou.

– Mas se não fosse tarde demais, se o medalhão ainda não tivesse tomado conta do seu coração, se... – Não conseguiu terminar a frase.

Ele é o Marvash, Adhara. O que ele é não depende do medalhão. O medalhão só tem a finalidade de canalizar a sua força obscura numa direção, colocando-a ao serviço de Kriss. Mas o mal tem raízes profundas na sua alma. E, de fato, o medalhão tem um efeito diferente nele, só desprovendo-o de qualquer sentimento, inclusive o de culpa, mas deixando praticamente intacta a sua consciência.

– Você não o conhece.

Precisa entender de uma vez por todas o seu destino. Talvez os deuses não queiram que você o salve.

– Sei que preciso salvá-lo. Esta é a única certeza que tenho no mundo.

Neste momento, Adhara sentiu que Lhyr sorria com tristeza.

Desejo-lhe sucesso, então.

Adhara respirou fundo.

– Obrigada – murmurou.

Os dedos apertaram o punhal. A mão preparou-se para desferir o golpe. Fechou os olhos. Na escuridão das pálpebras, pôde vê-la: Lhyr como já fora, bonita e jovem, uma flor nascida e crescida na sombra, mas nem por isto apagada. Viu-a brilhar com um sorriso cheio de esperança no futuro. Um futuro que não iria ver.

Gritou e fincou a lâmina. Lhyr teve um único estremecimento, sua boca mal chegou a se abrir. Então dobrou-se sobre si mesma, enquanto o medalhão pouco a pouco se apagava no seu peito.

A luz vermelha ainda pulsou por alguns instantes, depois o corpo caiu ao chão, devagar, como um saco vazio. O medalhão tilintou ao bater na pedra. E o último reflexo sumiu.

Ninguém se deu claramente conta do que estava acontecendo. Mas os doentes, em suas camas, sentiram-se repentinamente melhor.

A respiração tornou-se menos ofegante, e o céu pareceu ficar menos cinzento, como se alguém tivesse levantado uma pesada tampa. O ar exalava um novo perfume, quase a dizer que havia uma nova esperança.

E Shyra, apoiada na parede, atordoada pelo veneno e queimando de febre, viu de repente uma luz iluminando o seu delírio.

– É você? – murmurou.

Sou.

O som daquela voz quase fez explodir o coração no seu peito.

– Perdoe-me... – disse enquanto as lágrimas queimavam no seu rosto.

Nada tenho a perdoar-lhe, pois não há coisa alguma que você pudesse fazer.

– Deveria ter tentado salvá-la, deveria tê-la escondido logo que percebi que Kriss estava de olho em você.

Kriss não é do tipo que se deixa deter quando deseja alguma coisa. Não, mesmo querendo, não poderia ter feito nada. Pelo menos, fico contente em ver que conseguiu salvar-se. Agora somos realmente uma só alma, Shyra.

– Sempre fomos.

Lhyr sorriu. Estava bonita como sempre e serena como há muito tempo não lhe acontecia. Seus contornos, no entanto, ficaram cada vez mais indefinidos.

– Não me deixe! – gritou Shyra, esticando os dedos para a visão.

Estou com você, sempre estive e sempre estarei. É por isto que precisa viver.

– Sem você não existo!

Nem eu sem você. Por isto, embora não seja fácil, não pode entregar-se ao desespero. Viva, Shyra, viva por ambas, porque se você viver eu nunca estarei realmente morta.

Seus dedos se tocaram, e Shyra aproveitou aquele leve contato. Então tudo virou luz, uma luz cruel que dissolveu a imagem de Lhyr.

12

A ÚLTIMA MISSÃO

Dubhe preparou-se com cuidado. As armas estavam devidamente arrumadas diante dela, na grande mesa das reuniões com os generais: facas de arremesso, uma zarabatana com uma pequena aljava para as agulhas envenenadas, uma tira de couro para estrangular, três punhais. Brilhavam na luz da vela, limpara-os com perfeição.

Vestiu-se lentamente, com as juntas que doíam. Já não dispensava uma bengala em que se apoiar, e quando não estava sob o efeito da poção, não conseguia mais lutar. Assistia às batalhas da retaguarda, dando ordens, mas sempre protegida pelo seu ordenança, que nesta altura era a sua sombra.

Enfiou as facas numa larga tira de couro que lhe atravessava o peito. Prendeu a zarabatana no cinto, junto com a aljava das agulhas. Pendurou a tira para estrangular, posicionou os punhais: um na bota, os outros dois na cintura. Os seus gestos lentos e pacatos tinham uma solenidade sacerdotal. Estava oficiando um rito, pela última vez. Nem se lembrava de quando começara. Mas tudo se encerrava onde tivera a sua origem, fechando o círculo com perfeição. No começo tentara tornar-se um habilidoso sicário, depois passara a vida inteira renegando o que já fora. Agora tudo se reduzia mais uma vez àquela vestição solene, ao aço, à tira, ao bambu. O início e o fim eram idênticos, e isto apagava tudo aquilo que acontecera nesse meio-tempo. A não ser pelas feridas, a dor, os afetos. Não fosse por Neor, por Learco, por Amina e Kalth, pela rede sutil de afeições que tecera ao longo da vida, tudo teria sido exatamente igual, tudo como então. Mas Senar estava certo: a vida segue um caminho espiralado, ilude-nos até o fim convencendo-nos de que as coisas mudaram, para em seguida levar-nos ao ponto de partida.

Afinal a mesa ficou vazia, e Dubhe, pronta. As armas estavam no devido lugar. Só faltava uma coisa, a última. A ampola estava diante dela. Dentro, umas poucas gotas de um líquido ambreado.

Dubhe demorou. Ainda podia escolher. Podia esperar, para que a sua existência seguisse o curso natural, para que os anos e a velhice a consumissem até levá-la à morte. Ou então tomar aquele filtro e dar mais um passo, o derradeiro, o fatal, para a morte. Continuar aguardando ou agir.

Segurou a ampola entre os dedos, tomou tudo de um só gole.

Sentiu a pele esticar, os músculos vibrarem, o corpo reflorescer. De novo. Pela última vez.

Acontecera uma semana antes. O elfo pedira para falar com a autoridade máxima do Mundo Emerso, pois as notícias que trazia eram da maior importância. Era pouco mais que um rapazola, e seus olhos estavam cheios de medo e remorso.

– Fui informada de que queria me ver – disse Dubhe. – Não tenha medo, estou ouvindo.

O elfo usava o uniforme de soldado.

– Não sou um traidor – foi logo dizendo. – E tampouco estou com medo. Nem de você nem da morte.

– Não precisa se justificar. Pelo menos, não comigo.

– Preciso, sim. – Falava apressado, suava. – Ele é o meu rei, sei disto muito bem. Fez muito pelos elfos, as pessoas o amam. Eu também o amava. Mas nada, nada mesmo merece este sacrifício.

– Diga logo o que veio dizer.

Dubhe experimentava uma estranha repulsa por aquele elfo. Ficou imaginando quantos homens como ele se escondiam em suas fileiras, quantos jovens soldados imberbes estariam dispostos a vendê-la como ele estava fazendo com o seu soberano.

– Vi morrer todos os companheiros que se haviam alistado comigo. A minha família está morrendo de fome, e sei que é tudo culpa desta maldita guerra. Está me entendendo?

Dubhe segurou-o pela gola e levantou-o do chão.

– Vai falar ou não, de uma vez por todas? Está com medo da guerra, mas ao mesmo tempo receia tornar-se um traidor. Então, de que lado está?

O silêncio que se seguiu pareceu eterno, e Dubhe perguntou a si mesma se não tinha exagerado. Desde que parara de interrogar os elfos capturados, aquela era a única verdadeira oportunidade de chegar a Kriss.

– Vai estar no acampamento de Lenar daqui a dois dias. Irá para lá a fim de completar a conquista da Terra do Vento.

– Já é dele.

– Não completamente. Precisa de todas as aldeias. Mandou que as conquistássemos, desde a primeira até a última, colocando em cada uma delas um ashkar.

– Por quê?

– Não sei. Ninguém sabe. Nós só cumprimos ordens.

Dubhe fitou-o demoradamente nos olhos. Não parecia estar mentindo.

– Continue.

– De manhã bem cedo, antes de qualquer um acordar, se houver um regato nas proximidades do vilarejo ou do acampamento ele sempre toma banho. E em Lenar há um riacho. Por via de regra, dois guardas o acompanham e percorrem os arredores, mantendo-se, no entanto, a respeitosa distância. Não gosta de sentir-se observado, e quer demonstrar que não tem medo de ninguém.

Dubhe soltou a presa. Por um momento o elfo pareceu aliviado, mas logo a seguir a expressão culpada e assustada de antes voltou a encher seus olhos.

– Jure que irá matá-lo. Jure que acabará com este pesadelo, porque, se não conseguir, será tudo inútil, e eu terei morrido em vão.

Dubhe apertou os punhos.

– Saia daqui – sibilou. – Já fez o que tinha de fazer. Agora é a minha vez.

Pouco a pouco, a leste, o céu se aclarava numa alvorada azeda. O mundo ainda estava mergulhado nas trevas, talvez também devido às nuvens baixas e carregadas que dominavam, imponentes, a manhã gelada. Seus dedos doíam. De vez em quando corriam ao cabo do punhal, e então era pior ainda. O aço estava tão frio que parecia queimar.

Dubhe já estava havia um bom tempo de tocaia. Chegar até ali não tinha sido fácil. Tivera de percorrer um bom pedaço em território inimigo. Passar pela frente de batalha fora a parte mais árdua. Arrastara-se silenciosa como um gato, tinha forçado o bloqueio onde sabia que não havia inimigos de plantão. Atravessara a planície lentamente, com a grama alta que quase não se mexia à passagem do seu corpo miúdo.

Soprou ar quente nas mãos, mas não adiantou grande coisa. A luminosidade estava mudando, rápida. Era um triunfo de roxo nesta altura, e o acampamento inimigo parecia suspenso numa atmosfera irreal. Mas talvez fosse apenas a agitação. Apesar de estar velha, e de já ter visto mais de uma guerra, naquela manhã o coração não parava de martelar no seu peito.

Um leve barulho.

Achatou-se na grama. Divisou primeiro os guardas, exatamente como o elfo lhe dissera uma semana antes. Eram dois, um macho e uma fêmea. Continuava a ficar impressionada ao ver guerreiras; no Mundo Emerso só havia um corpo militar que permitia o alistamento de ambos os sexos, e era aquele que ela criara. Assim sendo, lutar ainda era considerado pelas mulheres uma conquista.

Mas, afinal de contas, no trabalho de espionagem, o sexo não tinha a menor importância. Um sicário mulher, aliás, em muitos casos até levava vantagem graças à compleição miúda e à ideia de inocência que transmitia aos desprevenidos. Entre os elfos, por sua vez, a presença de guerreiras era a regra.

Os dois guardas eram jovens, mas pareciam saber o que faziam. Começaram a remexer em volta do riacho no qual, dentro em breve, o rei iria mergulhar. Ficava mais ou menos a meia milha do acampamento, uma distância suficiente a garantir-lhe uma boa margem de segurança para agir. Kriss devia realmente confiar muito em si mesmo, para arriscar-se daquele jeito em território inimigo.

Dubhe permaneceu imóvel. Postara-se numa árvore que dava exatamente em cima da água. A posição não era nada confortável, mas o barulho da água iria encobrir qualquer outro ruído.

Os dois soldados examinaram minuciosamente o terreno, então voltaram para o rei e o avisaram de que estava tudo certo.

Dubhe esperou. Iriam voltar e ficariam de vigia, sabia disto. De repente percebeu alguma coisa. Uma batida do coração só um pouco diferente das demais, um estremecimento na sua respiração, a sombra de um presságio.

Olhou a mão. Tremia.

É a emoção, só pode ser isto. É a missão mais importante da minha vida, tentou dizer a si mesma, mas sabia que não era bem assim. Conhecia muito bem os termos do trato que estipulara no passado, no dia em que decidira tomar a poção de Tori. Mas queria mais uma hora, nada mais do que isso para fazer o que se propusera. Apertou a mão na casca do galho.

Novos ruídos abaixo dela. O rei apareceu na margem. Vestia um simples casaco, apertado na cintura por um cinto de couro, e calça justa. Era extremamente bonito. Alto, esbelto, avançava entre os seus com passo elegante, mas desprovido de qualquer afetação: era um deus que descia entre os mortais, uma visão naquele mundo ainda adormecido.

Era a primeira vez que Dubhe o via, e ficou fascinada. Entendeu na mesma hora como aquele elfo conseguira juntar à sua volta uma multidão de devotados seguidores, como pudera mexer na alma do seu povo e conduzi-lo a morrer tão longe de casa. E, numa rede de ideias, perguntou a si mesma como tamanha maldade pudesse emanar de uma criatura tão nobre, cujo rosto parecia marcado por um quieto sofrimento, quase guardasse nele a dor do mundo. Mas foi só um momento. Então o ódio levou a melhor.

O rei aproximou-se do riacho, despiu-se. Dubhe viu os ombros magros, as pernas musculosas, examinou os contornos daquele corpo para descobrir o lugar onde a lâmina encontraria o caminho mais fácil e, ao mesmo tempo, a morte mais dolorosa.

Se ele morrer, estará tudo acabado; se eu o matar, terei dado um basta nesta guerra, cogitou com o coração a pular no seu peito. A mão continuava a tremer. Viu a pele que pouco a pouco se ressecava.

Não, ainda não, maldição!

Distraiu-se por um instante e perdeu de vista os dois guardas. Estavam de vigia, escondidos, e ela sabia onde. Porque ela mesma trabalhara naquele ofício, pois cuidara da segurança da sua família durante anos, quando proteção alguma ainda era necessária.

Decidiu agir. Deixou-se escorregar, rápida, ao longo do tronco, arrastou-se na vegetação rasteira. O gorgolejar da água encobria qualquer outro ruído. A guerreira estava lá, de pé numa pequena clareira. Vigilante, mas não o bastante.

Dubhe atacou-a pelas costas, quebrou seu pescoço com um só movimento. O corpo abateu-se no chão com um leve baque.

Encontrou o outro guarda em posição especular de respeito à outra sentinela. Era mais pesado, não poderia quebrar seu pescoço com a mesma facilidade.

Uma facada nas costas, então degolou-o.

Não se demorou a olhar o cadáver. Toda a sua atenção era por ele, pelo ser divino que estava mergulhado no riacho.

Sabe lá por que, naquele preciso momento, lembrou-se do último encontro com Amina.

Tinham passado a tarde inteira juntas.

A garota viera visitá-la no acampamento, e Dubhe concedera-se uma pausa na guerra.

Haviam almoçado juntas, partilhando uma cotidianidade feita de pequenas coisas. Um dia tranquilo com a neta. O último.

– Está se dando bem nos Guerreiros das Sombras? – perguntou-lhe.

Amina anuiu.

– Trabalho duramente. Talvez me deixem participar da próxima missão.

Dubhe sorriu. O sol já ia se pôr e Amina não demoraria a pegar o caminho de volta. Ela mesma tinha estabelecido as regras: os Guerreiros das Sombras dormiam juntos no quartel, sempre, a não ser obviamente no caso de missões em que se viam forçados a se ausentarem. Passes livres podiam ser concedidos, mas não em tempos de guerra.

Suspirou e colocou o braço sobre seus ombros. Amina apoiou a cabeça no seu peito, e Dubhe achou que tudo estava perfeito. Aproveitou ao máximo aquele instante de doçura no qual nem passado nem futuro pareciam existir. A vida brindara-a com muitos momentos inesquecíveis, mas ela só aprendera a saboreá-los na velhice. Estava contente por ter vivido um deles justamente naquele dia.

– Sei que gosta muito do que faz, mas gostaria que nunca esquecesse que você é uma criatura de paz – disse, mesmo sabendo que aquelas palavras iriam quebrar a perfeição do momento.

Amina, com efeito, afastou-se e fitou-a com expressão interrogativa.

– Como assim?

– Quero que se lembre de que a guerra é um meio, não um fim. Um meio terrível.

– Sei disto, você mesma me ensinou – replicou a neta, sorrindo.
Dubhe sentiu o coração estremecer.
– É mesmo?
– Claro que sim. – Amina voltou a apoiar-se no seu peito. –
Nem pode imaginar quanto me deu nestes últimos tempos. Você
me salvou. Sem você, nem sei o que teria sido de mim, e esta é uma
coisa que nunca esquecerei.
– Neste caso, então terá de lutar pela paz. Promete?
– Prometo.
Ficaram mais uns instantes em silêncio, então foi a vez de Amina
falar:
– Por que está me dizendo isto, e por que logo agora? – A sua
voz deixava transparecer um toque de preocupação.
– Porque estou velha, e você sabe... não sou eterna.
Amina sacudiu a cabeça, exatamente como fazia Dubhe quando
um mau presságio passava pela sua mente.
– Prefiro não pensar nisto agora. Ainda falta muito para aquele
dia chegar, se os deuses quiserem, e eu preciso de você.
Dubhe não respondeu, mas apertou-a com mais força.

Dubhe recobrou-se dos devaneios, voltou a dedicar-se toda à missão. Retornou ao lugar onde se escondera antes. A mão que segurava
o punhal tremia convulsamente. O tempo estava acabando.
Kriss não tinha pressa ao se lavar, a água desenhava seus músculos definidos, a esbelteza do seu jovem corpo.
Dubhe subiu na árvore, aprontou-se. Trocou de mão. A direita,
do jeito que estava, era inutilizável, e as pernas tampouco pareciam
sustentá-la como antes.
Decidiu não esperar, era tudo ou nada. Jogou-se sobre o adversário lá de cima, segurando com firmeza o punhal na esquerda, a
mão que raramente usava em combate.
Talvez não tivesse sido rápida como esperava, talvez fosse um
ruído a mais, ou quem sabe apenas um destino cruel. Kriss se virou,
seus olhos cruzaram os de Dubhe, que estava caindo em cima dele.
Afastou-se como um raio da trajetória dela, que se espatifou na água.
O frio deixou-a sem fôlego, congelou suas juntas.

Kriss correu para a margem e agarrou a lança.

– Você deve ser o sicário que mata os meus homens, não é verdade? – disse, com um sorriso de escárnio.

Dubhe ficou de pé, gotejante, procurando recuperar o fôlego. Fitou o elfo com olhar chamejante.

O rei investiu contra ela, e Dubhe preparou-se para lutar. Sabia não ter lá muita chance, com um punhal contra uma lança, mas esperava contar com a agilidade.

A lança assoviou acima dela, que se dobrou na mesma hora para evitá-la. Tentou acertá-lo nos tornozelos, pois se conseguisse cortar-lhe os tendões iria vencer. O seu golpe foi previsto e parado.

Dubhe ficou subitamente sem fôlego, enquanto os joelhos cediam.

Kriss olhou para ela.

– Conheço você...

– Sou Dubhe, seu maldito, e estou aqui para vingar o meu marido e o meu filho.

Uma faísca maldosa iluminou os olhos do elfo.

– É tão grande assim o seu ódio?! – exclamou, quase achando graça.

– Não se atreva a rir! – gritou Dubhe. Esquecendo toda a cautela, lançou-se contra Kriss com toda a força que lhe sobrava e lutou com fúria, além das possibilidades do seu corpo. Arremessou uma faca com a esquerda, mas ele esquivou-se. A mão direita, ligeira, correu ao punhal, sacou-o, deu o golpe. Numa fração de segundo, Kriss percebeu o movimento e pulou de lado. Mas não bastante depressa. A lâmina feriu-o de raspão nas costas.

– Está envenenada – murmurou Dubhe, baixinho, com um sorriso feroz.

– É mesmo? – replicou ele com sarcasmo.

Dubhe viu o golpe, sentiu-o chegar. Na sua mente desenhou-se com precisão o movimento que deveria fazer para safar-se. Mas o corpo não obedeceu. Um joelho dobrou-se, e aquele momento de hesitação bastou para deitar tudo a perder. Sentiu a lâmina penetrar-lhe no flanco, profundamente. Ficou surpresa ao não sentir qualquer dor. Talvez este fosse o sinal de estar tudo realmente acabado. Havia sido ferida muitas vezes, mas agora era diferente. Sentiu-se cair e nem percebeu que estava afundando na água. Só reparou no céu lívido acima dela. Entre a ramagem das árvores movidas pelo vento, viu aparecer a imagem de Kriss. O sangue escorria lento do seu flanco.

A lâmina está envenenada. Vai morrer. Devagar e dolorosamente. Não poderá salvar-se.

A respiração tornara-se ofegante. O ar deixara de encher seus pulmões. Era o fim.

– Lutou com bravura – disse Kriss. – Mas perdeu.

Levantou a lança, e Dubhe fechou os olhos.

Vai morrer, disse a si mesma, mas, de repente, naquele último e interminável momento, a coisa já não fazia diferença. Só importava que tudo estava acabado e que, finalmente, ela alcançaria para sempre a paz, que iria aonde outros já a antecederam, ainda que se tratasse de um além no qual ela nunca acreditara, mesmo que fosse o nada. Iria ser como aqueles que tinha amado, como Learco, como Neor.

Kriss baixou a lança de estalo, de um jeito que talvez fosse até misericordioso.

Dubhe sorriu.

13
ALÉM DO PORTAL

Adhara apalpou o piso no escuro e apanhou o medalhão. Guardou-o no alforje e demorou-se mais um pouco diante do corpo da criatura deitada no chão. Esticou o braço até segurar uma de suas mãos. Estava fria e esquelética.

Se tivesse acreditado em algum deus, teria rezado por Lhyr, mas as palavras que pronunciou foram igualmente sagradas para ela:

– Obrigada. O Mundo Emerso jamais irá esquecê-la.

Para sair do minúsculo cubículo iluminou a escuridão com mais um fogo mágico, mas procurou não gastar demasiada energia. Iria precisar de muita, para sair daquele labirinto subterrâneo.

Passou finalmente pela porta e reencontrou Shyra. A guerreira continuava onde a tinha deixado, de ombros encostados na parede de madeira, o rosto molhado de suor.

– Como está se sentindo? – perguntou Adhara, agachando-se à altura dela.

Shyra pareceu não ouvir. Murmurava alguma coisa, e só aguçando os ouvidos Adhara percebeu que se tratava do nome da irmã. Sentiu um aperto no coração. Não seria fácil explicar.

– Vamos, precisamos sair daqui – disse, tentando ignorar o nó que lhe apertava a garganta. Segurou o braço de Shyra e carregou-a nos ombros. A operação deixou claro quão útil a mão metálica podia ser em combate, sendo, no entanto, quase um empecilho em qualquer outra situação.

Por mais que Khara e Thjsh tivessem conseguido desviar a atenção dos guardas, era preciso fugir o mais rápido possível. A morte de Lhyr não demoraria a ser descoberta.

Ficou de joelhos, fechou os olhos. Nunca tentara antes o encantamento do voo, mas a maneira pela qual se evocava fazia parte dos seus conhecimentos. Agora voltara à sua mente de repente, como sempre acontecia quando estava em apuros. Mas sabia que precisava de muita força mágica, e não tinha certeza de ter guardado bastante depois das últimas vicissitudes.

Recitou as palavras da fórmula. Por alguns momentos nada pareceu acontecer.

Então foi tomada pelo pânico. Percebeu algo estranho, como uma força que a esvaziava de toda a energia. O espaço em volta dela e de Shyra tremulou, deformou-se, e então se dissolveu. Ficaram alguns segundos mergulhadas num imenso vazio branco, até a cor assumir um tom azulado. Finalmente, Adhara sentiu sob os joelhos a dureza da rocha e ouviu, ao seu redor, vozes excitadas. Percebeu que alguém tirava Shyra dos seus ombros, que mais alguém a mandava deitar-se perguntando como se sentia. Estava cansada demais até para responder. Antes mesmo de a sua nuca se apoiar na pedra, tudo virou escuridão.

Adhara despertou no pequeno aposento despojado que lhe haviam reservado na gruta dos elfos, envolta por aquela luminosidade azulada que de repente lhe pareceu tão acolhedora. Não tinha sido fácil: depois de pronunciar o feitiço do voo, que lhe permitira desmaterializar-se para em seguida materializar-se em outro lugar, acabara dormindo um dia inteiro.

Levantou-se e tirou o medalhão do alforje. Remexeu-o entre as mãos, estava completamente apagado e inerte. Ficou imaginando se aquele era um estado permanente ou se bastava colocá-lo de volta no pescoço para reativá-lo e cair nas garras do mesmo encantamento que devorara Lhyr.

A maré estava baixa, e pôde descer até a pequena praia. Pegou o medalhão e mergulhou-o no mar. O sangue só avermelhou a água em volta da sua mão por alguns segundos, depois dispersou-se na vastidão do oceano. A mesma dissolução que acontecera com Lhyr algumas horas antes, pensou Adhara com uma ponta de tristeza. E dela, agora, só restava uma aura invisível perdida na imensidão.

Voltou para o quarto, entregue a um repentino cansaço. Deitou-se no saco de palha e levantou o medalhão até ficar na altura do seu rosto. Significava muitas coisas para ela. Era a herança deixada por Lhyr e, ao mesmo tempo, a imagem do futuro que a aguardava.

O medalhão era uma pista. Já sabia qual seria a primeira coisa a fazer logo que voltasse ao Mundo Emerso.

Acabou sabendo que o fogo no templo desencadeara a rebelião.

A dor concentrada naquele lugar de culto, o sofrimento tão longamente adormecido de um povo cansado de pagar o preço da guerra tinham provocado aquela explosão. Difundira-se o boato de ter sido Larshar a incendiar o altar, disseram que havia rebeldes misturados com a multidão e que para matá-los o regente não hesitara em sacrificar todos os fiéis reunidos no templo para o Pesharjai. A revolta espalhou-se rapidamente por toda a Orva. Foram dias de fogo e fúria, de combates em cada viela, de sangue fraterno derramado por toda a cidade.

Shyra, no entanto, não participou desta luta. Ficou largada numa cama durante seis dias, entre a vida e a morte. A própria Adhara fez o possível, junto com outros, para salvá-la. Nunca poderia ter imaginado que era tão esperta nas práticas sacerdotais. Mais uma preciosa dádiva de Adrass.

Quando finalmente se recuperou, Shyra quis logo saber da irmã. Não parara um só momento de invocar o seu nome durante a doença, enquanto ainda ardia de febre.

– Eu mesma falarei com ela – disse Adhara. Sentia que tinha de fazê-lo, era o preço a pagar por ter matado Lhyr. Porque, por mais que repetisse a si mesma que ela própria pedira, que o seu havia sido um ato de misericórdia, não conseguia pensar naquela punhalada a não ser como um homicídio. Cada morte que provocara pesava em suas costas como um pedregulho, mas a de Lhyr era para ela a mais insuportável de todas.

Shyra esbravejou, ameaçou, tentou agarrar seu pescoço, embora fraca e convalescente. Adhara já tinha imaginado, não esperava outra coisa.

– Tinha de salvá-la! Levei-a até lá para que a salvasse, e você a matou!

Os olhos de Shyra estavam inflamados de uma ira incontida, de ódio por ela, mas por si mesma também. Era o seu jeito de reagir à dor.

E então os dias passaram lentos, na atmosfera suspensa daquele lugar fora do mundo. O tempo era marcado pela maré, que subia e descia, fechando e abrindo a entrada da gruta, para então cerrá-la de novo, num ciclo irrefreável.

Afinal, Shyra saiu do isolamento. Abriu a porta do seu quarto, os olhos cavados, o rosto macilento. A sua aparência tinha assimilado alguma coisa de Lhyr; talvez uma vaga doçura nos traços, algo feminino que, de repente, se mostrava em seu olhar ou nos gestos. Lhyr parecia de fato estar dentro dela e, agora, para sempre.

– O meu lugar não é aqui. O meu lugar é na frente de batalha – disse, com uma nova determinação. – Amanhã mesmo vamos partir. O responsável por esta guerra precisa pagar pelo que fez.

O portal que levaria Adhara às margens do Saar ficava em Orva.

A cidade estava entregue ao caos. As zonas periféricas eram dominadas pelos rebeldes, enquanto a área mais antiga, nos arredores do palácio real, era a cidadela de Larshar. Lutava-se sem parar, conquistava-se cada braça de rua após encarniçado combate. A guerra só estava no começo.

Adhara e Shyra meteram-se numa apertada hospedaria, nada mais que uma comprida sala retangular com um balcão deserto num canto e uma única longa mesa no meio. Os clientes eram muito poucos e todos armados até os dentes. Rebeldes na certa. Cumprimentaram Shyra com deferência, então fixaram seus olhos em Adhara. Mesmo os elfos mais esclarecidos não tinham lá muita simpatia pelos humanos.

– Ela está comigo – limitou-se a dizer Shyra, e depois disto ninguém falou mais nada.

Shyra sentou-se a um canto da mesa e convidou a companheira a fazer o mesmo. Logo a seguir trouxeram-lhe duas tigelas de sopa fumegante. Tinha um aroma totalmente novo para Adhara.

– O que é? – perguntou, curiosa.

– Caldo de veridônia – respondeu a guerreira.

Adhara mergulhou a colher na tigela e levou-a à boca. A sopa era gostosa.

— Tem certeza de que quer ir embora? — perguntou Shyra. — Ainda falta muito até a gente dominar Orva, e mesmo depois de conseguirmos, só será o começo. Kriss é o nosso objetivo, mas precisamos aproveitar a sua ausência para tirar a nossa terra das garras daquele tirano.

— Já sabe qual é a minha missão.

Shyra fitou-a longamente.

— Tenho de voltar ao Mundo Emerso. Aquela terra é a minha casa, não posso abandoná-la. E depois... não posso abandonar Amhal.

Shyra sorriu. Conhecia muito bem a força daquele desejo.

— Apesar de você não acreditar muito no meu deus, acho que a sua fé é maior que a minha. — Shyra apoiou os cotovelos na mesa. — O portal para voltar à sua terra encontra-se na parte da cidade controlada por Kriss. Mas podemos chegar lá através de uma passagem que nos foi indicada por um nosso partidário. Obviamente, é um lugar extremamente vigiado.

— Sem dúvida. E poderei entender se não quiser me acompanhar.

— Está pensando que eu sou o quê? — De repente o seu tom se tornara gélido. — Vou levá-la e farei com que passe pelo portal, mas quero deixar bem claro que terá de arriscar a vida para fazê-lo. Tem certeza de que vale a pena, em lugar de ficar aqui em Mherar Thar e lutar por uma causa na qual temos alguma chance de vencer?

— Sinto muito, Shyra. Para mim, já está na hora de voltar.

A guerreira empertigou-se e anuiu secamente:

— Coma, partiremos logo que acabar.

— Esta velha passagem foi usada para a construção da cidade – disse o garoto diante delas. Era um sujeitinho vivaz, não devia ter mais que treze anos. Adhara estranhou que até um rapazinho participasse da rebelião, ainda mais desempenhando um papel arriscado como o de infiltrado. Ao que parecia, Larshar nunca se recusara a alistar rapazes muito jovens, às vezes verdadeiros meninos. Afinal de contas, os aptos ao combate estavam todos no Mundo Emerso.

— Depois ficou obstruída, mas logo que conquistamos esta parte da cidade cuidamos de limpá-la dos escombros e conseguimos uma passagem secreta.

O estreito caminho fora cavado na pedra: uma novidade em Orva, onde tudo era de madeira. Era um túnel baixo e estreito, e Adhara, o rapazola e Shyra eram forçados a avançar de gatinhas.

Mais umas poucas braças, no entanto, e o espaço alargou-se. Desembocaram num corredor mais amplo, com vigas de madeira que sustentavam o teto baixo. À sua frente, o caminho bifurcava-se num desvio escuro, cheio de teias de aranha, e outro mais cômodo, com archotes dispostos a intervalos regulares.

– Precisam seguir por aquele caminho. Leva ao corredor principal que dá no portal. Infelizmente acabarão praticamente nas mãos dos guardas, mas já sabiam que não iria ser fácil – disse o rapazinho, indicando o túnel mais estreito.

– Já sabíamos, claro – respondeu Shyra, áspera. – Assim como sabemos que está na hora de você sumir.

O garoto despediu-se, um tanto decepcionado, para então desaparecer no corredor pelo qual haviam chegado.

– Vamos? – perguntou Shyra, e Adhara concordou.

Meteram-se na incômoda passagem e seguiram em frente, em silêncio.

Depois de algum tempo viram uma fraca luz no fim do túnel.

– Prepare-se – disse Shyra.

Adhara baixou o capuz em cima do rosto, então sacou o punhal. As duas tomaram posição logo antes da entrada da passagem principal, a que as levaria ao portal. Ali, diante de uma porta de madeira, havia dois guardas que tagarelavam baixinho.

Shyra avançou com um pulo, como um raio. Adhara nunca a tinha visto lutar e ficou impressionada. Os movimentos da guerreira eram rigorosos, impecáveis. Ficou no meio do corredor, sem dar aos dois nem mesmo tempo para entenderem o que estava acontecendo. Rodou o machado com absoluta precisão, e o único som que se ouviu foi o assovio da lâmina que fendia o ar. Então silêncio e dois baques. As cabeças dos dois guardas tombaram no chão, logo acompanhadas por seus corpos. Shyra apoiou-se num joelho e molhou os dedos no sangue, que em seguida levou aos lábios pronunciando uma frase incompreensível. Finalmente limpou a lâmina.

– Caminho livre – disse.

Adhara revistou os corpos, pegou um molho de chaves e começou a experimentá-las freneticamente na porta de madeira. Nenhuma parecia funcionar. Finalmente ouviu-se um estalo, e as duas se jogaram no túnel além da porta, correndo adoidadas até chegarem a uma ampla caverna.

Logo quando acreditavam ter alcançado a meta, mais um guarda apareceu do nada. A mão de Adhara correu ao punhal e, com movimento circular, procurou acertar o soldado, que, no entanto, já esperava por aquilo e evitou o golpe.

– Intrusos, intrusos! – começou a berrar a plenos pulmões. Adhara tentou acertá-lo de novo, sem sucesso. O elfo combatia com uma lança e conseguia parar todos os golpes.

Não era um inimigo difícil de ser vencido, mas alguma coisa a bloqueava. O peso das mortes que lhe haviam permitido chegar até ali, inclusive os dois últimos guardas que Shyra acabava de matar, o desgosto por todo aquele sangue derramado tornavam lerdos seu braço e seu corpo.

Shyra intrometeu-se entre ela e o soldado.

– Saia logo daqui! – gritou. Então deixou a sua lâmina dançar. Só uns poucos golpes, e afinal uma estocada letal. O guarda desmoronou. Shyra repetiu o mesmo ritual de antes, o ritual que os sacerdotes guerreiros como ela executavam toda vez que matavam alguém longe do campo de batalha.

– Se ficar aqui morrerá – insistiu Adhara.

– Quer ou não quer chegar ao maldito portal? – intimou Shyra. – Logo que você for embora, eu também irei, e então procure se apressar se não quiser ter também a minha morte na consciência.

Barulho de passos, cada vez mais próximos. Adhara feriu a mão direita com o punhal, deixou derramar algumas gotas de sangue e as jogou no portal. A superfície tornou-se azulada.

– Adeus, Shyra! Não deixe que a capturem! – gritou, subindo os últimos degraus.

Os primeiros guardas irromperam na caverna logo quando Shyra se preparava para evocar o encantamento do voo.

– Já não estou sozinha, a minha irmã está comigo – disse.

Foram as últimas palavras que Adhara ouviu dela. Logo depois passou pelo véu azulado e chegou ao outro lado.

14

ANTES DO APOCALIPSE

Quando o Cavaleiro de Dragão viu chegar o Ministro Oficiante, compreendeu que algo grave estava para acontecer. Conhecia muito bem aquela mulher. Escoltava-a de um lado para outro do Mundo Emerso desde que a peste aparecera. Foi o que a rainha ordenara, e mais tarde o rei. Durante todos aqueles meses sempre a vira séria, ponderada, compenetrada no seu papel. Mas não naquela manhã. Viu-a chegar correndo, com um livro embaixo do braço, o rosto transtornado.

– O que houve, minha senhora?

– Precisa levar-me à Terra do Vento, imediatamente! – disse Theana, esbaforida.

– Senhora, mesmo incitando os dragões à máxima velocidade, levaremos pelo menos dez dias para chegarmos à frente de batalha, e...

– Não estou interessada no campo de batalha, preciso chegar quanto antes ao mais próximo vilarejo da Terra do Vento.

O cavaleiro fitou-a, atônito.

– Mas é território inimigo.

– Não interessa! Precisamos chegar lá o mais rápido possível.

A sua voz tremia, e o cavaleiro entendeu. Não se tratava de loucura: aquela mulher estava simplesmente *apavorada*. Aprendera a confiar nela, na sua capacidade de manter a calma até nas situações mais difíceis. Se agora estava tão agitada, devia haver um motivo muito grave.

– O que aconteceu?

Ela mirou-o ofegante.

– Está para acontecer alguma coisa terrível na Terra do Vento, algo inimaginável. Descobri uma magia nos meus livros, alguma coisa... Aquele elfo é um louco, e nós precisamos detê-lo!

Apoiou as mãos nos ombros do homem. Não parava de tremer.

– Partiremos imediatamente – disse o cavaleiro. – A senhora quer que envie um mensageiro?

– Não, não – respondeu Theana. – Informarei as pessoas certas com a magia. Mas vamos logo. Agora, sem demora!

– Só me dê um tempinho para aprontar Thala e juntar alguns mantimentos para a viagem.

Theana segurou suas mãos.

– Uma hora, não mais do que isso: é uma questão de vida ou morte. – Seus olhos fitaram o homem, aflitos.

Ele anuiu e afastou-se depressa da sala do Palácio do Exército, onde o Ministro Oficiante fora procurá-lo.

Theana permaneceu imóvel por alguns instantes. De repente sentiu-se oprimida, como se o Mundo Emerso estivesse se fechando em cima dela até transformar-se numa armadilha sem saída. Levou a mão à cabeça e apertou espasmodicamente os caracóis cândidos entre os dedos.

O que posso fazer agora? O quê?

Não sabia de quanto tempo ainda podia dispor. Talvez nem mesmo um dia. E Kalth não estava com ela, o rapaz se mudara novamente para Makrat, há pouco reconduzida à legalidade.

Estava sozinha e, absolutamente, ignara a respeito da situação bélica. Onde estava, agora, a frente de batalha? Quanta terra conseguira conquistar Kriss, e quanta tinha perdido? Não tivera mais notícias de Dubhe, desde o último encontro, quase duas semanas antes, e eram coisas que ela certamente sabia.

Dubhe, Dubhe é a única. Ela e os meus homens na Terra do Vento. Talvez eles possam tomar alguma providência.

Precisava evocar um encantamento de comunicação, e preparou o necessário ali mesmo, nos bastiões do Palácio do Exército em Nova Enawar. Tirou da bolsa a tinta e o pergaminho. Procurou escrever uma mensagem clara, mas a mão tremia, e teve de começar tudo de novo para tornar a escrita inteligível. Evocou o fogo mágico, queimou o pergaminho e rezou: que a mensagem chegasse ainda a tempo e que Dubhe começasse a agir logo, sem demora. Pois a esperança de salvar-se, agora, era realmente mínima.

Pegou outro pergaminho e escreveu uma mensagem para os seus homens espalhados pela Terra do Vento.

Acima dela, a fumaça arroxeada da magia dissolveu-se pouco a pouco no ar. O encantamento surtiu efeito, as palavras que Theana tinha escrito atravessaram num instante o espaço que a separava da amiga. Sobrevoaram a Grande Terra, superaram a fronteira, pairaram sobre o território inimigo até alcançar a frente de batalha, para então dirigir-se ao acampamento, aquele onde Theana sabia que Dubhe se encontrava.

Uma compacta nuvenzinha de fumaça formou-se na tenda da rainha. Mas ali não havia ninguém que pudesse traduzir em palavras aquela fumaça, que, com a magia, pudesse imprimir no papel as frases aflitas do Ministro Oficiante. Pois no acampamento reinava o caos: Baol acabara de informar que a rainha não se encontrava no seu catre.

O último obelisco foi erguido na mesma manhã em que Theana enviou a mensagem. O vilarejo não passava de um pequeno grupo de casebres, perdido no meio da ampla pradaria que marcava o confim entre a Terra do Vento e a da Água. Os soldados de Kriss ficaram um bom tempo perguntando a si mesmos se valia a pena morrer por um lugar como aquele. Era mais um dos mistérios daquela guerra infindável. Mas seguir Kriss significava não fazer perguntas, confiar nele completamente e obedecer. De forma que haviam derramado o seu sangue até por aquele mísero e derradeiro pedaço de terra. Embora o seu significado estratégico fosse difícil de entender, os homens do Mundo Emerso tinham lutado corajosamente para defendê-lo. Talvez não quisessem ceder aquele último resquício de terra, tentando convencer-se de que aquela não era uma ruína definitiva, mas sim apenas uma derrota momentânea. Só mesmo a intervenção do rei determinara o êxito da batalha em favor dos elfos.

Já fazia algum tempo que Kriss não participava pessoalmente dos combates. A sua chegada fora recebida como uma bênção. Só a sua presença podia reanimar a tropa. Porque, só de vê-lo, os elfos podiam lembrar os motivos daquela luta, pois com ele sentiam-se invencíveis. Os seus gestos comedidos e elegantes convenciam todos de que não havia metas que ele não pudesse alcançar, reforçavam a certeza de que a sangrenta aventura que estava debilitando seus espíritos só podia concluir-se com uma arrasadora vitória. E, com ele no comando, o vilarejo do qual nem conheciam o nome tinha capitulado em apenas dois dias depois de ter resistido por várias semanas.

Na grande festa que se seguiu, entre os soldados bêbados e com o inseparável San ao seu lado, Kriss anunciou:

– Amanhã haverá a cerimônia da ereção do último obelisco. Estão todos convidados.

A cerimônia aconteceu numa atmosfera de grande solenidade. Dois soldados cavaram um buraco no qual enfiaram a base do obelisco metálico. Tinha a altura de pouco mais que uma braça, fino e oco, de forma que um só homem já conseguia transportá-lo. Um sacerdote recitou a reza de consagração. Todos perguntavam a si mesmos qual era o sentido daquele ritual. Ainda assim, no fundo do peito, davam-se conta de que estavam assistindo a alguma coisa grandiosa. Havia uma vibração no ar, um sentido que anunciava algo trágico e irreparável. Ninguém podia dizer do que se tratava, mas fazia estremecer o coração. Principalmente, havia o olhar de Kriss. Estava sentado num simples banquinho, vestia a costumeira armadura e, não fosse pela sua aparência nobre e a beleza sobrenatural, poderia ter-se passado por um soldado qualquer. Enquanto o obelisco apontava para o alto, brilhando na fraca luz daquela tarde cinzenta, seus olhos reluziram com uma luz íntima, com uma comoção que o fez estremecer. Alguém jurou até ter visto brilhar uma lágrima no canto dos seus olhos, e todos compreenderam que, não importa qual fosse o sentido daquilo, mudaria para sempre o destino deles.

Quando o ritual chegou ao fim, Kriss ficou de pé e permaneceu imóvel por alguns instantes, contemplando o pequeno obelisco que agora se erguia no centro do vilarejo. Então, com a frieza que lhe era costumeira, encaminhou-se para a sua tenda.

San esperava por ele no limiar da aldeia. Amhal lembrava muito bem aquele lugar. Estava no caminho que percorrera com Adhara quando os dois foram juntos para a Terra da Água. Aqueles dias pareciam-lhe distantes como um sonho; afinal de contas, pertenciam a outra vida. Toda recordação daquela aldeia afigurava-se confusa. Tudo, a não ser ela. Da Sheireen – obstinava-se a chamá-la assim quando pensava nela, como se aquele nome pudesse pôr entre os dois a devida distância – lembrava os detalhes: o cheiro da pele e dos cabelos quando se segurara nele, na garupa de Jamila, e a profundidade do seu olhar. Aquela lembrança provocava contínuas fisgadas de dor viva, pulsante, uma dor que não deveria experimentar.

Mas tinha certeza de que, ao reencontrar San, pararia de sonhar. Acreditava que só o fato de voltar para casa, para perto do mestre e irmão, iria abrandar qualquer inquietação. Mas, ao contrário, não foi bem isso que aconteceu. Tinha continuado a sonhar durante toda a viagem que o levara àquela aldeia perdida. O sonho era sempre o mesmo. Ela, linda e terrível, trazendo nos cabelos, como dádiva, todos os sentimentos do mundo: o ódio, o amor, o medo... Só de vê-la, o coração enchia-se de pavor. Mas ao mesmo tempo desejava-a de forma insana e irracional. Acordava molhado de suor, gritando. A coisa mais estranha era que cada sonho vinha acompanhado por uma sensação de dor física. Era o medalhão que queimava no seu peito. Tinha reparado que pulsava de forma anormal, e a sua luz era mais fraca que de costume. A coisa deixara-o em pânico. O que tornava a sua vida tolerável, aquela bendita insensibilidade que esperava recuperar quanto antes, devia-se exclusivamente àquele objeto. Se algo acontecesse com o artefato, ele voltaria a ser o Amhal assustado de sempre, e não poderia viver com os antigos terrores, nunca mais.

Uma coisa, no entanto, ajudara-o a recuperar a desejada frieza. Percebera que do medalhão, particularmente das bordas, haviam despontado pequenos ganchos metálicos, parecidos com minúsculas e retorcidas raízes que se insinuavam na pele do peito.

Aquela visão deixara-o perturbado, mas ao mesmo tempo o acalmara. O medalhão continuava vivo, portanto, e agia nele. Estava se tornando, aliás, uma parte do seu corpo, e, sendo assim, ele nada tinha a recear. Talvez aqueles sonhos, a inquietação que transmitiam, fossem tudo o que sobrava da sua humanidade, a desesperada tentativa da sua alma de resistir. Provavelmente, dentro em breve iriam desaparecer por completo, deixando-lhe como herança a liberdade de ser escravo de Kriss, a liberdade que o livrara do peso de ter que decidir por si mesmo e, decidindo, de sofrer.

De qualquer maneira, agora estava em casa. San estava ali, diante dele, e tudo acabaria.

Foi ao seu encontro, abraçou-o com calor.

San pareceu surpreso.

– Aconteceu alguma coisa enquanto estava longe? – perguntou desconfiado.

Amhal suspirou.

Kriss levou a mão ao peito. De repente ficou sem fôlego, uma onda de pânico tomou conta dele. Só durou um instante, então sumiu e o coração voltou a bater normalmente. A mão, rápida, apalpou o flanco. Só havia uma leve ardência. O sacerdote analisara-o com atenção, quando mostrara para ele, depois do ataque de Dubhe. Kriss tentara protestar, mas não houvera jeito de convencê-lo.

– É um veneno muito poderoso – sentenciara o sacerdote.

– Sou imune aos venenos, você deveria estar farto de saber – respondera o rei, aborrecido.

– Majestade, o senhor não é imune. Simplesmente acostumou-se a pequenas doses constantes de veneno que o tornaram resistente a muitos filtros mortais, mas isto não quer dizer...

Kriss detivera-o com um gesto brusco da mão.

– Sinto-me muito bem.

– Poderia ser por causa da sua excepcional resistência. Mas esta substância é particularmente traiçoeira. Permita-me, pelo menos, administrar-lhe um filtro que facilite a eliminação das toxinas.

Kriss recusara, mas o sacerdote deixara, mesmo assim, o pequeno vidro na mesa.

Deve ter sido a emoção ou, quem sabe, o cansaço. Estou a ponto de fazer alguma coisa grande, única, e não me poupei para levá-la a bom termo, cogitou consigo mesmo.

Lembrou as últimas palavras da rainha. A mão continuava a deter-se no arranhão. Levantou-se de estalo, pegou o vidro e tomou o conteúdo de um só gole. Melhor precaver-se, de qualquer maneira.

– Majestade?

Kriss virou-se na mesma hora, escondendo a ampola vazia. Fora um momento de fraqueza, e não gostava de mostrar-se vulnerável ao seu povo, e menos ainda ao homem ao qual pertencia aquela voz.

– Novidades? – perguntou, ríspido.

San fez uma comedida mesura.

– Trago boas notícias.

Afastou a cortina e revelou a figura de Amhal.

O rei sorriu.

Kriss reservou a Amhal uma acolhida digna de um filho que volta depois de uma longa viagem. Abraçou-o calorosamente, ouviu o relato do medalhão e dos sonhos. Seu rosto não revelou qualquer preocupação; manteve, aliás, um olhar límpido e sereno.

– Não há motivo para se afligir. O fato de o medalhão ter começado a penetrar no seu peito é a demonstração de que tudo está correndo como previsto. É assim que funciona: no começo a sua ação, mais fraca, acontece sem qualquer simbiose com o hospedeiro. Depois, à medida que o seu poder aumenta, abre caminho no corpo de quem o usa. Muito em breve esse objeto tomará posse do seu coração, irá se tornar parte de você, desprovendo-o de toda consciência e vontade. Será como morrer – concluiu sorrindo, benevolente.

– E como explica os sonhos? – perguntou Amhal.

– Eles não têm importância. O poder do medalhão ainda não é perfeito, mas dentro em breve toda a aflição não passará de longínqua lembrança. Você vai ver.

O jovem pareceu aliviado.

O rei debruçou-se para ele e sorriu com doçura.

– Os meus presentes nunca mentem, e eu sempre cumpro as minhas promessas. Precisa confiar em mim.

Fitou-o intensamente. Ao lado deles, San sentava-se pensativo.

– Mas agora temos de conversar sobre um problema da maior importância – disse Kriss, de repente, certificando-se de que ninguém podia ouvi-los. – É imperativo acelerar os nossos movimentos. Temos notícias não muito confortadoras. Larshar enviou-me uma mensagem bastante confusa de Orva, dizendo que a sacerdotisa que evocava o selo responsável pela peste foi... libertada. – Kriss fez uma careta, aí apertou os punhos para reprimir um gesto de ira. – Isto significa que a doença parou de propagar-se e que os humanos estarão novamente em condições de lutar.

– Um problema e tanto – observou San, sarcástico.

Kriss incinerou-o com o olhar.

– Esta notícia não pode sair daqui, estou sendo claro? De qualquer maneira, não creia que me deixei pegar despreparado – minimizou, com um gesto descuidado, enquanto começava a medir com passo nervoso o espaço limitado da tenda. – Os homens já foram dizimados, estão cansados, levarão uma vida inteira para se reorganizarem. Mas eu não quero correr risco algum – acrescentou, virando-se de repente. – Não quero que recobrem o moral, quero que continuem a nos temer, que o meu nome já baste para fazê-los estremecer. Por isto os convoquei e pedi que evocassem o feitiço, aqui e agora.

Voltou a caminhar devagar, pensativo.

– Mas quero que uma coisa fique bem clara – prosseguiu. – Não há dúvidas, vocês serão os executores materiais, mas *eu* serei o verdadeiro guia, e será meu o mérito pelo que irá acontecer. Amanhã escreverei a história, amanhã apagarei os últimos mil anos do Mundo Emerso. E eu serei o único, *verdadeiro* artífice disto tudo.

San sorria.

– Como quiser – disse, secamente. – Mas não se esqueça do que prometeu *a mim* – acrescentou, e a sua voz assumiu um tom cortante.

Kriss dirigiu-se a Amhal:

– Pode nos deixar sozinhos?

O rapaz levantou-se sem nada dizer. Um silêncio pesado e ameaçador tomou conta da barraca logo que ele saiu.

– Estou cansado das suas atitudes – disse Kriss, com voz baixa e controlada.

Talvez fosse justamente aquela ausência de emoções a irritar San. Pulou de pé, derrubando a cadeira em que estava sentado.

– Quem está cansado sou eu, *eu*! – berrou.

Um guarda irrompeu na tenda, de lança em riste.

Kriss fez um gesto.

– Está tudo bem, pode voltar ao seu posto.

O guarda ficou uns momentos em dúvida, na entrada, antes de despedir-se.

– Não é coisa sua, um desabafo de ira como este – disse o rei.

San fitou-o com olhar flamejante.

– Deve a mim o seu triunfo, fui um servidor muito mais que fiel, mas continuo sem ver a minha recompensa. Toda vez que toco no assunto, só recebo de você vagas promessas.

– Acha mesmo que já chegamos ao fim? Só estamos no começo, San, e o que você fará daqui a pouco na Terra do Vento valerá para todo o Mundo Emerso. Ainda não chegou a hora daquilo que deseja.

– Estou cansado, Kriss. Quem me garante que, quando o Mundo Emerso for devolvido ao seu povo, eu também ganharei alguma coisa? Quem me garante que manterá a promessa? Quero uma garantia, pois, do contrário, não lhe prestarei mais os meus serviços.

Finalmente, aquelas palavras embotaram o sorriso de Kriss.

– Você mesmo verá – disse. – Faça o que tem de fazer, e eu lhe darei uma demonstração, para que se convença de que não estou mentindo.

San transfigurou-se na mesma hora. No lugar do guerreiro frio e arrogante que sempre fora, parecia agora um ser trêmulo, quase comovido. Olhava para Kriss sem conseguir encontrar as palavras.

– Esta noite – disse, baixinho, a voz entrecortada. – Quero ver esta noite.

– Acha tão simples? Neste momento não há magos capazes de realizar a magia. Mandarei chamá-los.

Sacudiu uma pequena campainha e o guarda que aparecera antes surgiu na entrada da tenda.

– Vossa Alteza.

– Mande uma mensagem a Zenthrar. Quero que se apresente com a maior urgência.

O guarda limitou-se a anuir, depois voltou ao seu posto.

– Viu? – disse Kriss, com um sorriso de triunfo estampado no rosto.

San olhou para ele, grato.

– Por quê? – disse, baixinho. – Por que agora e não antes?

– Porque eu sou o rei, San, e não preciso demonstrar coisa alguma. Porque cabe a mim decidir *se* e *quando*. Para lembrar-lhe que você é a minha arma, nada mais do que isto. Porque assim decidi, e as minhas decisões devem ser para você quase um ato de fé. Lembra-se de quando nos encontramos? Lembra-se de como estava desesperado? Continua sendo o mesmo, San, você *sempre* será assim, sem mim, e nunca deve esquecer. Só eu posso dar-lhe o que procura há uma vida inteira.

San rangeu os dentes, mas ficou calado. Porque era verdade, pois não havia coisa alguma que não faria para conseguir o que desejava, porque não havia torpeza à qual se rebaixaria para alcançar aquele único fim. Por isto só podia baixar a cabeça diante do elfo e percorrer com ele todas as etapas daquela viagem sangrenta.

15

O DIA EM QUE ACONTECEU

Foi só dar um passo e Adhara já estava nas margens do Saar. Ao vê-lo, ficou quase com medo. Era imenso. Parecia um mar, mas não havia ondas, só uma desmedida extensão de água aparentemente imóvel. Do outro lado, o Mundo Emerso e a sua missão.

Amhal. Era absolutamente necessário que o encontrasse antes que o medalhão o possuísse como tinha feito com Lhyr. A primeira escala da viagem seria Salazar. Na capital da terra em que Kriss estava se expandindo, talvez tivesse mais chance de topar com Amhal e livrá-lo daquela condenação.

Em primeiro lugar, no entanto, tinha de atravessar o Saar. Sabia que, naquelas águas traiçoeiras, usar uma embarcação seria arriscado demais e também levaria muito tempo. Não, precisava mesmo era de um dragão. E logo pensou em Jamila, o dragão de Amhal, o que ele abandonara para substituí-lo por uma das vivernas que os elfos usavam em combate.

Havia sido com Jamila que, junto com Adrass, fora a Makrat para visitar a biblioteca perdida. Sabia que um dragão só podia ser chamado pelo próprio amo, mas confiou na sua natureza de Sheireen e nos conhecimentos de vidas anteriores inculcados nela por Adrass. Concentrou-se, esperando que suas forças mágicas fossem suficientes para evocar o dragão e que Jamila não estivesse longe demais para ouvir o seu chamado. Modulou então um assovio todo especial e preparou-se para esperar. Foi uma longa espera, mas, afinal de contas, menor do que podia imaginar.

Ao entardecer, divisou no horizonte uma figura elegante e majestosa, de corpo vermelho-rubi, que parecia desafiar o vento com suas enormes asas desfraldadas.

Desenhou três amplos círculos no céu antes de planar até o chão, com um chamado que quase parecia expressar alegria.

Adhara aproximou-se devagar, esticando a mão. Jamila, as grandes asas pretas ainda abertas no ar úmido, encostou na palma o focinho frio e escamoso.

A jovem afagou-o e apoiou a testa nele. De alguma forma, sentiu que naquele momento partilhavam as mesmas lembranças.

– Vou trazê-lo de volta. Se me ajudar, terá novamente o seu cavaleiro – disse, baixinho.

Como resposta, Jamila baixou o pescoço oferecendo a garupa.

Adhara ajeitou-se nas suas costas, olhou para o céu e levantou voo.

O capuz cobria seu rosto, a capa escondia o resto do corpo. Debaixo daquela couraça de pano, Adhara observava a cidade enquanto, cansada, avançava pelas ruas. Tivera de abandonar Jamila muito antes de chegar aos arredores da capital da Terra do Vento, pois do contrário seriam certamente descobertos. A viagem tinha sido longa e cansativa, precisava comer alguma coisa e descansar.

Era ali que tudo começara, em Salazar, menos de um ano antes. Naquela época, Adhara nada sabia de si, e todos os seus esforços concentravam-se em descobrir a sua identidade. Agora que conhecia a verdade, teria dado tudo para voltar à inconsciência daqueles dias. Naquele tempo, Amhal era somente um rapaz de olhos tristes, e ela mesma, pelo que sabia, poderia ser qualquer pessoa: uma camponesa raptada por bandidos ou uma princesa foragida.

Acariciou a mão esquerda, e a ponta dos dedos encontrou a frieza do metal. Quantas coisas haviam mudado desde então. A cidade, por sua vez, parecia a mesma de sempre.

Na horta central, sobre a qual janelas se abriam a intervalos regulares, os camponeses olhavam esperançosos para o céu. Estava lívido e carregado de chuva, e, portanto, cheio de promessas. Como se não bastasse a ocupação por parte dos elfos, a estação tinha sido particularmente árida. Algumas gotas só podiam fazer bem à terra ressecada.

Uma mãe debruçou-se na janela.

– Jorel, pra casa! – gritou.

– Já vou! – replicou a voz de um garotinho.

– Só falta uma hora para o toque de recolher, e as nuvens estão ameaçando um verdadeiro dilúvio! – insistiu a mulher.

O toque de recolher. Vigorava desde que os elfos tinham começado a conquista da Terra do Vento. Adhara puxou mais um pouco o capuz sobre o rosto. À noite aquele lugar ficaria cheio de guardas.

Avançou cabisbaixa, deixando que a confusão da cidade a distraísse dos pensamentos aflitivos.

A cidade-torre havia sido reconstruída, depois da guerra provocada por Aster, o Tirano, transtornando a aparência original. Fora durante o governo de Learco que Salazar voltara à antiga glória: uma única, enorme torre em que moravam todos os habitantes. Havia casas, lojas, palácios do poder: tudo aquilo de que uma cidade precisava estava apinhado naqueles cinquenta andares de tijolos. No meio, um grande poço com espelhos que canalizavam a luz para o fundo, onde havia a horta. Adhara sempre achara aquilo um pequeno milagre de engenhosidade.

Apesar da guerra e da ocupação, Salazar ainda conseguia ser um lugar alegre. Havia um contínuo vaivém de pessoas, e pelas ruas ouviam-se a gritaria dos meninos e os chamados dos vendedores que apregoavam suas mercadorias.

E, enquanto isso, alguém morria, mais alguém nascia, e a vida seguia em frente como de costume. Centenas de pequenas existências cruzavam-se ali, naquela tarde.

Foi justamente então que aconteceu.

Theana e o ordenança já estavam viajando havia três dias, sem parar. Estavam exaustos quando finalmente avistaram a tão anelada Terra do Vento.

Theana sabia que não havia mais esperança. Dubhe não respondera, e sentia que aquela região do Mundo Emerso naquela altura estava nas mãos de Kriss.

Mesmo assim não podia parar, não depois daquilo que descobrira. Durante a viagem tinha examinado todas as possibilidades para tentar contrastar o que estava a ponto de acontecer. Talvez ainda houvesse uma chance.

Passaram pela frente de batalha sem que ninguém os detivesse. Aterrissaram bem no meio de um pequeno vilarejo, umas duas dúzias de casas reunidas em volta de uma praça. No meio havia um pequeno obelisco metálico com base triangular. O pessoal, curioso, chegou às portas e às janelas logo que os viu.

– Elfos, há elfos por perto? – perguntou Theana a um deles.

O sujeito, um velho de aparência estabanada, sacudiu a cabeça.

– Foram embora depois de plantar no chão aquele estranho objeto, faz dois dias... Tentamos tirá-lo dali, mas nem dá para chegar perto, é como se houvesse um muro invisível em volta dele. Alguns de nós ficaram feridos quando tentaram removê-lo.

O primeiro a tomar uma atitude foi o ordenança. De punhos cerrados, apertando o queixo, virou-se para o dragão.

– Thala! – gritou.

Theana procurou detê-lo, mas não teve tempo.

O dragão obedeceu ao chamado e tentou golpear o obelisco com as patas dianteiras, mas foi arremessado longe e começou a sangrar no peito, onde seu corpo havia entrado em contato com o artefato.

Theana aproximou-se, de mãos estendidas e olhos fechados. Murmurava palavras que ninguém podia entender. Logo a seguir uma aura arroxeada foi tomando forma em volta do obelisco.

– Os elfos ergueram uma barreira extremamente poderosa a fim de proteger estes obeliscos... É impossível tocar neles sem arriscar a vida – explicou, abrindo os olhos e mirando as pessoas que se haviam reunido à roda dela. – Precisamos avisar todos os sobreviventes da Terra do Vento: devem fugir imediatamente, abandonar as suas casas neste mesmo instante!

– Entenderam o que o Ministro Oficiante disse? – berrou o ordenança. – Vamos lá, mexam-se, vão logo advertir os outros!

Alguns começaram a sair, outros a falar.

E foi então que o sol se obscureceu, o ar vibrou num tom que Theana conhecia muito bem.

– Ninguém se mexa! – gritou, levantando as mãos para o céu, de olhos fechados. Berrou a fórmula, e dos seus dedos saíram rios prateados que foram desenhando uma abóbada muito ampla e diáfana.

Naquele exato momento, imensos raios violáceos rasgaram o céu antes de se abaterem ao mesmo tempo em cima de todos os obeliscos.

O pessoal reunido sob aquele céu cor de chumbo era um espetáculo bem pobre. Kriss estava acostumado a multidões oceânicas, em Orva, na época em que assumira o poder, e aquelas poucas centenas de pessoas agrupadas no meio da pradaria, não muito longe de Salazar, pareciam-lhe pouco mais que alguns gatos pingados. Mas não importava. No dia seguinte aquelas pessoas iriam contar o que estava para acontecer, e a notícia do que ele tinha conseguido correria de boca em boca por todo o Erak Maar. O número de pessoas que assistiam ao evento não fazia diferença. O que ele estava prestes a fazer iria aparecer em letras de ouro nos anais da história.

San e Amhal estavam em pé, de prontidão diante do palanque improvisado onde Kriss se encontrava. Só precisavam de um sinal. Por um instante, aquele imenso poder deixou-os aturdidos.

– Algum dia serão chamados de felizardos – começou dizendo. – Os nossos filhos, os nossos netos, aqueles que nos sucederão nos séculos futuros falarão de vocês com inveja, porque vocês estavam lá enquanto se reescrevia a história. Hoje é o começo do fim, para os vermes que mais de mil anos atrás nos escorraçaram da nossa terra. Hoje começamos realmente a retomar o que sempre nos pertenceu. Hoje, pela primeira vez há muitos séculos, esta terra poderá voltar com todo o direito a chamar-se Erak Maar. É a realização de um sonho, o fim do exílio.

Interrompeu-se, comovido, e correu com os olhos pelos elfos reunidos para ouvi-lo, extasiados. Então lentamente, com a solenidade com que se oficiam os ritos, levantou a mão, virou-se para San e Amhal e deu a ordem.

Os dois Marvash abriram os braços. Em perfeito sincronismo, começaram a recitar uma ladainha numa língua que ninguém jamais ouvira. Era élfico, pois com aquela língua partilhava sons e ritmos, mas as palavras, ameaçadoras e sibilantes, eram incompreensíveis. Todos acharam que, de repente, o céu se tornara mais escuro, que a luz naquela planície ficara visivelmente mais fraca, assim como mais fria se tornara a temperatura. As crianças começaram a chorar. San e Amhal continuaram destemidos. Kriss fechou os olhos.

As mãos dos Marvash se tornaram luminosas, enquanto raios de um roxo escuro prorrompiam dos seus dedos. O ar ficou carregado de eletricidade, e Kriss saboreou aqueles instantes que anunciavam a tempestade, aquela quietude que muito em breve seria quebrada.

A reza subiu de tom, transformou-se num grito grosseiro, num canto dissonante. Alguns taparam os ouvidos, enquanto o ar parecia vibrar. Kriss sorriu, o rosto virado para o céu.

Finalmente uma última palavra, berrada em uníssono pelos Marvash, e das suas mãos partiram lampejos violentos que cortaram o ar arremessando-se contra o céu. Chisparam para cima, muito rápidos, e se espalharam no ar, voltando a cair na terra em todas as direções. Cada um deles foi atraído por um dos catalisadores. Uma vibração surda e insuportável fez estremecer o solo. Kriss abriu as mãos e chorou lágrimas de felicidade, lançando para o céu uma risada insana.

Muitos pensam, amiúde, que os grandes acontecimentos são precedidos por algo que, de alguma forma, os anuncia. Que, quando alguma coisa muda ou desaparece, o mundo chora a sua perda.

Talvez fosse uma vibração surda no terreno ou aquele último trovão que rompeu o silêncio. Mais provavelmente, porém, nada aconteceu de antemão. Só uma calma inocente, a inconsciência de quem não sabe o que espera por ele dali a alguns instantes. Porque o céu não chora quando alguém morre, o sol não para quando a guerra varre do mapa aldeias inteiras.

Portanto, Adhara só percebeu um leve zunido nos ouvidos. O mundo em volta pareceu de repente começar a redemoinhar, e ela acabou de quatro, no chão, ofegante, cara a cara com as grandes pedras do calçamento.

Os transeuntes, que até uns poucos momentos antes caminhavam na rua, estavam agora pregados nos seus lugares, como que petrificados por um feitiço. Seus corpos pareciam contraídos num sofrimento sem voz, que não conseguiam expressar. Alguns caíram no chão, como ela, e se encolhiam na posição fetal. Outros se apoiavam nos muros, de olhos esbugalhados, tapando os ouvidos com as mãos. Um silêncio desnatural tomou conta de Salazar. As bocas escancaradas estavam mudas, mas Adhara não conseguia entender se era ela a ter perdido a audição ou se aquilo que estava acontecendo, de qualquer coisa se tratasse, tinha de fato apagado todo som.

Por um instante todas as coisas ficaram paradas. O vento nos contrafortes da torre, os homens imobilizados em seu indizível sofrimento. Mulheres, velhos, crianças, todos parados à espera de alguma coisa que os livrasse da dor.

Então o eco distante de um trovão rasgou o silêncio, e aconteceu.

De repente, os corpos dos habitantes de Salazar dissolveram-se.

Foi como se fossem constituídos de areia. Os rostos se fundiram sobre si mesmos, os membros desfizeram-se. As cores escorreram, as figuras perderam consistência, os traços se deformaram. Os olhos de Adhara se arregalaram de medo.

Estou ficando louca. Estou morrendo, disse a si mesma, alucinada.

Uma rajada de vento investiu sobre a torre de Salazar com violência. O que sobrava das pessoas à volta dela foi levado embora, e nada sobrou.

Nenhum resquício das crianças, dos mercadores na porta das lojas, da mulher que até um minuto antes estava debruçada na janela, chamando o filho.

Não havia mais ninguém.

Como se nenhum deles jamais tivesse existido.

Os sons haviam voltado agora. Adhara estava no chão, sem fôlego. Já não sentia a pressão oprimente nos ouvidos, mas apenas o tiquetaquear da chuva nos contrafortes da torre.

É um pesadelo, pensou, mas os segundos passaram, tornaram-se minutos, e a visão não se dissolveu. Adhara, finalmente, respirou fundo, como se fosse a sua primeira respiração. Ficou de pé, cambaleando, olhou em volta. Deserto. Foi até o poço central da torre. Só viu as poucas plantas amareladas da horta, as que haviam sobrevivido à seca. Na terra empoeirada, os utensílios dos camponeses, abandonados.

– Tem alguém aí? – perguntou, baixinho.

A sua voz ressoou nas paredes, multiplicada várias vezes pelo eco.

Avançou devagar ao longo do corredor que estava percorrendo.

— Alguém aí? — gritou.

Mais uma vez, só o eco respondeu.

Então correu, entrou nas lojas, passou por todos os andares de Salazar. Não havia ninguém. A mais vibrante de todas as cidades do Mundo Emerso transformou-se de uma hora para outra numa cidade de mortos. Daqueles que ali haviam vivido, amado e sofrido não sobrara qualquer vestígio.

Adhara continuou correndo, gritando sempre a mesma pergunta sem resposta, até ficar do lado de fora, no telhado da cidade, sob uma chuva insistente. E então entendeu. Algo terrível acontecera. Alguma coisa inominável. Algo que, cego como todo desastre, a poupara sem qualquer motivo aparente.

Foi aí que gritou todo o seu terror.

Durou alguns segundos, então tudo se apagou. San e Amhal desmoronaram no chão, mas ninguém teve a coragem de se aproximar deles. A barreira dissolveu-se, e tudo pareceu voltar a ser exatamente como era antes. Só Kriss continuava a rir como um louco, as faces molhadas de lágrimas.

— Rejubilem-se! — gritou. — Rejubilem-se, porque os humanos que habitavam estes lugares foram aniquilados! Esta terra é de novo nossa, nossa!

SEGUNDA PARTE

A ARMA

16

A RECOMPENSA DE KRISS

Amhal soltou um grito desesperado. Debateu-se, coberto por um suor gelado, as mãos contraídas sobre os lençóis.

San acudiu, procurou detê-lo.

– Está tudo bem, tudo certo! – disse, mas levou um bom tempo para acalmá-lo.

Pouco a pouco, Amhal pareceu tomar consciência de onde estava. A barraca em que dormia com San, entre uma e outra batalha, as brasas moribundas da fogueira, o chão, a sua armadura que brilhava num canto.

Levou imediatamente a mão ao peito, e sentiu o calor reconfortante do medalhão. Colocou os dedos sobre o cristal negro, tentou recuperar as forças.

– Está tudo bem, estamos em casa, no acampamento de Kriss – repetiu San, passando a mão no seu ombro.

Quando lhe pareceu suficientemente tranquilo, separou-se dele, ajeitou-se numa cadeira e apanhou no chão a taça de vinho que estava tomando. Não sobrara quase nada, derramara-a no afã de socorrer Amhal. Jogou-a num canto, aborrecido.

– Como está se sentindo? – perguntou.

O jovem olhou para ele, meio perdido.

– Eu...

– Qual é a última coisa de que se lembra?

Amhal franziu a testa.

– O feitiço. O feitiço que suga toda a minha energia através dos dedos, e aí a escuridão, e... – Levou a mão à cabeça.

– Foi muito duro para mim também – admitiu San. – Não pensei que fosse uma tarefa tão desgastante; afinal de contas, o encantamento que evocamos está gravado na nossa natureza de Marvash. O primeiro dos nossos tentou usá-lo quando os deuses o aprisionaram. Desde então, gerações e mais gerações de Destruidores o aperfeiçoaram, até torná-lo absolutamente letal.

Amhal olhou para ele, perdido. Parecia que ainda não tinha entendido direito.

– Morreram todos? – perguntou, e a sua voz tremia.

– Não sobrou ninguém. – Foi a seca resposta.

Amhal sentiu alguma coisa se mexendo no estômago e subir até a garganta. As ânsias de vômito forçaram-no a sair do catre e a precipitar-se para fora da tenda.

Vomitou até a náusea aliviar, enquanto um sentimento obscuro lhe dilacerava o peito.

O que foi que fiz?... pensou uma parte dele, um pensamento que o deixou apavorado.

San continuava sentado, de pernas cruzadas, tranquilo.

– Em mim não provocou este efeito. E, veja bem, até que sou bem mais velho. Só precisei dormir um dia inteiro – disse. – Você, por sua vez, ficou naquela cama dois dias.

Amhal voltou a sentar-se. As pernas trêmulas quase não aguentavam o seu peso.

No que se transformou? Exterminou milhares de pessoas num piscar de olhos. Era isto que queria quando se juntou a Kriss?

Sacudiu a cabeça, tentando livrar-se daquele pensamento.

– Voltei a sonhar – murmurou, enfiando-se novamente na cama. Sentia-se sem forças, mas algo lhe dizia que a coisa nada tinha a ver com a magia que evocara. Não era só isto, era algo que não tinha a coragem de confessar nem a si mesmo.

– Kriss já lhe explicou que é somente a sua humanidade que ainda resiste. Mas vai acabar logo.

– Sonhei com eles todos – continuou Amhal, como se San nem tivesse falado. – Os habitantes de Salazar. Velhos, mulheres, crianças. Dissolviam-se diante dos meus olhos, viravam cinzas.

– Pois é. Foi mais ou menos isto que aconteceu – afirmou San.

– E aí voltavam, mas nesta altura eram espíritos, e exigiam a minha cabeça. Percebia a sede que tinham de sangue, cercavam-me por todos os lados, sufocavam-me, e... – Levou as mãos ao rosto, afundou os dedos nos cabelos. Não teve a coragem de continuar, de contar que também havia ela, pálida e lindíssima, como a primeira vez que a vira, no corpo aquela simples túnica de linho e os sinais das cordas nos pulsos e nos tornozelos. E olhava para ele com uma expressão que jamais esqueceria, cheia de muda repreensão e de uma dor indescritível. Fora aquele olhar, mais que qualquer outra coisa, a feri-lo, a cavar nele voragens de culpa e a fazê-lo acordar aos gritos.

San levantou-se, chegou perto, forçou-o a tirar as mãos do rosto.

– É *isto* que nós somos, Amhal. Destruímos para recriar. Este mundo merece o fogo purificador da nossa magia, porque dele nascerá alguma coisa melhor e mais grandiosa.

O rapaz anuiu e, pouco a pouco, sentiu a calma descer no seu coração. A voz que o atormentava reduziu-se a um tímido murmúrio que o alfinetava num recanto escondido do seu ser, mas era um ruído distante comparado com a imensidão do nada que voltava a permear o seu espírito.

– Não há motivos para se preocupar – tranquilizou-o San.

– Isso mesmo, não há motivos... – repetiu Amhal, fechando os olhos. Tudo estava voltando ao normal. Os rostos dos mortos com que sonhara sumiram, e o que fizera pareceu-lhe natural, como era natural o revezar-se da vida e da morte.

– Está melhor? – perguntou San.

– Só estou cansado – respondeu o rapaz.

– Descanse à vontade, então. Temos dois dias de folga, os combates só vão recomeçar depois de amanhã. Agora merecemos festejar, mas em breve estaremos preparando novas conquistas...

Na cidade-torre de Salazar ecoavam cantos, risos e danças. As crianças corriam e brincavam pelos corredores, os soldados saqueavam as lojas, as famílias tomavam posse das casas. Os civis que haviam escolhido acompanhar os soldados, e que tinham assistido àquela guerra desde o começo, recebiam finalmente a sua recompensa. Kriss movia-se entre eles como que num sonho. Imaginara muitas vezes aquele dia. Fantasiara-o desde menino, quando ouvira os primeiros contos acerca do Erak Maar, sobre a possibilidade de para lá voltar.

E agora aquele sonho se realizara.

Kriss fora o primeiro a entrar em Salazar. Aquela imensa torre parecera-lhe o lugar ideal para reger os destinos do novo reino. Passara pelo limiar, e o seu olhar perdera-se no labirinto de corredores. Virara-se então para os soldados.

– Este lugar, agora, é de vocês. Entrem e façam com que volte a nova vida – sentenciara.

E agora podia vê-los felizes, ébrios de felicidade e vitória, apossando-se das coisas dos usurpadores, retomando o que lhes pertencia de direito. E toda vez que o viam passar, curvavam-se, olhavam para ele com olhos cheios de gratidão. Uma fêmea elfo já idosa aproximou-se dele, jogou-se aos seus pés e beijou-lhe os calçados.

– Obrigada, meu senhor, obrigada. A seca e a escassez de víveres haviam me deixado sem coisa alguma, e agora o senhor me devolveu tudo, inclusive uma casa. Obrigada!

Kriss acariciou seu rosto enrugado e comoveu-se com ela.

E para onde fosse, em todos os andares, era sempre o mesmo. Os gritos das crianças, a alegria da sua gente. Depois de tantos anos, o sonho tornara-se realidade. Iriam lembrar-se dele pela eternidade. Tudo que acontecera antes, e até aquilo que viria depois, iria parecer pouca coisa, comparado com o que realizara.

Sentia-se inebriado.

Passou por todos os andares, reparando que aquela imensa torre era até grande demais para hospedar os seus, e o mesmo podia ser dito da inteira Terra do Vento. Todos os elfos do Mherar Thar não conseguiriam encher as aldeias que, alguns dias antes, ele tinha despovoado num piscar de olhos. Mas era justo que fosse assim. Eles se multiplicariam, iriam se espalhar por aquela terra.

Subiu até a cobertura mais alta da cidade-torre. O panorama deixou-o sem fôlego. Uma desmedida pradaria varrida pelo vento estendia-se a perder de vista. Para o sul, o olhar só tropeçava na compacta mancha verde de uma grande floresta. Não sabia o nome dela. Estavam ausentes tanto tempo daquelas terras que já nem havia contos que as descrevessem. Mas não era um problema. Iriam dar novos nomes àqueles lugares, voltariam a se apossarem deles completamente.

– Jirsch – chamou.

O soldado surgiu do alçapão que levava ao interior da torre.

– Vossa Alteza?

– Acho que este seria o lugar mais apropriado para a nossa hóspede.

– Deseja que mande trazê-la?

– O mais rápido possível – disse Kriss, entre os dentes.

Logo depois da agressão no rio os elfos se deixaram tomar pelo pânico e o sacerdote acudira às pressas para socorrer Kriss.

O corpo de Dubhe ainda jazia na água, acariciado de leve pela correnteza do riacho. Os soldados se juntaram à volta dele, uns atacaram-no com pontapés, outro chegara a trespassá-lo com a lança.

Kriss mandara que se afastassem, contemplando o cadáver da sua inimiga. Na morte, recuperara os seus anos. No chão, diante dele, já não havia a esperta jovenzinha que o tinha atacado, mas sim uma velha. Mesmo assim, aquele corpo preservava algum tipo de beleza, algo pelo qual ele se sentia atraído. O cadáver ainda emanava toda a força e a majestade do corpo que o habitara.

Então, Kriss dissera ao sacerdote:

– Quero que preserve este corpo para que não se decomponha.

– Vossa Alteza, sofreu as injúrias dos vossos soldados, e além do mais é apenas um cadáver...

– É o cadáver do mais forte dos nossos inimigos, é um *troféu*, e como tal quero guardá-lo.

E assim foi.

O alçapão abriu-se, o corpo de Dubhe foi puxado para cima até o último andar da torre. O sacerdote tinha feito realmente um bom trabalho. Era o corpo de uma rainha e de uma lutadora, o corpo de um inimigo valoroso.

– Pendurem-no pelos pés, na sacada – ordenou Kriss.

Os soldados obedeceram, enquanto ele descia lentamente as escadas, passando um por um pelos pisos da cidade e inebriando-se dos sons e dos perfumes da festança.

O sol se punha, incendiando a planície, e o corpo balançava entregue aos caprichos do vento.

– Quero que fique lá quanto mais tempo possível, e também quero que enviem mensageiros aos inimigos para que todos saibam que a rainha morreu e que está pendurada nas muralhas da minha cidade. Todos os vermes, *todos*, precisam saber que nada pode deter-me, nem mesmo o combatente mais valoroso que tinham – sentenciou. – A Terra do Vento só foi o começo – murmurou entre os dentes. – Só o começo.

San apresentou-se diante de Kriss naquela mesma noite.

O rei se instalara na casa do Ancião de Salazar. Era uma habitação bastante grande, mas simples e austera. Havia cinco amplos aposentos, mais a cozinha e uns dois outros cômodos menores para a criadagem. O mobiliário era reduzido e modesto: umas mesas de madeira, pesadas arcas cheias de alfaias e roupas. A sala principal tinha uma grande lareira enegrecida pelo uso. Kriss mandara retirar todos os móveis e, particularmente, a grande cama de mogno entalhado. No seu lugar, colocara o catre no qual dormia no campo de batalha.

San ficou imaginando onde acabava a espontaneidade daquela atitude sempre modesta e recatada e começava o cálculo. Jamais conhecera alguém tão esperto quanto Kriss na arte de fazer com que o povo o amasse. E a dele nem parecia pose estudada: as lágrimas que derramava ao falar do destino da sua gente eram sinceras, a maneira com que repudiava o luxo espelhava realmente a sua filosofia de vida. Mas também era um indivíduo consciente do próprio carisma. Afinal de contas, arrebatara o seu povo para uma guerra cujo sentido San ainda custava a entender. Os elfos não precisavam de todo aquele território, viviam mais que condignamente nas Terras Desconhecidas. Não foram capazes de enfrentar com sucesso a mais recente carestia, mas isto devera-se mais a causas de natureza política do que a alguma carência relacionada com os recursos da terra.

Nesta altura, porém, já conhecia Kriss. Evitava as aparências porque só uma coisa lhe interessava: o poder na sua essência mais pura. Aquela viagem, aquela obra de conquista nada mais era que um sublime exercício de poder. Tudo, na sua existência, resumia-se nisto, desde a execução do seu pai até o último gesto de mandar pendurar a rainha morta nas muralhas da cidade.

San ficara olhando para o cadáver por alguns minutos, antes de subir na torre. Descobrira não sentir qualquer piedade por ela. Tratava-se apenas de mais um entre os incontáveis sacrifícios que o levariam ao que de fato almejava.

Kriss surgiu da penumbra do aposento. Surpreendeu-se ao encontrá-lo ali.

– Não está festejando com os outros? – perguntou o rei.

– Não tenho motivo algum para festejar. Pelo menos por enquanto.

O monarca atravessou o cômodo e serviu-se de uma taça de água de um jarro apoiado em cima de uma arca. Bebeu devagar, olhando para fora. Havia uma lua esplêndida, de contornos marcados com precisão pelo ar gelado do entardecer.

– Sabe de uma coisa? Imaginei muitas vezes este lugar, desde que era menino. Agora parece-me ainda mais bonito do que contavam as lendas.

– É só a lua. Vi coisas mais lindas até mesmo na Terra das Lágrimas.

– É verdade, mas esta é a lua da nossa pátria, da nossa verdadeira casa.

– Sabe por que estou aqui? – falou San, sem muitos preâmbulos.

Kriss tomou mais um gole, então olhou para ele.

– Não tenciono ficar mais ao seu serviço, a não ser que me dê o que prometeu. Se esta noite não houver o mago, se você não tiver preparado tudo, irei embora e levarei Amhal comigo. Nada sobrará para você.

Kriss deixou a taça na mesa e fitou-o com um sorriso.

– De onde tirou esta falta de confiança em mim?

– Da experiência. Já tive uma longa vida, e muitas foram as coisas que vi.

O elfo pegou a capa que estava pendurada num prego na parede. Vestiu-a com um só movimento elegante.

– Siga-me – disse.

Os festejos continuavam por toda a cidade. Aquela torre era tão grande que os gritos dos bêbados, os cantos e os gracejos se perdiam pelos corredores.

– O que tenciona fazer com todo este espaço vazio? – perguntou San.

– Temos séculos, diante de nós, para enchê-lo com as gerações futuras – respondeu Kriss.

Já estavam no nível mais baixo da torre, o do portal que dava acesso à cidade. O rei dirigiu-se decidido para a base da escada. Havia uma porta no muro. Escancarou-a, abrindo caminho na escuridão. Depois de um primeiro trecho no escuro, desembocaram num ambiente que San reconheceu de imediato: era o cárcere. Ao longo das paredes, uma série de grades de ferro que fechavam minúsculas e oprimentes celas providas de pequenas tomadas de ar, de um leito de pedra e de uma porção de vasos para as necessidades dos prisioneiros. Seguiram adiante pelo corredor até chegarem a uma sala mais ampla. De um lado havia uma larga mesa de madeira e, do outro, um conjunto de apetrechos inconfundíveis: presas nas paredes, argolas nas quais estavam penduradas correntes metálicas, e toda uma série de facas de todos os tamanhos e feitios. No chão havia alguns ferros destinados a imprimir marcas e, encostados na parede, uma cadeira com grilhões e um banco de madeira encimado por roldanas. Todas aquelas peças deviam estar lá embaixo, inutilizadas, havia muito tempo, pois o ferro estava enferrujado e uma camada de poeira cobria, junto com inúmeras teias de aranha, os objetos e o chão.

Kriss deu uma risadinha.

– Aqui estão aqueles que tinham em suas mãos o Erak Maar, pessoas que usaram o seu engenho para criar instrumentos de tortura.

– Você também é cruel com os seus inimigos.

Kriss virou-se de chofre.

– Com os meus inimigos, falou certo. Mas nunca faria mal à minha gente.

San não replicou. A sua atenção concentrou-se num elfo no meio da sala. Vestia uma longa túnica de mago. O coração pareceu ficar louco no seu peito. Havia anos que não se sentia daquele jeito. O tempo, a vida que levara, as guerras nas quais lutara tinham lentamente apagado nele qualquer sentimento. Não havia coisa alguma que pudesse surpreendê-lo, nada que fosse capaz de horrorizá-lo ou fazê-lo fremir de contentamento. Nada, a não ser *aquilo*.

Kriss fitou-o com ar de superioridade.

– Como pode ver, sempre cumpro com a minha palavra. Este é o mago de que lhe falei, Zenthrar.

O elfo fez uma pequena mesura. Sua cabeça era completamente glabra e coberta por uma complexa maranha de tatuagens. Quando levantou o rosto, San viu que tinha olhos extremamente claros, as íris de um violeta tão pálido que pareciam quase brancas.

– Já conhece as condições – disse Kriss –, mas vou repeti-las para que não haja dúvidas e tudo fique bem claro. Esta noite só poderá vê-lo, nada mais que isto. Será entregue a você quando todo o Erak Maar ficar livre dos parasitas que o povoam. Mas nada obterá se por acaso não levar a bom termo a sua tarefa. Está ciente disto, não está?

San anuiu.

– Ótimo – disse o rei. – Zenthrar, pode começar.

Kriss deu um passo para trás e abriu espaço para o mago, que deu início aos preparativos para o feitiço. San acompanhou os movimentos, fascinado. Viu-o colocar várias ervas num braseiro, no chão, e jogar nele uma pitada daquela terra que ele mesmo, quase uma vida inteira antes, entregara a Kriss. Viu a boca recitar as fórmulas, escutou as palavras. Era um encantamento proibido, podia distinguir os acentos, percebia a sua força vibrando nos ossos, e era uma sensação dele conhecida, pois era a magia que ele mesmo praticava.

Viu a escuridão engolir todas as coisas: os instrumentos de tortura, as paredes, Kriss e o seu sonho louco. Até o mago pareceu sumir diante dos seus olhos.

A figura foi se definindo, fora de foco. Já podia reconhecê-la. As lágrimas encheram na mesma hora seus olhos. Enxugou-as furiosamente com o braço para que não lhe ofuscassem a vista. Não queria perder nenhum detalhe daquele momento, sabia que seria de curta duração.

A figura tosca desenhou-se no escuro: o corpo atarracado, a cabeleira formada por uma infinidade de trancinhas, a barba, até o cachimbo. Estava exatamente igual ao dia em que tinha morrido. No lugar do olho esquerdo, uma longa cicatriz esbranquiçada.

Durante cinquenta anos, não tinha feito outra coisa a não ser pensar nele, forçando-se a lembrar cada detalhe do seu rosto, da sua voz, apavorado com a ideia de poder esquecê-lo. A sua ausência ardera em seu peito dia após dia e, com o passar do tempo, ao invés de diminuir, aquela dor só havia aumentado. Até dar-se conta de que já não podia viver sem ele, de ter de fazer alguma coisa para que voltasse.

San esticou a mão, mas Ido não se mexeu. A imagem tremelicava indistinta no ar, o rosto permanecia impassível.

— Perdoe-me, Ido! — berrou, com todo o fôlego que tinha nos pulmões. — Perdoe-me!

O rosto do gnomo pareceu ter um leve estremecimento.

— San? — perguntou, num murmúrio. A voz parecia chegar de uma distância incomensurável.

— Sim, Ido, sou eu! — disse San, debruçando-se para a frente.

Num clarão, a imagem do gnomo sumiu, o escuro dissolveu-se e a luz da sala das torturas feriu seus olhos.

— Não, maldição, não! Só mais um instante! — Deixou-se cair no chão, as mãos a cobrir-lhe o rosto, soluçando descontrolado, como uma criança. — Não queria que você morresse... Eu não tencionava matá-lo... — repetia, numa lúgubre ladainha.

Kriss olhou para ele com um sorriso de triunfo nos lábios.

— Teve o que queria. Agora fará o que lhe pedi? Será fiel?

San continuava a chorar, repetindo sem parar as mesmas palavras.

— Responda — intimou Kriss, dobrando-se em cima dele.

San anuiu, ainda com as mãos a cobrir-lhe o rosto.

O rei deu meia-volta, começou a afastar-se, e o mago com ele. San permaneceu sozinho no meio do aposento, em pranto.

17
A VOLTA DA SHEIREEN

Depois de recuperar Jamila, Adhara sobrevoou incontáveis milhas de território desoladamente vazio. Tinha saído de Salazar convencida de que entrara numa realidade paralela, como quando o portal explodira. Tudo parecia-lhe mais plausível do que o fato de os habitantes de Salazar, de repente e sem motivo aparente, terem se dissolvido.

Dirigiu-se para o leste, ao longo das margens da Floresta da Terra do Vento. Passou a primeira noite numa chácara que encontrou não muito longe de Salazar. Lá dentro, nos cômodos simples, mas acolhedores, havia cheiro de lar. Na mesa tudo estava pronto para uma refeição frugal. Cinco pratos estavam dispostos em cima da toalha, e outras tantas colheres, enquanto na lareira havia um panelão cujo conteúdo se queimara, deixando grudada no metal uma espessa camada escura.

Até umas poucas horas antes houvera pessoas ali. Adhara podia sentir o cheiro e perceber a presença delas. Que fim levaram os habitantes? As imagens que vira na torre voltavam à memória vivas e insuportáveis. Viu de novo aquele último sopro de vento que levava consigo a vida, sem deixar qualquer vestígio do pessoal que até então se movia à volta dela.

Deixou-se cair, exausta, numa cadeira e segurou a cabeça entre as mãos. Percebeu o frio dos dedos de metal apoiados na têmpora esquerda e acabou soluçando, um pranto desesperado e inconsolável, entre pratos imaculados e taças de louça que ninguém iria novamente usar.

Continuou avançando no nada, procurando alguma pista que deixasse entender o que acontecera. Em toda aldeia se deparava com o mesmo objeto perturbador: um obelisco de metal enegrecido, plantado bem no meio de cada conjunto de casas. Parecia ter sido queimado por um fogo extremamente poderoso, cujo calor chegara a fundir o metal. Alguns daqueles insólitos artefatos tinham um aspecto grotesco, retorcidos e disformes como eram.

Apalpou a superfície de um deles, e foi forçada a afastar imediatamente a mão. Percebeu uma energia que, da ponta dos dedos, subia pelo braço e então se espalhava dolorosamente pelo corpo todo. E então entendeu.

Só havia uma criatura capaz de realizar um massacre como aquele.

O Marvash.

Sentia o cheiro, percebia a sua maldade. Só podia ser obra dele. E, portanto, de Kriss.

Não havia passado muito tempo desde a última vez que encontrara Amhal, que lhe parecera confuso, atordoado, mas não definitivamente perdido. Não até aquele ponto. Teria sido realmente ele? Teria de fato destruído um povo inteiro sem sentir qualquer remorso? Ela não conseguia nem mesmo imaginar esta possibilidade.

Deve ter sido obra de San. Ele foi capaz de matar Learco, o homem que lhe salvara a vida, quando menino, e que o recebera como herói.

Vagueou atônita e perdida, incapaz de aceitar a ideia de ser a única sobrevivente a uma tragédia que não entendia, o último ser vivo naquela terra que sempre fizera da convivência de raças e povos diferentes a sua característica mais marcante. Por que ela e não outrem? E por que só ela? Por que aquele sopro a poupara? Seria então por causa do seu maldito destino? Devido àquele nome que pesava em suas costas como uma condenação, pelo fato de ela ser a Sheireen?

Detivera-se numa clareira para passar a noite, quando o ouviu. Um rugido, tinha certeza disto.

Viu-o como um ponto indistinto no céu cinzento e continuou a observá-lo enquanto se aproximava. Um dragão, era um dragão!

O coração pareceu explodir no peito. Não estava sozinha, haviam sobrado outros similares, e se de fato se tratava de um dragão, deviam ser amigos!

Não conseguiu se conter. A solidão havia sido tão atroz, e tão desoladora fora a sensação de ser o último ser humano ainda vivo que não via a hora de partilhar com mais alguém a sua ansiedade, o seu desespero.

Levantou as mãos e começou a gritar:

– Aqui, estou aqui!

Mas a figura no céu tinha alguma coisa estranha.

O ser voador deu umas amplas voltas acima dela, até planar e pousar a poucas braças de distância. E Adhara viu.

Não era um dragão. Faltavam as patas dianteiras, e o corpo era longo e fino demais, de uma cor negra que se tornava marrom no ventre. Uma viverna.

O ser que o cavalgava desmontou e levantou a celada do elmo, deixando à mostra um par de líquidos olhos violeta e traços femininos.

– Deviam estar todos mortos... – sibilou em élfico.

Adhara estremeceu. Mas não havia tempo para pensar, seu corpo não hesitou em reagir. A mão correu ao punhal enquanto ela investia contra o inimigo. A reação da guerreira também foi rápida. Apontou a lança num golpe poderoso, mas previsível. Adhara agarrou a haste com a mão metálica, puxou a arma para si e então afundou o punhal. Um golpe preciso no pescoço, no minúsculo retângulo de pele entre a borda da couraça que protegia o peito e as tiras do elmo.

A fêmea de elfo soltou um gemido sufocado e caiu no chão.

Adhara afastou-se da viverna e, com um assovio, chamou Jamila. Olhou em volta. Não havia mais motivo algum para duvidar. Kriss levara a cabo aquela chacina e fizera aquilo recorrendo ao Marvash.

Foi então que se deu conta, que ficou inteiramente ciente. O tempo dos receios, das dúvidas, ficara para trás. Chegara a hora de decidir, de tomar partido e de ir até o fim. Era o momento de ser de uma vez por todas a Sheireen.

Em Nova Enawar, em volta da mesa na grande sala de pedra, já não havia generais, monarcas, magos, mas apenas rostos assustados, que a luz tênue das tochas queimando nas paredes tornava ainda mais lívidos. Kalth parecia ter envelhecido de repente, embora só estivesse com treze anos. No seu semblante notavam-se traços do pai, com o qual se parecia cada vez mais, e também da avó. Cada preocupação deixara uma marca entre as incipientes rugas da sua fronte, nas dobras da boca.

Theana, ao lado dele, parecia literalmente esmagada pelos anos. As costas estavam curvas, como que oprimidas por um peso insustentável que a dobrava no chão, suas mãos eram sacudidas por um tremor irrefreável.

Mais um convidado abriu a porta devagar. Parecia receoso de quebrar o silêncio, um silêncio de velório, compenetrado e grávido de dor.

– Estamos todos aqui agora – disse Kalth, com um suspiro. Todos os rostos se viraram para ele.

– Antes de começar a falar do que aconteceu na Terra do Vento, há mais uma coisa que preciso dizer-lhes. Não temos mais notícias da rainha. Desapareceu três dias antes da destruição da Terra do Vento, e desde então ninguém voltou a vê-la.

Apesar de ter tentado dar a notícia num tom desapaixonado, a sua voz tremia. Um murmúrio preocupado percorreu os presentes.

– Estava na Terra do Vento? – perguntou um oficial.

– As suas missões costumavam levá-la àquela área. Mas não sabemos para onde se dirigiu naquele dia. O acampamento recuara devido à aproximação da frente de batalha. Estava bem perto da Terra da Água.

– Está querendo dizer que agora também ficamos sem rainha? – disse um general.

Kalth petrificou-o com o olhar.

– O rei de vocês sou eu.

– Quem guiava o exército era ela, e não o senhor.

Kalth pulou de pé e deu um violento soco na mesa de pedra.

– Como se atreve a falar comigo desse jeito? Depois da morte do meu pai *eu* me tornei rei, *eu* estava por trás de todas as escolhas da minha avó! – Olhou em volta e acrescentou: – E agora exijo que me demonstrem o respeito que me é devido.

O general calou-se, embora não desistindo de enfrentar os olhos do monarca.

Kalth fremiu.

– Acham que ainda sou criança? Quem reconquistou Makrat? Quem conseguiu reuni-los aqui logo depois da destruição da Terra do Vento, enquanto ainda estavam lambendo suas feridas, perguntando a si mesmos o que havia acontecido, entregando-se passivamente ao desespero?

Ficou de pé por alguns instantes, então sentou-se.

– Estamos passando por tempos atrozes, sei disto. Mas se esquecermos quem somos, se nos deixarmos levar pelo desânimo, então será o fim. Se não ficarmos firmes, se não soubermos procurar uma solução, todo o Mundo Emerso irá se tornar um único cemitério.

Retomou o fôlego, procurou controlar o tremor das mãos, e virou-se para Theana.

– O Ministro Oficiante nos dirá o que aconteceu.

Theana levantou-se, vacilando. Tinha mantido, até então, a cabeça baixa. Ergueu o rosto e fitou os presentes com um olhar cheio de angústia.

– Todos sabem o que aconteceu. Na Terra do Vento já não há mais humanos, nem ninfas nem gnomos... mais ninguém a não ser os elfos. Qualquer um que estivesse lá, simplesmente se dissolveu, como se nunca tivesse existido.

Engoliu em seco enquanto os presentes reviviam o horror do momento em que haviam sido informados, quando a notícia chegara.

– Os meus sacerdotes já me haviam falado dos tais obeliscos erguidos em todo centro habitado da Terra do Vento, e os interrogatórios da rainha me haviam levado a acreditar que se tratava de artefatos mágicos.

– Se sabia disto tudo, por que não nos informou? – perguntou Calipso. A rainha das ninfas era um dos poucos soberanos presentes. A maioria dos outros havia sido ceifada pela doença ou a guerra.

– Eu não sabia de *nada*, pelo menos até o dia em que... – Parou, como que tentando organizar os seus pensamentos. Quando levantou novamente os olhos, parecia estar mais consciente de si. – Eu intuíra que aqueles obeliscos eram catalisadores, mas não fazia ideia da magia que eles deviam amplificar. O que poderia lhes relatar? Nenhum de nós podia imaginar uma carnificina dessas.

Parou de novo, passando a mão no rosto.

– Consultei uns livros na biblioteca de Nova Enawar. Como já sabem, lá estão guardados em particular textos redigidos por Aster em pessoa. São volumes que foram encontrados na biblioteca da Seita dos Assassinos. Infelizmente, nem todos os livros foram examinados com a atenção que mereciam. Foi por mero acaso que reparei em algo estranho num deles. – Mais uma pausa. Parecia que falar fosse extremamente penoso para ela. – Era um dos diários de Yeshol, o chefe da Guilda. Eu já tinha examinado o volume no passado, na hora de catalogar os livros encontrados para a biblioteca. Não lhe dera muita importância, pois só continha uma lista dos homicídios levados a cabo, mais uma série de anotações sobre a vida da Guilda. Enquanto analisava o livro, recebi uma mensagem mágica, pois os meus sacerdotes costumam utilizá-las. A aura daquela magia bastante banal entrou em ressonância com o livro, revelando que ele tinha sido objeto de um feitiço de camuflagem. Levei um dia inteiro para quebrá-lo. Diante dos meus olhos, as palavras de Yeshol foram pouco a pouco desaparecendo, para dar lugar a palavras escritas por uma mão que eu bem conhecia: a de Aster.

Theana tirou da sacola que deixara no chão um pequeno livro de capa muito gasta: era preta, de veludo, com as tachas nas bordas consumidas pela ferrugem. Jogou-o no meio da mesa, aberto na primeira página.

– É o diário de Aster. Contém as suas reflexões, os seus pensamentos e o fruto dos seus profundos estudos acerca dos elfos. Vocês todos sabem que o Tirano desejava a destruição do Mundo Emerso. Disse a Nihal que tencionava evocar uma magia capaz de exterminar todas as criaturas deste mundo. Gerações e mais gerações de magos esforçaram-se para entender a tal magia. Agora eu sei que se trata de um feitiço muito parecido com o que despovoou a Terra do Vento. Acredito, aliás, que este seja uma evolução direta daquele que Aster tencionava evocar.

Um longo silêncio consternado tomou conta da sala.

– Aster descreve-o em detalhes. Afirma que o descobriu num antigo texto élfico, nesta altura perdido. É uma magia que só pode ser evocada por criaturas extraordinariamente poderosas, providas de poderes tão grandes quanto os do próprio Aster, embora ele não se desse plenamente conta disto. E há uma condição imprescindível para exercer este poder: é preciso possuir o território sobre o qual se quer agir, porque é necessário instalar um catalisador em todo lugar em que se deseja que o encantamento atue. A magia usada por Kriss, em particular, afeta todos a não ser os elfos, pois evoca um poder do qual os elfos são totalmente imunes devido à sua particular comunhão com a natureza.

– Por que não fomos avisados dessa sua descoberta? – perguntou o rei da Terra dos Rochedos.

– Porque não podíamos fazer coisa alguma. Tivemos uma ideia exata da coisa só três dias antes da tragédia. Era impossível reconquistar um território inteiro em três dias – respondeu Kalth. – Mas o pior é que os obeliscos estão protegidos por uma barreira mágica, que é evocada durante a cerimônia preparatória e repele ou aniquila qualquer ser não élfico que se atreva a chegar perto da sua superfície.

Theana interrompeu-o tocando em seu braço.

– Tentei contatar a rainha, mas ela não respondeu. Enviei, então, mensagens aos meus homens, e logo em seguida ao rei. Estou voltando da Terra do Vento. Fui para lá logo que compreendi, embora nada pudesse fazer. Eu... – Calou-se, confusa. Baixou a cabeça, quase a reencontrar a meada dos seus pensamentos, levantou-a de novo. – Tentei destruir um dos artefatos, mas fui jogada longe por uma força que nenhuma magia ao meu alcance seria capaz de quebrar. Consegui salvar os habitantes do vilarejo que se haviam reunido à minha volta graças a uma barreira mágica. Mas todos os demais morreram.

– Não é culpa sua – interrompeu-a Kalth. – De qualquer maneira, no momento a situação é a seguinte: a Terra do Vento foi completamente perdida. Dos nossos amigos, dos nossos aliados, ninguém sobrou. Kriss dispõe, portanto, de uma arma absolutamente letal; e agora, mais do que nunca, não podemos deixar que reconquiste nem mesmo um pedacinho de terra.

– Poderíamos nos render.

Todos os presentes se viraram para quem acabara de falar. Era o mesmo general que, pouco antes, se dirigira ao rei de forma insolente.

– É evidente que se trata de uma guerra que não podemos vencer – disse, num sopro.

– Nada disso, não podemos perder as esperanças. É bom não esquecermos os fatos positivos das últimas semanas. A doença espalhada por Kriss parece ter ficado menos virulenta, e a eficácia do antídoto está melhorando – salientou Theana. – De uns dias para cá os meus sacerdotes vêm constatando um índice de cura inesperadamente alto.

O general sacudiu a cabeça.

– É verdade, a peste parece ter parado de se espalhar, mas prostrou-nos, dizimou-nos. A maioria da população apta ao combate foi afetada; precisaríamos de mais tempo para permitir que nossos guerreiros se recobrassem, para conseguirmos organizar uma contra-ofensiva eficaz. Precisamos nos render à realidade dos fatos: nestas condições, nada podemos fazer contra as forças de que Kriss dispõe. Aquele elfo dedicou a vida inteira ao planejamento desta ofensiva e está disposto a tudo para vencer. Não nos resta outra escolha a não ser a rendição.

– O senhor parece não entender – protestou Theana, com veemência. – Render-se significa morrer.

– Quem disse? Talvez percamos a liberdade, mas salvaremos a vida de milhares de pessoas. Querem que a Terra da Água, a do Sol, que todo o Mundo Emerso morra? Porque é o que irá acontecer se não dermos àquele elfo o que ele quer! – O tom do general fora subindo, até preencher todo o espaço da sala.

– Kriss não quer o Mundo Emerso – rebateu Theana, cansada, com a voz trêmula. – A sua finalidade é exterminar a nós todos.

– Talvez o que aconteceu na Terra do Vento só servisse para nos intimidar, talvez...

– A Terra do Vento foi o ensaio geral. Não era apenas um ato intimidador. Kriss nos mostrou o que irá acontecer. Fez aquilo para nos convencer de que nada o deterá, e qualquer coisa que façamos, ele seguirá em frente até a nossa aniquilação completa.

– E o que devemos fazer, então? Lutar numa guerra que não podemos vencer? Deixar que nos matem, um depois do outro, no campo de batalha? Porque, qualquer que seja a decisão que tomarmos nesta reunião, o que nos espera no fim da viagem é a morte – objetou o general.

Theana estava para replicar, quando vozes agitadas foram ouvidas do outro lado da porta. Ninguém conseguiu entender o que diziam, mas percebeu-se claramente o tom agudo de uma voz feminina. Então a porta rangeu rodando em cima das dobradiças.

– Estou lhe dizendo, tem de esperar aqui fora! – disse um guarda.
– Tentei detê-la, mas não houve jeito – protestou então, dirigindo-se ao rei.

Ninguém prestou atenção, pois um silêncio atônito tomara conta da sala. Theana olhava para o retângulo da porta, incrédula. Esculpida pela luz que filtrava, acabava de ver uma figura que conhecia até bem demais.

A Consagrada voltara.

18

UMA ARMA

Adhara entrou na sala com passo vagaroso. Pálida, olhava fixamente Theana. Era uma sensação estranha revê-la. A última vez fora quando a forçara a segurar a Lança de Dessar, fornecendo-lhe a prova definitiva de que ela era a Sheireen. Não era uma boa lembrança. Passara os meses seguintes procurando fugir dela e do destino que a sacerdotisa representava. E lá estava ela, agora, voltando atrás, seguindo exatamente o caminho que os deuses, ou sabe lá quem por eles, haviam traçado.

Continuou a fitá-la até chegar perto da mesa de pedra. O Ministro Oficiante parecia ter envelhecido bastante desde o último encontro. Nos seus olhos, particularmente, dava para ver um horror e uma consciência novos.

– Queiram me perdoar se interrompo esta reunião, mas acho que sem mim ficaria lhes faltando um pedaço importante da história – começou dizendo. Nunca tinha falado antes em público. Até aquele momento a sua vida se havia consumado na sombra, primeiro como dama de companhia, depois como fugitiva. Entrar ali, pronunciar aquelas poucas palavras, significava sair do esconderijo no qual até então se ocultara, e aceitar pelo menos em parte o inelutável.

Os presentes entreolharam-se sem entender. Só Kalth e Theana trocaram um olhar cheio de insinuações.

Quem tomou a palavra foi o Ministro Oficiante:

– Esta jovem está certa: a sua presença é absolutamente fundamental. Talvez ela seja a nossa última esperança. – Com uma das mãos, apontou para ela. – Apresento-lhe Adhara, a Sheireen.

Theana teve de explicar, com o coração que parecia explodir no peito. Nunca havia contado a ninguém aquela história. "Sheireen" e "Marvash" eram palavras que só tinha pronunciado com Dubhe.

Mencioná-las significava mexer com as raízes mais profundas da sua fé e entregar a estranhos segredos somente conhecidos pelos Irmãos do Raio. De repente, diante da enormidade do que havia acontecido, percebeu quão louca tinha sido. Nunca chegara a considerar os Marvash como uma ameaça imediata. E mesmo assim houvera Aster, que, apesar de não se dar conta da própria natureza, levara o Mundo Emerso à beira do abismo. Agora percebia que tinha confiado muito pouco em Thenaar, nas suas leis, na sua Consagrada.

Não conseguiu esconder a comoção enquanto contava como tinha permitido que Adhara fosse embora, achando que a presença dela não era indispensável na sua batalha. Mas, ao contrário, tudo estava ligado, tudo fazia parte de um único, imenso plano do qual não se dera conta.

– Vim aqui para reconhecer que estava errada – começou dizendo Adhara, apertando o cabo do punhal; o contato com o metal dava-lhe força. – Agora sei que condenei a Terra do Vento a um fim atroz, quando decidi não seguir o meu destino. Mas então eu estava... confusa. Desconhecia a minha identidade, não tinha a coragem de aceitar a realidade: que sou a Sheireen, que fui criada para isto e que o sentido da minha vida está encastoado no meu próprio nome, Consagrada.

Sentiu-se oprimida, como se cada uma destas palavras caísse em suas costas com o peso de um pedregulho, proporcionando-lhe afinal a identidade que tão longamente buscara. Tivera a resposta bem diante dos olhos desde o começo, mas não soubera reconhecê-la. Não podia ser o que os outros lhe impunham: nem a Adhara de Amhal, fraca e desamparada, nem a Chandra de Adrass, desprovida de coração e de alma. Precisara lutar para definir-se, até encontrar em si mesma as razões do próprio ser. Sheireen, é verdade, mas do jeito dela, pois aprendera sozinha e completamente o que aquela palavra significava. E se agora estava ali, não era porque um deus tomara a decisão por ela, mas sim porque ela mesma escolhera, pois *sentia* que era o que de fato queria.

– Estou aqui para cumprir o meu dever – concluiu.

– Não estou entendendo – interveio o rei da Terra dos Rochedos. – De repente vocês falam de antigas alternâncias entre o bem e o mal, dizem que Aster estava fadado a destruir o mundo e que

Nihal, a maior figura heroica que já pisou nesta terra, derrotou-o simplesmente porque este era o seu destino. De uma hora para outra, descubro que tudo que aconteceu se deve a estes dois personagens... mitológicos, dois mitos encarnados, e que a jovem diante de nós é a nossa única salvação. Perdoem-me, mas parecem-me fantasias de sacerdotes. Temos de enfrentar problemas concretos, com tragédias reais: a aniquilação de um povo, uma doença contra a qual ainda somos indefesos.

– A peste já não é um problema – declarou Adhara. Contou a sua viagem para as Terras Desconhecidas, falou de Lhyr. Desta vez todos pareceram acreditar, e ela sentiu sobre si o olhar cheio de admiração e ternura de Theana.

– Teremos então de acreditar no que esta jovem nos conta? – perguntou Calipso.

Theana anuiu devagar.

– Coincide com o que já tínhamos descoberto acerca da doença.

– E por que não percebemos coisa alguma? – interveio um general.

– Como já disse, os meus sacerdotes já me haviam informado acerca da maior eficácia da poção. As comunicações são difíceis em tempos de guerra, evidentemente ainda não tivemos a chance de perceber que a epidemia parou.

Um vozerio que soava como tímida esperança tomou conta da sala.

– E agora? – perguntou Calipso, dirigindo-se diretamente a Adhara. – O que tenciona fazer no momento?

Adhara respirou fundo.

– O destino da Sheireen é lutar contra o Marvash.

– Mas há dois deles, e você está sozinha.

– Já aconteceu no passado – explicou Theana. – A coisa, no entanto, não influiu no resultado do embate. O poder de dois Marvash equivale ao de um só. Na base daquilo que consegui reconstituir, a magia que exterminou as pessoas da Terra do Vento foi evocada pelos dois Marvash contemporaneamente. Um só não teria sido capaz de levar a cabo o encantamento.

– Irá matá-los? – perguntou um dos presentes.

– Vou detê-los – respondeu Adhara, decidida.

– E quanto a nós, o que precisamos fazer? Ficar aqui, parados, esperando que esta jovenzinha domine, *sozinha*, dois guerreiros muito bem treinados?

– É para isto que eu fui criada – rebateu Adhara. – Os meus poderes são muito maiores do que possa parecer. Com esta mão estava a ponto de matar um dos dois Marvash, se não tivéssemos sido... interrompidos. – Fechou os olhos, correndo o risco de perder-se na lembrança.

– Seja como for, não podemos ficar só olhando – observou o rei da Terra dos Rochedos. – Os Marvash são apenas uma parte do problema. Kriss é um inimigo que não podemos subestimar.

– Ninguém nos pede que fiquemos só olhando – interveio Kalth. – Para início de conversa, a peste foi derrotada. Fomos dizimados, é verdade, mas podemos nos recobrar. Chega de quarentenas, de comunicações interrompidas, de desconfiança. Precisamos nos compactar de novo, deixar circular pessoas e mercadorias, juntar as forças de que ainda dispomos.

– O que aconselha fazer? – perguntou a rainha das ninfas.

– Temos de enviar mensageiros e reunir os soldados que sobraram, e organizar um encontro de todos os generais para definir um plano comum para um novo ataque. Vamos nos concentrar em Kriss e no seu exército, enquanto a Sheireen enfrentará os Marvash – estabeleceu Kalth, olhando para Adhara com firme segurança.

Ela respondeu com um tímido sinal de cabeça.

– Antes de mais nada, proponho planejar a reorganização das tropas – acrescentou Kalth, com determinação. E, afinal, o seu entusiasmo pareceu reacender uma luz de esperança nos rostos dos presentes.

Adhara tinha participado da reunião até o fim.

– Contamos com você – concluíra Kalth, antes de encerrar a reunião. Ela não soubera exatamente o que responder. Ainda se lembrava dele, garoto sereno e despreocupado, quando a ajudara a encontrar Amhal. De alguma forma, portanto, ele sabia. Sabe lá se lembrava do fato, se entendia que o que se pedia dela era matar o homem que amava. Limitara-se a anuir apressadamente. Todos haviam saído, e ela também se preparara para ir embora. Antes, no entanto, ainda tinha algo a fazer, uma coisa desagradável mas necessária.

Theana avançava devagar no corredor, de braços dados com Kalth. Adhara criou coragem e dirigiu-se para eles.

— Tenho mais uma coisa a dizer. — Tanto o rei quanto Theana se viraram. — Ao Ministro Oficiante — acrescentou.

Kalth olhou para a idosa sacerdotisa, que anuiu. Soltou o braço, e ela aproximou-se de Adhara.

— Eu também preciso conversar com você. Já sabe onde irá passar a noite?

A jovem sacudiu a cabeça.

— Deixe comigo, então.

Arrumou-lhe um pequeno aposento que, antes, devia ter sido ocupado por um general. Havia um catre, uma mesa e uma pequena janela. Numa parede, estantes vazias. Uma decoração austera, condizente com um militar.

Adhara deixou no chão a mochila, que era a sua única bagagem, e ficou de pé no meio do cômodo, acariciando a mão metálica. Não sabia por onde começar. E mesmo assim a sua pergunta era simples e clara.

Quem quebrou o gelo foi Theana.

— Eu estava lá — disse, sentando-se na cama. — Naquele dia, na Terra do Vento.

Adhara sentiu a garganta ressecar na mesma hora.

O Ministro Oficiante sorriu com tristeza.

— Não conseguimos esquecer o que vimos, continua tudo guardado dentro da gente, não é verdade? Porque você também estava lá, ao que parece.

— Salazar — limitou-se a murmurar ela, e então tentou evitar que as lembranças voltassem a atormentá-la.

— Foi o que viu que determinou a sua decisão?

Adhara sentou-se no catre, ao lado da sacerdotisa. Acenou que não.

— Apesar de saber que errei naquele dia, deixando que você fosse embora, apesar de ter na minha consciência o peso de todas aquelas mortes, não consigo me convencer de que deveria tê-la mantido comigo. E acho que lhe devo desculpas.

Os olhos que fixou nela ainda conservavam uma limpidez na qual Adhara quase conseguiu espelhar-se.

– A senhora não tem culpa – disse. – Se me tivesse mantido presa, de qualquer maneira, eu não teria cumprido o meu dever. Esta é uma tarefa que precisa ser... *aceita*. Dá para entender o que estou dizendo?

Theana suspirou.

– Muito mais do que pode imaginar. – Olhou o muro diante de si, a vela que se consumia devagar. – As Sheireen sempre usaram artefatos – explicou. – A Lança de Dessar, o Talismã do Poder. O artefato é a arma que precisam usar contra o Marvash, sem ele não podem alcançar a sua finalidade e matá-los. Precisa encontrar a sua arma.

Adhara refreou um frêmito. Era impossível explicar-lhe a verdade, impossível dizer que não, não iria matar Amhal, que, ao contrário, iria salvá-lo. Destruiria o Marvash que existia nele, deixando intacto tudo aquilo, de Amhal, que tinha amado e continuava amando. Mas anuiu. Pelo mesmo motivo, achou melhor não mostrar diretamente a ela o medalhão que tirara de Lhyr.

– Onde posso encontrá-la? – perguntou.

– Não sei. O próprio destino se encarregará de levá-la a você. Só terá de reconhecê-la. Não sei quais são os seus planos, mas sem esta arma não poderá enfrentar os Marvash.

Adhara anuiu.

– É o que tenciono fazer – disse. – E para fazê-lo preciso encontrar um mago que conheça profundamente a magia élfica. É justamente isto que queria lhe pedir.

Theana concentrou-se, apertou os olhos.

– Dakara teria sido o homem certo. Quem descobriu as lendas sobre os Destruidores e as Consagradas foi ele. Mas morreu logo depois da fundação dos Vigias, pelo menos a julgar pelos documentos da seita que recuperei nos despojos do seu covil.

Só de ouvir o nome da seita que a criara, Adhara sentiu um longo arrepio correr pela espinha. Teve de fazer um esforço para perguntar:

– E se ainda houvesse algum Vigia vivo?

Theana sacudiu a cabeça.

– San acabou com eles todos.

Nem todos, não até um mês atrás, pensou Adhara, e percebeu com violência a mão que lhe faltava.

– Mas...

Adhara ficou atenta.

– Dakara não era o único. Havia outro grande mago, mas, ao contrário dele, este não era um sacerdote. Contavam que tinha viajado pelas Terras Desconhecidas, em contato direto com os elfos, e que desde então vivia na mais completa solidão. Dakara se encontrara com ele, durante algum tempo fora seu discípulo.

– Acha que ainda pode estar vivo?

– Não sei. Já se falava dele como de uma pessoa idosa quando eu estava na flor da idade; poderia ter morrido de morte natural ou ter sido morto pela peste, levando-se em conta o que estamos vivendo.

Era uma esperança muito flébil, mas Adhara não tinha qualquer outra coisa em que se agarrar.

– A senhora se lembra do nome?

Theana acariciou a testa com os dedos, no esforço de recordar.

– Meriph – disse, afinal. – Chamava-se Meriph.

Aquele nome acendeu uma luz na memória de Adhara, nada além de uma pequena intuição que mesmo assim não parecia levar a lugar algum. Então a iluminação. Lembrou Adrass doente, nas entranhas da biblioteca de Makrat. Ardendo de febre entre os seus braços, convencido de estar prestes a morrer, explicara-lhe o que fazer para salvar-se sem ele: "Procure Meriph, o hermitão da Terra do Fogo. Ele... ele a salvará... no meu lugar..."

Naquela mesma noite, Adhara trancou-se na biblioteca de Nova Enawar e passou pelo crivo as estantes repletas de livros, à cata de qualquer informação que pudesse aproximá-la da meta.

Não podia esperar. A cada instante que passava, o medalhão penetrava mais fundo no peito de Amhal.

O primeiro indício para começar a busca ela já tinha: Meriph vivia na Terra do Fogo. Começou a consultar os livros que tratavam daquele Terra.

Encontrou a lista dos magos e dos sacerdotes que moravam em cada terra. Quem propusera fazer este tipo de levantamento, no passado, fora Learco. Desde o momento em que os magos tiveram a possibilidade de entrar no Conselho, eleitos pelo povo, tornara-se necessário saber onde encontrar todos os que praticavam a magia.

No começo não encontrou o nome dele em parte alguma. Viu, no entanto, numerosas citações acerca de um "ermitão de Thal", e lembrou que Adrass definira o seu antigo mestre como eremita.

Adhara passou a noite inteira entre listas, comunicações e documentos oficiais a respeito das atividades mágicas do Mundo Emerso, até chegar à conclusão de que o eremita mencionado era justamente a pessoa que procurava. As anotações e os relatórios de quem pedira a sua ajuda definiam-no como um mago excepcionalmente dotado.

Ir até lá sem ter a certeza de que se tratava realmente de quem ela precisava era arriscado, mas Adhara não tinha outra escolha, se quisesse salvar Amhal.

Ao alvorecer subiu na garupa de Jamila, olhou para o céu e levantou voo.

19

A MORADA NAS ENCOSTAS DO THAL

Adhara olhou para o Thal. Era imenso. Com sua forma perfeitamente cônica e as encostas polidas pelo fogo de milhares de erupções, erguia-se negro contra o céu vermelho do entardecer. A cratera mostrava em suas orlas restos de cinzas esbranquiçadas margeadas por uma linha de um amarelo ofuscante. Regatos de lava marcavam suas vertentes, enquanto o topo era encimado por um penacho de fumaça. O cheiro de enxofre era muito forte, queimava a garganta. Ela nunca tinha visto um vulcão, e não imaginava que pudesse ser tão enorme e pavoroso. Percebia a sua fúria a duras penas contida, o seu poder devastador.

Estava quente, embora fosse inverno. O fogo que dormitava sob aquela Terra aquecia o solo e transmitia o calor ao ar logo acima.

Adhara enxugou a testa e avaliou o caminho que ainda tinha a percorrer. Contavam que Meriph vivia nas entranhas do vulcão, onde o calor era mais forte. Tirou o mapa da mochila, procurou sobrepô-lo ao panorama. Estava exatamente diante de uma abertura na rocha, a que devia ser a entrada do abrigo do mago.

Virou-se para Jamila.

– Pode esperar aqui? – disse, com carinho.

O dragão, atrás dela, emitiu um surdo rugido. Adhara sorriu, para então dar uma olhada na abertura. Saía dela um sopro úmido e escaldante que tirava o fôlego. Criou ânimo e entrou.

Logo que superou o limiar, sentiu-se quase desmaiar. Estava num túnel de paredes negras e lisas. Encostou involuntariamente o cotovelo na pedra e recuou gritando. Ardia.

Como é possível que alguém more aqui embaixo?, perguntou a si mesma, pasma.

O túnel não demorou a desembocar numa estreita garganta. No alto, centenas de braças acima da sua cabeça, Adhara conseguia vislumbrar o céu amarelo da Terra do Fogo, enquanto abaixo dela, igualmente distante, corria um rio de lava. À sua frente, o Thal, em toda a sua imponência. Chegou a uma estreita passarela de pedra, que só lhe deixava espaço suficiente para colocar um pé diante do outro. A parede, à sua direita, queimava, impedindo que Adhara se apoiasse. Seguiu em frente devagar, com o terror de dar um passo em falso. O calor era insuportável, e em alguns lugares a pedra soltava nuvens de vapor. Provavelmente, ali perto devia haver um veio de água subterrânea que evaporava devido à quentura. Quando os borrifos esbranquiçados saíam das fendas na pedra, Adhara não conseguia ver diante de si e era forçada a baixar os olhos, concentrando-se naquelas poucas polegadas da trilha que conseguia enxergar.

Ficou imaginando por que Meriph decidira meter-se num lugar como aquele e quem mais poderia ir procurá-lo por lá.

Ninguém. Provavelmente não tolera os estranhos, pensou.

Pouco a pouco a garganta ficou mais larga, assim como a passarela na qual avançava. Adhara respirou aliviada e começou a andar mais depressa. Estava convencida de que o pior já tinha passado quando ouviu um rugido quebrar o monótono rumorejar da lava.

A mão procurou logo o punhal, preparada para o ataque. O dragão plantou-se diante dela de repente, de asas escancaradas. As garras roçavam nas paredes de pedra, as patas posteriores apontadas como lanças na direção dela. Era vermelho, de uma cor extremamente viva que parecia arder naquele lugar de inferno, e seus olhos faiscavam num tom verde ameaçador. Voltou a rugir, a crista hirta no pescoço e nas costas, e Adhara ficou paralisada diante daquela fileira de dentes afiados, tão próximos da sua cabeça. Percebeu a baforada ardente do animal e procurou resistir ao medo que lhe revolvia as entranhas. Evocou instintivamente uma barreira mágica, mas o dragão não investiu nela com as suas chamas. Continuava a emitir sons assustadores e a esticar para ela suas patas posteriores, cujas garras se chocavam com a barreira provocando uma chuva de fagulhas prateadas. Mesmo assim não parecia querer de fato atacar, talvez somente apavorá-la. E estava conseguindo, forçando-a lentamente a recuar.

Não pense que vai conseguir escorraçar-me daqui depois de todo o trabalho que tive, disse Adhara a si mesma, decidida a reagir.

Dissolveu a barreira, deixando o animal atônito, e avançou com firmeza. A largura da trilha não era suficiente para o dragão apoiar as patas no chão, e por isto mesmo estava pairando no ar: abaixo dele devia haver apenas uma braça de vão livre, mesmo assim o bastante para ela passar.

Fingiu um ataque, desenhando um amplo movimento com o punhal, então abaixou-se o mais que pôde, aproveitando a momentânea incerteza do animal. Não foi bastante rápida. O dragão conseguiu mexer uma pata, e três garras férreas seguraram-na pela cintura.

Adhara foi levantada no ar e sacudida com força. Então percebeu que o dragão a levava de volta.

Baixou então a lâmina e fincou-a num dos seus dedos, perto da garra. O animal gritou de dor, sem soltar a presa.

Vamos ver quem é mais obstinado, pensou Adhara.

Baixou novamente o punhal e golpeou mais uma vez, agora perto do tendão. A lâmina era curta demais para chegar a cortá-lo, mas conseguiu certamente alcançar parte do tecido, pois a garra contraiu-se num espasmo e o dragão sacudiu a pata com força. A lâmina partiu-se e ficou presa na carne, enquanto o aperto do animal se afrouxava de repente deixando Adhara cair no vazio. A incredulidade foi mais forte que o medo, com o calor das chamas que se tornava cada vez mais intenso. Não podia acabar daquele jeito, de forma tão inesperada e tão boba.

Ouviu um assovio agudo, e alguma coisa que a segurava, quando a lava estava tão perto que seus cabelos já crepitavam ressecados, a ponto de começar a queimar. Um momento imperceptível e viu-se mais uma vez presa entre aquelas garras, levada em voo na direção oposta à primeira.

Não levou muito tempo para o dragão empinar-se para cima e pousar num pequeno platô de pedra. A seguir soltou Adhara sem muitas cerimônias, quase jogando-a ao chão. A jovem, de joelhos, procurou recompor-se e recobrar a calma.

— Está tão ansiosa para me incomodar que está disposta a sacrificar a sua vida? – perguntou uma voz áspera.

Ela levantou os olhos e viu diante de si um indivíduo baixo e atarracado, de peito nu, peludo e reluzente de suor, os músculos túrgidos e bem definidos. Um cinto de pano apertava os seus flancos, e as pernas curtas e gorduchas estavam envolvidas em amplas bombachas enfiadas em pesadas botas de couro. O rosto parecia esculpido na rocha: traços marcados, pele curtida pelo sol e o calor, rugas como que definidas a golpes de cinzel. Tinha uma barba que chegava às clavículas, muito branca, enfeitada com trancinhas nas quais estavam presos pequenos adornos e minúsculas pérolas. Os cabelos formavam uma pesada trança.

Adhara examinou-o da cabeça aos pés. Nunca tinha encontrado uma figura tão curiosa. Reconheceu, no entanto, as feições. Era um gnomo.

– Meriph? – perguntou baixinho, incrédula.

Ele fez uma careta.

– Depende de quem procura por ele.

Adhara engoliu em seco.

– A filha de Adrass.

A expressão do gnomo mudou na mesma hora. Do aborrecimento passou à incredulidade, em seguida a uma espécie de ira reprimida. Deu meia-volta e dirigiu-se à parede de rocha atrás dele.

– Mexa-se, saia logo daí. Precisamos ter uma conversa.

A sua casa não passava de um buraco cavado na pedra, encravado nos penhascos do Thal, no meio da encosta ocidental. Dominava o desfiladeiro pelo qual Adhara tinha chegado, o único caminho de acesso ao lugar.

– Se soubesse, teria vindo com o meu dragão – disse ela, dando uma olhada para a planície aos seus pés.

Podia ver Jamila, um ponto vermelho na negritude da terra queimada pelo fogo.

– Melhor a pé, acredite. Keo não é lá muito amigável com os seus similares. Dragão quer dizer inimigo.

Adhara olhou em volta. Num canto havia um pequeno nicho com um estrado de palha, compatível com a altura do dono da casa. Um leito, provavelmente. Outro nicho abrigava brasas que queimavam devagar, sobre as quais ficava pendurada uma panela. Finalmente, ao lado, havia uma tosca mesa. As paredes estavam completamente cheias de estantes que chegavam ao teto. Encontravam-se repletas de volumes, pequenas árvores e vidros. A coleção era bastante arrumada, mas a incrível quantidade de material dava a impressão do caos mais total. As prateleiras estavam encurvadas devido ao peso dos livros, pergaminhos e recipientes. Não havia qualquer outro móvel, nem mesmo uma cadeira, razão pela qual ambos se sentaram no chão, de pernas cruzadas. Meriph acendeu o cachimbo que exalou um perfume aromático e provocou uma leve tontura em Adhara.

– Cortei relações com Adrass há muito tempo – começou o gnomo. – Foi ele que a mandou aqui?

– Sim, de alguma forma.

O cachimbo começou a soltar nuvenzinhas de fumaça azulada.

– Nem sabia que ele tinha uma filha... – resmungou Meriph. – Quando éramos... colegas – e cuspiu no chão –, nunca me falou a respeito.

– Porque eu apareci mais tarde.

Meriph observou-a incrédulo, com o cachimbo quase caindo das suas mãos.

– Qual é a sua idade? – perguntou.

Adhara sorriu sarcástica.

– Poderia dizer que nem completei um ano.

Contou tudo com riqueza de detalhes. Falou do seu relacionamento com Adrass, das dificuldades que tiveram de superar juntos, de quanto ele lhe falara do seu mestre. Meriph ficou ouvindo com uma mistura de curiosidade e irritação. Finalmente, Adhara contou como ele tinha morrido. O gnomo não deu sinal de qualquer comoção. Limitou-se a ficar calado, fumando o seu cachimbo, compenetrado. Depois foi esvaziá-lo nas brasas, com gestos vagarosos.

– Parece-me entender que está viva, e, portanto, não compreendo o motivo que a trouxe aqui – comentou, lacônico.

– Disseram-me que é um perito na magia élfica.

Meriph voltou a sentar-se.

– E mesmo que eu fosse? A Sheireen porventura precisa de um velho mago para derrotar o Marvash? – Pronunciara esta última palavra com imenso desprezo, quase cuspindo-a.

– Eu não quero matar o Marvash.

Meriph deu uma sonora gargalhada.

– Muito interessante. Aquele parvo do meu discípulo ficaria contente em saber que morreu em troca de nada. Mas, afinal de contas, o que podia esperar? Entregou-se de corpo e alma a um culto insensato, acreditando nas palavras de um louco, só podia acabar deste jeito. É por isto que arriscou a sua vida lá fora?

Adhara começava a ficar irritada.

– Sei que ajudou o fundador daquele culto, sei que ele estudou com você.

Os olhos de Meriph faiscaram de raiva.

– Não me compare com aquelas pessoas! Aquele demônio do Dakara só veio dar uma olhada nos meus livros, nada mais do que isto! Nada tenho a compartilhar com eles, nada!

– Estão todos mortos. O Marvash acabou com eles.

– Fez muito bem! E agora, se já terminou, faça o favor de ir embora. Eu mesmo decido quando praticar as minhas artes mágicas, e presto os meus serviços pessoalmente: não deixo ninguém vir até aqui pedindo favores.

– E então terá de mandar o seu dragão me matar.

Meriph pulou de pé e encostou o cachimbo no peito dela.

– Só mais uma palavra, e não hesitarei em fazê-lo.

Adhara encarou o olhar do gnomo, então afastou o cachimbo com a mão de metal.

– Um dos dois Marvash tem um medalhão no peito que lhe foi doado pelo rei dos elfos. Sei que é um artefato capaz de subjugar a vontade de quem o usa, e que pouco a pouco toma posse da pessoa tornando-se parte da sua carne. Eu quero saber como arrancá-lo do corpo do Marvash para fazer com que ele volte a ser o que era antes.

Meriph sorriu com ferocidade.

– Thenaar quer que você mate o Marvash.

– Eu decido por mim mesma, não faço o que Thenaar manda. Foi o que o seu próprio discípulo me disse. Foram as suas últimas palavras antes de morrer: "Seja livre. Liberte-se de mim, de Thenaar, de qualquer grilhão. Viva livre e feliz."

Meriph afastou-se dela e ficou olhando para as brasas.

– Maldito, estúpido aluno – murmurou, baixinho. – Estulto Adrass.

20

A FAÇANHA DE AMINA

Amina estava servindo na Grande Terra quando a notícia chegou. No começo haviam sido boatos confusos, mas todos concordavam em dizer que alguma coisa terrível tinha acontecido.

Devido a um obscuro presságio, na primeira noite já não dormira. *Sentira* que algo muito grave acontecera com a avó.

Naquele último dia que haviam estado juntas, dera-lhe um abraço bem apertado e parecera-lhe que se dissolvia entre os seus dedos, como se de alguma forma já não lhe pertencesse.

Então tudo tornara-se claro: a Terra do Vento fora destruída, já não havia gnomo, homem ou ninfa que a habitasse. Somente elfos. Amina começara a rezar na esperança de receber alguma notícia. Sabia que o acampamento da avó, logo antes da tragédia, tinha recuado para a Terra da Água.

Viu Kalth chegando de Makrat, e então entendeu. O sangue gelou nas suas veias.

O irmão aproximou-se para abraçá-la, mas ela retraiu-se, os olhos cheios de lágrimas.

– Diga logo, preciso ouvi-lo dizer, ou nunca poderei acreditar! – berrou.

Nunca tinha visto Kalth chorar. Ele sempre fora comedido, controlado, racional. Mas desta vez os olhos dele ficaram úmidos.

– Ela morreu, Amina.

Gritou de dor. Sempre soubera disto, desde a noite em que a vira transformada em mocinha, só um pouco mais velha que ela mesma. Soubera desde aquele dia, o último que passaram juntas. Pudera perceber pelas suas palavras, pelos seus gestos.

E não houvera nada que pudesse fazer.

Chorou até os olhos doerem e adormeceu exausta na cama, com Kalth de vigília ao seu lado.

Baol chegou a Nova Enawar uns dois dias mais tarde. Amina conhecia-o bem. Já fazia muito tempo que o homem era a sombra da avó, mesmo antes de se tornar o ordenança dela, e era uma figura com que cruzara amiúde quando todos ainda viviam em Makrat. Ele também parecia diferente nesta altura: cansado, pálido, definhado. Trancafiou-se no Palácio do Conselho com os monarcas e Kalth, e todos ficaram lá por um bom tempo. Quando saíram, seus rostos mostravam tristeza e desalento.

Chegou-se a ele no refeitório. Ele também era um Guerreiro das Sombras e comia com eles. Sentou-se ao seu lado, demorou-se olhando para o homem. Havia nele alguma coisa da avó, algo que tornava aquela proximidade extremamente penosa. Era como se ela ainda estivesse ali e, mesmo assim, distante, inalcançável.

Só queria falar. Falar para que a dor encontrasse uma saída, para trazer de volta a avó ao mundo dos vivos, ainda que fosse só por uma hora. Mas Baol manteve-se taciturno durante todo o jantar: sorveu a sopa quase a contragosto, deixando metade na tigela.

Amina seguiu-o, enquanto o homem voltava ao seu aposento, no dormitório.

Ficou imóvel diante dele, atormentando as mãos. Sentia as lágrimas aumentarem nos olhos, mas não queria chorar, não agora. Procurou as palavras.

– Você estava com ela quando isso aconteceu?

– Não havia ninguém – respondeu Baol, desviando o olhar. – Foi sozinha, de noite, e não voltou. Na sua barraca, só encontramos uma pequena ampola de vidro vazia.

Amina sentiu um aperto no coração. Lembrou aquela noite, e o rosto da avó, enquanto lhe suplicava para não voltar a tomar a poção.

Apertou os punhos com força, mas desta vez não conseguiu se conter e acabou soluçando.

Baol segurou-a pelos ombros, apertou-a contra si. O seu calor conseguiu confortá-la.

– Eu sei o que havia naquela ampola – disse Amina, o rosto encostado no peito dele. – Eu sei.

Contou tudo sobre a poção, de uma só vez, enquanto um sentimento de culpa a oprimia cada vez mais, tornando a sua voz esganiçada.

Se tivesse mencionado aquela loucura antes, se tivesse avisado Baol, talvez a história tivesse acabado de outro jeito. Era um pensamento que a atormentava.

— Não poderia ter feito coisa alguma — consolou-a ele. — A sua avó era teimosa, você sabe disto. Eu estava com ela o tempo todo, e nunca percebi o que estava acontecendo. Cheguei a pensar que o seu repentino envelhecimento se devesse à dor.

— Por que veio aqui para falar no Conselho? — perguntou Amina.

— Razões táticas. São informações sigilosas.

— Eu também sou um Guerreiro das Sombras, não deveria haver segredos entre nós.

Baol permaneceu calado.

— Está mentindo — disse Amina. — Por que apareceu no Conselho?

O homem demorou algum tempo para criar coragem e falar:

— Eu estava na Terra do Vento para investigar a morte da sua avó. Fui capturado pelos soldados de Kriss enquanto dormia num vilarejo deserto. Foi um erro grave, mas estava cansado demais e precisava descansar. Levaram-me para Salazar e foi lá que a vi.

Amina sentiu uma fisgada de aflição subir da ponta dos dedos e se espalhar por todo o corpo. Baol evitou o seu olhar.

— Continue — disse ela, gélida.

— Estava pendurada nas muralhas da cidade. Não sei há quanto tempo estava lá... oscilava no vento, devagar... E eu fui tomado por uma fúria cega. Mas me seguravam, nada pude fazer, nem mesmo quando me levaram diante dele, diante daquele monstro... — Baol parou. Amina estava petrificada. — Um ser maravilhoso. Nunca vi tamanho horror guardado num corpo tão perfeito. Riu na minha cara, perguntou: "Reparou nas minhas muralhas? Gostou do brinquedinho que as decora?" Tentei agarrar o pescoço dele, mas quatro guardas me seguravam, e então gritei para ele todo o meu nojo. Continuou rindo, um sorriso asqueroso. Deixou-me desabafar e, quando eu já estava rouco, chegou mais perto, a ponto de eu poder sentir o perfume do seu hálito. Teria gostado de apertar aquela garganta de veludo e de ver aqueles seus malditos olhos violeta pular fora das órbitas. "Agora será levado para fora do meu território", disse. "Porque não o matarei, nada disto. Morrerá, como todos os demais, mas no devido tempo. Agora voltará para o seu povo e contará o que viu. A sua rainha tentou matar-me, e fracassou. Eu mesmo finquei a lâmina no seu coração. E ficará lá em cima até quando eu quiser, até eu ficar cansado de vê-la e todos vocês entenderem que nada pode deter-me, que o meu objetivo é um só e que o alcançarei." Ao alvorecer soltaram-me na Floresta. E é de lá que estou vindo. – Calou-se, torcendo as mãos. – É o que vim fazer, é o que contei ao Conselho,

Amina tremia.

– E como reagiu o Conselho? – conseguiu perguntar.

– Tomou conhecimento do que aconteceu, concordou com novos planos de guerra. Não se comentou de forma alguma a tragédia sofrida pela nossa rainha. Mas a notícia irá se espalhar, eu sei disto. O moral da tropa já está lá embaixo devido à derrota na Terra do Vento, isto não irá certamente melhorar as coisas.

Amina olhou para o chão. Sentia uma raiva cega e uma desesperada necessidade de pôr o corpo para trabalhar. Precisava mexer-se, agir de alguma forma, para calar a voz que gritava dentro dela. Mas refreou-se. Já não era aquela outra Amina. A sua avó mudara-a, e, por respeito a ela, tinha de manter a calma.

– Minha avó regeu a Terra do Sol por cinquenta anos. Quando o povo estava aterrorizado pela peste, dominou a situação com firmeza. Quando perdeu o meu pai e o meu avô, não se deixou vencer pela dor, e dedicou cada gota do seu sangue ao Mundo Emerso. E tudo aquilo que o Conselho sabe fazer é deixar que o seu cadáver fique balançando nas muralhas de uma cidade?

Começara a falar fria, extremamente pálida, mas pouco a pouco o seu tom subira, até tornar-se quase um grito.

– Fale baixo, poderão ouvi-la – disse Baol.

– Que ouçam! Porque isto é um fato inaceitável, uma vergonha!

– Pense bem, Amina. A Terra do Vento está completamente nas mãos de Kriss. É verdade, a doença parou de se espalhar, mas nos dizimou. Estamos tentando organizar uma defesa, e mandar para lá um pelotão de soldados para recuperar um cadáver em território inimigo seria uma loucura, um desperdício de homens e de equipamentos.

– Não é "um cadáver", é a rainha da Terra do Sol, a mulher que nos guiou na hora mais negra do Mundo Emerso. E é a minha avó!

Desta vez quem reagiu com raiva foi Baol.

– O que está pensando? Acha que não me importo? Passei metade da minha existência com ela! Salvei a sua vida assim como ela salvou a minha, amei-a de todo o coração! Mas por mais que aquela imagem me aflija noite e dia, por mais que a simples ideia do seu corpo ultrajado me deixe louco, sei que Kalth está certo: não há coisa alguma que possamos fazer. É cruel, Amina, mas o Mundo Emerso é um reino de vivos. Os mortos já não estão no palco, e o que deixam atrás de si nada mais tem a ver com as pessoas que foram. Eles continuam vivendo em nós, em você e em mim. – Tocou com a mão no peito dela, onde estavam as facas de lançamento, mas Amina segurou seu pulso e afastou-se.

– Você está errado. Aquele corpo é a minha avó, e não merece o tratamento que recebeu.

– Já sabia. Aprendi a conhecê-la, pois a sua avó tanto me falou de você que quase tenho a impressão de saber de todos os seus segredos. É por isto que não queria contar-lhe esta história. E agora, eu suplico, procure esquecê-la. O Mundo Emerso precisa de todos, inclusive de você. Uns poucos dias atrás você fez um juramento, a sua vida e os seus pensamentos devem ser todos dedicados à sua terra, à qual também deve a sua fidelidade. Volte então ao seu dormitório e pense no que pode fazer para o Mundo Emerso.

Amina fitou-o com os olhos cheios de lágrimas, e Baol sentiu uma fisgada de piedade por ela. Lembrou o que Dubhe certa vez lhe contara. "O que mais me entristece, nesta guerra absurda, é o destino que aguarda os meus netos. Sinto muito orgulho deles, mas, como eu, tiveram de dizer adeus à sua infância cedo demais. Prometera a mim mesma que isto não aconteceria, que poderia falhar em outras coisas, mas não nesta. E, ao contrario, veja só: Kalth está no comando do reino, e Amina está para se tornar uma guerreira. Até nisto fracassei."

– Amina... – disse, procurando abraçá-la.

Ela o deteve com a mão.

– Não. Sinto muito.

Deu-lhe as costas e se afastou decidida.

Nos dias que se seguiram, Amina não conseguiu pensar em outra coisa. Tinha, gravada na mente, a imagem do corpo da avó como se de fato o houvesse visto. E, cada vez, o pensamento a deixava louca.

Não era como Baol dizia, não se tratava apenas do seu cadáver. Havia alguma coisa dela, naquele corpo sem vida, algo que merecia respeito e que Kriss nem mesmo merecia olhar.

As horas arrastavam-se vagarosas no Quartel-General. As notícias da frente de batalha eram desalentadoras, o moral, muito baixo. Havia um ar de tragédia iminente, o desânimo da inevitável derrota dominava a todos.

Kriss não se acomodara com seus sucessos: nem mesmo três dias depois da destruição da Terra do Vento estava novamente se mexendo, a caminho da vizinha Terra dos Rochedos.

Os seus elfos eram implacáveis, ninguém conseguia detê-los.

Era justamente como Baol dissera: a notícia da morte de Dubhe e do seu destino espalhara-se, deixando num atônito desespero não só as pessoas comuns, como também os soldados, os generais, os monarcas. E Amina respirava aquele ar, e quanto mais vivia naquela atmosfera, mais a sua raiva e a sua dor aumentavam.

E finalmente a ideia de uma façanha, uma proeza que beirava a loucura, levou-a certa noite à porta de Baol.

— Tenciono recuperar o corpo da minha avó.

Baol estava sonolento, sentado na cama. Arregalou os olhos logo que a ouviu proferir aquelas palavras.

— Já lhe disse, procure esquecer esta história.

— Baol, o pessoal está desesperado, você bem sabe disto. Os Guerreiros das Sombras perderam o seu chefe. O meu irmão está fazendo o possível, mas ninguém acredita realmente na vitória. Todos acham que Kriss é invencível.

— Isto não justifica o seu propósito insano — rebateu ele.

— Mas acontece que Kriss não é invencível. A peste foi vencida, e afinal de contas ele mesmo não passa de um elfo, uma criatura mortal. Deixá-lo profanar o corpo da minha avó só ajudaria a alimentar o seu mito, o medo que as pessoas têm dele.

— Está falando um montão de bobagens.

— Precisamos mostrar a todos que não pode fazer o que bem quiser.

— Não, Amina — interrompeu-a Baol. — Você não tem força nem capacidade para uma coisa dessas. Seria um suicídio.

– Isso mesmo. É por isto que estou aqui.

O homem ficou sem palavras. Fitou-a diretamente, mas no olhar dela só viu uma determinação lúcida até demais.

– Você é a herança da sua avó. É tudo que sobra dela neste mundo, quer botar isto na cabeça? Não pode morrer.

– Seremos dois, e passaremos por uma área quase deserta. Os elfos estão todos concentrados nas novas conquistas, e os que sobraram na Terra do Vento não passam de uns poucos soldados e de alguns civis. Vamos conseguir.

– Não posso, Amina... Estou pensando na sua avó, ela não deixaria.

– Pensei muito nisto. Tudo que a minha avó fez desde que o Mundo Emerso ficou em perigo foi para demonstrar que não podemos nos deixar abater. Talvez fosse contrária a uma ação deste tipo, mas se estivesse no meu lugar iria mostrar que nem tudo é permitido para Kriss.

Baol continuou a sacudir a cabeça.

– É uma loucura.

Amina já estava pronta, armada e usando a roupa adequada.

– Eu irei de qualquer maneira, com ou sem você. Se de fato está com medo de que algo possa me acontecer, siga-me, ajude-me e proteja-me.

Dirigiu-se à porta e saiu. Por um instante, a sua figura pareceu ter alguma coisa de Dubhe.

Baol permaneceu imóvel, na cama, por alguns segundos, as mãos nos cabelos.

– Espere por mim! – exclamou finalmente.

21

MERIPH

— Sou um mago cheio de recursos, muito talentoso. Sempre fui.

Meriph tinha deixado de lado o cachimbo. No fogo, a panela borbulhava baixinho.

— Quando jovem, era sedento de conhecimento. Queria saber tudo, e foi por isto que fui às Terras Desconhecidas, onde naquele tempo morava Senar. Foi uma viagem aventurosa, e afinal nem consegui falar com Senar. Acho que a ideia de encarregar um dragão da minha proteção me veio à cabeça ao ver o que ele fizera. Sabe como é, Oarf era o seu guarda-costas.

Mostrou o braço dobrando o cotovelo. Havia as marcas de uma vistosa queimadura.

Levantou-se, foi dar uma olhada na comida no fogo e remexeu a sopa com uma colher de madeira. Aí voltou a sentar-se.

— Consegui, no entanto, conhecer os elfos. Entrei em Shet, uma das cidades deles, na costa, disfarcei-me e fiquei lá o tempo suficiente para pegar alguns livros emprestados. — Apontou para uma parte das estantes atrás dele.

— Roubou todos eles? — perguntou Adhara, incrédula.

Meriph coçou o nariz.

— Eu era um rapaz sem muitos escrúpulos — justificou-se, sem esconder uma pitada de orgulho. — De qualquer maneira, pegaram-me com a mão na massa, e aquela não foi certamente uma boa experiência. — Virou-se de costas e, na fraca luz do ambiente, Adhara pôde ver uma maranha de cicatrizes.

— Tortura? — perguntou-lhe ela.

— Isso mesmo, para deixar-me no ponto antes de condenar-me à morte.

— Como Senar...

— Mais ou menos. Só que eu não tinha Nihal para livrar-me da enrascada. Tive de dar um jeito sozinho. Acredito ser um dos poucos magos do Mundo Emerso capaz de vangloriar-se de ter quebrado um selo élfico.

Adhara reparou que Meriph era muito teatral ao contar seus feitos. Tinha o maior cuidado na hora de medir as pausas, e alardeava uma modéstia e um desprendimento visivelmente estudados.

O gnomo voltou a levantar-se e experimentou o conteúdo da panela com a ponta da colher. Depois serviu duas porções abundantes numas tigelas de louça. Quando sentiu o cheiro de carne e das especiarias espalhar-se no ar, Adhara percebeu que estava morrendo de fome e, logo que o mago lhe entregou prato e colher, devorou a sopa.

– Depois de todas aquelas andanças, achei que estava na hora de parar – continuou Meriph entre uma e outra colherada – e voltei para cá. Estava farto de aventuras e, afinal, tinha todos aqueles livros para estudar... Passei a praticar a magia e fiquei no meu canto.

Pegou mais um pouco de sopa e saboreou-a mantendo-a na boca. O rosto, de bochechas inchadas de comida, tinha uma aparência quase cômica.

– Encontrei Adrass quando ele não passava de um rapazola. Tinha ido visitar a irmã dele, uma maga para ninguém botar defeito. O garoto, por sua vez, era muito tímido e, pelo menos aparentemente, desprovido de qualquer talento. Não saberia dizer, com clareza, o que me atraiu nele. Talvez a adoração com que olhava para mim, talvez o fato de se babar todo quando eu narrava as minhas peripécias com os elfos. De qualquer maneira, a primeira noite que passei na casa dele, veio me procurar enquanto eu fumava tranquilamente o meu cachimbo. "É verdade mesmo?", perguntou. Pois é, talvez fosse a sua insolência. Ninguém jamais duvidara das minhas palavras. E eu respondi que sim, que era tudo verdade, que bastavam um pouco de iniciativa e uma desmedida sede de conhecimento para fazer grandes coisas na vida. "Eu não possuo nada disto", disse-me, desanimado. E começou a queixar-se da sua inépcia, contando que os irmãos eram todos extremamente dotados e que ele, por sua vez, não valia um tostão furado. Expliquei que era culpa dele, pois vivendo daquele jeito, sentindo continuamente pena de si, não havia jeito de conseguir coisa alguma.

Fez uma pausa e aproveitou para cortar duas fatias de um pão preto e macio. Repassou uma a Adhara.

– Molhe na sopa, tenho certeza de que vai gostar.

Ela não podia deixar de concordar: o sabor rústico e quase adocicado daquele pão combinava muito bem com a sopa forte e picante.

– Quando fui embora, ele veio comigo. – Meriph suspirou, olhando para as brasas. – Talvez estivesse certo, talvez fosse realmente inepto. Mas não sei como explicar... até então eu sempre tinha vivido sozinho. Tivera um mestre, na minha infância, mas logo me afastara dele. Não tinha vínculos. Era a condição necessária para eu seguir adiante com o meu projeto. Se quisesse ser o maior mago do Mundo Emerso, visitar novos lugares e viver mil aventuras, *precisava* estar sozinho. Nem saberia dizer-lhe onde se encontra agora a minha família. E sabe de uma coisa? Não me interessa. Nunca precisei dela. Mas com Adrass foi diferente.

Meriph deixou a tigela na mesa, e finalmente Adhara pôde vê-lo assim como era de verdade, sem as poses teatrais que até então mantivera. Estava falando a verdade.

– Não me largava um só momento, tinha uma verdadeira adoração por mim. Dentro dos seus limites, até que me ajudava. E procurei ensinar-lhe a nova magia que eu tinha aprendido, a magia élfica. Claro, um gnomo ou um homem jamais poderão praticá-la de forma perfeita: os elfos possuem uma capacidade de comunhão com a natureza que nós nunca poderemos alcançar. Mesmo assim, um mago poderoso como eu pode suprir esta falta e praticar alguns encantamentos de nível médio. Mas Adrass... não tinha a menor chance. Portanto, me dediquei a ensinar-lhe o conhecimento das plantas do povo élfico. E o garoto até que tinha jeito. Havia algo comovente no seu entusiasmo, quando se deu conta de que havia pelo menos uma coisa no mundo que ele sabia fazer.

O olhar de Meriph perdeu-se no vazio. Adhara quase podia vê-lo, aquele jovem Adrass ingênuo e arrebatado. Intuía nele alguma coisa do homem que tinha conhecido.

– Decidiu tornar-se sacerdote. É um dos caminhos que um mago sem muitos dotes pode percorrer, principalmente se é um profundo conhecedor das plantas. Naquele tempo estava se difundindo o culto dos Irmãos do Raio. – Passou a mão nos olhos, como se estivesse cansado. – Continuava morando comigo, mesmo quando já era aprendiz no templo. Tínhamos estabelecido um vínculo, sinto-me um tanto ridículo dizendo isto, mas... era como um filho para mim – murmurou. – Gostava dele, queria-lhe bem.

Recobrou-se quase imediatamente daquela momentânea comoção.

– Certo dia, Dakara veio nos visitar. Estivera no templo de Adrass e perguntara por mim. Apresentou-se como um jovem sacerdote que estava fazendo pesquisas acerca das origens élficas do culto de Thenaar. Eu o recebi. Era um estudioso, assim como eu já tinha sido, e fiquei contente em tê-lo como hóspede. Reconhecia nele alguma coisa que fora minha: o ardor de um fogo interior, o mesmo que, quando jovem, me levara a arriscar a vida nas Terras Desconhecidas. E Adrass era atraído pela luz como uma mariposa. Mas Dakara não era apenas um espírito inquieto, também era perigoso.

Haviam acabado de comer e Meriph levou os pratos. Tirou duas maçãs debaixo de uma esteira de vime e jogou uma para Adhara.

– Mais um ano se passou. Adrass continuava o seu trabalho, mas eu percebia que não se sentia feliz, e também conhecia o motivo. Não estava satisfeito com aquilo que sabia fazer, considerava-se inútil. Caíra novamente naquele estado de apatia que o caracterizava quando era menino.

Meriph deu uma mordida na maçã.

– Dakara apareceu de novo numa tarde de inverno. Estava fugindo. Fez um longo relato sobre o que tinha descoberto. Eram coisas que, em sua maioria, eu já sabia, mas que nunca levara realmente a sério. Mesmo que a alternância entre Marvash e Sheireen fosse verdadeira, e não uma mera lenda élfica, era algo em que nós, humildes mortais, não podíamos intervir.

Mais uma mordida.

– Dakara não concordava. Contou tudo. Dos Vigias, do seu plano. Eu fiquei ouvindo, e o mesmo fez Adrass, de olhos brilhantes. Tentei explicar que aquilo era uma loucura, que Sheireen e Marvash não podiam ser criados do nada, que o seu propósito se chamava homicídio e tortura. Ele exaltou-se, tentou convencer-me com seus delírios de fanático. Mas eu já tinha passado por muitas coisas na vida, e não me deixei enredar. Não posso dizer o mesmo de Adrass.

Jogou longe o caroço e acariciou a barba nervosamente.

– Naquela noite brigamos. Disse que eu estava errado: o que Dakara estava fazendo não só era justo como também necessário. Expliquei-lhe mais uma vez que desconfiava daqueles que se sentiam investidos pelo destino, que se sentiam fadados a cumprir missões divinas, pois a coisa acabava quase sempre num banho de sangue. Ele me acusou de ter perdido o meu espírito da juventude, de ter-me tornado velho e conformado. Foi aí que me descontrolei e lhe disse que era um inepto, incapaz de pensar com a sua própria cabeça.

Meriph ficou algum tempo calado. Adhara sentia-se estranhamente envolvida naquela longa história. Era como se, pelas palavras do gnomo, a figura de Adrass tomasse lentamente forma diante dos seus olhos. Enquanto durasse o relato, era como tê-lo novamente presente ao seu lado.

– Ele não replicou – voltou a dizer Meriph, de repente. – Foi para o seu quarto e nunca mais falamos no assunto. Mas começou a sair amiúde, ficando até dias inteiros longe de casa. Tornara-se desatento, ausente. Acabei indo no rastro dele, e descobri que tinha entrado para a Seita dos Vigias que, como você bem sabe, raptavam jovens mulheres para tentar transformá-las em Sheireen.

Adhara fechou os olhos. Ali estava o pai dela. Se Adrass não tivesse participado daquelas caçadas noturnas, e dos ritos sangrentos que se seguiram, ela não teria existido.

– Brigamos furiosamente, joguei em cima dele o meu desprezo, ameacei escorraçá-lo se não parasse. E ele escolheu.

Um pesado silêncio tomou conta da pequena gruta.

– Apaguei-o da minha mente por anos a fio – acrescentou Meriph, baixinho. – Toda vez que ouvia falar dos feitos cada vez mais hediondos dos Vigias cuspia no chão pensando nele. Tentei extirpá-lo do meu coração, fazendo de conta que nunca existira. Voltei à solidão dos meus primeiros anos e tranquei-me aqui.

Olhou intensamente para ela.

– E, agora, aqui está você. A lembrar uma história que eu queria esquecer. Dizendo que Adrass morreu renegando o que cometeu. E o que quer que eu faça? Que lhe perdoe, que esqueça a sua traição?

– Ele não o atraiçoou. Ele me deu a vida.

Meriph levantou os olhos para o teto. Riu baixinho.

– Falou-me ao seu respeito – continuou Adhara. – Confiou-me a você antes de morrer, e, para ele, eu era a coisa mais preciosa que existia no mundo.

Meriph aproximou-se dela.

– Disse que está aqui porque quer livrar o Marvash do medalhão que o mantém aprisionado, que não tenciona matá-lo. Por que quer salvá-lo?

Adhara tentou encarar aquele olhar penetrante.

– Porque o amo – disse, num sopro.

Meriph sorriu, sarcástico.

– Sabe o que fiquei pensando durante estes anos todos? Que o melhor a fazer era ficar no meu canto, cuidando da minha vida. Uma vida sem vínculos é melhor. Adrass só me proporcionou dor e solidão. Os efeitos enganam, Sheireen: é melhor não ter nada a perder do que ficar separado daquilo que amamos.

– Eu sou Adhara, é assim que me chamo – disse ela, tentando controlar o tremor na voz. – Sem os afetos que tanto despreza, eu nem existiria. Quem me deu um nome foi o Marvash, e quem infundiu vida em mim foi Adrass. Descobri o meu pai poucos dias antes de perdê-lo. Morreu entre os meus braços, o seu discípulo morreu para salvar-me.

Os olhos de Meriph foram atravessados por um lampejo de dor, o primeiro desde que soubera da morte do aluno.

– Mas fico grata por aqueles poucos dias que conseguimos passar juntos, estou agradecida por ter aprendido a amá-lo antes que fosse arrancado de mim. E mesmo que doa de morrer, fico contente com este sentimento que me impede de matar o Marvash. Sem o amor e a dor, sem o ódio, a afeição e até o desespero, eu não seria coisa alguma.

Meriph já não sorria. Olhava para ela, calado, incapaz de rebater.

– Vai me ajudar a ir até o fim? – perguntou, finalmente, Adhara.

Meriph limitou-se a fitá-la sem nada dizer.

Adhara tirou o medalhão da mochila. Tinha forma alongada, de cristal negro, decorado com gravuras que pareciam traçar o perfil de obscuras palavras. No centro, a pedra vermelha já não soltava lampejos de sangue e se tornara quase opaca.

Meriph segurou-o nas mãos, analisou-o longamente na luz do archote que iluminava a gruta. Dirigiu-se decidido para uma prateleira e pegou um pesado volume. Nem precisou folheá-lo, encontrou de pronto a página que interessava. Virou-se para mostrá-la a Adhara. Lá estava, desenhado, o medalhão de Lhyr, idêntico em cada detalhe.

– Aqui embaixo está escrito que se trata do Talismá de Ghour – explicou. – Ghour foi um dos primeiros seguidores de Freithar, a única divindade malévola no panteão élfico: o primeiro Marvash.

Havia alguma coisa blasfema na maneira de aquele nome soar, pensou Adhara.

– Poderíamos definir Ghour como sendo o segundo Marvash. Levou adiante o trabalho do mestre quando Freithar foi aprisionado. Pois bem, Ghour inventou uma série de magias que possibilitavam produzir artefatos capazes de sujeitar a vontade. Este talismá era o seu preferido. – Meriph aproximou-o do desenho. – Tratava-se de um ser sanguinário, obcecado pela fusão entre carne e matéria inanimada. No caso do medalhão, no fim do processo o cristal assimila quem o usa. Mas não antes de cumprir o seu dever, obviamente.

– Mais uma razão para arrancá-lo do peito de Amhal o mais rápido possível.

– Está subestimando o poder de Freithar – salientou o gnomo. – Existem duas condições para tirar o medalhão de Ghour do peito de alguém. – Levantou o indicador. – A primeira é que a possessão não esteja adiantada demais; quer dizer, que os tentáculos do talismá ainda não tenham alcançado o coração da vítima. Neste caso, não poderá arrancá-lo sem tirar a vida do Marvash... ou de Amhal, como você o chama. – Levantou o médio. – A segunda é possuir o instrumento certo para removê-lo.

Meriph folheou o livro e parou numa página dominada por outro desenho. Era a esplêndida miniatura em cores de um punhal. A empunhadura era de um vermelho muito vivo, ornada com uma gravação de pedúnculos de roseira trançados como sarmentos de videira. A extremidade arredondada era formada por botões tão perfeitos que pareciam verdadeiros. A lâmina negra era ondeada, fina e comprida. Ao longo da estria havia um enxerto branco que representava uma chama. Adhara ficou fascinada.

– Este é o Punhal de Phenor. O cabo é de jaspe, molhado no sangue da própria Phenor. A lâmina é de cristal negro e o enxerto branco é uma Lágrima.

Lembrava bastante a espada de Nihal.

– Ele pode derrotar o talismã? – perguntou Adhara.

Meriph anuiu.

– É a única arma em todo o Mundo Emerso capaz de vencê-lo. Mas há um problema. Acabou sendo perdida.

Adhara não tinha a menor vontade de embrenhar-se em mais uma busca que iria roubar tempo e energias da salvação de Amhal, mas ouviu tudo com atenção.

– Ou, melhor dizendo... – disse Meriph, reencontrando o gosto pela teatralidade que alardeara pouco antes – na verdade, encontra-se num lugar fácil de ser alcançado, mas muito bem protegido. Imagino que já saiba da existência de um santuário élfico em cada Terra, e que cada um deles é dedicado ao espírito protetor daquela região específica.

– Sei.

– O que talvez não saiba é que os Guardiães dos santuários são espíritos naturais devotados a cada uma das oito maiores divindades élficas. Flar, o espírito do santuário da Terra do Fogo, é um criado de Shevrar. Ael, por sua vez, é a serviçal de Phenor.

– Ael é o espírito da água... Phenor não deveria ser uma espécie de Shevrar de sexo feminino?

– Não exatamente. Phenor e Shevrar são a mesma entidade, mas, ao mesmo tempo, cada um representa a negação do outro. São respectivamente macho e fêmea, mas mesmo assim se completam mutuamente, presidem as mesmas forças. Quando Shevrar destrói, Phenor reconstrói, e vice-versa. Por isto o fogo serve a Shevrar, e a água, a Phenor.

– E o que isto tem a ver com o punhal?

– O punhal se encontra em Aelon, o santuário de Ael. Fica na Terra da Água, mas não é fácil chegar lá. As pedras guardadas nos santuários acabaram no Talismã do Poder, o artefato usado por Nihal para derrotar o Tirano, e uma vez que o talismã foi destruído, os santuários seguiram o mesmo caminho.

Adhara não estava entendendo e começava a ficar irritada.

– Está me dizendo que o punhal está perdido para sempre?

Meriph quase parecia achar graça.

– O punhal ainda existe. Assim como os santuários e os Guardiães.

– Está me gozando? Para você, talvez, isto não passe de uma brincadeira, mas para mim é uma questão de vida ou morte! – replicou ela, áspera.

– Os santuários perderam a sua consistência física no Mundo Emerso, pois o que lhes dava forma nesta realidade era o talismã. Mas ainda existem, só que num plano diferente de existência. E é lá que Ael ainda guarda o Punhal de Phenor.

– E então?

– Então você terá de alcançar aquele plano de realidade.

Adhara estava exausta. Sua mão direita ficou instintivamente brincando com o cabo do punhal.

– Só espero que não me surpreenda com novos enigmas.

Meriph concedeu-se uma gostosa risada.

– Os jovens sempre me divertem, acho sempre muita graça na compenetrada seriedade com que se entregam à sua missão. Quando você também ficar velha, vai entender que a vida não passa de uma piada e que levá-la a sério demais não ajuda em nada.

Puxou-se de pé e pegou um vidro numa prateleira, junto com uma ampola vazia.

– Antes de mais nada, terá de encontrar o lugar onde surgia o santuário. Ao chegar lá, tomará esta poção. – Derramou lentamente na ampola um líquido alaranjado, listrado de reflexos amarelos. – Será quase como morrer, e uma parte de você terá realmente de fazê-lo. Já passou por um portal e, portanto, já sabe que algumas viagens exigem um preço. Entrará na outra realidade; nesta altura, caberá a você encontrar o santuário e, principalmente, convencer Ael a entregar-lhe o punhal. A última vez que concedeu a Nihal a sua pedra, o seu santuário sumiu desta realidade para acabar na outra. Não creio que tenha ficado muito satisfeita com a troca.

Deu mais umas risadinha e então entregou a ampola a Adhara.

A jovem segurou-a, concentrada, levantando-a contra a luz. Parecia conter milhares de minúsculas criaturas amarelas que, chispando no líquido, se moviam sem parar. Podia confiar?

– Está bem – disse, afinal.

Meriph já não ria. Olhava para ela com uma mistura de admiração e compaixão.

– Sabe de uma coisa? Você tem alguma coisa de Adrass. A teimosia dele em perseguir objetivos impossíveis, a dedicação total a uma causa... Acredita mesmo que valha a pena sacrificar tudo por um ser criado para o mal, que perdeu qualquer coisa que o tornasse digno do seu amor?

Era verdade. Adhara acabava de reencontrar-se, e podia finalmente considerar-se uma criatura completa, com um passado, uma identidade e um futuro. Mas isto não lhe bastava, se não tivesse Amhal ao seu lado.

– Sim, vale a pena – disse simplesmente.

Meriph sorriu, o primeiro sorriso autêntico, quase enternecido, daquela longa conversa.

22

O CAMINHO DE SAN

San cortou o espaço à sua volta com a espada de Nihal, que emitiu um brilho sinistro à luz do sol. Os inimigos pareciam surgir de todo canto. Berrou, deixou a fúria fluir, enquanto percebia atrás de si as costas de Amhal.

– Está pronto? – perguntou-lhe, ofegante.

– Estou – respondeu ele.

Por um momento, San fechou os olhos, juntou as forças e preparou-se para soltar o ataque mágico.

– Agora! – gritou.

A esfera prateada alargou-se em volta deles, avolumando-se devagar, enquanto os inimigos recuavam. Mas de repente parou, tremelicou no ar. Uma hesitação de Amhal, e a bola logo se encolheu. Quando San finalmente a soltou, estava muito menos poderosa do que haviam esperado. Abateu três inimigos, mas só conseguiu estontear os demais.

San praguejou, então avançou contra os sobreviventes com toda a fúria que tinha no corpo. Precisava matar, matar mais e mais, porque só depois de aquele maldito lugar ficar nas mãos de Kriss poderia finalmente ter Ido de volta.

Logo que voltaram ao acampamento, na fronteira entre a Terra do Vento e a Grande Terra, invectivou Amhal.

– Posso saber o que diabo deu em você? – trovejou.

O rapaz deixou-se cair no catre da barraca. Sacudiu a cabeça, e os cabelos molhados de suor balançaram na sua testa.

– Não pode dar-se ao luxo deste tipo de hesitações! Você é um Marvash, não se esqueça disto!

Amhal dirigiu-lhe um olhar desesperado. San conhecia-o muito bem. Era a mesma expressão que vira no jovem quando se haviam encontrado.

Segurou-o pela gola.

– Acidentes como o de hoje nunca mais podem acontecer, estou sendo claro? Precisamos conquistar este vilarejo o mais rápido possível. Estou cansado de usar a minha lâmina contra inimigos tão miseráveis.

– Você também hesitou – murmurou Amhal.

San ficou vermelho de raiva, apontou o dedo contra o peito do rapaz.

– A próxima vez que me aprontar uma coisa destas, eu juro, vou matá-lo.

Saiu inteiramente entregue a uma fúria incontida e, quando chegou à sua tenda, arrancou do corpo a armadura antes mesmo que o ordenança pudesse ajudá-lo.

Ao ficar sozinho, arremessou a espada num canto, então agarrou uma botija de vinho. Colou os lábios nela e engoliu com avidez, deixando o líquido escorrer farto pelas faces. Queria olvidar a si mesmo, perder-se na inconsciência, esquecer. Porque desde que vira Ido não conseguia mais tirá-lo da cabeça. O seu olhar, a sua voz, a maneira com que o chamara. Precisava dele, agora mais do que nunca.

Jogou-se no catre, a botija ainda colada aos lábios. E enquanto bebia murmurava o seu nome, como uma ladainha.

No dia em que montara na garupa de Oarf e voara embora, no dia em que Ido morrera, não sabia para onde ir. Só queria fugir. Nada mais sobrava para ele no Mundo Emerso, e a imagem da devastação que, por culpa dele, assolara todas as Terras não lhe dava paz. Ele mesmo se entregara aos inimigos, achando que poderia vencê-los com a força da magia. Mas estava errado. Haviam-no deixado logo fora de combate, e para salvá-lo, para afastar o perigo que ameaçava o Mundo Emerso, Ido dera a própria vida.

Passou os primeiros meses zanzando pelos bosques da Terra do Sol. Era fácil esconder-se por lá. Talvez devesse ter percebido que era diferente já naquela época. Descobria um prazer incomum na caçada. E não era pela procura, pela tocaia, pela espera. Nem por todas as outras práticas às quais recorria para arrumar comida, que lembravam as brincadeiras infantis de quando, menino, ainda tinha um pai e uma mãe. Não, o que ele gostava mesmo era de matar. Era ter nas mãos a vida daqueles animais e acabar com ela, assim, de um só golpe. A cor do sangue escorrendo em seus dedos tinha algo de consolativo. Mas então nem pensava nisto. Naquele tempo, Ido preenchia todos os seus pensamentos.

Ia visitar o túmulo uma vez por mês, e fez isto durante todos os dez anos em que viveu como andarilho no Mundo Emerso. Com o passar do tempo aprendeu a se locomover. Num território onde reinava a paz ninguém prestava atenção num dragão que cortava os céus, e sentia-se, portanto, à vontade para visitar todos aqueles lugares dos quais só tinha ouvido fantasiar. Em cada um colhia uma flor, que então levava para Ido.

Sempre ia lá de noite. Não queria ser visto por ninguém. Learco, certamente, tentaria adotá-lo, iria levá-lo ao palácio, e ele não desejava isso. Preferia ficar sozinho e, na solidão, sofrer.

Tinha lido em algum lugar que o tempo ameniza as dores. Mas, com ele, parecia não funcionar. A cada dia, a cada minuto, a ausência de Ido se tornava mais insuportável. Era como se uma parte dele, a mais importante, tivesse ficado presa ao corpo do gnomo depois de encontrá-lo sem vida, encostado em Oarf. E cada dia mais sentia-se culpado, responsável pelo que acontecera. Fora morto pela espada de Dohor, mas na origem de tudo havia ele e a sua leviandade.

Começou a ser um caçador de criminosos foragidos com a idade de dezesseis anos. Era muito bom. Dominava com crescente destreza as artes mágicas e também se tornara habilidoso com a espada. Ninguém lhe ensinara a lutar, aprendia com a experiência, praticando com os bandidos que procuravam abrigo no coração da floresta.

Saiu-se bem por muito tempo. Capturava os procurados, levava-os às autoridades, pegava o seu prêmio. Mas sentia falta de alguma coisa. Lembrava amiúde a única vez que tinha matado seres humanos. Tratara-se de dois sicários que haviam tentado raptá-lo enquanto se escondia em Zelânia com Ido. Era uma lembrança na qual se demorava com prazer. Sentira-se forte então, mas era mais do que isso. Gostara de matar. E embora não conseguisse confessar, o que mais lhe faltava era justamente o sangue, a morte, o homicídio.

Foi seis anos depois do desaparecimento de Ido que a sua natureza explodiu com toda a sua virulência. Estava perseguindo dois bandidos. Tinham-se escondido na chácara de um camponês, onde só havia uma mulher e uma criança.

San postara-se não muito longe da casa e, depois de longas e cansativas negociações, os dois haviam saído de repente usando a mulher e o filho como reféns. A frustração aumentou tanto que lhe obstruiu a garganta. Aconteceu quase sem que ele quisesse. Pulou adiante, e foi com a magia que matou os reféns. Fez isto de impulso, a sangue-frio. Os dois bandidos ficaram gelados, imóveis. San trespassou-os com a espada. Experimentou um obscuro prazer, como se finalmente tivesse conseguido satisfazer um antigo desejo, como se aquele simples gesto, aquele fincar a lâmina na carne, lhe houvesse proporcionado o contato com a parte mais autêntica de si. Sorriu, ficou um bom tempo rindo entre os cadáveres.

O horror apareceu depois. Sepultou a mulher e a criança perto da casa, escondeu o corpo dos dois bandidos no bosque. Chorava, lembrando o momento em que tinha matado. Sem misericórdia, sem hesitação. Mas, principalmente, com uma mistura de excitação e prazer.

No dia seguinte partiu rumo ao Saar. Percebeu que já não podia viver naquelas terras. Visitou pela última vez o túmulo de Ido. Chorou todas as suas lágrimas.

Virou-se então para Oarf e leu nos seus olhos uma hostilidade infinita.

– Leve-me para o outro lado do Saar. Aí o soltarei, e se quiser me abandonar, estará livre para fazê-lo.

Levou consigo um punhado de terra da tumba de Ido. Precisava de alguma coisa que lhe lembrasse de onde vinha.

O dragão levou-o ao outro lado do Saar, então ficou olhando para ele, imóvel na margem. Os anos passados juntos os haviam unido de uma forma inimaginável, San sabia disso, e compreendia a pergunta que se ocultava nos olhos flamejantes do dragão.

Então Oarf desdobrou as asas em toda a sua amplitude e levantou-se sobre as patas posteriores. Rugiu para o céu, e San levou a mão ao coração. Qualquer coisa que acontecesse, Oarf continuaria sendo o seu dragão para sempre. O animal deu-lhe as costas e levantou voo. Nunca mais iriam se ver.

Nas Terras Desconhecidas, San voltou à vida de andarilho que tinha levado no Mundo Emerso. Estava sedento de novos lugares, desejoso de deixar cada vez mais longe o seu passado. As Terras Desconhecidas satisfaziam plenamente esta necessidade. Com suas florestas selvagens e cheias de vida, com seus animais de formas curiosas e grotescas, davam-lhe a exata dimensão de quão longe tinha ficado a sua pátria, e a ilusão de ter colocado suficiente distância entre ele e a escuridão do seu coração. Mas não é possível fugir de si mesmo, nunca, e não demorou a retomar os hábitos sanguinários dos últimos anos passados no Mundo Emerso.

A morte o chamava, o sangue era como um néctar no qual se viciara. Matava brutalmente os bichos, dizendo a si mesmo que era por fome ou por necessidade. No fundo do coração, no entanto, sabia muito bem que era bem diferente a fome que aqueles gestos conseguiam acalmar.

Assentou-se na casa de Senar, seu avô. Não passava de um casebre, de janelas trancadas e quase completamente invadido por ervas daninhas. Ficou algum tempo ocupado tentando consertar os estragos, e o trabalho acalmou a sua inquietação. Decidiu até cultivar a terra, fantasiando em levar uma vida de ermitão.

Foi então que começou a entender. A casa estava cheia de livros. San dedicou-se à leitura de todos, devorado por uma cada vez maior sede de conhecimento. Já praticava a contento a magia, mas queria saber muito mais.

Os volumes élficos foram os que mais atraíram a sua atenção. Leu com paixão a biografia de Aster, e encontrou numerosos pontos em comum entre ele mesmo e o mais terrível inimigo do Mundo Emerso lembrado na história. A coisa perturbou-o; quando ainda era menino, a Seita dos Assassinos, que considerava Aster um profeta de Thenaar, escolhera justamente ele para hospedar no seu corpo o espírito redivivo do Tirano. Fora para evitar aquele horror que Ido o levara consigo, protegendo-o até a morte. Talvez houvesse uma razão mais profunda para aquela escolha, além do fato de ambos possuírem sangue élfico.

Permaneceu naquela casa durante dez anos. Mantinha esporádicos contatos com os Huyés, o povo que era um meio-termo entre os elfos e os gnomos, e que morava naquelas terras. Trocava as frutas e verduras da sua horta pelos artefatos deles, que também retribuíam ensinando-lhe os próprios conhecimentos sacerdotais.

Mas, ocultamente, San continuava a alimentar o monstro que o devorava por dentro. Matar animais já não lhe bastava, e então começou a assassinar alguns Huyés que perambulavam sozinhos no bosque. Sempre conseguia apagar os seus rastros, fazendo parecer o assassinato um mero ataque de algum bicho selvagem.

Já se conformara em aceitar a própria natureza. E Ido começou a dominar cada vez mais os seus pensamentos.

Tinha certeza de que se tivesse ficado com ele tudo teria sido diferente. Talvez lhe ensinasse a dirigir numa outra direção a sua sede de morte, transformando-o, quem sabe, até num herói, e não num ser rejeitado, forçado a esconder-se nas sombras.

Havia começado as suas tentativas para trazer Ido de volta muito cedo, quando ainda estava no Mundo Emerso. Afinal de contas, a Guilda achava a coisa possível. Mas, por mais que se esforçasse, nunca conseguira encontrar explicações acerca do tipo de magia que a Seita dos Assassinos tencionava usar para transfundir o espírito de Aster no seu corpo. Depois de ficar na casa do avô, no entanto, as coisas mudaram.

Senar também tivera seus motivos para encarar o mundo dos mortos. Lendo alguns dos seus diários, San descobriu que havia tentado rever a mulher Nihal. Conseguira evocá-la, encontrá-la no limiar entre os dois mundos. A ideia começou a obcecá-lo. Se pudesse ver Ido, mesmo por apenas uns poucos instantes, se tivesse a possibilidade de fazer-lhe todas as perguntas que se agitavam em suas entranhas, talvez aquela tortura pudesse acabar. Entregou-se ao estudo de corpo e alma, e tentou, tentou novamente. Perdeu o sono, a razão e a saúde numa sequência de tentativas cada vez mais frustrantes.

Seguia ao pé da letra as anotações que Senar deixara acerca daquela magia, mas nunca alcançava os resultados desejados, e não entendia por quê. Chegava até o limiar do além, até a barreira que o separava de Ido, mas nunca conseguia superar aquela fronteira incerta, nebulosa.

Parou quando correu o risco de morrer. Ficou largado no chão, inconsciente, por três dias, cercado por todo o necessário para a evocação, entre velas, pergaminhos e braseiros nos quais as ervas já haviam parado de arder fazia muito tempo. E quando se recobrou, uma raiva cega encheu seu peito.

Deixou-a à solta, para queimar e destruir com ela todas as coisas. Rezou para ser consumido naquele fogo que envolveu a casa do avô, os seus livros, tudo aquilo que sobrava da sua existência. E decidiu. Não havia mais motivo algum para continuar a lutar. Melhor aceitar de vez a própria fúria. Tudo que restava de Ido estava no alforje: um mero punhado de terra.

San recomeçou a errar sem meta, até chegar às terras dos elfos. Misturou-se com eles. Achou que poderiam ser um ótimo objetivo para a sua sede de sangue. Haviam matado a sua avó e destruído a vida do seu avô.

Aprimorou as suas técnicas de combate, estudou a Magia Proibida, acabou ficando a par da história do Marvash e da Sheireen, e uma luz acendeu-se nele. Mas não estava pronto e, talvez por isto, não quis dar o último passo, o que lhe permitiria espelhar-se naquela descrição e aceitar a verdade.

Quando as suas façanhas se tornaram demasiado ferinas, e o número das vítimas grande demais, um exército inteiro apareceu para capturá-lo. Levaram-no acorrentado até Orva, onde foi trancado num calabouço.

No processo nem tentou defender-se, escarnecendo o rei e os elfos. Entre a multidão que praguejava contra ele, vislumbrou com surpresa um jovem de extrema beleza que olhava para ele muito sério, sem insultá-lo nem glorificá-lo.

O mesmo jovem foi visitá-lo na prisão, na véspera da execução. Entrou na cela sem escolta, abrindo sozinho a pesada porta de ferro. Ao reparar na sua bonita pele lisa e carne jovem, San pensou que seria muito prazeroso matá-lo.

– É o filho do rei, não é verdade? – interpelou-o San.

– O meu nome é Kriss – respondeu o outro, imperturbável.

– E não está com medo, vindo aqui sozinho, sem defesa?

– Não – respondeu ele, sem qualquer tremor na voz. – Porque um destino glorioso espera por mim e pelo meu povo. Não posso morrer aqui.

San ficou impressionado. Aproximou-se dele à medida que as correntes permitiam.

– Veio para ver o monstro? Para o arrepio de uma última conversa com o assassino?

– Está novamente errado. Estou aqui para lhe fazer uma proposta.

Quem o revelou a si mesmo foi aquele jovem, dizendo-lhe que era o Marvash, que a sua sede de sangue e a sua habilidade em combate eram ambas, junto com a magia, filhas da sua natureza. San nem procurou evitar a verdade. No fundo do peito, era uma coisa que sempre soubera.

– Veio aqui só para me dizer isto? Amanhã estarei morto, pouco me importo em saber quem realmente sou.

Kriss chegou mais perto.

– Tenho um plano: o meu povo vive no exílio, um exílio longo e terrível que nos desgastou. Eu quero devolver-lhe o Erak Maar.

– E com que exército? O número de vocês é risivelmente exíguo. O seu é apenas o devaneio de um príncipe mimado.

– Tenho um exército pronto a sacrificar a vida por mim, mas sobretudo tenho você – replicou o príncipe, encostando a mão no peito de San. – Os Marvash têm a capacidade de evocar magias extraordinárias, magias capazes de destruir, de aniquilar, exterminar. Até mesmo povos inteiros.

– Bobagens.

– Está escrito nos nossos livros sagrados. Encontrei a fórmula.

San ficou sério.

– Quantos homens já matou, enquanto vivia entre eles? – prosseguiu Kriss. – Quantos mais gostaria de matar, se pudesse voltar para lá? A chacina é parte da sua natureza, você sabe disso.

San ficou calado por alguns instantes, avaliando a verdade daquelas palavras.

– Seja como for, não estou interessado. Prefiro morrer. Pelo menos, morrendo, poderei reencontrar quem amo.

Kriss fitou-o intensamente.

– Alguém de quem gosta e que morreu?

San franziu os lábios numa careta.

– A pessoa que mais amei em toda a minha vida.

Kriss demorou-se alguns momentos antes de falar:

– Eu poderia fazer com que voltasse.

O coração de San pareceu parar.

– Não é possível – murmurou.

– Para os magos do meu pai nada é impossível, ainda mais com o uso das Fórmulas Proibidas.

– Eu mesmo tentei, e não consegui – objetou novamente San.

– A sua magia é fadada à destruição, e não à criação. A ressurreição dos mortos é uma Fórmula Proibida alheia à sua natureza.

San calou-se. Olhou as correntes que prendiam suas mãos. Podia ser o fim de tudo, podia ser o começo de uma nova vida, melhor, na qual apagar os erros do passado.

– Jure – disse, num sopro.

– Só se você fizer o que lhe peço – respondeu Kriss, impassível.

– Qualquer coisa – sussurrou San.

– Então terá de volta a pessoa que tanto ama. – O príncipe mostrou-lhe uma ampola. – Logo que eu sair, tomará esta poção. Fará com que pareça morto. Irão levá-lo para fora, para a vala comum. Eu virei buscá-lo, e a partir daí você será meu, corpo e alma. Concorda? – Esticou o braço para ele.

San fitou-o, incrédulo. Segurou o braço de Kriss logo abaixo do cotovelo, um gesto que para os elfos selava os pactos.

– Que seja – disse.

23

ANTES DE PARTIR

Meriph preparou todo o necessário. Misturou o conteúdo de algumas pequenas ampolas e colocou ordenadamente na mesa uma variada série de instrumentos.

Quando segurou com firmeza os dedos metálicos de Adhara, ela teve um leve estremecimento.

– Continua tudo na mesma – explicou ela –, exatamente como depois que Adrass amputou a minha mão que estava se decompondo.

Meriph observou atentamente o coto.

– Um trabalho bastante bom... quer dizer que o meu discípulo, afinal, tinha aprendido alguma coisa.

Começou então a cuidar do braço de Adhara. Pegou um fino estilete e começou a puncionar repetidamente a pele. Foi um procedimento doloroso. Toda vez que retirava o estilete, surgia uma pequena gota de sangue, perfeitamente redonda. Juntas, as gotas foram desenhando no braço uma trama complexa. Meriph derramou em cima dela um líquido dourado e viscoso, que acompanhou direitinho o caminho traçado pelo sangue e, quando parou de correr, iluminou-se como se fosse fogo vivo. Finalmente apagou-se, e com ele também sumiram os sinais das punções.

Meriph segurou a mão de metal e remexeu nela. Estava de costas, e Adhara não conseguia entender o que estava fazendo.

Depois de um tempo que lhe pareceu infinito, o gnomo prendeu novamente a mão no pulso.

– Como está se sentindo?

Adhara olhou para ele.

– Como antes. Deveria estar sentindo alguma coisa diferente?

– Tente mexê-la.

– Não consigo.

– Vamos lá, tente – incitou-a Meriph.

Haviam-se passado pouco mais que dois meses desde que perdera a mão verdadeira, e às vezes ainda a sentia como se nunca tivesse sido amputada. Mesmo assim, de repente, não se lembrava mais de como movimentá-la. Precisou concentrar-se ao máximo para, então, lentamente e a começar pelo mindinho, contrair os dedos um por um.

– Quase não consigo acreditar... – murmurou, movendo-os cada vez mais rápido.

– Já ouviu falar de um sujeito que se chamava Deinóforo? – disse Meriph, levantando-se com estudado descaso.

– Já, pelo que me lembro, pertencia ao exército do Tirano.

– Pois bem, ele tinha uma das mãos como essa.

Os dedos de Adhara detiveram-se na mesma hora.

– É uma Fórmula Proibida? – perguntou, desconfiada.

Meriph virou-se devagar.

– Eu não pratico a Magia Proibida e nunca farei isto. No entanto, estudei-a. E algumas Fórmulas Proibidas, aquelas cujos resultados não subvertem a ordem natural, podem ser aplicadas através da magia normal. O que agora você tem nos dedos é um feitiço de minha invenção. Sou muito bom nestas coisas.

Guardou os instrumentos, enquanto Adhara observava, encantada, o movimento dos dedos. Não tinham sensibilidade, mas ela podia mexê-los com a maior naturalidade. Experimentou apertá-los em volta da empunhadura do punhal, o que Meriph lhe dera para substituir o velho, aquele que se quebrara durante a luta com Keo: funcionavam perfeitamente.

– Se você se virar para a porta, vou lhe mostrar mais uma coisa – disse, então, o gnomo.

Adhara obedeceu.

– Fique de mão aberta e pense num encantamento.

Adhara experimentou com um simples feitiço de petrificação. Um raio violeta partiu da sua mão e se perdeu fora da entrada.

– Fantástico... – murmurou, incrédula.

– Inseri na mão um pequeno catalisador. Vai ajudá-la a evocar a magia mais rapidamente e sem precisar pronunciar a fórmula.

Adhara olhou para ele, agradecida.

– Obrigada – disse.

Meriph desviou o olhar.

– Foi uma brincadeira para mim, uma diversão – eximiu-se. – E agora saia daqui – disse, apressado, com um gesto de repulsa. – Já abusou até demais da minha paciência!

Adhara juntou suas coisas, sentindo uma estranha euforia ao constatar que a mão esquerda também obedecia.

– Pode levar o que está na mesa – disse o gnomo, sem nem virar-se para ela. Havia toucinho, queijo, algumas maçãs e pão preto.

– Obrigada por tudo – repetiu Adhara, guardando os mantimentos na mochila.

Meriph, no entanto, não respondeu, limitando-se a ficar encurvado, atiçando o fogo.

Só bem na hora de a jovem sair acrescentou:

– Procure não desperdiçar as suas forças. Para chegar ao santuário vai precisar de muita energia mágica, e isto poderá influenciar a sua condição física. Precisará, portanto, descansar alguns dias, antes de partir para salvar Amhal, pois, do contrário, poderá morrer.

Adhara anuiu.

– Vou me lembrar. – Permaneceu imóvel por alguns instantes, olhando para ele.

– Boa sorte – disse, finalmente, o mago. – A sua é uma missão insana. Mas se de fato tem certeza... boa sorte – repetiu.

Adhara sorriu. Então virou-se e retomou o seu caminho.

Não dispunha de muito tempo, e tinha uma longa viagem diante de si, razão pela qual forçou Jamila até o limite da sua capacidade. Mas não foi só o dragão a sofrer os efeitos daquela jornada exaustiva.

Era um inverno terrivelmente gelado. Adhara tinha decidido cortar caminho pelos Montes do Sol e, ao subir de nível, não demorou a encontrar a neve. Não tinha pensado na possibilidade de enfrentar um clima tão rígido, e foi pega de surpresa.

Deu um jeito dormindo em qualquer lugar: nas árvores, quando a mata era espessa demais e o dragão tinha dificuldade em planar até o solo, ou em alguma clareira quando a sorte ajudava. De qualquer maneira, para se aquecer, só dispunha, no máximo, de um fogo mágico e da capa.

Começou a sentir-se febril quando entrou na Terra da Água. Estava furiosa com aquele contratempo, mas, afinal de contas, não podia ignorá-lo. Meriph havia sido muito claro acerca das condições de saúde necessárias para alcançar o santuário. Foi então que teve uma ideia.

Conhecia de cor e salteado a história de Nihal. Ninguém jamais lhe contara, mas de alguma forma fazia parte do seu ser, como as lembranças que Adrass gravara nela quando a criara. Nihal também fora uma Sheireen, e, portanto, partilhavam o mesmo destino.

Um misterioso instinto levou-a às cataratas de Naël. Quando as avistou, teve a impressão de já ter estado lá. Imensas, impetuosas, o seu estrondo era ensurdecedor. Era um espetáculo de tirar o fôlego, e Adhara sentiu-se minúscula diante daquela desmedida massa de água. Aquele lugar devia ter visto inúmeras eras do Mundo Emerso: estava lá quando os elfos ainda eram os donos do Erak Maar, assistira ao revezamento das raças, às guerras que aconteciam uma depois da outra. E continuava ali, imponente, idêntico a si mesmo ao longo dos séculos. Experimentou uma estranha sensação de inutilidade, de vazio. Ela e os seus similares não passavam de algo risível, quase descartável, diante da beleza do Mundo Emerso. Quanto mais viajava, mais se dava conta dos lugares extraordinários que simplesmente existiam por toda parte, apesar das misérias dos seus habitantes. Existiam e continuariam a existir. Alguns locais não precisavam dos homens.

– Precisamos voar dentro da cachoeira – ciciou ao ouvido de Jamila, e então esporeou-a.

A água investiu nelas com incrível violência, e Adhara acabou achatada na garupa do dragão, enquanto as asas membranosas de Jamila fremiam sob aquela força esmagadora. A meta estava do outro lado, numa saliência de pedra. Lá em cima erguia-se um casebre em ruínas. O telhado desmoronara, os batentes das janelas balançavam à mercê do vento e nas paredes prosperava um musgo viçoso que já deslocara várias pedras. Aquele local devia estar desabitado havia anos, muitos anos.

Pelo menos um século, pensou Adhra. Reis, a maga proprietária daquele casebre, havia morrido, justamente, quase cem anos antes.

Jamila pousou no apertado espaço entre a cachoeira e a pequena casa, e Adhara desmontou devagar, os ossos doloridos e a pele ardendo de febre.

Entrou naquela choça como se estivesse botando os pés num santuário. Talvez, em algum lugar, ainda houvesse algum rastro de Nihal. Era a primeira vez que visitava um local pelo qual a heroína passara, e isto lhe dava uma estranha sensação. Tinha a impressão de percebê-la pairando no ar, como uma presença tênue e impalpável. Às vezes pensava que teria gostado de falar com ela, partilhando com alguém parecido o ônus daquele destino, perguntando se ela também ficara com medo, se porventura se sentira acuada e se, apesar de tudo, ainda era possível ser livre.

Lá dentro havia cheiro de mofo e podridão. Tudo estava se decompondo, desde os livros até os móveis carcomidos e quebrados. Os pergaminhos no chão, inchados e cheios de escritas incompreensíveis, formavam uma espécie de viscoso tapete no qual os pés escorregavam. Pendurados no teto havia molhos ressecados do que no passado deviam ter sido ervas, agora dissolvidas. Ainda havia uns restos de cor indefinida, mas reconhecíveis, no chão.

Adhara mexeu-se devagar naquela desolação. As marcas que o tempo deixara na casa a inquietavam. Porque seu corpo havia sido salvo daquela mesma consumação, para a qual algum dia voltaria. Percebia um presságio de fim iminente.

Foi direto para as pequenas plantas e as ânforas. As etiquetas eram praticamente ilegíveis, corroídas pela umidade. Por sorte, alguns dos recipientes traziam inscrições pintadas, que melhor haviam resistido aos anos, assim como seu conteúdo selado. Adhara não demorou a encontrar o que procurava.

Preparou uma compressa contra a febre, acendeu o fogo e comeu alguns dos mantimentos que tinha no alforje: umas tiras de bacon e uma fatia de pão preto.

Finalmente acomodou-se no chão, num pequeno quarto adjacente ao da biblioteca. Pegou uns cobertores puídos que encontrou num baú e uma almofada. O pano era fino e poeirento, e quase se desfazia entre as mãos, mas ainda assim, logo que ficou deitada, sentiu-se melhor. O fogo agonizava num braseiro, mas conseguira transmitir à casa algum calor.

Adormeceu na mesma hora, com a mente esvaziada de todo pensamento. Dali a alguns dias teria de enfrentar a prova do santuário, e tudo se encaminharia para o fim. Mas agora só havia lugar para aquele tepor que aquecia suas juntas, para aqueles cobertores puídos que cheiravam a mofo e para a almofada macia sob a cabeça.

No dia seguinte já estava melhor. Jamila cumprimentou-a com um rugido, olhando para ela através dos buracos do telhado.

Adhara passou o tempo procurando descansar o máximo possível. Remexendo pela casa, encontrou um mapa bastante detalhado da Terra da Água. Lembrava quase de cor o relato das façanhas de Nihal. Sabia que se tratava do livro que Senar escrevera a respeito. Comparou as lembranças com o que estava vendo no mapa, e não teve dificuldade em encontrar a localização do santuário. Calculou que a viagem levaria mais ou menos seis dias.

Preciso chegar lá em quatro dias no máximo, disse a si mesma, enquanto se preparava para a última noite de descanso.

No dia seguinte abriu os olhos antes mesmo do alvorecer. Jamila dormia tranquila.

Foi acordá-la delicadamente.

– Já estamos quase chegando, não falta muito. Preciso de mais um esforço seu. Quatro dias, não mais que quatro dias para chegarmos à meta. Acha que vai conseguir?

Jamila fitou-a com seus olhos verdes, e Adhara soube que o animal não a trairia.

– Então vamos – disse, pulando na garupa. Mais um rugido e lá estavam elas voando no céu.

Pouco a pouco, abaixo das duas, foi se desenhando uma maranha de rios e regatos. A fraca luz daqueles gélidos dias de inverno fazia com que brilhassem como fitas de prata. O panorama trouxe-lhe à memória a primeira viagem com Jamila. Tudo se enroscava sobre si mesmo, mas embora estivesse voltando às origens, tudo era diferente. Diferente o Mundo Emerso, diferente o motivo da viagem.

No quarto dia estava voando por cima dos pântanos.

A paisagem inteira encontrava-se envolta por uma neblina baixa e impenetrável e por um penetrante cheiro de podridão. O solo, visível onde os bancos de bruma rareavam, estava encharcado de água malcheirosa. Da compacta camada de névoa despontavam, vez por outra, esqueléticas árvores, negras, parecendo traços de lápis suspensos entre a terra e o céu. Era ali que Nihal começara a sua viagem, e era ali que ela iria concluir a própria jornada.

– Vamos descer – disse, baixinho, ao dragão. O animal sobrevoava o lamaçal, dando amplos círculos, com as asas que roçavam na espessa neblina, que se levantava em efêmeras volutas.

Jamila planou na névoa. Mal dava para ver o chão, mas Adhara pulou mesmo assim da sela. As botas mergulharam na lama até a panturrilha. Caiu para a frente e as mãos afundaram até os pulsos. Arrastou-se no lodo, enquanto uma força desconhecida parecia sugá-la e grudá-la no solo, até encontrar uma árvore. Agarrou-se nela com todas as forças e conseguiu soltar-se do pântano. Ficou parada por alguns instantes, tentando recuperar o fôlego.

Enxaguou as mãos com a água do cantil e tirou da mochila o mapa que encontrara na casa de Reis: tinha marcado com uma vistosa cruz a zona onde devia estar o templo. Olhou em volta. Orientar-se era simplesmente impossível. Os alagadiços estendiam-se até o mar por muitas milhas, sem qualquer mudança perceptível na paisagem.

Adhara apoiou as costas no tronco e fechou os olhos, procurando regularizar a respiração. Era uma Sheireen, exatamente como Nihal, e de alguma forma o Talismã do Poder fazia parte do seu ser. E, além do mais, era uma criatura de Shevrar, tinha de dar-se conta do santuário.

Esforçou-se ao máximo e, finalmente, sentiu alguma coisa. A sombra de um chamado, como o perfume de um molho de flores que permanece num aposento mesmo depois que elas já murcharam. Aquele lugar era assim mesmo. Vibrava numa magia adormecida, mas ainda viva.

Adhara deu uns passos, de olhos fechados, com as mãos esticadas diante de si, só guiada por aquela estranha sensação. Não precisou ir longe.

Visualizou-o na mente, assim como Nihal o vira quase cem anos antes. Um prédio maravilhoso, feito de pura água: os frisos eram remoinhos, os pináculos, jorros, as paredes, cachoeiras. Era a imagem de algo esplêndido e perfeito, um toque de vida e de esperança no meio daquela plana extensão de morte. Abriu os olhos, mas diante de si via mais neblina, mais lama. Mas o templo estava lá, sabia disto.

Agora, uma prova a ser superada esperava por ela.

Remexeu na mochila, seus dedos tremiam, e pegou a ampola.

No meio daquela opacidade cinzenta, o líquido que continha também perdera o seu brilho, parecendo agora quase opalescente. Teve a impressão de vislumbrar uns reflexos avermelhados, cor de sangue, e teve medo.

Não posso titubear. Meriph demonstrou ser digno de confiança, disse a si mesma para criar coragem.

Destampou o vidrinho. O silêncio era total, tanto assim que o barulho da rolha sendo puxada pareceu um estrondo ensurdecedor. Engoliu o líquido de um só gole, sem exitar. Era tão doce que a deixou enjoada. Então jogou fora a ampola e ficou parada, esperando.

Nada mudara, tudo era como antes.

Não sentia coisa alguma fora do comum, seu corpo respondia como de costume.

Não funciona. Ou então é menos assustador do que eu esperava.

Nem teve tempo para concluir o pensamento. A dor chegou toda de uma vez, avassaladora. Explodiu no seu peito forçando-a a dobrar-se, a mão direita agarrando o coração. Escancarou a boca, à cata de ar, caiu ao chão, aniquilada. Percebeu o lodo que envolvia seu corpo, apertando-a num abraço gélido e pegajoso. Não conseguiu esquivar-se. Os seus membros já não respondiam.

Vai acabar, e então ficarei melhor. Não vai durar, e então alcançarei o templo.

Não conseguia pensar em outra coisa, mas a sua agonia era infinita. Ficou de olhos arregalados, olhando para o céu, enquanto a dor ia apagando devagar a consciência. Perdeu o domínio dos próprios pensamentos, enquanto um vórtice a sugava para baixo.

Virou a cabeça para trás, num derradeiro espasmo: estava tudo acabado, tinha de aceitar a evidência.

Estou morrendo. Meriph enganou-me. Não há santuário nenhum esperando por mim do outro lado.

Uma raiva infinita encheu seu peito por mais um último, interminável momento. Então o cinza da neblina tornou-se preto, e tudo perdeu-se no nada.

24

SALAZAR, MAIS UMA VEZ

Amina observou as Montanhas Negras que se destacavam ao longe, no horizonte. Na fraca luz do entardecer pareciam poços escuros, a não ser pelos reflexos dos veios de cristal que as marcavam. Dava a impressão de ver as luzes de inúmeras pequenas aldeias empoleiradas nas encostas, embora ninguém morasse naquelas íngremes vertentes.

Lembrou que Nihal tinha uma espada de cristal negro, um material que talvez viesse justamente das minas daquelas montanhas. Não recordava exatamente a história, mas uma boa parte do cristal negro do Mundo Emerso vinha de lá. Pensou que ela também gostaria de ter uma espada invencível, que muito lhe agradaria ser uma heroína, salvar o mundo e ter um grande amor esperando por ela depois da batalha. Mas já fazia um bom tempo que parara de acreditar nos contos de fadas. Apesar de tudo, porém, continuava sendo uma mocinha de treze anos um tanto perdida, precocemente adestrada nas artes dos assassinos e dos espiões. Uma Guerreira das Sombras que nunca tinha enfrentado um combate, uma princesa sem reino.

Nenhuma batalha campal para salvar o Mundo Emerso esperava por ela, mas havia mesmo assim algo heroico naquilo que muito em breve iria fazer, alguma coisa que talvez fosse abalar o ânimo do seu povo. Pois agora a esperança era mais necessária que os guerreiros, e a coragem, mais importante que as armas.

A minha avó diria que sou uma doida e tentaria, sem dúvida, dissuadir-me, pensou com um sorriso triste. Mas às vezes um pouco de loucura cai bem, concluiu.

Enrolou-se na capa, apoiou a cabeça nos joelhos. Baol, não muito longe dela, vigiava encostado num dragão.

Amina forçara-o a contar como o corpo da avó balançava com qualquer sopro de vento. Nenhum detalhe devia ser-lhe poupado, pois, do contrário, corria o risco de enlouquecer de dor. Quisera saber da desolação que reinava no que sobrava da torre de Salazar, com suas mil janelas negras como as órbitas vazias de uma caveira. Passara todos os dias da viagem imaginando aquela cena, para deixar crescer a raiva de que precisava para levar a cabo o seu intento. Mas vê-la com os próprios olhos foi outra coisa, algo muito diferente.

Ela e Baol se esconderam numa pequena clareira no meio da floresta, apenas o suficiente para o dragão que os levara a Salazar conseguir pousar. Fora-lhes emprestado por um Cavaleiro de Dragão ferido, que no momento não podia combater. Ele mesmo convencera o animal a enfrentar a missão sozinho, levando nas costas o peso daqueles dois estranhos. Planar para o topo da torre na garupa de um dragão, no entanto, iria torná-los visíveis demais, e as sentinelas iriam alcançá-los num piscar de olhos com suas vivernas. Precisavam agir com o maior cuidado: a única esperança que tinham de não ser interceptados pelos guardas era deixar o dragão na floresta e prosseguirem a pé, protegidos pela escuridão da noite.

Daquela distância, o corpo de Dubhe não passava de um pontinho escuro no topo da torre. Mesmo assim, Amina identificou a avó na mesma hora. E apesar de não poder ver-lhe o rosto, ou distinguir os traços, sabia exatamente como devia parecer o seu semblante agora, e reconheceu os seus trajes de Guerreira das Sombras. O lento balouçar dos seus membros, seus braços esticados no vazio tinham algo de obsceno, de sacrílego. Não conseguiu evitar: teve de dobrar-se e vomitar à beira do caminho. Baol acudiu logo para socorrê-la.

– Podemos ir embora quando quiser, se preferir – murmurou, com doçura.

Amina virou-se de chofre.

– Não, não agora que vi. – Pegou o cantil, levou-o aos lábios e bebeu, enxaguando a boca. – O plano continua o mesmo. Esperaremos que anoiteça, e aí agiremos.

Baol suspirou. Amina manteve fixo nele um olhar altivo, cheio de determinação.

– Como quiser – disse ele.

O sol pintou de vermelho a planície, um vermelho que sabia a sangue e morte. Amina e Baol, em silêncio, viram-no mergulhar no mar de grama. Talvez fosse o último pôr do sol da vida deles. Amina sentiu um arrepio de excitação correr pela espinha. Não podia evitar a sutil ansiedade dos últimos momentos antes da batalha, aqueles instantes em que todas as coisas parecem, de repente, mais verdadeiras e intensas. Mais uns poucos pedaços de bacon comidos em silêncio, o ritual do preparo das armas, e finalmente a espera. Do pôr do sol, da noite, talvez da morte. Tudo assumia um estranho sentido, antes de um desafio mortal. Ficou imaginando se a avó também experimentara aquela sensação, se, apesar dos inúmeros campos de batalha que pisara e das missões que levara a cabo, para ela também fora daquele jeito.

Vou conseguir, disse, com firmeza, para si mesma.

Pouco a pouco o céu perdeu a cor, numa pungente sequência de matizes cada vez mais escuros. Amina sentia-se como uma corda tensa demais, que a qualquer momento podia partir-se. Mas confiava na experiência de Baol, em todas as ações militares que tinha levado a cabo.

– Pouco barulho e muito poucas vítimas: são os dois imperativos desta missão – disse para ela. – A nossa única esperança é passarmos despercebidos.

Sacou o punhal, e Amina fez o mesmo. A mão dela tremia levemente.

– Procure manter-se calma. Feche os olhos e respire fundo. – Amina obedeceu. – Pense que depois de dar o primeiro passo nada mais terá importância. Será tarde demais para voltar atrás, só poderemos seguir em frente. A partir daquele momento, você estará viva e morta ao mesmo tempo, pois vida e morte serão equivalentes.

Amina voltou a respirar fundo, como lhe haviam ensinado durante o treinamento. Uma calma glacial tomou conta do seu peito: já não tinha medo, a excitação desaparecera. Sentia a mente afiada como uma lâmina, os sentidos alerta, o corpo no máximo da eficiência.

– Estou pronta – disse.

As portas da cidade estavam trancadas, entrar por ali seria uma verdadeira loucura. Mas Baol já visitara Salazar antes, não era a primeira vez que se empenhava numa missão na cidade-torre, e conhecia o lugar como a palma da sua mão.

Margearam as muralhas até chegarem ao lado oposto em relação à porta. Baol apalpou a parede, testando a superfície. A lua estava reduzida a uma minúscula foice, o breu era quase total. Mas não para eles. Fazia um bom tempo que os Guerreiros das Sombras usavam um filtro que permitia aguçar a capacidade visual noturna. Os dedos do homem pararam de repente. Pressionou uma fenda quase invisível, até deslocar a pedra. Outras tantas caíram na grama com um baque surdo. Ambos ficaram imóveis, esperançosos de que ninguém tivesse ouvido. Não perceberam qualquer barulho, nem de passos nem de vozes.

– A vigilância é bastante precária – confirmou Baol, num sopro. – Mais da metade da torre está vazia e tampouco há muitas sentinelas.

Diante deles abriu-se uma estreita passagem. Baol fez sinal para Amina ir na frente. Ela enfiou-se na abertura sem maiores problemas, enquanto ele, cujo tórax era mais avantajado, custou a passar.

Movimentaram-se no escuro, rápidos, pois Baol sabia perfeitamente onde estavam: num velho armazém de tecidos abandonado. Um local, ele imaginara, onde ninguém iria morar, uma vez que a cidade estava cheia de casas mobiliadas.

Fora uma jogada arriscada, mas ele ganhara a aposta.

Encontrou a saída na primeira tentativa. Só demorou uns instantes para a fechadura estalar docilmente sob os seus instrumentos. Limitou-se a entreabrir a porta e ficou à espera: nenhum ruído. O caminho estava livre.

Saíram cautelosos, caminhando rentes ao muro. Depois de umas voltas, desembocaram num amplo corredor com algumas janelas abertas que davam para um pátio interno. Tinham chegado, obviamente, a uma das ruas principais que davam toda a volta na torre, subindo até os andares superiores.

Salazar parecia uma cidade fantasma. As ruas estavam desertas, as casas, silenciosas, as lojas, abandonadas. Mesmo assim, alguém morava naquele lugar, Amina estava ciente disto; quase conseguia perceber a respiração quieta dos elfos atrás das paredes, sentia a sua asquerosa presença.

Depois de passar por um labirinto de corredores, chegaram a um amplo aposento. Havia uma porta no fundo. Baol aproximou-se e encostou o ouvido na madeira. Procurou então dentro da sua mochila. O coração de Amina deu uma cambalhota. Alguém estava lá dentro, então.

O companheiro entregou-lhe uma pequena máscara, parecida com a usada pelos Caridosos como proteção do nariz e da boca, mas menos vistosa. Ele também colocou uma no rosto. Sacou uma ampola da bolsa, enfiou-a delicadamente no buraco da fechadura e quebrou-a. Surgiu uma fumaça azulada que ele procurou afastar para o outro lado. Esperou uns poucos instantes, então forçou a porta. Estavam dentro do aposento.

Era a fundição de Livon, o pai de Nihal, explicou Baol. Fazia muitos anos que havia sido reconstruída como se imaginava que fosse originalmente, quase uma espécie de museu. Várias pessoas costumavam visitá-la, levando flores. A lembrança de Nihal continuava muito viva no Mundo Emerso.

– Acabou sendo destruída durante a guerra: agora só parece vagamente com o que foi naquela época – acrescentou.

– É o lugar onde Nihal se criou, não é verdade? É o chão onde os seus pés pisaram – comentou Amina.

– Isso mesmo. Estas paredes viram Nihal crescer, muitos anos atrás.

No cômodo reinava o caos mais total. Todos os utensílios estavam jogados no chão, e as reproduções das espadas haviam sido quebradas. Um gesto de escárnio para a heroína que os elfos desprezavam. Amina pensou que Nihal não era muito mais velha que ela quando matara, ali mesmo, os dois fâmins que lhe haviam assassinado o pai. Olhou para o chão, quase procurando os vestígios daquele sangue. Baol tirou-a dos seus devaneios indicando alguma coisa.

No outro cômodo, na cama, jazia um elfo. Parecia profundamente adormecido, sinal de que o filtro funcionara. Baol foi remexendo na porta e a trancou com um pesado ferrolho de aço para impedir que os guardas os perseguissem. Então foi direto para o outro lado do quarto. Apanhou uma maça no chão e deu um só golpe seco: abriu-se uma fenda que ele alargou delicadamente com as mãos, procurando fazer o menor barulho possível. Ouviram passos se aproximando da porta. Precisavam apressar-se.

Baol enfiou-se na abertura, e Amina foi atrás. Estavam dentro de uma passagem secreta, que corria toda em volta do lado externo das muralhas, e prosseguiram rapidamente para cima. Sabiam que não dispunham de muito tempo. Se demorassem só haveria, à espera deles, a morte pelas mãos dos homens de Kriss.

A passagem levou-os a um aposento de teto baixo, com uma pequena escada de caracol num canto.

– Vou primeiro – disse Baol, sacando o punhal.

Subiu a escada com cuidado, e Amina fez o mesmo, com a arma que tremia entre os seus dedos.

Após uns poucos degraus encontraram um alçapão fechado com um trinco enferrujado. Baol recorreu aos seus utensílios e começou a trabalhar, cada vez mais nervoso. A coisa parecia levar mais tempo do que previra.

– Maldição – praguejou, afinal. – Está enferrujado, não funciona.

A passagem que acabavam de percorrer era usada pelos Anciãos da cidade como rota de fuga em caso de perigo, e por isto mesmo ficava perto das suas moradas. Era ali que o lugar-tenente de Kriss residia desde que o monarca decidira voltar à frente de batalha. O lugar devia estar cheio de guardas.

Baol olhou para ela, e Amina sentiu o sangue gelar nas veias. Pela primeira vez percebeu que a missão não tinha a ver somente com ela, como até então acreditara. Havia mais uma pessoa que estava arriscando a própria vida. Foi então que a sua segurança vacilou, e ela compreendeu com clareza as palavras que Baol lhe dissera pouco antes de partirem. Agora, de fato, era tarde demais.

O ruído do trinco que estalava e do alçapão que se abria tirou-a dos seus pensamentos. Baol pulou para dentro da abertura e ela fez o mesmo.

No começo pareceu não haver ninguém. Estavam numa espécie de praça circular, cercada por uma porção de portas idênticas. Num canto, uma escada: o acesso para a cobertura.

A minha avó está lá em cima, pensou Amina, com um arrepio.

Os primeiros dois guardas apareceram correndo, de lanças em riste. Baol agiu de impulso. Cortou a garganta do primeiro, segurou a lança do elfo e, com ela, trespassou o outro. Então preparou-se para o ataque, segurando a arma do adversário.

– Suba! – gritou. Amina ficou petrificada. Não era a primeira vez que se via metida num combate, mas antes havia sido com Adhara, naquele período confuso e desesperado que se seguira à morte do pai. Tudo era diferente então, e ela não tinha uma noção clara do que estava acontecendo.

As lembranças do treinamento a dominaram totalmente, junto com a consciência de que agora teria de matar de verdade. Saberia dar conta do recado?

– Suba logo, ou será tudo inútil! – berrou Baol. Mais dois guardas. O primeiro feriu-o num braço, arrancando dele um gemido de dor. Amina mal conseguiu sufocar um grito. Queria dizer que não podia ir sem ele, que sozinha jamais conseguiria levar a cabo a missão e que, principalmente, não podia deixá-lo morrer por ela.

Mas, no entanto, de alguma forma entendeu que Baol sabia desde o começo qual seria o seu papel naquela história, e que só pelo momento que ela estava vivendo agora a acompanhara naquela façanha insana.

Amina correu escada acima, pulou no terraço, chegou ao parapeito. Ouviu o barulho de passos nos degraus. Haviam-na alcançado. Percebeu o deslocamento do ar, curvou-se. A lâmina passou por cima dela, cortando uma mecha dos seus cabelos. Rodou sobre si mesma, golpeou com o punhal na altura dos joelhos. O guarda caiu, berrando. Acertou-o de impulso, num flanco, e jogou-se para duas estacas fincadas no chão. As tiras que sustentavam a avó estavam lá. Agarrou uma das botas para trazê-la mais perto, cortou a primeira tira. Sentiu o pé escorregar entre as mãos, para baixo. Mais guardas, demasiados para ela.

Debruçou-se, com uma das mãos segurando a outra bota. Seu corpo aderia ao de Dubhe, uma sensação terrível, pois percebia que já não havia vida naquela carne, que tudo que amara naquela pessoa já não animava aqueles músculos e aqueles ossos. Era exatamente como Baol dissera: aquele corpo já não tinha coisa alguma a ver com a sua avó.

Mas agora tinha de agir. Cortou de um só golpe a última correia e tirou do alforje um instrumento parecido com um corno. Encostou os lábios no bocal e soprou com todo o fôlego que tinha nos pulmões. O dragão respondeu ao chamado, levantou voo da clareira na floresta e chispou para ela. Amina segurou-se nas costas do animal com todas as suas forças, e o bicho rugiu, pairando alto no céu.

Por um momento, Amina fechou os olhos. Só quando os reabriu percebeu que, ao seu lado, deitado no pescoço do dragão, estava o corpo da avó. Salazar, por sua vez, já estava longe.

25

JHARAELON

Adhara tomou fôlego como se aquele fosse a primeira respiração da sua vida. Arregalou os olhos, indecisa entre terror e surpresa. Ainda se lembrava das últimas sensações que experimentara, a consciência de estar prestes a morrer e de ter sido traída. Apalpou o corpo com a mão boa. Sentir a consistência da carne acalmou-a.

Puxou-se vagarosamente para cima e olhou em volta. Ainda estava no pântano, a mão metálica afundava na lama até o pulso, metade das pernas ainda estava no lodo. Mesmo assim, tudo era diferente. O terreno era de um vermelho sangrento, uma cor tão viva que parecia irreal. O céu, que mal se vislumbrava através dos bancos de névoa, era de um roxo esmaecido, e a própria neblina não era branca, mas sim de um esverdeado azedo e doentio.

Seu coração disparou. Esfregou os olhos, emporcalhando-os de lama, tanto assim que teve de usar o dorso da mão para limpá-los. Ficou de pé. Tinha acabado num lugar que era um verdadeiro pesadelo. Ouviu chamados de animais, diferentes de todos que conhecia. Um rugido ao longe, um som amortecido mais perto. Mas não via qualquer criatura.

Começou a andar. Os pés custavam a se levantarem do lodo, e a neblina confundia todas as coisas.

Então o viu.

No começo, só os contornos indefinidos surgiram na neblina, mas à medida que se aproximava os detalhes ficaram mais claros. Era uma construção quadrada e imponente, cercada por pináculos que apontavam para o céu. A superfície agitava-se numa maranha de vórtices que apareciam e desapareciam sem parar, desenhando o perfil móvel de complicados frisos. Na majestosa fachada abria-se uma grande ogiva, estreita e muito alta, escura como a noite.

Foi então que ela entendeu: a poção de Meriph tinha funcionado. Porque num cantinho escondido da sua memória aquele lugar já existia. Adrass devia ter inculcado na sua mente a descrição dada por Senar no seu livro, e, além do mais, aquele templo era patrimônio espiritual das Sheireen como ela. Era Aelon, o santuário da Terra da Água. Aproximou-se e teve a confirmação disto. Na arquitrave da porta havia uma escrita em caracteres austeros: Jhar Aelon.

A Outra Aelon, traduziu mentalmente.

O lugar, no entanto, era bastante diferente do que se lembrava. A Aelon que Nihal e Senar tinham visitado era um lugar maravilhoso, imbuído de magia benéfica e pura. Recordava que era feito inteiramente de água, e quando a Sheireen tentara apalpar as paredes, seus dedos afundaram naquele líquido cristalino.

O material de que era feito Jhar Aelon, por sua vez, parecia partilhar com a água a consistência, mas era de um vermelho vivo, intenso. Daria para pensar que era sangue, não fosse pela extrema transparência. Embora a forma do santuário fosse a mesma do visitado pela precedente Sheireen, este tinha agora um ar perturbador.

Adhara aproximou-se circunspecta. Meriph não fora claro a respeito do que esperaria por ela na outra realidade. Ficava imaginando qual poderia ser o sentido das estranhas características daquele lugar e do nome Jhar Aelon, que pareciam aludir a uma entidade que era e não era Aelon ao mesmo tempo.

Chegou, finalmente, diante da entrada. Apesar de só estar a um passo do limiar, além dele só conseguia enxergar escuridão. O líquido de que o edifício era feito borbulhava e chocalhava, produzindo sinistros ruídos enquanto escorria pelas paredes. Adhara apertou os dedos no cabo do punhal, então criou coragem e entrou.

O interior estava dividido em três naves por duas fileiras de colunas que se retorciam para cima em rápidos turbilhões. Soltavam reflexos amarelados, como que animadas de um fogo interior. Tudo era formado pelo mesmo líquido de que eram feitas as paredes, até o piso. Através dele, e apesar das espessas solas das botas, Adhara recebia uma sensação de calor quase insuportável.

O ambiente não era particularmente largo, mas estranhamente comprido, tanto assim que nem se conseguia ver o fim da nave. De qualquer maneira, Adhara tinha certeza disto, era justamente naquela longínqua extremidade que acharia o punhal, assim como Nihal tinha encontrado Ael e a pedra.

Avançou determinada, mas também cautelosa, a lâmina desembainhada firme nas mãos. Estranhamente, seus passos retumbavam, apesar de o chão não ser sólido.

No começo, aquele foi o único ruído que a acompanhou, junto com o gorgolejar do líquido que não parava de escorrer. Depois começou a ouvir risos abafados. Eram risadinhas de escárnio, ferozes, estrídulas. Adhara ficou em posição de combate. Era impossível, entretanto, determinar de onde o inimigo apareceria: ao seu redor, não demorou a formar-se um verdadeiro florilégio de vozes, murmúrios e gritos que a envolviam completamente. Era como se as próprias paredes estivessem falando. E foi delas que surgiram rostos demoníacos, grotescos, torcidos em caretas que nada tinham de humano. Havia criaturas com dentes enormes, outras com fileiras de presas que despontavam de bocas desmedidas, seres com longos chifres na testa, olhos imensos que brilhavam com múltiplas pupilas.

O primeiro monstro soltou-se da parede. Adhara fendeu o espaço diante dela com o punhal, cortando-o em dois. O ser dissolveu-se no líquido que o compunha, que em parte derramou-se no chão, e em parte respingou nela. Onde ele chegou a tocar na carne, Adhara sentiu fisgadas de dor: queimava como se fosse fogo. Mais monstros aproximaram-se de todos os lados. Ela começou a rodar sobre si mesma com fúria, tentando acertar as criaturas que a ameaçavam, enquanto a água continuava fervilhando em volta. Por algum tempo conseguiu mantê-las a distância, mas elas se reconstituíam sem parar. Arrastavam-se no chão até as paredes, onde subiam para se lançarem novamente sobre ela, num ciclo sem fim.

Então abriu-se uma boca que a engoliu. Adhara acabou inteiramente mergulhada naquele fluido demoníaco. A sua carne queimava, corroída pela substância ácida. O líquido procurava abrir caminho entre os seus lábios, e ela compreendeu que, se conseguisse descer goela abaixo, iria morrer. Tentou esquecer a dor, concentrou-se intensamente em si mesma. A mão metálica se iluminou de uma luz branca e ofuscante. Não precisou formular o feitiço, e manteve os lábios fechados: a bola branca envolveu-a, o fluido foi repelido do seu corpo. Adhara retomou o fôlego. A barreira permanecia erguida entre ela e as criaturas que continuavam a atacá-la, arremessando-se contra a esfera. Mas não conseguiam forçá-la, e o líquido vermelho escorria ao longo da parede evocada pela magia. Isto deu-lhe tempo para recobrar-se: logo que a dor diminuiu, voltou a ficar de pé e lançou mais um encantamento com a mão metálica, envolvendo o punhal com lampejos de fogo.

Com um grito, retomou o combate com renovado vigor. A sua ideia funcionava: a lâmina furava a barreira protetora que criara em volta de si, e o calor das chamas conseguia dissolver os monstros em nuvens de fumaça amarelada. Não demorou para os ataques esmorecerem, até uma voz quebrar o silêncio:

– Como se atreve a trazer o fogo para o reino da água?

Adhara virou-se de chofre. Atrás dela erguia-se uma figura gigantesca: era uma mulher extremamente bonita, feita daquele mesmo líquido de que eram compostos o palácio e as suas criaturas. Seus cabelos dançavam no ar em volutas cada vez mais finas, até roçar nas paredes e no teto do santuário como línguas de fogo. Vestia uma longa túnica, folgada nos pulsos e apertada na cintura com uma tira que parecia feita de sarmentos espinhentos. O rosto era perfeito, e mesmo assim terrível. Os traços estavam contraídos de raiva, as sobrancelhas franzidas. Faltava-lhe um olho e, no seu lugar, havia um buraco negro.

– Ael... – murmurou Adhara.

A mulher riu, uma risada tão poderosa que pareceu estremecer aquele lugar desde os alicerces.

– Jhar Ael – fez questão de salientar. – Já houve um tempo em que era Ael, mas aí apareceram o escuro e a destruição. Desde então, sou outra coisa.

Adhara ajoelhou-se, baixando a cabeça.

– Eu sou Adhara, a última Sheireen.

O rosto de Ael pareceu brilhar de uma ira ainda mais profunda.

– Sheireen? A Sheireen consagrada a Shevrar?

– Como todas as Consagradas – respondeu Adhara, em élfico.

A mulher ficou ainda mais alta e imponente, seus cabelos colaram no teto, com a testa quase roçando nele. Rapidamente tornou-se uma espécie de parede que se interpunha entre ela e o fundo do santuário, na qual se destacava, imenso, o rosto animado por uma expressão insana.

– A Consagrada a Shevrar, como Nihal, aquela que destruiu o templo e desperdiçou o poder do talismã, condenando-me a este terrível exílio!

A sua voz, nesta altura, já era um trovão, e Adhara foi forçada a tapar os ouvidos. De repente, o pavimento tornou-se líquido e ela foi engolida. Mais uma vez a dor, excruciante, enquanto ondas gigantescas arremessavam-na contra as paredes.

Durou uma eternidade, e ela sentiu a quase insustentável tentação de entregar-se, de deixar-se ir. O líquido queimava, as ondas quase tornavam impossível respirar, a cada vez que se chocava com os muros. O corpo explodia numa miríade de fisgadas dilacerantes. Mas não era para isto que chegara até ali, não se aventurara além da morte para acabar daquele jeito.

Com um esforço supremo, agarrou-se numa das colunas, e então começou a galgá-la, até esquivar-se do contato com a água. Foi coisa de poucos momentos. A coluna se tornou líquida entre as suas mãos e ela desmoronou no chão.

– Quem tirou a pedra de você e destruiu o talismã não fui eu! – gritou.

– Mas pertence à mesma raça de quem o fez. O que veio procurar? Mais uma pedra? Ou será que quer a minha vida, desta vez?

A figura feminina voltara a ter um tamanho normal e estava agora diante dela, falando com voz desesperada que parecia pranto.

– Estou procurando o Punhal de Phenor.

Por um momento, o rosto da mulher pareceu aliviado ao ouvir aquele nome.

Adhara procurou aproveitar a deixa.

– Preciso derrotar o Marvash e salvar um amigo. Sem aquela arma, o Mundo Emerso estará perdido.

– O destino do Mundo Emerso nada tem a ver comigo – disse Ael, num tom repentinamente arrazoado. – Já não pertenço àquele lugar. A destruição da pedra de Aelon arrancou-me da minha casa: agora esta é a minha morada, este lugar perdido que só os mais aflitos conseguem alcançar.

– E eu estou desesperada. Enfrentei a morte para chegar aqui.

Ael sorriu com maldade.

– Não, você não conhece a morte. Só passou pelo limiar, mas ainda não entrou nas trevas. Mas pode deixar, eu darei um jeito nisto.

Uma extremidade da sua veste prolongou-se até alcançar a jovem, para então apertar seus tornozelos como um torniquete. Adhara evocou novamente o fogo para a sua lâmina e tentou cortar o líquido que lhe atenazava a carne.

– O fogo não me assusta! Pode afugentar os meus serviçais, mas não a mim! – berrou Ael.

O punhal conseguia evaporar parte do líquido, mas não bastava: filetes ardentes envolveram suas pernas, aprisionando-a cada vez mais. Adhara tentou desvencilhar-se, mas a dor a paralisava. Afinal o aperto fechou-se na sua garganta. Escancarou a boca, mas ficou com falta de ar. Todo barulho se amorteceu, a não ser o som frio e tilintante de uma inexorável risada. Apesar de, aos seus olhos, tudo se mostrar envolto por uma névoa avermelhada, conseguiu vislumbrar Ael sorrindo, de punho fechado contra ela.

Por quê? Por que está fazendo isto comigo, se serve Phenor?

Teve de recorrer mais uma vez àquela tenacidade, àquele cego desejo de viver que a acompanhara desde os primeiros passos da sua viagem. A mão metálica ficou incandescente e espalhou o fogo pelo corpo inteiro. Por um instante, o líquido que a envolvia evaporou-se. Durou pouco, mas foi suficiente.

Adhara rolou sobre si mesma, ficou de pé, então evocou um muro de chamas que envolveu Ael. Ouviu-a gritar, enquanto ela corria para o fundo do santuário, afoita. À sua frente, somente escuridão.

Aquele combate deixara-a inteiramente sem forças. Todo movimento era um inferno de sofrimento e esforço. Atrás dela, os gritos se calaram, apagando-se junto com os reflexos amarelados das chamas.

Finalmente avistou o fundo daquele imenso edifício. A parede apresentava um amplo ornato circular que, através dos seus elaborados enfeites, deixava passar a luz. No meio, havia uma figura feminina, cercada de sarmentos espinhentos, botões de rosa e raios. Adhara reconheceu a imagem: era a mesma que vigiava o esconderijo de Lhyr, Phenor. Só que, ao contrário daquela estátua, desta vez a deusa segurava alguma outra coisa. A forma era inequívoca: o punhal, o objeto da sua busca. A luz projetava no chão a efígie desenhada pelo florão, e exatamente onde tomava forma a imagem do punhal, suspensa no ar, estava a arma que procurava.

Pareceu-lhe que a busca chegara ao fim, tinha certeza de que lhe bastaria levantar a mão para apossar-se do punhal. Tentou esticar o braço. Um muro líquido materializou-se diante dela. Adhara acabou afundando nele, para em seguida ser repelida e cair no chão.

Ael apareceu de novo à sua frente.

– Não é uma arma que qualquer um pode tocar – disse, olhando para ela enviesado.

– Eu posso, sou a Consagrada.

– Nihal foi a última, que os deuses queiram.

– Não é bem assim. A última sou eu.

– Não quero mais ceder às chantagens dos deuses: o que é meu é meu, só meu.

– Continua sendo um Guardião! – berrou Adhara. – Por mais que eles a tenham ferido, e por mais tremendo que seja viver aqui, você continua sendo uma servidora de Phenor, e eu fui consagrada a Shevrar: por que se recusa a ajudar-me?

Ael permaneceu calada. Adhara ficou olhando para o punhal. Podia vê-lo através da parede trêmula que a separava dele: era ainda mais surpreendente que a imagem que tinha visto no livro de Meriph. Reluzia como uma joia, o contraste entre o branco da Lágrima e o preto do cristal era muito nítido, impressionante.

– Possuí-lo tem um preço – disse, afinal, Ael.

– O que for – respondeu, prontamente, Adhara.

– É mesmo? Posso pedir-lhe qualquer coisa?

– Pela pessoa que tenciono salvar estou disposta a enfrentar qualquer sacrifício.

Um lampejo malévolo iluminou o olho de Ael.

– Quero o seu sangue élfico.

Adhara ficou atônita. Não conseguia imaginar qual poderia ser o sentido daquele pedido, nem como poderia satisfazê-lo.

– Quer o meu sangue? Quer que eu morra?

– Quero o que de élfico existe em você. Quem construiu o talismã que aprisionou as pedras foram os elfos, e quem me exilou para este lugar de pesadelo foi um semielfo. Você pagará pelas culpas deles.

– Este seu pedido equivale a uma condenação à morte.

Ael sorriu.

– Não, nada disso. Só a deixarei desprovida da herança élfica que existe em você. Não haverá grandes consequências.

Começou a andar de um lado para outro da nave. Parecia estar se divertindo. Adhara acompanhou seus passos. Sentiu uma sutil inquietação invadir seu coração.

– A não ser uma – acrescentou Ael, virando-se de chofre. – O Punhal de Phenor assim como as pedras que eu guardava são artefatos que só os elfos podem usar.

Um aperto de angústia tomou conta do estômago de Adhara.

– Eu *preciso* usar aquele punhal, só assim poderei salvar Amhal e evitar a destruição do Mundo Emerso.

– Então usará. – Ael aproximou-se e curvou-se até roçar no rosto dela; de perto era ainda mais bonita, linda e cruel de forma intolerável. – Desde que aceite sofrer uma dor indizível.

Levantou-se, afastando-se dela.

– O punhal se alimentará da sua carne, e ao usá-lo você sofrerá, sofrerá muito mais do que pode imaginar. A pessoa de quem fala vale este sacrifício?

Adhara desafiou a malícia daquele olhar.

– Mesmo assim, vai funcionar?

– Se de fato for a Sheireen, como afirma, funcionará.

Adhara apertou o queixo, seus lábios ficaram sutis.

– Que seja. Tire de mim o que desejar.

Ael bateu palmas. Línguas líquidas convergiram para Adhara, insinuando-se em suas narinas, enchendo a sua boca, correndo por baixo da pele. Sentiu-se morrer, enquanto o líquido remexia nela. Pareceu-lhe que algo estava sendo violentamente arrancado do seu corpo.

Em seguida, o líquido retirou-se e ela ficou prostrada no chão, sem fôlego. Ael chegou perto, até dominá-la. Mexeu um dedo e o punhal voou até as suas mãos. Mostrou-o a Adhara, para então deixá-lo cair, perto dela. A jovem ouviu-o tilintar. Estendeu a mão, fechou os dedos na empunhadura.

– Agora terá de ir – disse Ael. – O seu corpo jaz no pântano, como que adormecido. Terá de acordá-lo. Saia daqui e fira-se com o punhal. O seu próprio sangue indicará o caminho.

Depois disso, desapareceu. O santuário voltou a ser silencioso. Adhara levantou-se lentamente e saiu. Logo que chegou do lado de fora examinou o punhal. Segurou-o com a mão metálica, estendeu a sadia. A intenção, a mera ideia de ferir-se, foi suficiente. A partir do cabo, os sarmentos alongaram-se até afundar na carne do seu pulso. Mal conseguiu sufocar um grito. Doía, fazia um mal terrível, uma dor que lhe paralisava o braço, do cotovelo para baixo. Com um supremo esforço de vontade, apoiou a lâmina na carne: umas poucas gotas de sangue caíram no chão. Tudo dissolveu-se naquela mesma névoa esverdeada que envolvia o templo. Adhara caiu, sugada para um abismo sem fundo.

Despertou com o rosto parcialmente mergulhado na lama. Levantou-se, dolorida. Estava novamente no pântano, e parecia que não havia se passado sequer um instante. Olhou para a mão metálica, ainda fechada em volta do punhal. Conseguira. Notou, no meio do braço, dois sinais vermelhos, circulares, onde os sarmentos da empunhadura haviam penetrado na carne. Era assim, então, que a coisa funcionava: o punhal sugava o seu sangue para poder golpear, e ao fazer isto provocava dor. Era o preço a ser pago para salvar Amhal.

Prendeu a arma na cintura. Não a usaria a não ser em casos de extrema necessidade: não tinha a menor intenção de passar de novo pela experiência de pouco antes.

Pegou o cantil, derramou água no rosto. Tinha os cabelos sujos de lama, e os penteou usando os dedos. Foi ao fazer isto que reparou em algumas mechas brancas. Ficou pasma. Nunca tinha tido cabelos brancos. Observou com mais atenção: não só havia várias madeixas brancas, como também desapareceram por completo as azuis.

Empertigou-se, procurou uma poça de água em que se espelhar. Encontrou uma lamacenta que, mesmo suja daquele jeito, permitia que desse uma olhada em si mesma.

Seu olho violeta também tinha mudado de cor. Agora estava embaciado, de um branco mortiço, como se fosse cego.

Apalpou-o com a mão e, de repente, sentiu uma infinita tristeza. Perdera o que lhe havia sido doado por Adrass. Quem forjara seu corpo e dera-lhe nova vida fora ele: modificá-lo significava corromper a obra das suas mãos. Mais alguma coisa do pai se perdera.

Adhara afastou-se da poça, amargurada com o que vira. Passou mais água na cabeça, então colocou a tiracolo a mochila. Chega de lástimas. Estava na hora de dedicar-se à última parte da sua longa viagem.

26

A HERANÇA DE DUBHE

Já estava quase alvorecendo quando Amina chegou às portas de Nova Enawar. Tinha levado a cabo a viagem o mais depressa possível, forçando o dragão ao máximo da sua velocidade.

Os elfos foram pegos de surpresa, evidentemente despreparados para uma retaliação como aquela: depois da destruição da Terra do Vento e das inúmeras pequenas vitórias que estavam conseguindo no campo de batalha, talvez já considerassem os inimigos conformados. Amina pudera então aproveitar a inesperada vantagem dirigindo-se como uma alucinada para os confins com a Terra dos Rochedos, mais uma vez em território amigo. Graças a uma nevasca, deixara os elfos para trás nos Montes de Daress. Exausta, tinha finalmente levado o dragão a pousar. O frio penetrava nos ossos.

Dormira a noite inteira, apoiada no corpo quente do animal, ninada pelo seu coração poderoso. O seu último pensamento fora em Baol. Nas primeiras horas da sua fuga pensara na hipótese de voltar atrás. Não podia deixá-lo entregue ao seu destino, só graças a ele conseguira ter sucesso na sua empresa. Mas tivera de desistir. A tentativa teria significado morte certa, e de que adiantara então o sacrifício do amigo? O fiel escudeiro estava certo: ela era tudo que sobrava de Dubhe, e precisava viver por aqueles que tinham morrido. Enquanto estivesse viva, nenhum deles seria esquecido.

Pensou no terrível peso daquela nova consciência que a avó lhe doara: se ela ainda tivesse continuado a ser a velha Amina, teria morrido em Salazar na tentativa de salvar Baol. Mas Dubhe lhe ensinara que é preciso viver, mesmo quando isto machuca. E Baol gravara com letras de fogo este ensinamento em sua cabeça.

Nunca vou esquecê-lo foi o último pensamento com que se despediu do escudeiro antes de adormecer. Logo acima dela, o corpo da avó jazia, largado, na garupa do dragão.

Na manhã seguinte encontrara-o coberto por uma espessa camada de neve. Livrara-o cuidadosamente daquela gélida mortalha, acariciando as formas tão amadas. Fora como redescobri-la, como dizer-lhe finalmente adeus. Os dias todos que passara pendurada nas muralhas de Salazar não alteraram a sua aparência: obra da magia, provavelmente, e embora não tivesse certamente sido a compaixão a mover a mão do mago que evocara o encantamento, no fundo do coração Amina ficou-lhe grata. Não lhe seria possível tolerar a imagem daquele corpo se decompondo, não teria suportado aquela última afronta que lhe revelaria como tudo, no fim, acaba morrendo e apodrecendo, só deixando atrás de si poeira e uma vaga lembrança.

O resto da viagem foi mais tranquilo, mas lá de cima Amina teve a possibilidade de avaliar com clareza o tamanho da derrota. Só se ausentara por pouco tempo, mas a situação já tinha mudado. Teve de dar uma volta maior do que planejara, pois os elfos haviam conquistado uma boa parte da Grande Terra, e só faltavam mais umas poucas milhas para chegarem a Nova Enawar. Por outro lado, o irmão dela já não residia na cidade, pois se mudara para Makrat. A sua saída tinha, provavelmente, enfraquecido aquela zona.

Deu amplas voltas por cima da cidade, para que todos pudessem vê-la. Imaginou os oficiais se debruçando nas janelas do Palácio do Exército e o pessoal que ficava na porta de casa para admirar o grande dragão que rugia ao vento. Queria-os todos do lado de fora, ao ar livre. Pois era com aquele pequeno gesto insignificante que começaria a desforra.

Aterrissou no pátio do Palácio do Conselho. Deixou o dragão rugir mais uma, duas, três vezes. Os habitantes da cidade reuniram-se em volta, no começo indecisos, depois cada vez mais numerosos. Amina encarou-os, altiva, embora seus olhos ainda estivessem vermelhos de pranto. Esperou até uma razoável multidão se juntar, os soldados também chegarem, e com eles os generais e os seus companheiros, os Guerreiros das Sombras. Só então desceu da garupa do dragão e puxou com alguma dificuldade o corpo da avó para baixo. As pessoas pareceram reconhecê-lo, pois ouviu primeiramente um murmúrio de surpresa, logo em seguida substituído, quando a garota levantou os olhos, por um atônito silêncio.

Amina colocou o cadáver no chão, delicadamente, com amor. Ajeitou-o de braços cruzados no peito. Não estava com medo, embora em todo o redor houvesse agora um montão de gente, apesar de nunca ter falado em público antes. Apontou para o corpo da avó.

– Há quase um mês, a nossa rainha foi, sozinha, desentocar o inimigo. – Calou-se, esperou que suas palavras fossem perfeitamente entendidas pela multidão. – Passara a vida inteira procurando nos defender, governando-nos e amando-nos: fizera isto como soberana e como chefe da ordem combatente à qual eu mesma pertenço, os Guerreiros das Sombras. Há algum tempo também fazia isto em segredo. Todos vocês ouviram falar do assassino misterioso que ceifava os nossos inimigos. Era ela.

A multidão permanecia calada, e Amina saboreava aquele silêncio.

– Decidira tomar uma poção que a tornava novamente jovem durante o curto prazo da missão, e desta forma continuava a nos proteger, numa luta desesperada e solitária. – A sua voz estremeceu. – Sabia que aquele filtro a levaria ao túmulo, mas não se importava: éramos o seu povo, e por nós estava pronta a sacrificar qualquer coisa. E naquela tarde tomou o último gole da poção, na certeza de que nunca mais voltaria. Mataria Kriss e libertaria todos nós: morrer deste jeito era um preço mais que justo a pagar.

Olhou de relance para o cadáver aos seus pés. Aquela carne já não era a sua avó. Agora que podia descansar em paz, não passava de um corpo frio; ela estava alhures, finalmente livre.

– Quase um mês atrás a rainha morreu por nós – disse, quase gritando. – Não teve sucesso no seu propósito, e o elfo que ela tencionava matar mandou que fosse pendurada no topo das muralhas de Salazar. Em seguida enviou mensageiros a todo canto para que todos nós ficássemos cientes de que a nossa rainha tinha morrido pelas mãos dele, e que ele podia fazer com o seu corpo o que bem quisesse. E aquele corpo ficou ao seu dispor até hoje.

A sua garganta começava a doer, mas o silêncio dos ouvintes impelia-a a continuar falando:

– Ninguém teve a coragem de ir buscá-la. Depois de tudo que acontecera com ela e com a Terra do Vento, sentimo-nos fracos, incapazes de reagir. Pensamos que para nós a guerra já acabara e que só nos restava esperar a morte. Trancamo-nos em nossas casas, à espera do fim. E enquanto isto a rainha continuava pendurada nas muralhas inimigas.

Retomou o fôlego. Agora chegara o momento mais difícil.

– Mas eu não tenciono render-me. Porque é isto que a minha avó me ensinou, naquela noite em que foi desafiar o inimigo sozinha. Tentou nos mostrar que Kriss é apenas um elfo e que como tal pode ser derrotado. E eu acreditei nisto, junto com ela.

Deu um passo adiante.

– Eu fui a Salazar com um herói que se chama Baol: alcançamos o telhado da cidade e mantivemos a distância os adversários. Pois alguém tinha de fazê-lo, porque já faz tempo demais que sofremos. A peste nos transformara em inimigos, tornara-nos temerosos e desconfiados, mas a doença acabou! E não há *nada* de inexorável naquilo que está acontecendo! Kriss parece invencível porque paramos de lutar! Todos nós! Eu fiz a minha parte, e sou apenas uma jovenzinha. Consegui tirar das mãos do inimigo a sua presa mais preciosa. E se eu consegui, então vencer é possível!

O eco das suas palavras ressoou sobre os telhados da cidade.

– Nesta guerra, somos todos importantes, porque estamos todos ameaçados. E não ter medo é algo que cada um de nós pode fazer, é a tarefa extraordinária que estes tempos exigem da gente. Enterraremos dignamente a rainha porque ainda somos o seu povo, e seguiremos o seu exemplo. Talvez os deuses não estejam conosco, mas tampouco estão com Kriss: os deuses apoiam quem segura a espada e a levanta até a morte para defender a si mesmo e a sua gente.

Desembainhou o punhal, devagar. Ainda estava manchado de sangue. Prostrada pelo cansaço e pela dor, tinha esquecido uma das lições mais importantes que lhe haviam ensinado desde que se tornara um Guerreiro das Sombras: cuidar das próprias armas, sempre. Mas neste momento não tinha importância, agora até mesmo aquele sangue coagulado tinha um sentido.

– Eu estou com a rainha! – gritou.

As primeiras vozes soaram flébeis, indecisas. Talvez fossem algumas crianças, excitadas pela atmosfera estranha que percebiam no ar e pelos gritos daquela mocinha. Mas outras vozes, adultas, juntaram-se devagar, primeiro murmuradas, depois cada vez mais decididas.

– Eu estou com a rainha!

Pouco a pouco tornou-se uma aclamação, cada vez mais forte, cada vez mais trovejante, até explodir poderosa. Todos começaram a gritar ao mesmo tempo, com um ímpeto desesperado.

– Eu estou com a rainha!

Amina levantou o punhal para o céu, enquanto a sua voz se misturava com a de milhares de pessoas que já não estavam com medo.

Kriss tombou no chão, de joelhos e palmas das mãos colados no solo. A tosse sacudia violentamente seu peito, deixando-o sem fôlego. Ao seu lado, um sacerdote tentava cuidadosamente levantá-lo.

– Majestade, talvez fosse melhor se deitar...

Kriss teve a força de escorraçá-lo com a mão. Permaneceu no chão, procurando desesperadamente controlar os espasmos. Embaixo dele ia se formando uma pequena mancha de sangue.

O ar estava pesado, denso de perfumes inebriantes: os aromas das ervas do sacerdote, as que queimava toda noite na tentativa de aliviar os sintomas do rei, cada vez mais furiosos, cada vez mais incontroláveis. Às vezes uma dor repentina, ou então a incapacidade de respirar. Aquela tosse seca e insidiosa agora o fazia sangrar.

Kriss conseguiu finalmente levantar-se, incerto nas pernas. Mais uma tossida e empertigou-se, o olhar desafiador fixo no sacerdote. Limpou os lábios do sangue.

– Por que não funciona?

O sacerdote fitou-o, assustado.

– Vossa Majestade, o senhor ficou exposto a um veneno do qual não conheço a exata natureza, e...

– Continua com essa bobagem de veneno? Não, não é nada disto!

O berro deixou-o sem fôlego, levando-o a tossir com violência. Não se importava com o sangue, não se importava com aquela sensação de morte iminente que às vezes tomava conta dele quando à noite, de repente, não conseguia mais respirar. O que realmente o exasperava era a doença que o tornava fraco aos olhos dos seus e o impedia de ser tão eficiente como de costume em combate e no planejamento da estratégia de conquista. Aquela era a sua hora, o momento com que sonhara havia longos anos. Estava perto da vitória, mas não conseguia saboreá-la plenamente devido àquela misteriosa doença que de uns dias para cá o afligia. Mas pior ainda eram as lorotas confusas daqueles sacerdotes que não sabiam de nada e arriscavam as hipóteses mais incríveis.

— Não pode ser o veneno — voltou a dizer ao sacerdote, mas com uma sombra de dúvida.

Não, não podia ser o veneno que lhe fora inoculado por aquela maldita mulher durante o embate no riacho. Já era bastante irritante o fato de terem roubado o cadáver dela da cidade, não podia aceitar que ela tivesse conseguido sequer minar o seu magnífico corpo. Forjara aquele físico durante anos para torná-lo uma arma perfeita no campo de batalha. Desde criança tinha ingerido minúsculas doses dos mais poderosos venenos, tornando-se imune à maioria deles. A ideia de Dubhe ter sido mais esperta que ele era inaceitável.

— Meu senhor, analisei um pouco do seu sangue, e há vestígios...

Kriss derrubou violentamente a mesa no meio da sala. Os pequenos fogareiros com as ervas caíram no chão, e centelhas das brasas contidas neles explodiram no choque com o piso.

— Não é o veneno! — berrou.

— Como quiser, como quiser — murmurou o sacerdote, apavorado.

— As suas ervas idiotas de nada adiantaram até agora: estou pior do que antes, as minhas condições ficam cada dia mais graves. Muito em breve já não poderei evitar que o povo me veja neste estado, e isto não pode acontecer, de forma alguma!

Kriss aproximou-se do sacerdote, dobrando-se até a altura dele, e trespassou-o com um olhar de fogo.

— Na primeira crise que me acometer em público, mandarei cortar a sua cabeça — falou baixinho, quase sem raiva, como coisa já decidida.

O sacerdote, o rosto pálido e molhado de suor, anuiu freneticamente e começou a remexer nos bolsos da sua ampla veste. Sacou um vidro com algumas ervas secas.

— Enquanto isto, estas plantas aliviarão a tosse, e... — gaguejou.

O rei agarrou a ampola, destampou-a e devorou as ervas na mesma hora, mascando-as com fúria.

– E agora suma daqui, tenho coisas mais importantes para cuidar.

O sacerdote saiu do aposento caminhando para trás e esbanjando repetidas mesuras.

Logo em seguida, Kriss recebeu a visita de uma guerreira de aspecto marcial, vestindo uma leve armadura que lhe cobria o peito, os ombros e as pernas.

Fez uma rápida reverência.

– Vossa Majestade.

Kriss voltara a ser dono de si, sentado no catre de campanha, empertigado e altivo.

– Sente-se e fale.

A guerreira obedeceu. Pegou um banquinho e ajeitou-se diante dele.

– Recebi uma mensagem de Orva – disse, fitando-o nos olhos. – Uma mensagem de Larshar, para ser exata.

– E de quem mais, se não ele? Não autorizei mais ninguém a enviar-me informações – replicou o rei, enfastiado. – Só espero que se trate de alguma coisa merecedora da minha atenção, Maghera.

Ela limitou-se a entregar um pergaminho. Kriss começou a ler. Bastaram umas poucas linhas para seus olhos se inflamarem de ira.

– Deve ter acontecido alguma coisa grave, muito grave – observou a guerreira.

Kriss levantou-se, andando de um lado para outro da tenda.

– A vitória já está ao nosso alcance – disse.

– Para dizer a verdade, Alteza, conseguimos uma vitória significativa, mas só na primeira batalha.

– A conquista da Grande Terra, como aqueles vermes a chamam, está próxima.

– É certamente um objetivo ao nosso alcance. Mas os inimigos, nesta altura, já sabem o que espera por eles se os derrotarmos, e a resistência será muito mais dura do que na Terra do Vento. Sem contar que a Grande Terra tem um significado diferente, para eles e para nós, e portanto os humanos não vão ceder facilmente. Se a isto acrescentarmos que a doença perdeu a eficácia...

Kriss esmurrou a mesa, fazendo Maghera estremecer. A morte de Lhyr era um segredo que só comentara com San e Amhal. Seria uma insuportável afronta deixar o seu povo saber que um grupo qualquer de rebeldes conseguira iludir a vigilância.

– Vamos seguir em frente conforme os planos – disse, lacônico.

– Majestade, se alguma coisa aconteceu na nossa pátria...

– Aquela não é a nossa pátria. A nossa pátria é *esta*! – rebateu Kriss, fincando um pé no chão. – Posso perder uma, duas, todas as cidades do Mherar Thar, mas não desistirei de um gráozinho sequer desta terra.

– Alteza, cortar os contatos com a nossa pátria significa renunciar a uma preciosa reserva de forças.

– Chega! – interrompeu-a Kriss, com um gesto imperioso. – A conquista do Erak Maar é a nossa prioridade, e para ela podemos sacrificar qualquer outra coisa.

Maghera fitou-o longamente, e por fim criou ânimo para dizer o que estava engasgado na sua garganta.

– Se formos em frente, talvez não tenhamos mais uma casa para onde voltar.

Kriss sorriu feroz.

– Nunca pensei em voltar. A nossa casa é o Erak Maar.

Surgiram devagar do portal. Apareciam do nada, em pequenos grupos, confusos e desnorteados. Olhavam em volta para entender onde estavam, e então todos acabavam fitando a mesma coisa.

Ela foi a última. Um clarão branco, e depois imagens conhecidas iam se definindo naquela alvura ofuscante. As árvores retorcidas, os cipós, a vegetação rasteira cheia de vida, as flores carnudas. Seria possível que não tivesse funcionado?

Virou-se então à direita e a viu. A água a perder de vista, plana, clara, escorrendo preguiçosa. O Saar. Tinham chegado. Do outro lado, o Erak Maar esperava por eles.

O Mundo Emerso, corrigiu-se Shyra.

Curvou-se, tirou do alforje que usava a tiracolo um pedaço de gasto pergaminho e um pequeno tinteiro. A mensagem foi breve, lacônica. Não havia muito a dizer, e não tinha tempo a perder com formalidades.

"Precisamos nos encontrar. Eu e os meus estamos no Mundo Emerso."

Queimou devagar o pergaminho, pronunciando em voz baixa o encantamento e murmurando o nome do destinatário: Adhara.

Quando acabou, levantou-se.

– E agora? – perguntou um dos seus.

– Agora pegamos as vivernas e voamos para a outra margem. Vamos resolver de uma vez por todas as nossas pendências com Kriss – respondeu ela, já olhando para longe, para o outro lado daquele imenso rio.

TERCEIRA PARTE

MARVASH E SHEIREEN

27

MOVIMENTANDO AS PEÇAS

Quando chegou ao pequeno vilarejo de Ferjan, o primeiro da Terra da Água para quem chegasse da Terra do Vento, Adhara reparou que os habitantes olhavam para ela de forma estranha. Havia desconfiança e medo em seus olhos, e ela ficou imaginando quais das suas inúmeras peculiaridades provocariam aquelas suspeitas: por que, embora tão jovem, tinha a cabeça cheia de madeixas cândidas? Devido ao seu olho meio esbranquiçado? Ou talvez porque tinham ouvido falar da sua história e reconheceram nela a Sheireen?

Apesar daquela atmosfera de desconfiança, percebeu algo novo no ar. Parecia que uma tênue esperança animava o rosto do pessoal, agora que a peste parara de se espalhar. A vida tinha retomado timidamente o seu curso e as pessoas, apesar de continuarem preferindo ficar na intimidade dos seus lares, voltavam pouco a pouco a circular pelas ruas, ávidas de contatos humanos.

A taberna, com efeito, estava cheia de fregueses, e havia até um menestrel, no fundo da sala, que contava uma história conhecida por todos: a de Nihal. Adhara mal conseguiu reprimir um sorriso amargo. Sabe lá se aquelas pessoas sabiam que tudo estava a ponto de se repetir, que uma nova Sheireen estava entre elas e que os Marvash não estavam longe. O fim do mundo talvez fosse próximo, e mesmo assim lá dentro ainda se declamavam histórias e lendas, e o pessoal se entretinha com cantos e banquetes.

O silêncio tornou-se ameaçador quando ela chegou perto do balcão. Dúzias de olhos desconfiados se fixaram nela.

– Uma sopa e um pedaço de pão preto – pediu, quase receosa. O taberneiro limitou-se a resmungar alguma coisa, enquanto a jovem encarregada das mesas, uma garota de rosto rubicundo e cabelos dourados, foi mais gentil. Segurou-a pelo braço e levou-a até um lugar desocupado, uma mesa com quatro cadeiras.

– Vou lhe trazer logo a comida – acrescentou, com um sorriso, e dirigiu-se à cozinha.

Adhara examinou a sala com o olhar. Eram quase todos homens. Havia duas ninfas a uma mesa, mas não pareciam muito à vontade, e os demais fregueses mantinham-se longe delas. Mesmo assim ninguém se queixava, nem olhava para elas com hostilidade.

Concluiu que, de qualquer maneira, as coisas haviam de alguma forma melhorado: um mês antes uma cena como aquela teria sido simplesmente inimaginável.

A sopa foi-lhe servida junto com um pedaço de pão de centeio. Adhara comeu depressa, pagou e dirigiu-se à saída. A jovem criada acompanhou-a com o costumeiro sorriso nos lábios, e Adhara sentiu-se reconfortada. Experimentava uma desesperada necessidade de conversar com alguém; sentia falta de Amina, das confidências que trocavam e da familiaridade com que se tratavam, pois já fazia muito tempo que só abria a boca para coletar informações práticas.

– A sopa estava ótima – começou dizendo à garota.

– Desde que a peste sumiu, o nosso cozinheiro também voltou a preparar comida gostosa – falou a jovem, com entusiasmo. Explicou que finalmente as pessoas haviam voltado a sair de casa, que já não estavam tão amedrontadas como antes. – Sobrou muito pouca gente, e precisamos nos fazer companhia para não ficarmos deprimidos demais – disse, caindo numa gargalhada que a Adhara pareceu maravilhosa, plena. – A morte da rainha nos deixou um tanto desanimados... mas Amina, a neta, conseguiu levantar de novo o nosso moral.

Adhara achou que seu coração ia parar. Amina. A sua Amina que, ao que parecia, tinha encontrado o próprio caminho e levado a cabo um feito heroico. A jovem criada falou disto com entusiasmo, lembrando o discurso que inflamara os ânimos do povo.

– As suas palavras alcançaram todos os cantos do Mundo Emerso, e a sua façanha foi um exemplo para todos nós – concluiu.

Adhara sorriu, enternecida. Ficou imaginando se, quando chegasse a hora, ela mesma conseguiria ser tão corajosa quanto Amina.

– E estava me dizendo que a frente de batalha se deslocou para perto de Nova Enawar? – perguntou.

A moça anuiu.

– De qualquer maneira, não é que a gente, aqui, se sinta muito segura.

Adhara fitou-a, interrogativa.

– Deve ter reparado que as pessoas olhavam para você de forma hostil. Pois é, há alguns dias contam por aí que aqueles estranhos dragões montados pelos elfos pairam sobre a parte ocidental da nossa terra. E sabe como é, você chegou com um dragão meio preto, justamente como aqueles monstros alados...

Aí estava, então, a explicação de toda aquela desconfiança.

Adhara sorriu.

– Não precisa se preocupar, eu estou com vocês. O meu dragão é assim porque foi criado com a magia, mas lhe asseguro que é um animal extremamente dócil.

– Não tenho dúvidas, mas os que voam por cima da gente não são certamente amigos... – acrescentou, séria, a criadinha. Alguém chamou-a da cozinha. – Já estou indo! – gritou. – Dizem que são tropas lideradas por uma mulher – apressou-se a explicar.

Uma luz acendeu na mente de Adhara. Shyra devia já ter atravessado o Saar.

– Sabe onde estão? – perguntou, de um só fôlego.

– Não, mas parece que estavam voando rumo à aldeia de Jarea.

Adhara procurou na mochila, tirou dela uma moeda de prata e colocou-a na mão da garota.

– Obrigada e boa sorte – disse. Então saiu correndo para juntar-se à Jamila.

Kriss arregalou os olhos. A barraca ainda estava mergulhada na penumbra. Já ia amanhecer, e ele passara mais uma noite sem conseguir dormir. Respirava com dificuldade, como sempre acontecia nas últimas manhãs. Alcançou vagarosamente a campainha que tinha ao seu lado, sacudiu-a com vigor e deixou-se novamente cair no catre. Estava preso à cama por uma ira cega, e quanto mais a respiração se tornava ofegante, mais a raiva aumentava. Por que logo agora? Por que seu corpo o traía quando a meta já estava tão próxima?

Não tinha medo de morrer. O que realmente o aterrorizava era o esquecimento, desde criança.

Tivera o primeiro contato com a morte ainda na infância, quando a doença levara embora a sua mãe. Lembrava os panos pretos nas janelas, o cheiro do aposento no qual o corpo dela jazia, composto na sua etérea beleza. Era ela, mas também não era. E diante daquele cadáver, que já não podia afagá-lo, beijá-lo, consolá-lo, sentira um enorme vazio rasgar seu peito.

Uns poucos anos mais tarde, o pai arrumara uma nova esposa, uma elfo fêmea pela qual ele nunca conseguira criar afeição e que quase via como uma usurpadora. E, enquanto isto, a lembrança da mãe esmorecia cada vez mais. No palácio, todos pareciam tê-la esquecido, ocupados demais a louvar a formosura da nova rainha, e até nele, um mês após o outro, alguma coisa dela desaparecia.

Decidiu retratá-la, antes que fosse tarde demais, e foi na hora de desenhar os seus traços, com os olhos cheios de lágrimas, que entendeu a essência da morte: uma distância infinita que somente a memória podia superar.

E compreendeu. Se também não queria desaparecer como a mãe, se desejava a imortalidade da lembrança, a única possível neste mundo, tinha de fazer alguma coisa grandiosa. Queria o seu nome escrito junto com os dos heróis mencionados nos mitos, o seu retrato a dominar, imenso, a sala dos antepassados pelos séculos vindouros. Todos, olhando a sua efígie, deveriam lastimar a sua perda e lembrá-lo como o maior de todos os reis.

Mas, se a doença o derrotasse, tudo seria inútil. O fracasso era o mais poderoso antídoto para a eternidade da lembrança. Por isto concluiu que, sim, claro, era possível morrer na flor da idade, mas não antes de levar a bom termo os seus propósitos.

O sacerdote entrou ofegante, espavorido.

– Meu senhor – disse, com uma reverência. Então reparou no rosto pálido, nos olhos cavados e nos lábios arroxeados. Apressou-se a tirar uma ampola da túnica. Derramou algumas gotas na boca do rei e o corpo de Kriss estremeceu num acesso de tosse. Era um líquido amargo, doloroso. Em seguida, os soluços se aliviaram, e pouco a pouco o seu rosto retomou a cor.

O sacerdote começou a queimar num turíbulo algumas ervas. O cheiro fresco e penetrante se espalhou pela tenda. Kriss respirou a plenos pulmões.

– Majestade, o senhor precisa render-se à evidência: o veneno agrediu o seu corpo. – Kriss sentiu uma fisgada de raiva trespassar a sua garganta. Seus olhos flamejavam enquanto fitava o sacerdote, mas este continuou: – Não acredito que tudo esteja perdido, mas o senhor terá de se resguardar. Este inverno gelado não ajuda nem um pouco o seu corpo cansado, e podemos dizer o mesmo das privações do campo de batalha. Por que não volta para casa? Ou, pelo menos, não interrompe a campanha, talvez adiando-a até a primavera, quando o clima será mais clemente? Seria melhor até para os nossos soldados, e eu poderia cuidar direito do senhor...

Kriss agarrou a garganta do homem. Tinha recobrado as forças.

– Está pedindo que me renda, seu verme? Está dizendo que deveria parar? O que estou fazendo não pode ser detido, por ninguém! Nem pelos humanos com seus dragões e seus magos, nem por este maldito corpo! Irei até o fim, e só então me concederei o luxo do repouso!

Afastou-o de si com fúria, derrubando-o no chão.

– Está arriscando a vida, meu senhor... – murmurou o sacerdote.

– Não interessa. Só importa chegar até o fim, e se eu não fizer isto agora, agora que os humanos ainda estão desorganizados e divididos, nunca mais poderei fazer. A sua obrigação é uma só: devolver-me as forças. Só isto.

O sacerdote desviou o olhar mordendo os lábios.

– Procure o San – disse o rei, puxando-se até sentar-se no catre.

O sacerdote obedeceu em silêncio.

O tempo de vestir uma roupa, e San apareceu. Entrou com passo decidido, mal baixando de leve a cabeça para cumprimentar. Tinha o rosto tenso, os olhos cavados, a aparência mais magra. Kriss acreditara que lhe deixar vislumbrar Ido lhe proporcionaria novas energias, mas, ao contrário, a coisa quase parecia carcomê-lo por dentro. No começo, a promessa que lhe fizera afigurara-se como uma arma extraordinária para ter em suas mãos o poder do Marvash. Mas agora estava se revelando uma lâmina de dois gumes. Não gostava nem um pouco da obsessão que lia nos seus olhos naqueles últimos tempos, achava que se podia tornar perigosa.

– Não está dormindo direito? – perguntou. Um acesso de tosse subiu-lhe à garganta, mas, com bastante dificuldade, conseguiu detê-lo.

– Não durmo porque estou lutando. Por você – respondeu San, ríspido.

– É preciso descansar para que o corpo possa dar o máximo.

– Não me venha com isso, logo você – rebateu San, com uma careta. – Acha que não sei das suas condições?

Kriss contraiu a mandíbula.

– Mandei chamá-lo para dizer-lhe que vou precisar de novo de Amhal e de você.

– Sabe muito bem que estou ao seu dispor.

– Estou concentrando os meus esforços na conquista de Nova Enawar.

– Deu para perceber.

– Mas não me perguntou a respeito.

– Não me procurou para que questionasse as suas estratégias. Eu só tenho de obedecer, o trato foi bastante claro.

Kriss sorriu, ferino.

– De qualquer maneira, prefiro explicar: preciso da Grande Terra. Nova Enawar significa muita coisa para o inimigo, é a capital moral do Mundo Emerso. Acredito, portanto, que os nossos adversários arriscarão grande parte das suas forças para defendê-la.

– Concordo – disse San, seco.

– A batalha será longa e sangrenta, e verá os inimigos completamente concentrados no esforço.

– Está me dizendo o óbvio.

Os dentes de Kriss rangeram de tanto que os apertava. Mais uma vez, no entanto, conseguiu controlar-se.

– Quero que, junto de mim e dos meus melhores soldados, você e Amhal penetrem na cidade. Você conhece o lugar, talvez possa indicar alguma passagem secreta.

San sorriu.

– Está nos superestimando: nunca poderemos conquistar uma cidade inteira sozinhos.

– Não é isto que estou pedindo – replicou Kriss, e então calou-se por um momento para dar maior ênfase às suas palavras. – Uma vez lá dentro, levantaremos um ashkar. E então você e Amhal evocarão o feitiço.

O sorriso apagou-se no rosto de San.

Kriss deu um passo adiante.

– Pense nisto. Estarão todos em formação de combate, preparados para vencer ou morrer. Haverá os generais, talvez até mesmo alguns reis. E bastará uma palavra sua para nos livrarmos deles todos.

San mal chegou a baixar a cabeça, então levantou os olhos.

– Pisoteei tudo que de mais querido existe no mundo, atraiçoei quem me recebera como amigo, reneguei o meu próprio sangue, e tudo isto por Ido. Sabe que não me deterei. Farei o que está me pedindo.

Kriss sorriu satisfeito.

– Fico contente que tenha entendido, finalmente, que pode confiar em mim. – Então, por um momento, demonstrou uma repentina preocupação. – Mas não me sinto igualmente otimista no que diz respeito a Amhal. Parece-me distante, de uns dias para cá. O que acha dele?

– Que o seu tempo está se esgotando. O talismã já não funciona como antes, está perto do ponto de ruptura.

– Acha que irá resistir até o fim?

San deu de ombros.

– Precisamos nos apressar.

– Se tudo correr conforme os planos, depois de conquistarmos a Grande Terra será uma brincadeira de crianças. De qualquer forma, você o domina. Não vai me decepcionar, eu sei disto.

– O que não decepcionarei é a memória do meu mestre – rebateu San, ríspido. Por fim acenou levemente com a cabeça e saiu.

28
ALIANÇAS

Theana acordou ao alvorecer. As mãos, amarradas nas costas, doíam terrivelmente, assim como os tornozelos, marcados por um longo risco vermelho onde a corda tinha roído a carne. Tentou levantar-se, mas não conseguiu. Sentiu-se então puxar rudemente para cima, e as costas se chocaram contra o tronco de uma árvore. San enfiou brutalmente uma tigela entre os seus lábios, puxando seus cabelos e forçando-a a beber. Água, que descia amarga goela abaixo, derramando-se pelo queixo e o pescoço.

Quando acabou, olhou com ódio para o carcereiro.

Havia sido capturada no dia anterior, enquanto viajava para Laodameia, onde o Conselho iria se reunir.

Ela e os dois soldados da escolta foram atacados durante a noite, enquanto descansavam. Os gritos das vivernas rasgaram o céu, então as chamas haviam incendiado a noite. Os elfos que patrulhavam aquelas bandas caíram em cima deles fugazes como sombras. Na luz das labaredas, Theana vira-os se mexendo como fúrias e matando rapidamente os dois guardas. Mas, antes que pudesse evocar um encantamento de defesa, desfalecera devido a um golpe de lança. O chefe da ronda reconhecera nela o Ministro Oficiante e decidira poupar-lhe a vida, levando-a como prisioneira ao acampamento de Kriss.

Mas então se haviam deparado com San, que forçara os dois elfos a deixá-la com ele em lugar de entregá-la ao rei.

E agora Theana lá estava, impotente. Se ainda tivesse acesso à magia, talvez houvesse uma chance, embora se lembrasse do grande poder de San. Mas as cordas que a amarravam encontravam-se impregnadas de um feitiço que anulava a sua força mágica.

— Por que não me mata logo e acaba com isto? – sibilou.

— Com que finalidade? Se a matasse aqui, e a deixasse como comida para os animais da floresta, ninguém acabaria sabendo. Você, no entanto, é como Dubhe: representa um símbolo para o seu povo. Já sabe o que o rei dos elfos fez com o corpo dela... – Theana sentiu-se tomar por uma onda de ira só de lembrar. – É justamente a Kriss que a entregarei, quem decidirá o que fazer com você será ele. Mas antes quero conceder-me o privilégio de ver o último figurão do Mundo Emerso humilhado e ofendido pelas minhas próprias mãos.

Theana quase sufocou de raiva. O rosto de San ainda tinha muito da criança que fora; dava para ver através das rugas da sua expressão, no fundo dos seus olhos, aquele menino amedrontado e teimoso que encontrara tantos anos antes, e que tinha até protegido, embora já pudesse discernir nele o lado escuro.

– Como pôde... – sussurrou. – Dubhe, Learco... Salvaram a sua vida. Você nem estaria aqui, não fosse por eles. E o que dizer da sua gente, pela qual Ido se sacrificou e à qual se entregou de corpo e alma?

San virou-se furioso.

– Nem se atreva a pronunciar esse nome!

– Claro que pronuncio. Quem não é digno de pensar nele é você. Traiu-o, e do pior jeito possível.

San desembainhou a espada, apontou-a na garganta dela. Uma gota de sangue molhou a lâmina.

– Você não sabe de nada. Não sabe o que tive de enfrentar durante estes anos, não pode imaginar o deserto que foi a minha vida. E principalmente não sabe de Ido, daquilo que representou para mim.

Theana não se deixou espantar. O que vira na Terra do Vento apagara nela qualquer medo: já tinha morrido lá, no dia em que conseguira salvar a sua gente.

– Não deve ter sido tão importante assim, se você teve a coragem de vendê-lo também, junto com a sua memória. Qual foi o preço, conte: o poder? A glória?

San sorriu sarcástico e guardou a espada.

– Você só me dá pena. Não mudou muito, afinal, continua sendo a mesma garotinha idiota de antigamente. É por ele que faço tudo isto. E muito em breve cada passo adquirirá um sentido. Daqui a pouco ele estará novamente comigo.

Theana fitou-o com uma expressão interrogativa, então a luz de uma estranha consciência abriu caminho dentro dela.

– Não me diga que lhe prometeu... – murmurou.

San sorriu.

– A sua estúpida magia não pode conceber uma coisa como esta, não é verdade? As regras idiotas que impuseram a si mesmos, e que acatam com o mais obtuso respeito, não violar a ordem natural, não perverter as leis do universo, são apenas inúteis grilhões que aprisionam o poder. Kriss consegue aquilo que vocês nem têm coragem de enfrentar.

– Não é possível, San. Os mortos não podem voltar.

– É o que você pensa. Kriss tem ideias bastante diferentes.

– Não é uma questão de Fórmulas Proibidas. Nem mesmo o Tirano conseguiu trazer de volta à vida os mortos: só evocou as sombras deles, desprovidas de vontade, e alistou-as no seu exército, e ele usava a Magia Proibida. E podemos dizer o mesmo de Yeshol, que dedicou toda a sua vida à Seita dos Assassinos e ao sonho insano de fazer reviver Aster, e fracassou.

– Eu o *vi*! – rugiu San. – Kriss mostrou para mim, no limiar entre os dois mundos, e ele me chamou, me reconheceu!

Theana sacudiu a cabeça. Desta vez, quem sorriu foi ela.

– É por isto que se danou? É por isto que nos exterminou? Meu pobre San, precisa entender que entre este mundo e o outro há uma barreira que nem mesmo a mais poderosa magia pode quebrar. Só os mortos conhecem os mortos. O que Kriss lhe deu é mera ilusão: o seu avô fez o mesmo para rever a mulher que amava. Chegou até o abismo que nos separa do além, encontrou Nihal entre os dois mundos. Mas não pôde chamá-la, não conseguiu alcançá-la.

San deu um pulo adiante, agarrou-a pelo pescoço achatando sua cabeça contra a árvore.

– Ele *pode*! Prometeu! E eu terei de volta Ido, eu o terei novamente ao meu lado!

Tudo ficou preto aos olhos de Theana, e quanto mais ela tentava enxergar, mais as coisas se tornavam indistintas, confusas. Quando já pensava que tudo estava acabado, San soltou a presa. De pé diante dela, arquejava, abrindo e cerrando os punhos convulsamente.

Então apontou um dedo, ameaçador.

– Não me forçará a matá-la, não conseguirá. Kriss vai fazer com que engula as suas mentiras. – Afastou-se dela e começou a aprontar as suas coisas para a partida.

Theana massageou a garganta, ofegante.

– Quem verá este sonho impossível despedaçado é você – disse, baixinho. – E então irá perceber, de repente, a inutilidade de tudo aquilo que fez durante estes anos.

Era a primeira vez que o Conselho se reunia fora de Nova Enawar. Até nos piores momentos da peste, magos, monarcas e generais haviam continuado se encontrando na capital. Agora, no entanto, a Grande Terra estava cercada, e achara-se mais prudente organizar a reunião em Laodameia.

Entre os participantes havia a rainha Calipso, o rei da Terra dos Rochedos e Kalth. Lia-se, nos olhos deles, uma expressão sombria e preocupada, não só porque Theana ainda não se apresentara, como também porque ninguém sabia o que houvera com ela. Todos os olhares estavam fixos numa fêmea de elfo alta e musculosa, de cabelos curtos e lança na mão. Shyra. Não fora fácil, para Adhara, deixá-la entrar. No fim, coubera a Kalth aprovar que participasse da reunião.

– Conhece muito bem o risco ao qual nos está expondo, Adhara. Está pronta a jurar sobre a sua vida que podemos confiar nesta inimiga? Que ela não é mais uma seguidora de Kriss?

– Lutamos lado a lado em Orva, o seu ódio pelo rei dos elfos é mais profundo do que o de qualquer outra pessoa que já conheci – respondeu Adhara.

Apesar da desconfiança dos presentes, Kalth decidiu acreditar nela.

– Que assim seja, então. Precisamos de alguém que conheça bem o inimigo.

A primeira parte da reunião foi um longo interrogatório. Dava para sentir a hostilidade no ar, e, afinal de contas, Adhara não podia discordar do pessoal que estava lá: já fazia meses que os elfos lutavam com a única finalidade de exterminar qualquer raça pensante do Mundo Emerso, e lá estava agora uma guerreira deles que pedia para sentar-se junto com os mais altos dignitários daqueles mesmos povos para oferecer a sua colaboração. Mas Shyra fora habilidosa. Começara contando a sua história, um relato seco e cortante que, como Adhara bem sabia, fora bastante penoso para ela. Depois simplesmente descrevera o nascimento da resistência, os seus motivos e a luta contra Larshar em Orva.

– Quer dizer que a cidade está em suas mãos.

– Larshar está balançando nas muralhas de Orva – respondeu Shyra.

– Explique, então, como Kriss conseguiu chegar até aqui se não tem o apoio do povo? – quis saber um general.

– Tinha, quando partiu, mas já é coisa de muito tempo atrás. Desde então os contatos com a pátria mãe se tornaram cada vez mais raros. Há fome e miséria no Mherar Thar, e muitos acham que o lugar do rei, numa hora dessas, deveria ser junto do seu povo, e não longe de casa esbanjando recursos numa guerra inútil.

– Está dizendo que perdeu o apoio até mesmo na sua cidade natal?

Shyra anuiu.

– O povo está conosco. Kriss já não tem um lugar para onde voltar.

Seguiu-se um silêncio hostil. Adhara já fizera tudo que estava ao seu alcance. Contara a parte da história que tinha a ver com ela, mencionara as batalhas em que haviam lutado juntas, explicara o mais claramente possível que era devido a Shyra o fato de a peste não mais existir.

– Ouçam, sei que os elfos e os humanos já não mantêm contatos há muitos, muitos séculos – interveio Shyra, de repente. – E também conheço muito bem as diferenças que nos separam e os conflitos que marcaram o nosso passado. Acham que foi fácil, para mim, confiar em Adhara? Ou, pior ainda, atravessar o portal e então o Saar para vir aqui? Vou ser honesta: pouco me interessa o destino de vocês. Somos raças diferentes e moramos em lugares distantes. Mas agora temos um adversário comum. Kriss não é apenas inimigo de todas as raças do Mundo Emerso, ele também é inimigo dos elfos. Provocou uma guerra fratricida, instigou uns contra os outros a lutarem em cada casa, em cada rua. Por culpa dele foi derramado muito sangue de irmãos, entendem o que significa? Contei-lhes a minha história, mas, assim como eu, muitas outras pessoas perderam tudo que amavam. É em nome desta comunhão na dor que lhes peço para unirmos nossas forças. Eu posso ajudá-los a derrotar Kriss, posso deixar ao seu dispor os meus soldados, além dos conhecimentos acerca do meu povo. E vocês podem ajudar-me a vencê-lo aqui, agora, antes que volte a Orva fortalecido pela conquista de um mundo que há muito já não é nosso, que há muito tempo pertence a vocês. – Calou-se por um momento. – Uniremo-nos com este fim, e quando tudo acabar, cada um voltará ao lugar de onde veio. A mim, o Erak Maar, isto é, o Mundo Emerso, não interessa, e o mesmo acontece com a maioria de nós. Acreditar nas palavras de Kriss foi uma loucura. O que ele dizia parecia nobre, bonito, justo, e fazia com que nos sentíssemos importantes. Dava-nos, principalmente, esperança numa época decadente e sombria. Mas o sonho tornou-se um pesadelo: não queremos mais esta terra, não por este preço. Amamos o cheiro de Orva, amamos as suas construções de madeira, não há outro lugar que poderíamos considerar nosso. O Mherar Thar não é uma terra de lágrimas, é a nossa casa, há muitos séculos. Mas, apesar de todas as nossas diferenças, acho que seria uma loucura não nos unirmos agora. Juntos, podemos vencer.

Calou-se. O silêncio era pesado, pensativo.

Quem tomou a palavra foi Calipso:

– Não faz muito tempo, os homens e as ninfas eram inimigos. Os humanos nos matavam pelo nosso sangue, e nós havíamos aprendido a temê-los, a odiá-los. Mas uma mulher ensinou-nos a juntar nossas forças, a superar o ódio e a buscar juntos uma solução para o que estava nos matando. E conseguimos, encontramos um novo início para ninfas e homens. Por isto mesmo acredito que tenha chegado mais uma vez a hora de esquecermos os preconceitos. Se quisesse nos prejudicar, Shyra já teria feito isto. – Apontou para os presentes. – Temos aqui reunidos os homens que agora guiam o Mundo Emerso. Teria sido fácil, para ela, decapitar de uma vez toda a resistência aos elfos. E mesmo assim veio para cá, desarmada, abriu o seu coração, foi honesta conosco. Por isto, digo que devemos confiar nela. O Mundo Emerso está morrendo, já não temos muito a perder. – Parou por um instante, então levantou a mão. – Eu confio – afirmou decidida.

Outra mão seguiu imediatamente a dela. Era a de Kalth.

– Calipso falou bem – concordou. – Shyra deu uma demonstração de confiança, e eu percebo a verdade nas suas palavras. Eu também confio.

Por mais uns momentos pareceu que nenhuma outra mão iria juntar-se às duas. Então, timidamente, mais umas duas ou três se levantaram, até que as erguidas superaram as que continuavam baixas.

– O Conselho delibera: Shyra lutará ao nosso lado – decretou Kalth. Em seguida deu uma olhada nos presentes. – Precisamos planejar a nossa estratégia.

O debate não foi nem demorado nem animado demais: todos já estavam fartos de saber que Kriss tencionava conquistar a Grande Terra. Igualmente evidente era que Nova Enawar não podia cair de jeito nenhum.

– É tudo que resta de nós, é a cidade que resistiu até a peste, o último baluarte da nossa civilização – disse Kalth. – Perdê-la significaria perder a nós mesmos. Por isso concentraremos ali todo o nosso esforço bélico, sem, contudo, desguarnecer as fronteiras sensíveis com a Terra do Vento.

Shyra limitou-se a anuir.

Inesperadamente, Kalth virou-se para Adhara.

– No último Conselho você disse que iria cuidar dos Marvash, mas agora está aqui. Com um presente precioso, é claro – acrescentou, com um sorriso. – Mas o que houve com a sua missão?

Adhara sabia que não eram muitos os que acreditavam realmente na história da Sheireen. Para todos, a Consagrada era uma só, Nihal; o resto não passava de lendas do agrado do Ministro Oficiante. Mas não fazia diferença. Ela conhecia o papel que tinha de desempenhar naquele jogo e sabia muito bem que era extremamente importante. Criou coragem e falou da missão que tinha enfrentado para conseguir o Punhal de Phenor. Mas não revelou o que de fato tencionava fazer com aquele talismã.

– Acredito que esta arma seja aquilo de que precisava para derrotar os Marvash, a arma que me convém na minha qualidade de Sheireen.

– E agora? – perguntou Kalth.

Adhara sentiu um nó na garganta.

– Agora tenciono ir atrás de Amhal e San para fazer o que se espera de mim.

– Sozinha? – perguntou Calipso.

– Sou a única que pode derrotá-los.

– Sendo assim, é ainda mais importante que não vá só: e se alguma coisa lhe acontecer antes que os encontre? Se você morrer?

– É o meu destino: Thenaar irá me proteger até a hora em que não ficar diante dos Marvash. Depois disto, ou os matarei ou eles me matarão. – Detestou-se por aquelas palavras em que não acreditava, mas tinha de ir sozinha porque só ela podia salvar Amhal. Qualquer outro só tentaria eliminá-lo.

A sessão chegou ao fim e, pouco a pouco, todos se encaminharam aos dormitórios. No dia seguinte, cada um voltaria ao seu posto. Adhara também dirigiu-se ao seu aposento, mas ela, amanhã, partiria para o *front*. Sentiu uma mão apertar seu braço. Ao seu lado estava Shyra, de rosto tenso.

– Sabe que está indo ao encontro de uma morte certa, não sabe? – disse, sem meias palavras. – Por que mentiu na assembleia?

Adhara segurou a mão da outra. Levou-a para fora. Estavam agora nos bastiões, expostas ao vento frio que fustigava o ar seco daquele anoitecer. Não havia lua, só densas camadas de nuvens compactas.

– Tenho bons motivos para não revelar toda a verdade – disse, olhando em volta. – Mas você sabe, pensei que tivesse entendido.

Shyra fitou-a.

– Já conhece o que penso a respeito – replicou.

– Pois é. E são muitos os que pensam como você, todos, aliás. Mas a Sheireen sou eu: farei o que é preciso, salvarei este mundo, mas do meu jeito.

– Não serei certamente eu a impedir que o faça.

Adhara ficou sem saber exatamente o que dizer.

– Como assim? – perguntou, atônita.

– Porque irei com você.

29

O COMEÇO

As tropas inimigas cercaram a cidade de repente.

Nova Enawar já esperava. Desde o dia em que Amina voltara com o corpo de Dubhe e proferira o seu discurso, todos não tinham feito outra coisa além de se prepararem para uma nova batalha.

Dos baluartes da cidade já era possível avistar o exército dos elfos, uma linha escura no horizonte, primeiro bem fina, e depois cada vez mais espessa. Impunha-se como uma inelutável ameaça, mas já não despertava o mesmo terror de antes nos habitantes. Depois do que aconteceu na Terra do Vento, após a peste e, principalmente, depois da façanha de Amina, era como se já não houvesse espaço para o medo. Tinham visto o abismo, e isto os tornara livres: a morte transformara-se numa presença cotidiana e, portanto, menos assustadora de quando era apenas uma possibilidade longínqua.

Mesmo assim, aconteceu depressa demais. Na noite anterior todos foram dormir sabendo que Kriss ainda estava distante. Mal dava para ver os fogos do seu acampamento, ao longe.

Na manhã seguinte, um estrondo ensurdecedor acordou os habitantes. O aríete começara a forçar o portão, os elfos estavam no sopé das muralhas. Mas nas terras ainda livres os homens estavam preparados para recebê-los.

Amhal olhou para a própria imagem refletida num espelho. Havia muito tempo que não fazia isto. Com a sua humanidade, também se fora aquela forma de consciência de si; olhar para si mesmo não fazia sentido, pois seu corpo não passava agora de um recipiente vazio.

Naquela manhã, no entanto, quis ver-se. Sentia o coração pesado, como sempre acontecia ao despertar, nos últimos tempos. A insensibilidade não chegava logo, não acordava com ele. A noite trazia consigo um cortejo de dores e paixões, e a pungente memória dela. Parara de mentir a si mesmo. A lembrança da Sheireen era ao mesmo tempo terrível e extremamente doce. Do buraco negro do seu peito, pouco a pouco emergiram resquícios de recordações. A maciez dos seus lábios, a sensação dos seus cabelos entre os dedos, o tumulto dos sentidos quando tocara nela, muito tempo antes, quando tivera de se deter, pois, do contrário, a paixão a aniquilaria.

Queria-a de volta.

Desejava-a desesperadamente.

Esta era a última verdade que lhe sobrava. E por mais que tivesse tentado negá-la, agora lhe aparecia em toda a sua esmagadora concretude.

Mirou-se, e o espelho devolveu-lhe um rosto sofrido, de olhos cavados, apagados e sofridos. Guardara de si uma imagem diferente. Os longos meses de luta mudaram-no, gravaram um estigma em sua carne. No meio do seu peito nu, o medalhão brilhava, a sua luz pulsava lenta no mesmo ritmo do coração. Um coração que continuava a palpitar levado por paixões que ele não conseguia apaziguar e que sangrava noite após noite.

Segurou as bordas do medalhão com os dedos e percebeu que não se movia. Estava tenazmente encastoado no seu peito, os finos tentáculos de metal mergulhados na carne.

Nem mesmo isto bastou, nem mesmo a magia de um rei foi suficiente para livrar a minha mente do sentimento de culpa.

Sabia que dali a pouco iria esquecer tudo, mais uma vez. A insensibilidade baixaria nele como um bálsamo, e assim poderia ser o Marvash por mais um dia. Mas agora começava a sentir a sensação mesmo em combate, e amiúde, pior ainda, também depois. A repulsa por aquilo que estava fazendo, e que o acompanhara durante toda a sua infância até o dia em que matara Neor. Aquela morte marcara o limite entre o que fora até então e aquilo que, muito em breve, se tornaria.

Já não podia matar sem pensar, não podia continuar a exterminar criaturas na mais total indiferença. A lembrança do que acontecera naquele dia na Terra do Vento insinuava-se entre as dobras da sua insensibilidade, cavando sulcos cada vez mais profundos, escancarando voragens de terror. Ainda podia manter sob controle aquelas sensações, mas até quando?

E, o que era pior, começava a desejar *sentir* de novo. Percebê-la e o que significara para ele, até mesmo sentir a dor e o sentimento de culpa. Voltar a viver, por mais doloroso que fosse.

San dissera que aquele era o seu caminho. Que, com o passar do tempo, iria render-se à sua verdadeira natureza e começaria a destruir, matar e massacrar sem qualquer arrependimento, com prazer, aliás. Mas, então, por que o fruto mais doce que tinha saboreado nos seus dezoito anos de vida, aquela insensibilidade que lhe fora doada por Kriss, parecia agora tão amargo quanto o fel?

A tenda se abriu. San.

– Já começaram lá fora. Logo mais Kriss partirá para a cidade, e nós teremos de estar ao seu lado.

Amhal anuiu.

– Só o tempo de me vestir e estarei com vocês.

San foi embora.

Lá estava ele. Podia senti-lo chegar. Todo sentimento se esvaía, a consciência de si enfraquecia para só deixar lugar ao desejo de obedecer. O Marvash estava de volta, e Amhal, o de antigamente, saía de cena. Sobrava apenas uma vaga lembrança, como um perfume suave que, embora já inexistente, deixava algo da própria essência no ar.

Adhara.

Levantou-se de chofre. Agarrou a espada com ambas as mãos. Segurou-a com firmeza e a incerteza sumiu.

Estava na hora de travar combate.

Adhara vestiu as roupas de sempre. Não estava acostumada com armaduras, achava que só podiam tornar mais lerdos os seus movimentos. Levou consigo uma espada para as primeiras fases do combate, quando teria de abrir caminho entre os inimigos e procurar Amhal. Mas o que realmente importava era o punhal. Ergueu-o devagar, como uma relíquia, e prendeu-o cuidadosamente na cintura.

A terra tremia, o ar vibrava de gritos. Havia um odor adocicado, nauseante, um cheiro de morte. Lá estava ela sem disfarce, a guerra.

Saiu para juntar-se a Shyra. Haviam viajado juntas, de noite, na garupa de Jamila. Os companheiros de Shyra chegariam mais tarde, com as tropas do Mundo Emerso.

Estavam agora em Nova Enawar, junto das fileiras do exército pronto para o combate. Os soldados destacados para o lugar não eram muitos, apesar de vários contingentes terem confluído para lá logo que a cidade se tornara claramente o próximo objetivo de Kriss. Adhara e Shyra se misturaram com eles, à espera, até aquela manhã.

Quando entrou na tenda, quase não reconheceu Shyra. A guerreira vestia a armadura dos elfos: uma couraça leve, com amplas ombreiras, braçadeiras que chegavam aos cotovelos e longas botas de couro que alcançavam as coxas. O peitoral, no entanto, tinha sido pintado. Havia um círculo, e dentro dele oito menores, cada um de uma cor diferente: azul, preto, cinza, marrom, branco, verde-azulado, vermelho e dourado. As cores do Talismã do Poder, o símbolo que as tropas do Mundo Emerso haviam decidido exibir naquela guerra. Na cabeça, usava um elmo enfeitado com motivos de raios entrelaçados. Estava imponente, terrível e linda. Um ser nascido para a batalha.

– Está pronta? – perguntou.

Adhara sentiu o coração estremecer no peito. Anuiu.

– A hora chegou, afinal.

Kriss observou o campo de batalha de uma pequena colina logo acima da cidade. O céu estava cinzento, o frio, cortante. Ameaçava nevar. No pano de fundo das nuvens carregadas, dragões e vivernas se entrecruzavam no ar, soltando dardos de fogo. Em terra, um formigueiro de seres vivos que investiam uns contra os outros. Daquele ponto de observação, a cena era estranhamente silenciosa. Havia algo esplêndido e grandioso naquele espetáculo, a perfeição extrema da morte.

Lutam por mim, somente por mim, considerou o rei, e sentiu uma profunda comoção encher-lhe o peito.

Tivera mais um acesso de tosse naquela manhã, e desta vez os segundos que levara para retomar o fôlego haviam parecido intermináveis. Apesar dos protestos do sacerdote, tomara de uma só vez todas as ervas que o velho prescrevera: o dia dele chegara, hoje tudo teria de ser perfeito. Só faltava mais um nadinha para alcançar a meta. Mais umas poucas pinceladas e o quadro estaria completo, a sua glória eterna. E não importava se o corpo o estava traindo, o que podia ter acontecido em Orva não fazia a menor diferença. O futuro estava ali, agora. Tudo o mais não tinha importância.

O seu olhar foi atraído por um movimento na ala direita. Viu o ataque de um grupo de homens que investiam contra os seus, cercando-os pelas costas; como ponta de lança, quatro imensos dragões. As fileiras dos seus soldados, pegas de surpresa, debandaram. Observou os humanos que atacavam com renovado vigor. Sorriu. Podia imaginar os pensamentos que passavam pela cabeça daqueles bobos sonhadores. Acreditavam, certamente, tê-lo pegado despreparado e que o exército dos elfos já não tinha saída.

Mas ele *sabia*. Conhecia tudo. Contava, aliás, com aquela jogada. Desejava que as tropas do Mundo Emerso atacassem os seus pelas costas, queria que aqueles idiotas achassem a vitória ao seu alcance. Era justamente ali que os queria, todos reunidos, para que juntos pudessem morrer, assim como os seus similares na Terra do Vento. Mais um holocausto purificador. Mas enquanto o primeiro tinha sido basicamente uma demonstração de força, este iria determinar de vez o destino da guerra.

Daqui a pouco não sobrará sequer poeira de vocês, pensou.

San e Amhal juntaram-se a ele. Kriss encarou-os. Estavam ambos cansados e abalados, cada um devorado pelo próprio demônio. Mas isto tampouco importava. Bastava que aguentassem até o fim daquela guerra. Depois daria um jeito para eliminá-los.

– Meu senhor, estamos prontos – disse o mago. Kriss sorriu. Baixou sobre o rosto o capuz da capa e os demais fizeram o mesmo, um grupo de umas trinta figuras encapotadas naquela alvorada de sangue.

– Então vamos – ordenou.

Esporearam os cavalos e rumaram para a cidade.

Morte e sangue, sangue e morte. E neve. Os flocos começaram a descer devagar, minúsculos. Ao chegarem ao chão, afundavam no pântano e desapareciam.

Adhara perdeu quase imediatamente a noção do tempo. Tudo se resumia na sua lâmina que fendia o ar e levava consigo membros sangrentos. O cheiro era insuportável.

Pois é, a guerra. A cantada nos mitos, a guerra à qual se consagrara Nihal, que as crianças procuravam imitar perseguindo-se pelas ruas da cidade quando ainda existia a paz. Na hora da verdade, porém, não havia nada de heroico, nada de sagrado naqueles gritos lamentosos, naqueles corpos estraçalhados, reduzidos a informes massas estropiadas.

Adhara mexia-se como um robô, só tentando pensar no que iria fazer dali a pouco. Mas o horror a dominava, mesmo que seu corpo não parasse de cumprir o seu dever. Já tinha percorrido um bom caminho, nesta altura podia definir-se uma pessoa de verdade, mas naquele caos voltava a ser apenas uma arma. Afinal de contas, não podia repudiar a própria natureza: os Vigias criaram-na para que se sentisse à vontade na guerra, e ela acatava aquela ordem gravada na sua carne desde o momento em que nascera.

Shyra, ao seu lado, era uma fúria. A dela era uma dança mortal, o machado não parava um segundo sequer de dar suas voltas mortíferas no ar gelado, varrendo a neve que descia devagar. Mas embora ambas estivessem entregues ao combate, não esqueciam o objetivo final. Mas não havia pistas de San e de Amhal.

— É impossível que não estejam participando do combate, são as armas de Kriss — disse Shyra, ofegante, num momento de pausa.

— O que está querendo dizer?

— Que há algo errado — respondeu a fêmea de elfo, com raiva.

Os encapuzados chegaram aos pés das muralhas. A ordem havia sido clara: manter longe da confusão uma parte dos bastiões de Nova Enawar a qualquer custo.

— É aqui? — perguntou Kriss.

San apalpou o paredão com os dedos.

— Aqui mesmo — confirmou, então abriu caminho.

Amhal aproximou-se, titubeante. A fonte da informação havia sido ele. "Há uma passagem que os recrutas usam amiúde para entrar e sair da cidade a seu bel-prazer. Nada mais que um corredor usado pelos jovens soldados rebeldes que, talvez, queiram sair sorrateiramente para encontrar a namorada, voltando quando já está escuro." Foi o que ele dissera quando planejavam a incursão. Agora alguma coisa o refreava, algo obscuro que se agitava no seu peito. Colocou as mãos na pedra, mas hesitou.

San afastou-o de qualquer jeito.

– Chega de indecisão, não dispomos de muito tempo – rosnou.

Só precisou empurrar. Uma portinhola secreta rodou sobre si mesma revelando uma passagem estreita e escura.

Kriss deu uma risadinha.

– Depois dos senhores – disse.

Shyra corria ao longo das muralhas, ceifando os inimigos que apareciam diante dela. Parecia irrefreável, como se nela ardesse um fogo místico, alguma coisa que lhe dava uma força sobre-humana. Adhara mal conseguia acompanhá-la.

– Não entendi direito o que estamos procurando – disse, quando pararam por um momento.

– Kriss nunca deixa de participar da luta. Ele é assim mesmo, não é do tipo que se limita a assistir ao combate de longe, gosta de ficar ao lado dos seus e, sinto admitir, também é um combatente extraordinário. Mas hoje não está aqui, e tampouco estão San e Amhal, que são os guerreiros mais poderosos do seu exército. Além disso, permitiu que os seus fossem cercados por trás, presos entre duas frentes, e lhe asseguro que uma leviandade destas não combina com ele. Não, deve haver um propósito atrás disso tudo: é uma armadilha ou, pelo menos, algo para desviar a atenção.

Adhara sentiu um arrepio correr pela espinha.

– Acha que estão em algum outro lugar?

– Acredito que tenham um plano, um plano para entrar. Não se esqueça: ele pode destruir de um só golpe todos os seres que não sejam elfos nas terras que possui.

– Mas ele não possui a Grande Terra – rebateu Adhara.

– Por enquanto – murmurou Shyra, fitando-a com olhar significativo.

Não de novo. Não como aquela vez. Adhara não conseguiria ver novamente as pessoas que se dissolviam, desaparecendo como se nunca tivessem existido.

– Vamos – disse, tomando a dianteira.

A porta secreta estava entreaberta. Shyra escancarou-a com um chute. Além dela, o breu mais total.

– Estava a par?

Adhara sacudiu a cabeça.

– Acha que já entraram? – perguntou a jovem à outra, mas já sabia a resposta.

Shyra mergulhou na escuridão, e Adhara fez o mesmo. Logo que chegaram lá dentro, os ruídos da batalha tornaram-se mais abafados. A guerra do lado de fora nada mais tinha a ver com elas, assim como nunca fora assunto de San, nem de Amhal nem de Kriss. Desde o começo, o combate entre eles era outro.

Shyra segurou-a pelos ombros.

– Separados são mais fracos.

Adhara pareceu não entender.

– Os Marvash. Só podem enfrentá-la e vencê-la se estiverem juntos. É por isto que são dois. Sozinhos, não têm a sua força. Assim sendo, não importa o que aconteça comigo, você cuidará de Amhal. Leve-o aonde bem quiser, mas mantenha-o longe do outro Marvash, e só se importe com ele. Estamos de acordo?

– Shyra, esta é a minha missão, assim como é minha a maneira pela qual decidi levá-la a cabo. Eu não quero...

– Pare com isso – interrompeu-a a outra. – Você fez a sua escolha, escolheu a partir do momento em que decidiu amar o seu inimigo. Nesta altura já não conta quantas pessoas terão de morrer, está me entendendo? Só importa a decisão que tomou. Só há você e ele, está claro?

Adhara anuiu devagar. Percebeu com clareza que tudo estava prestes a acabar e, com horror, deu-se conta de que nunca mais iria rever Shyra.

– Não morra – sussurrou.

– Não tenho a menor intenção. – Ela sorriu com uma careta feroz. – Pelo menos, não antes de conseguir vingar a minha irmã. – Em seguida fitou-a, séria. – Desejo realmente que você possa mudar a história.

Então retomaram a perseguição.

30

PRESSÁGIO

Movimentaram-se pelas ruas da cidade sem que ninguém, praticamente, reparasse neles. Os homens aptos ao combate estavam nos baluartes, enquanto as mulheres e as crianças haviam sido abrigadas em lugares mais seguros.

Não faz diferença, daqui a pouco estarão todos mortos, pensou Kriss ao avançar pelas ruas junto dos seus. A tosse, mais uma vez, deixara-o prostrado quando ainda estavam na passagem secreta. O ar continuava a queimar na sua garganta, precisavam apressar-se. O tempo ao seu dispor estava prestes a acabar.

Mas se hoje tudo correr como planejado, e vai correr *como planejado, a vitória estará ao nosso alcance,* disse a si mesmo, com determinação.

Entraram num prédio deserto. Três soldados ficaram de vigia, trancando as portas. Os outros prosseguiram com Kriss e pararam diante de um salão no andar térreo.

– Aqui está bem – sentenciou o rei.

Dois soldados aproximaram-se e colocaram no chão uma caixa. Quem a abriu foi o mago, tirando dela um pequeno obelisco metálico de base triangular.

Kriss sentiu o coração tomado de júbilo.

– Mexam-se! – disse. A ansiedade o devorava.

Montaram o obelisco no meio do aposento. O mago sacou da túnica uma ampola, derramou o líquido em volta e deu início ao ritual. O rei acompanhava cada gesto, perdido e ao mesmo tempo dilacerado pela impaciência que o deixava sem fôlego. Pareceu-lhe que o tempo corria mais devagar e que o mago tinha esquecido os gestos, executando-os com exasperadora lentidão. Uma mão tocando de repente seu ombro tirou-o dos seus devaneios. San.

– O que quer? – perguntou, ríspido.

– Precisamos conversar, antes.

Não conseguiu continuar. Gritos abafados chegaram da entrada.

– Maldição! – praguejou Kriss. – Vejam logo quem é! – ordenou aos soldados.

– O inimigo está fora do alcance deles – disse San, desembainhando a lâmina de cristal negro. – É ela – acrescentou, e olhou para Amhal, cujas mãos apertadas no cabo da espada de dois gumes tremiam levemente.

– Preciso de vocês aqui – insistiu Kriss.

San encarou-o quase com desprezo.

– É a Sheireen. Prefere que deixe tudo a perder?

Kriss mordeu os lábios.

– Não demorem, então.

San e Amhal saíram correndo, Amhal um pouco na frente. Enfiou-se no corredor que o levaria à porta, e San preparou-se para acompanhá-lo. Foi então que percebeu o deslocamento do ar. Conseguiu curvar-se bem em cima da hora. O machado descreveu um amplo círculo acima da sua cabeça. Ele rodopiou sobre os calcanhares e fendeu o ar em volta com a espada, mas só cortou o vazio. Parou em posição de ataque, e o viu. O agressor era um elfo, vestindo uma armadura exatamente igual à dos soldados de Kriss. Só o símbolo no peito era diferente: sem sombra de dúvida, o Talismã do Poder, o emblema do inimigo.

San esquadrinhou o adversário. Tinha braços e pernas musculosos, até imponentes demais para um elfo; as proporções, no entanto, eram típicas daquela raça, e havia, aliás, algo delicado na sua figura, alguma coisa quase feminina.

– Quem é? – perguntou.

O oponente tirou o elmo e jogou-o longe.

San levou algum tempo para reconhecê-la: estava incrivelmente diferente.

– Veja só quem está aqui... a traidora.

– Talvez fosse melhor você admitir que recobrei a razão – replicou Shyra. – Aqui só há um traidor, você.

– Pode ser – admitiu San. – Mas, ao que parece, você também decidiu renegar o seu povo, exatamente como eu.

– O meu povo? Estou aqui justamente para salvá-lo – rebateu ela.

– Pensei que estivesse se escondendo em sua toca como um rato, junto com os seus desprezíveis companheiros; afinal de contas, não fez outra coisa desde que parou de lutar comigo.

– Os ratos retomaram Orva. – Agora o rosto de Shyra demonstrava desdém, e San conseguia reconhecer, sob a aparência truculenta, a jovem sacerdotisa de Shevrar que havia combatido ao seu lado. Sempre a considerara uma excelente combatente: forte, decidida, impiedosa. Mas descobrira desde o começo o seu único ponto fraco, o que seria a sua perdição. Assim como ele não conseguia esquecer a lembrança do mestre, Shyra estava morbidamente ligada à irmã, e, com efeito, fora justamente Lhyr a perdê-la para sempre.

– Não estou minimamente interessado nos problemas de vocês elfos.

– Pois é, você só luta pensando no seu proveito.

– Isso mesmo.

Shyra baixou o machado, sorriu.

– Muito bem, vejo que os nossos interesses combinam. Deixe-me passar, não é você quem eu estou procurando.

– Está me pedindo a única coisa que não posso fazer.

Shyra segurou novamente o machado, o rosto desfigurado numa careta feroz que não deixava saída.

– Não se importa, e nunca se importou com aquele bastardo. Deixe que o mate, e aí você poderá fazer o que bem entender.

– Aquele bastardo é a chave para eu conseguir o que desejo. Sinto muito, mas não posso permitir que o mate, admitindo que seja capaz disto.

Shyra rodou lentamente o machado.

– Está me dizendo que, primeiro, terei de decepar a sua cabeça?

San não conseguiu refrear uma risadinha.

– Bom, aí está uma coisa de que nunca será capaz.

– É o que veremos... – disse Shyra.

Investiu contra ele com um grito, o machado levantado, pronto para desferir o golpe. San permaneceu imóvel, e só bem em cima da hora deteve o ataque com a espada. Faíscas chisparam no contato das duas lâminas.

Shyra conhecia a força dele, e sabia que para vencê-lo teria de recorrer a todas as suas capacidades. O corpo dela dançava no ar, assim como o machado. A sua maneira elegante de lutar, harmoniosa e contínua, defrontava-se com a força bruta de San, que rebatia golpe após golpe sem se perturbar. Sempre fora um combatente instintivo, um sujeito ao qual ninguém ensinara coisa alguma, que aprendera tudo sozinho nos inúmeros campos de batalha pelos quais passara. A dele era uma arma para massacres, a de Shyra era o machado de um esteta, de uma sacerdotisa para a qual o homicídio nunca foi uma finalidade, mas sim apenas um meio.

O machado se chocava com a barreira da espada negra, e por mais que Shyra tentasse variar o ângulo dos seus ataques para não ser previsível, San conseguia deter todos os golpes sem recuar um centímetro sequer.

Ele sorria, seguro de si.

Qual é a razão de toda esta segurança? Por que não tem medo de mim?, perguntou Shyra a si mesma.

Mais um assalto, e então se separaram. Shyra estava ofegante, enquanto a respiração de San mantinha-se regular.

– Conheço-a bem, cresceu sob o meu comando – disse ele. – Pode impressionar os soldados rasos e a gentalha que se juntou a você na rebelião, mas eu ando pelos campos de batalha há muito, muito mais anos do que você. Agora é a minha vez.

E logo investiu. O primeiro fendente veio de cima, poderoso. Shyra conseguiu desviá-lo, então empurrou a espada inimiga para abrir caminho. Tentou avançar com um golpe de ponta, mas San fechou imediatamente a guarda, rechaçando o machado. Aproveitou o movimento, rodopiou sobre si mesmo e apontou para o flanco. Shyra safou-se por um triz, mas mesmo assim a espada negra deixou um longo risco vermelho logo abaixo da borda da armadura. Por sorte, uma ferida superficial.

– Não pense que errei: acontece que gosto de brincar um pouco – disse San, rindo. Passou a mão enluvada na lâmina negra, e levou os dedos aos lábios, saboreando o sangue.

Shyra deu um pulo à frente e foi de novo machado contra espada. Desta vez ela procurou aumentar a velocidade do ataque e, com um golpe de baixo para cima, conseguiu desequilibrar San. Foi coisa de um momento, mas suficiente. Shyra apontou para o ventre, San desviou-se e a lâmina rasgou a carne da perna.

Com uma careta de dor no rosto, o Marvash levou a mão à ferida.

– Desta vez você conseguiu realmente me irritar – sibilou.

O combate recomeçou, mais violento. Um corte no braço, outro numa coxa. Shyra acabou sendo novamente ferida. Nada mais que arranhões, mas eram a medida da voragem que os separava.

Este sujeito é o Marvash, e eu não passo de uma mera sacerdotisa, pensou com desespero. Mas sacudiu a cabeça, enquanto rodava sobre si mesma e cortava o ar em volta com a lâmina. Mais um corte rasgou a perna de San.

Pode até ser o Marvash, mas está sozinho. O seu compadre está se vendo com Adhara, e, de qualquer maneira, o que me dará a vitória será a força do meu ódio.

A imagem da irmã, do jeito que era quando Kriss ainda não tinha entrado na vida delas, encheu-lhe a mente. Era a força de que precisava, a única com que podia contar para vencer um inimigo tão superior.

Mais ataques incessantes, mais fagulhas que chispavam do contato entre as duas lâminas. Mas San continuava diante dela como um muro impenetrável, uma barreira erguida entre ela e a urgência da sua vingança.

Então o viu. Logo além da porta, imóvel no fulgor da sua beleza, esplêndido como no dia infeliz em que decidira confiar na força das suas palavras. Kriss.

O monarca olhou para ela, reconheceu-a e não deu sinal de assombro ou surpresa. Nos seus olhos maravilhosos apenas uma sombra de enfado.

Shyra berrou com todo o fôlego que tinha nos pulmões, seus golpes perderam a coordenação, mas se tornaram mais violentos. San continuava ali, um rochedo insuperável. Acertou-o com um golpe extremamente violento, um golpe perfeitamente previsível que não tinha a menor esperança de feri-lo, mas que pelo menos o desequilibrou. Caminho livre, por um fugaz momento, nenhum outro obstáculo entre ela e o elfo. Havia soldados atrás dele, mas se fosse suficientemente rápida – e tinha todo o impulso do ódio a dar asas aos seus pés – ninguém teria tempo para intervir.

Depois, que me matem à vontade. Finalmente voltarei para você, Lhyr, mas farei isto segurando a cabeça do seu assassino nas mãos.

Investiu de chofre, pulou no ar, e a imagem do repentino horror que encheu os olhos de Kriss foi doce como mel, mais alimento para a sua fome de vingança.

A trajetória do pulo, no entanto, interrompeu-se no meio, e de repente ela ficou com falta de ar. Não percebeu a espada entrar, mas sentiu-a recuar do seu corpo, levando consigo toda a energia. Uma espada de cristal negro, a espada da Sheireen.

Por que me abandona logo agora, Shevrar?, pensou com desespero e estupor, enquanto desmoronava no chão.

Acabou de quatro, aos pés de Kriss, os dedos contraídos no mármore do piso. Diante dos seus olhos, somente as botas do inimigo.

Estava dolorida, sentia-se muito mal. Mais que o ferimento, entretanto, doía a derrota.

Nem fui capaz de vingá-la, Lhyr...

As lágrimas nas faces ardiam.

Kriss virou-a com um pé, viu-a arquejar no chão, à cata de ar. O rosto dele era cheio de desdém. Shyra apertou os olhos.

– O que está fazendo aqui? Achei que você e os seus vermes tivessem sido aniquilados há um bom tempo por Larshar.

As coisas à volta dela iam se tornando mais indistintas, enquanto um gelo mortal subia dos seus dedos para o resto do corpo.

Por que tem de acabar assim?, pensou com raiva infinita.

Kriss curvou-se para ela, segurou-lhe as faces entre os dedos e apertou.

– Responda, o que está fazendo aqui?

E de repente viu. Entre a vida e a morte, com aquele resquício de força que lhe sobrava, notou. O derradeiro presente de Shevrar. Sorriu.

– Nada sobrará daquilo que construiu – murmurou, fitando-o nos olhos. – Deu-se todo este trabalho para nada, pois muito em breve tudo que conseguiu, ou que acreditou conseguir, desaparecerá.

– E como é que você sabe? – disse Kriss, com uma careta.

– Posso ver claramente, assim como estou vendo você agora – respondeu Shyra, sem parar de sorrir. – Ninguém se lembrará de você, Kriss, ninguém mesmo.

O rei apertou mais ainda a sua presa. Então, com um único e rápido gesto, sacou o punhal.

– Cale-se! – gritou, e afundou a lâmina no peito dela. Nem mesmo então Shyra parou de sorrir, e foi com aquele sorriso que se despediu do Mundo Emerso.

Kriss ficou a observá-la por um momento, com raiva.

– Nada pode deter-me. – Cuspiu no rosto dela. Então, levantou-se, virando-se para San. – Está pronto agora?

Adhara avançou para o amplo aposento do imponente edifício. Não lembrava o que era aquele prédio, nunca estivera nele. Talvez apenas a mansão de algum ricaço agora falecido.

É aqui que vai acontecer. Este é o local onde salvarei Amhal ou morrerei tentando.

O piso era de mármore; no fundo, a parede mostrava seis arcos dispostos em duas fileiras. A segunda dava para um pórtico ao qual se chegava pela ampla escadaria que se vislumbrava atrás dos três arcos inferiores. Havia estuques por toda parte, adornos dourados, um tripúdio de opulência que destoava das condições atuais do Mundo Emerso. Era uma riqueza que falava de outra época, de outro lugar. Afrescos variados adornavam as paredes. Corpos musculosos retratados em poses plásticas, heróis que se enfrentavam. Adhara reconheceu Nihal. Era a lenda dela que aquelas paredes contavam. A história estava prestes a se repetir, como acontecia havia milênios. Um novo Marvash e uma nova Sheireen.

Quebrarei este ciclo. Ninguém terá coisa alguma a lembrar, pois esta guerra não acabará como as demais, disse Adhara a si mesma.

Apertou com renovada força a empunhadura da espada, a fria mão metálica sob aquela de carne, suada, trêmula.

Percebeu a sua presença.

Longe, no começo, e então cada vez mais perto.

Martelante e mesmo assim leve, o tique-taque de passos apressados no mármore. O eco multiplicou-se ao infinito. Então o viu. Somente uma sombra negra que passou por um canto do pórtico e precipitou-se escada abaixo. O coração de Adhara parecia explodir no peito.

Não se encontrava com ele desde o dia em que Adrass morrera. Haviam acontecido muitas coisas desde então, e ela já não era a mesma. Quando o conhecera era uma jovenzinha que nada sabia de si e do mundo. Quando lutara com ele nas Terras Desconhecidas, ainda era uma jovem inquieta, que acabara de dizer adeus ao pai. Agora era uma mulher, uma pessoa completa, definida.

Se não fosse assim, agora eu não estaria aqui. Se não fosse, nunca teria criado coragem para persistir até o fim na minha decisão.

Tudo que acontecera, no entanto, desapareceu na mesma hora em que Amhal botou os pés na escada. A história dela estava ali, sempre estivera, desde o primeiro momento em que se conheceram. Toda a sua vida se resumia naquele encontrar-se, defrontar-se, rechaçar-se. Era este o verdadeiro sentido de ser uma Sheireen? Era esta a maneira que ela *escolhera* de sê-lo?

Viu-o descer a escadaria, saboreou a sua figura que se manifestava devagar, entre as dobras da capa que revelava e escondia seu corpo ainda magro, ainda sofrido.

Parou no meio da sala, a grande espada de dois gumes em posição de guarda.

Tinha mudado? Havia alguma pista, na sua aparência, que pudesse dizer que já era tarde demais, que todo o caminho percorrido não passara de mera ilusão? Examinou seu rosto ainda mais definhado, suas mãos nervosas, os olhos opacos, sem luz. O rapaz não demonstrava qualquer emoção.

O talismã era invisível, provavelmente escondido sob o peitoral de couro. Sabia que para salvá-lo teria de derrubá-lo, reduzi-lo à imobilidade para então cuidar do medalhão.

Amhal olhou para ela, mas Adhara teve a impressão de que não a reconhecera.

— Não quero lutar com você — disse ela, com voz trêmula. — Renda-se, conheço a maneira de tirar o medalhão e fazer com que volte a ser a pessoa que era.

Amhal fitou-a com olhos vazios.

— Eu sou o Marvash, você é a Sheireen. Entre nós dois só pode haver guerra.

Adhara engoliu em seco.

— Houve bem mais do que isso entre nós dois, muito mais, e sei que você se lembra.

Ele permaneceu imóvel, em silêncio. Um lampejo distante em seus olhos, o eco abafado de uma longínqua consciência.

Adhara sentiu uma tênue esperança acalentar seu coração.

— Renda-se, e permita que o salve! — gritou, baixando a espada.

A ação de Amhal foi fulminante. Investiu com uma estocada que Adhara conseguiu parar na mesma hora.

– O que sou agora é o que eu sempre sonhei ser. Sem emoções, sem sentimentos, imune à dor e à felicidade: nada mais que uma arma – murmurou Amhal. Ela sentiu a carícia do seu suspiro cálido no pescoço. Estavam intoleravelmente próximos. – Eu não quero ser salvo.

Adhara fechou os olhos, procurou dentro de si a força de que precisava. Separou-se dele dando um pulo para trás, segurou com firmeza a espada.

– Não me deixa escolha, então – disse, aflita. Ficou em posição de guarda, pronta à luta.

31

O PRÊMIO DE SAN

San ficou imóvel diante de Kriss.

O rei ofegava, impossível dizer se devido à raiva ou à doença que voltava a atormentá-lo.

— Perguntei se está pronto — sibilou.

— Não tenciono fazer o que está pedindo.

Falou com incrível calma. Era a paz de espírito do condenado à morte, de quem sabe que superou todo limite.

As pupilas de Kriss pareceram ficar maiores, duas poças cheias de ira.

— O que foi que disse?

— Já faz muitos anos que o acompanho como um cão fiel, que obedeço a todo seu comando. Tudo que consegui com a minha abnegação foi apenas uma sombra.

— Sabe muito bem qual foi o nosso trato — disse o rei, com os olhos injetados de sangue.

— Só chegou até aqui graças a mim, quem o elevou ao trono fui eu, e também fui eu a presenteá-lo com a vitória. E o que tive em troca? Uns poucos momentos de agonia.

— Chega de conversa! Chame logo o seu companheiro e faça o que mandei! — exclamou o rei.

— Quero Ido aqui, agora! — berrou San, fora de si.

Kriss contraiu a mandíbula. Mal conseguia controlar-se.

Você não tem qualquer poder sobre mim, pensou San. *Está morrendo e já não pode dobrar-me à sua vontade.*

— Você o terá amanhã. Leve a cabo esta maldita magia, e eu mandarei evocá-lo aqui, diante dos seus olhos — disse Kriss.

— Não quero uma sombra. Quero Ido em carne e osso, quero o que me prometeu.

— E terá. Mandarei Tyrash trazer de volta à vida o seu mestre. Farei com que volte, mas você não poderá se juntar a ele enquanto não tiver concluído a sua tarefa. Não deverá sobrar mais ninguém a não ser os elfos no Mundo Emerso, estou sendo claro? Só quando os humanos, as ninfas e os gnomos forem exterminados, Ido estará livre.

– E voltará a ser exatamente igual ao Ido de antigamente? – perguntou San.

Ainda que ele tivesse fingido não ligar minimamente para as palavras de Theana, ela insinuara uma dúvida dilacerante em sua mente: sugerindo que Kriss desde sempre mentira, que de fato não havia meios de superar o confim entre a vida e a morte. E que, logo após aniquilar por completo o Mundo Emerso, Kriss iria livrar-se dele sem dar coisa alguma em troca, apesar das promessas.

– Claro. Dei a minha palavra.

– Não tente me enganar.

Kriss fez um gesto de impaciência.

– Já lhe menti?

San fitou-o em silêncio.

– Quero Ido agora – sibilou. – Não confio mais em você, seu elfo maldito! Vi com os meus olhos o desejo de poder que o corrói por dentro, e acredito que seja imensamente maior que o seu senso de honra e de sacralização da sua palavra. Por isto quero propor uma troca justa. Até agora dediquei todas as minhas forças para servi-lo. Acho que você deveria retribuir o favor: se não me der Ido, aqui e agora, não evocarei a magia de que precisa para exterminar a população da Grande Terra.

– Não pode pedir isso – objetou Kriss, a testa molhada de suor.

– E então não poderá mais contar comigo – ameaçou San, levantando a voz.

Kriss estremeceu. Aquele bastardo encostara-o na parede, não tinha escolha. Perdê-lo na hora da batalha final tornaria vãos todos os seus esforços.

– Que seja – concordou afinal. Virou-se para Tyrash. – Faça o que for preciso.

– Meu senhor, já tentei lhe explicar que...

– Faça o que for preciso!

– Não há qualquer garantia...

O rei segurou-o pela garganta, apontando a espada na jugular.

– O seu trabalho aqui já terminou, não preciso mais de você. Se não obedecer, eu o matarei.

– Meu senhor... Nunca tentei, realmente... Tudo não passa de teoria... Eu poderei morrer...

– Se não fizer, morrerá na certa – sibilou Kriss.

Soltou o mago que desmoronou ao chão. Tyrash pôs-se de pé, apavorado. San não conseguia tirar os olhos dele.

Ouviu bem? Não é possível, o que Kriss lhe prometeu é simplesmente impossível. É justamente como disse a velha maga. A Guilda estava errada e Senar também. Estavam todos errados: da morte ninguém volta, uma voz interior sussurrava, maldosa, em seus ouvidos.

San sacudiu vigorosamente a cabeça.

Mas, ao contrário, é possível voltar. É possível porque passei pelo inferno até chegar aqui. É possível porque, se não fosse, nada destes últimos cinquenta anos faria sentido, porque se os deuses existirem, se houver justiça, então terei de conseguir o que almejo!

Tyrash abriu a pequena sacola que guardava a terra do túmulo de Ido. Olhou mais uma vez para o rei com olhos de súplica, mas o olhar do monarca não deixou transparecer nem mesmo uma vaga sombra de compaixão. Suspirou, então derramou o conteúdo no chão. Tudo que sobrava do gnomo neste mundo estava ali, naquele pó que agora formava um círculo em volta do mago. San não conseguiu refrear as lágrimas. Baixou a cabeça para esconder o seu sofrimento diante daquelas pessoas que nunca poderiam entender.

Tyrash aproximou-se dele. Sacou um pequeno estilete, daqueles que os sacerdotes élficos sempre usavam na cintura. Levantou a mão do semielfo, incidiu a carne da palma; recolheu o sangue derramado num pires dourado que tirara da mochila que trazia a tiracolo.

Voltou para dentro do círculo. Tinha a expressão de quem se sente acuado, desesperado, pegado numa armadilha. Curvou-se no chão, colocando o pires diante de si, e também feriu a própria mão. Misturou o seu sangue com o de San, recitando uma fórmula.

Hesitou por alguns segundos, segurando o pires entre os dedos.

– Lembre-se da minha família, em Orva, o senhor me prometeu umas terras, entregue-as a eles – disse.

O rei anuiu, enfastiado.

Então o mago fechou os olhos. Começou a pronunciar o encantamento, primeiro baixinho, depois em voz cada vez mais alta. Palavras arcanas, uma Fórmula Proibida, San reconheceu a cadência da ladainha. O mago derramou o sangue na terra, da qual começou a desprender-se uma luz negra.

San segurou a respiração. Começara. Depois de tanto esperar e de tantas andanças, tudo acabaria finalmente fazendo sentido.

Não havia espaço para qualquer outro som lá dentro, a não ser para as palavras que Tyrash recitava cada vez mais inspirado, cada vez mais ausente de si mesmo. A luz negra explodiu em chamas escuras que envolveram seu corpo. Começou a gritar, mas nesta altura era como que possuído pela potência da magia que tinha evocado, e os seus berros compunham as frases do feitiço numa língua gutural e desumana, uma língua de morte.

– Ido! – gritou San, esperando que a força dos seus sentimentos iluminasse o caminho que, das trevas, iria trazê-lo de volta para ele.

Entre as labaredas escuras que pareciam devorar a carne de Tyrash foi pouco a pouco se formando uma silhueta. A forma magra e esbelta do mago dissolveu-se devagar, consumida por aquele fogo inextinguível, e lentamente outra tomou o seu lugar. Pernas curtas e musculosas, compleição forte e atarracada, cabelos compridos. San achou que o coração fosse explodir no peito.

– Ido! – gritou, até ficar com a garganta dolorida.

O fogo desenhou o contorno do gnomo, os traços, e San descobriu com infinita alegria que era exatamente como se lembrava dele, que não tinha esquecido um único detalhe daquele rosto tão amado. A expressão quase escarnecedora, as profundas rugas na fronte, a cicatriz no olho esquerdo. Era ele, como quando morrera, como quando ainda viviam juntos, em Zalênia.

San, com frenético desespero, estendeu a mão para tocá-lo.

– Perdoe-me! Mas agora estendeu aqui, estou com você! Está vendo? Ajeitei as coisas, tive de vender a alma para conseguir, mas trouxe você de volta! – disse, e enquanto falava chorava. Lamentava como quando ainda era menino, abafando as lágrimas no peito da mãe. Mas desta vez esperava poder afundar o rosto no peito de Ido e deixar que ele o consolasse, dizendo-lhe que tudo não passara de um sonho, que nada realmente acontecera durante aqueles anos aflitos.

Ido sorriu, um sorriso cansado e triste. Seus lábios se mexeram, mas não se ouviu som algum. San, porém, compreendeu igualmente.

Porque...

As chamas negras levantaram-se com violência, alcançaram o teto e pareceram querer consumir tudo que estava em volta. O rosto de Ido fez uma careta de dor. Transfigurou-se de repente no de Tyrash, arrasado por um sofrimento que devia ser excruciante. As duas figuras sobrepuseram-se, o corpo de uma fundindo-se com o da outra num híbrido monstruoso que, nas chamas, se contorcia e gemia.

– Não, não! – gritou San.

Muito em breve nada mais sobrou de humano na massa confusa de carne que se agitava diante dele. Nos membros disformes que pulsavam na luz fúnebre daquela Magia Proibida era impossível reconhecer tanto a figura do mago quanto a de Ido. O fogo apagou-se, e sobrou apenas aquele corpo disforme que se debatia soltando sons arrepiantes.

Os soldados gritaram, Kriss ficou como que gelado. San caiu no chão, de olhos fixos naquela atrocidade aflitiva. Ainda haveria alguma coisa de Ido lá dentro? Esperou que não, suplicou de todo o coração que aquele não fosse o terrível destino ao qual ele – mais uma vez *ele*! – condenara o seu mestre. Sentiu o horror por si mesmo e por aquele monstro encher seu coração até transbordar. Sacou a espada e, com um berro, investiu respondendo ao mudo pedido. Afundou a lâmina, mais e mais. Sangue escuro, apodrecido, corroeu o cristal negro, mas San não se deteve. Gemia e golpeava, enquanto uma voz não parava de lembrar-lhe o seu fracasso:

Não é possível, nunca foi. O seu era apenas o sonho bobo de uma criança que nunca cresceu. Tudo que fez para chegar até aqui nunca teve qualquer sentido.

Só parou quando viu que o ser já não se mexia. Ficou um momento imóvel, respirando ofegante, desesperado. Estava tudo acabado.

Levantou os olhos e apontou-os para Kriss. Era culpa dele. Única e exclusivamente dele. Enganara-o. Usara-o. Prometera-lhe uma coisa irrealizável.

O rei não se mexeu. Das alturas da sua incrível beleza, olhava para ele com arrogância, compadecendo-o, mostrando quão pouco se importava com a sua miséria.

San jogou-se em cima dele aos berros.

– Prendam-no! – gritou o rei.

Uma multidão de mãos investiu, agarrando-o, segurando-o, jogando-o no chão. San tentou livrar-se, e até que teria conseguido se alguém não lhe tivesse colocado alguma coisa no pescoço, algo que, de repente, apagou toda a luz, até tudo se tornar vermelho.

Kriss olhou para o semielfo de joelhos, imóvel no meio da sala, cabisbaixo. San usava agora, no pescoço, um medalhão preto, alongado, com uma pedra vermelha no centro que pulsava com uma luz sinistra.

– Acreditava mesmo que eu não tinha um plano B? – disse, curvando-se para ele com um risinho de superioridade. Tinha corrido um grave risco, mas a situação se resolvera justamente como previra. – Claro, teria sido melhor se o feitiço tivesse funcionado, e foi por isto, afinal, que decidi tentar. Com Ido ao seu lado, você me obedeceria até o fim, dando-me o que eu pedia. Mas não deu certo, e agora tive de subjugá-lo. – Acariciou com a mão o medalhão. – Já sei, não conseguirei mantê-lo sob controle por muito tempo. Você é um sujeito que não se dobra, não tem nada a ver com Lhyr e tampouco com Amhal. Uma semana, no máximo, como me disseram os meus magos. Mas farei com que seja suficiente. Afinal, mesmo se não conseguirmos exterminar todos, no fim terei o prazer de mandar degolar os poucos sobreviventes um por um.

Dobrou-se, até ficar à altura do outro.

– Aprenda. A vontade férrea sempre vence, e a minha vontade sempre foi mais forte que a sua. Nem mesmo os Marvash podem deter-me. – Sorriu de novo, triunfante. – E agora levante-se – ordenou, voltando a ficar de pé. – Recupere o seu digno compadre e faça o que mandei: extermine todos os não elfos da Grande Terra.

Encaminhou-se devagar para o obelisco, onde iria consumar-se o seu triunfo. Acariciou a superfície metálica, esperando ouvir as botas de San arrastando-se no piso até a saída, por onde Amhal havia desaparecido pouco antes. Mas não percebeu qualquer barulho.

Virou-se.

– Não ouviu o que eu disse? – gritou.

San continuava no chão, de cabeça baixa.

Kriss voltou para perto dele, com um obscuro presságio a tomar lentamente forma em seu peito. Só quando já estava muito próximo,

San levantou a cabeça. Os olhos estavam vermelhos, como sempre acontecia nos primeiros momentos depois que o medalhão era colocado. Mas a sua expressão não era a de quem abdicou a própria vontade: o rosto estava torcido numa careta cruel, desesperada. Arquejava, a mão segurando o cabo da espada, tremendo.

– É preciso... bem mais... do que isto... para conter... a minha ira... – proferiu com muito custo.

Seus dedos fecharam-se no medalhão, devagar, como se o movimento exigisse um esforço sobre-humano. Kriss estava paralisado de surpresa e de medo. Não era possível. Era *absolutamente* impossível que alguém resistisse a um feitiço tão poderoso.

San gritou, os dedos agarrando o medalhão. Sacudiu-o com violência e conseguiu arrancá-lo do peito.

– Ataquem! Ataquem! – berrava enquanto isso Kriss, histérico, mas os seus estavam paralisados por um cego terror, e levaram algum tempo para se darem conta do que acontecia.

Quem tomou a iniciativa foi San. Pulou de pé, brandindo a espada meio corroída, mas ainda bastante afiada. Investiu com um grito contra Kriss, mas um dos guardas meteu-se entre os dois. San decepou-lhe a cabeça com um único golpe. Mais um elfo se intrometeu, e outro, e mais outro. San ceifou-os com os fendentes certeiros da sua lâmina. Sorriu, riu como um louco, enquanto massacrava os soldados do rei.

– Não pense que vai fugir de mim! – gritou alucinado para Kriss. – A sua será a última cabeça que cortarei!

32
ADHARA E AMHAL

Amhal mudara muito desde a última vez que se encontraram. Sabe lá em quantos campos de batalha lutara, quantos homens a sua espada tinha trespassado. Havia uma segurança nova em seus movimentos, constatou Adhara. E não se devia somente ao medalhão. Seu rosto refletia a calma de quem domina a situação, de quem sabe que não pode perder.

Amhal investiu logo contra ela com toda a sua força, a espada reta numa estocada precisa e letal. Adhara desviou-se a tempo, mas ele foi rápido e modificou a trajetória do golpe. Ela abrigou-se atrás de uma barreira mágica, forçando-o a desistir depois de tentar em vão quebrá-la com vários fendentes.

Agora estava diante dela e a estudava, respirando lentamente, a espada ainda em posição de defesa. Aquele rápido fraseado entre as lâminas não o deixara nem um pouco cansado. Adhara, por sua vez, sentia os próprios músculos doloridos e sabia a razão. Media todo golpe, segurando a própria força. Havia um abismo entre os dois: Amhal golpeava para matar, Adhara, para desarmar.

Não poderei evitar feri-lo, pensou, fechando com mais força os dedos metálicos, que rangeram no aço.

Olhou para as mãos de Amhal, enluvadas, segurando com determinação a empunhadura. Apesar da aparente firmeza, eram sacudidas por um leve tremor. A luva se mostrava frouxa na altura dos dois últimos dedos da mão esquerda.

Ele ainda existe, tenta se libertar, está ali, na hesitação das suas mãos, disse Adhara a si mesma.

Soltou um berro e lançou-se adiante no intuito de acertar, justamente, as mãos. Amhal parou o golpe sem dificuldade, rodou a grande espada e respondeu com uma estocada, ferindo-a.

Adhara sentiu a lâmina incidir a carne do seu ombro e conseguiu safar-se bem em cima da hora, antes que o aço penetrasse. Uma esteira de gotas de sangue marcou a sua trajetória. Voltou a ficar a uma distância segura apertando o queixo de dor.

– Passei os últimos meses cumprindo massacres. Acha que realmente pode me enfrentar, que pode lutar contra o vazio que tenho no peito? Nisto, o meu poder é bem superior ao seu: eu não tenho medo de matar, eu *quero* matar.

Amhal ergueu a espada diante de si, com a lâmina que ficou envolta em lampejos negros, e investiu contra Adhara. Por um momento o pânico tomou conta dela, mas então a memória veio socorrê-la. Afastou a mão metálica da empunhadura, levantou-a entre si e Amhal e bloqueou a lâmina adversária. Clarões sinistros chisparam por toda parte, enquanto seus dedos soltavam uma luz violeta. Conforme o encantamento mudo, os lampejos foram absorvidos pela sua mão e a espada de Amhal se apagou. Adhara cambaleou e afastou-se segurando o pulso. O poder da Fórmula Proibida que acabava de neutralizar reverberou ao longo do seu braço, estremecendo-o com uma dor surda. Levantou os olhos e reparou numa sombra de desapontamento no olhar de Amhal.

– Pode ser que você tenha matado durante este tempo todo, mas eu também continuei treinando – disse, com um sorriso triste.

Levantou novamente a mão, só precisou de um instante para concentrar-se. Os clarões negros que tinha absorvido prorromperam dos seus dedos, misturando-se com chamas de um roxo escuro. A luz foi moldando o perfil de uma lâmina, forjada pela energia e pela magia.

Alguma coisa passou pelos olhos de Amhal, desanuviando-os por um momento. Adhara vislumbrou aquele verde puro e límpido do qual se lembrava, e que a fascinara desde o primeiro momento em que se haviam encontrado.

Cruzou diante do peito a nova lâmina e a espada que segurava com a mão direita.

– Podemos acabar quando desejar. Não precisamos lutar, se você não quiser.

Amhal mordeu o lábio, um gesto nervoso, uma atitude *humana*. Adhara esperou que tudo pudesse acabar ali e naquele momento, desejou que aquele breve combate pudesse pôr um termo a uma luta sem sentido.

– Eu não passo de uma espada, sou a arma com que Freithar destrói este mundo, para que os deuses se lembrem do seu legado.

Ao ouvi-lo pronunciar aquele nome proibido, Adhara foi sacudida por um longo estremecimento de horror.

– É aquilo em que eles nos forçaram a acreditar. Que somos parte de um plano maior, que não temos qualquer possibilidade de escolha, mas não é verdade.

– Está se iludindo – disse ele, com a mais absoluta calma.

– Quem está se iludindo é você, que achou que podia esquecer-me com um mero medalhão, que pensou em tornar-se um Marvash simplesmente desistindo da sua humanidade. Mas acontece que você não é um Marvash, jamais será: você ainda pode ser Amhal, só precisa querer! – gritou ela.

Investiu contra ele, prendeu a espada do jovem entre as próprias lâminas, bloqueando-a, então a comprimiu com toda a sua força tentando quebrá-la. O rosto de Amhal quase roçava no dela. O olhar estava embaçado, um lago aparentemente calmo, mas que logo abaixo da superfície escondia um fervilhar de vida. Suas pupilas fremiam num supremo esforço de ausência, no desesperado esforço de suprimir o que já fora, o que ainda era. Adhara insistiu, a mão metálica que tremia, os dedos que doíam apertando a empunhadura, os músculos tensos como cordas, entorpecidos pelo esforço. E então Amhal gritou, um grito desesperado, raivoso. Livrou a espada, empurrando-a para baixo, para soltá-la à força daquela espécie de torninho criado por Adhara. A arma da Sheireen caiu no chão, e ela só ficou com a espada de luz. Uma palavra, uma só, tremenda, ecoou na sala, e um globo de luz prateada explodiu na palma de Amhal. Adhara jogou-se para trás, evitando-o por um triz. O ataque produziu uma voragem no muro atrás dela, e Adhara correu para buscar abrigo detrás de uma coluna.

– Saia logo daí! – trovejou Amhal.

Mais magia, mais tijolos e mais estuques voando pelo ar, arrancados pelo poder daquele ataque furioso.

Se estiver fora de controle, é um bom sinal, a raiva significa que o talismã está enfraquecendo, pensou Adhara, enquanto o ataque da magia a estonteava.

Um derradeiro choque despedaçou a coluna, forçando-a a deixar aquele refúgio. Uma cambalhota, e recuperou a sua espada. Dissolveu com a lâmina de luz o último feitiço que Amhal jogou contra ela, para então retomar o seu ataque. Não se poupou e imprimiu nos golpes toda a potência de que era capaz, investindo ao mesmo tempo da esquerda e da direita, visando a espada adversária para quebrá-la, para arrancá-la das mãos dele. O aço encontrou a dureza da couraça, cortou suas tiras de couro até ela escorregar no chão. E aí mais embaixo, até alcançar a maciez da carne. Adhara não parou. Continuou o movimento, saboreou a contração dos músculos de Amhal sob o golpe, observou a ferida que lentamente se abria, o sangue translúcido que molhava a sua lâmina. E um prazer obscuro encheu sua cabeça, um desejo de morte, de aniquilação, que conhecia muito bem. Foi este prazer que a deteve.

Não, pensou. *Não!*

Amhal curvou-se, ferido, levou a mão ao corte no ventre, e Adhara virou-se para ele.

O que foi que eu fiz?, disse a si mesma, horrorizada, tentando avaliar a gravidade do ferimento.

– Amhal! – gritou.

Ele levantou a cabeça, uma careta feroz estampada no rosto. Golpeou de ponta, e Adhara viu a morte chegando. Um momento de piedade fora suficiente para perdê-la.

Só podia acabar assim, disse-lhe uma voz interior, enquanto via a espada avançar contra seu ventre quase em câmera lenta. *Está escrito na natureza do Mundo Emerso: um dos dois tinha de morrer, e isto coube a você.*

Talvez fosse a dor a tornar o golpe impreciso, mas a espada de Amhal errou o alvo. Acertou, no entanto, a mão metálica que voou longe do braço. A lâmina de luz se apagou, enquanto o metal acabava tilintando do outro lado do aposento. Adhara afastou-se, o coto apertado no peito.

– Sonhadora – disse Amhal, mas desta vez a sua voz não estava desprovida de emoção. Desta vez as suas palavras vibravam de ira e desespero, uma inteira gama de sentimentos que pareciam confundi-lo, agitá-lo até tirar-lhe a lucidez. – Acha que pode vencer-me com a sua piedade? Não é por aí que se faz a história.

Dobrou-se por um instante sobre si mesmo, a mão apertando o ventre.

– Amhal... – murmurou ela, dando um pequeno passo adiante.

– Cale-se! – gritou ele, o rosto desfigurado pela fúria. – Essa sua compaixão não é coisa para mim!

Adhara procurou dar uma olhada na ferida que lhe infligira, mas ele encobria-a com o braço. O sangue parara de escorrer, de qualquer maneira, talvez não fosse tão grave.

– Precisamos acabar com isto, Amhal, sem demora. Quero parar agora mesmo de lutar – suplicou.

– Pare de dizer besteiras! – gritou ele de novo. – O que pensa que está fazendo? Amhal morreu, sumiu! Amhal já não existe!

– Nada disso, ele ainda está aí, posso sentir nas suas palavras, e o próprio fato de estar sendo consumido pela raiva é prova disto.

O rosto pálido estava molhado de suor. Amhal parecia estar lutando contra alguma coisa que o atormentava, que lhe embotava a lucidez.

– Pare de iludir-se – disse, a duras penas, como se falar fosse para ele um esforço indizível.

– Amhal... – gemeu ela de novo.

– Quer uma prova? Saiba que exterminei o pessoal da Terra do Vento, todo ele, num piscar de olhos. É suficiente uma palavra minha. E não tenho qualquer remorso. – Empertigou-se e levou a mão ao peito, encarando-a agora com mais segurança. – Não experimentei coisa alguma ao fazê-lo – acrescentou, com olhar desafiador. – Agora como então, o meu coração estava calmo. – Riu baixinho, um riso que se apagou num estertor abafado, enquanto levava mais uma vez a mão à fronte.

E Adhara o viu. Um pulsar pálido que se vislumbrava dentro do casaco entreaberto. O maldito medalhão, fonte de todo o mal.

– Você mesmo não acredita – disse, pulando adiante. Defesa, ataque, um golpe que se perdeu no vazio, e mais, mais, enquanto o espaço se enchia das faíscas produzidas pelo choque das lâminas. A cada golpe Amhal gritava, e cada defesa, cada arremetida enchiam seus olhos de uma fúria cada vez mais cega, de um desespero cada vez mais profundo.

Nesta altura, Adhara estava cansada, exausta, e algo, alguma coisa milenar, premia sob o seu esterno. A cada investida convidava-a a se esquecer de si mesma e da sua escolha, sugeria baixinho que se soltasse para obedecer a um instinto antigo, repetindo continuamente as palavras de Amhal – *não tenho qualquer remorso* – e insinuando: *Está perdido para sempre, depois do que fez já não há retorno para ele, nem redenção possível. Somente a morte.*

Adhara, porém, não se deixou dobrar. Continuou a manter o olhar fixo nos olhos dele, naquele resquício de humanidade que ainda transparecia, a mente perdida nas lembranças do breve tempo feliz que o destino lhes concedera.

Um corte na coxa fez com que perdesse o equilíbrio, e Amhal aproveitou. Um golpe violento, lateral, e Adhara viu a lâmina da própria espada quebrada em dois pedaços. Só conseguiu salvar-se evocando uma fraca barreira mágica que deteve a parábola do ataque adversário.

Ficou, mais uma vez, a uma distância de segurança. Estava esgotada, cada fibra do seu corpo implorava para ela parar, deitar-se no chão e se abandonar.

Amhal riu, mas a sua risada apagou-se novamente num gemido de dor. Apertou a cabeça entre as mãos, então olhou para ela com desespero.

– Por que está me fazendo isto? Por que me força a lembrar, a *sentir*? Eu só desejo o nada, não quero existir!

Chorava, o rosto riscado pelas lágrimas. Ele também estava exausto, com a roupa manchada de sangue.

Adhara fez um esforço e se endireitou. Levou a mão aonde sabia, onde dor e sofrimento esperavam por ela, mas talvez também a vitória. Seus dedos fecharam-se em volta do cabo do Punhal de Phenor.

– Faço isto porque amo você – sussurrou. Então desembainhou a arma.

Os rebentos na empunhadura alongaram-se e envolveram, famélicos, a carne do seu braço. A dor foi imediata: espalhou-se até o ombro, subiu pelo pescoço e explodiu nas têmporas. Adhara apertou o queixo. Olhou mais uma vez para ele, perdido como um menino, devorado pelos próprios demônios. Iria lutar contra cada um deles e os destruiria. Agora sabia qual tinha de ser o seu destino.

Deu um pulo adiante e desferiu o golpe.

– Um punhal nada pode contra uma espada! – gritou Amhal, e investiu. Foi quando as duas lâminas se chocaram que aconteceu: o punhal esticou-se até tornar-se uma espada, até golpear o Marvash no peito. Adhara retraiu a mão, mas não era preciso: a lâmina não penetrou mais que o necessário, e a ferida resultou superficial. Observou o punhal. A dor era alucinante, mas sentia que sua palma se adaptava perfeitamente ao cabo e que, de alguma forma, aquela arma obedecia à sua vontade: percebeu que com aquela lâmina jamais poderia matar Amhal. Sorriu, o rosto contorcido de dor, e partiu para um novo ataque.

A cada assalto, a lâmina se alongava até acertar o Marvash: um estilicídio de pequenos ferimentos que o enfraqueciam sem arriscar a sua vida. Mas ele estava fora de si, o rosto nesta altura irreconhecível, uma horrível careta de fúria e de dor. Os seus golpes eram para matar, mas os ataques eram imprecisos devido à raiva e ao cansaço. Tentava evocar de novo a magia, mas já não tinha forças, e os encantamentos não resolviam.

Adhara percebeu que a cada golpe as suas energias também se debilitavam. A carne do seu braço ia se tornando mais pálida enquanto, por sua vez, a Lágrima entre o cabo e a lâmina tingia-se de um vermelho primeiro tênue, mas agora cada vez mais intenso. Pois o punhal não sugava somente o seu sangue: o que queria em troca era de fato a sua vida. Adhara desfechou então um golpe, preciso, na empunhadura da espada de dois gumes. A lâmina voou longe das mãos, nesta altura enfraquecidas, do jovem, e o Marvash ficou desarmado.

– E agora? – perguntou, com voz alquebrada.

Adhara sustentou aquele olhar.

– Agora acabou – disse, sem largar a presa. A lâmina voltou a esticar-se e desenhou um amplo círculo. O aço golpeou o músculo da coxa, e Amhal caiu de joelhos. Um leve chute foi suficiente para que desmoronasse de costas no chão.

De repente foi o silêncio, só quebrado pela respiração arquejante dos dois.

Venci, pensou Adhara. *Mais uma vez a Sheireen venceu.*

Amhal fitava-a com ódio, esgotado, incapaz de reagir.

– Mate-me – disse. – Sabe que é assim que tem de acabar, que as coisas sempre se resolveram deste jeito.

Adhara sentou-se de pernas abertas em cima dele. Com dois dedos percorreu o caminho do pescoço até o centro do peito do rapaz. Demorou alguns instantes onde o sangue da jugular pulsava num ritmo adoidado.

– Além do mais, está farta de saber que quero morrer – prosseguiu ele, e a sua voz, por um momento, pareceu voltar a ser o que já fora. – Não quis outra coisa, desde que matei Neor.

Os dedos de Adhara pararam e, com o punhal, rasgaram o casaco até deixar à mostra o medalhão. Estava no meio do peito, e a luz vermelha pulsava devagar. Finas raízes metálicas saíam do oval e mergulhavam na carne, soltando um fraco brilho no ritmo do coração. Ali estava, o coração... Bastaria muito pouco. Apontar a lâmina e afundá-la. Tudo acabaria do jeito esperado, como sempre acontecera havia vários milênios. O Mundo Emerso mais uma vez salvo, até outro Marvash aparecer, até tudo se repetir de novo, num ciclo eterno, incorruptível, cruel. Adhara encostou a ponta da lâmina no peito dele, logo acima do coração.

Amhal fechou os olhos.

– Morrer por suas mãos é a melhor das mortes. – Engoliu em seco. – Nem mesmo a magia de Kriss conseguiu fazer com que a esquecesse – acrescentou com um soluço. Então olhou para ela. – E agora faça o que tem de fazer.

Adhara curvou-se, roçou com os lábios na boca do jovem.

– Não é assim que irá acabar, e você sabe disso – sussurrou.

Enfiou a lâmina por baixo do medalhão, entre a carne e o metal, e usou o punhal como alavanca. O espaço ao redor explodiu numa luz sangrenta, enquanto faíscas negras redemoinhavam em volta. Amhal berrou, um grito infinito, e Adhara sentiu a dor correr pelo braço até alcançar o corpo inteiro. Perdeu a consciência de si, sua carne tornou-se um amontoado de sofrimento sem fim. Só percebia os dedos da mão fechados na empunhadura e a lâmina que abria caminho, que separava vagarosamente a carne do metal. Afinal, com um derradeiro puxão, o medalhão voou longe. Descreveu um pequeno arco no ar novamente límpido e imóvel do aposento, e estatelou-se tilintando a umas duas braças deles.

Adhara jazia no peito de Amhal, já sem forças. Soltou o punhal, fechou os braços em volta do pescoço dele, chorando. O rapaz estava frio, inerte.

Então o toque das suas mãos nas costas, o calor de sua respiração. Não lhe disse nada. Afundou a cabeça no ombro dela, fartando-se do seu perfume. Sentiu-o abraçá-la com desespero, e ela fez o mesmo.

– É você? – perguntou Adhara, baixinho.

– Sou. – E apertou-a com mais força.

33

O FIM DE TODA A ILUSÃO

A porta cedeu de repente. Tinha resistido por uma manhã inteira, rangendo sob os golpes cada vez mais furiosos do aríete. Quando ficou claro que iria rachar, Moran, o homem que liderava as exíguas tropas da cidade e assumira o comando dos Guerreiros das Sombras, deu a ordem de retirada.

– A partir de agora combatemos em cada casa, em cada rua. Nova Enawar nunca será dos elfos.

Amina estava pronta, desde sempre. Percebia uma estranha sensação correr pelo seu corpo, sentia claramente que tudo chegava ao fim. Tinha plena consciência de que tudo seria decidido naquele momento, de que aquilo que fariam dentro das muralhas da cidade definiria o destino do Mundo Emerso.

Kriss ficou parado. Tudo nele gritava para que fugisse, mas o terror o paralisava. Não era só o medo a impedir que se mexesse: também era uma força que não conseguia entender, uma beleza terrível e hipnótica que imbuía o combate ao qual estava assistindo.

San sofrera uma total transfiguração. A sua espada negra descrevia arcos perfeitos no ar imóvel da sala. Os soldados caíam em cima dele achando que podiam contar com a força do número. Mas, um por um, tombavam no chão. Havia sangue por toda parte, e o seu cheiro adocicado encobrira até o odor acre de carne queimada da monstruosa criatura. E San, no meio da rixa, mostrava-se imenso, grandioso e irreconhecível.

De repente, Kriss percebia que havia sido um louco ao pensar que poderia refrear aquela fúria. Reparava que havia poderes que nada ou ninguém podia controlar, forças que sempre encontram um jeito de se desvencilharem. A força do Marvash, finalmente, explodira, manifestando-se em toda a sua assoladora potência.

As espadas dos soldados infligiam-lhe inúmeros pequenos ferimentos que sangravam devagar, empapando o tecido preto da sua pesada veste, mas isto não o detinha, aumentava, aliás, a sua fúria. Para cada ferida recebida, devolvia cem. Tripudiava sobre os corpos dos adversários com uma ferocidade insana, e a visão de todo aquele sangue parecia excitá-lo. Ria, e soltava para Kriss olhares que ocultavam uma tácita promessa. E era justamente aquele olhar que pregava o rei no chão.

Um dos soldados sobreviventes ficou de joelhos implorando piedade. San afundou a lâmina entre o seu pescoço e o ombro, até chegar aos ossos das costas.

O grito do elfo ecoou na cabeça de Kriss, despertando-o afinal e dando-lhe a força de fugir. Não fazia ideia de onde abrigar-se. Não conhecia o palácio, e o único capaz de deter aquela fúria era Amhal, que estava agora, sabe lá onde, às turras com a Sheireen. Embocou por um corredor e correu adoidado escadas acima. Procurou desesperadamente a espada, mas percebeu que a esquecera no andar inferior. Praguejou e sacou o punhal que usava na cintura.

O Marvash já não me pertence, mas não faz diferença. Nem tudo está perdido. Ainda tenho muitos soldados, e os habitantes do Mundo Emerso estão enfraquecidos devido à peste. Falta muito pouco para a vitória final, nada ou ninguém poderá deter-me!, pensou num impulso de louca esperança.

Continuou a subir rapidamente pela escada, com os pés que escorregavam na brancura do mármore. Jogou-se contra uma porta de madeira, escancarou-a. Uma rajada de vento gelado investiu contra ele. Estava do lado de fora, na cobertura. Milhares de minúsculas agulhas alfinetaram seu rosto: nevava densamente. Diante dele desenhou-se o perfil de Nova Enawar. De um lado, baixas construções de madeira; de outro, imponentes edifícios de vidro, e mais luxuosos prédios cheios de adornos, cercados por moradas mais humildes. O seu olhar errou sobre aquela extensão sem conseguir deter-se sobre parte alguma. Correu ao parapeito, debruçou-se. Barulho de gritos, armas e luta. Os seus deviam ter abatido a porta da cidade. Olhou para baixo. Pelo menos vinte braças separavam-no do solo. Um sombrio desespero anuviou seus olhos.

– Aqui está você – disse uma voz ofegante. Kriss se virou. Era ele, inteiramente coberto de sangue, o próprio e o dos homens que havia trucidado.

Está mais para lá do que para cá, mal consegue ficar de pé!, pensou o rei, para criar coragem.

Mas, ao contrário, San avançou contra ele. Cambaleava, arrastando a espada atrás de si. A ponta deixava um rasto vermelho na fina camada de neve que acabava de cair.

Kriss ergueu o punhal diante de si.

– Vou matá-lo! Se chegar perto, vou matá-lo!

San parou por um instante, então deu uma gargalhada.

– Quem me dera! – exclamou. – Mas a maldita lenda diz que caberá à Sheireen fazer isso. E, de qualquer maneira, você terá de ir para o túmulo antes de mim.

Kriss recuou, chegando a encostar no parapeito.

– Desta vez não funcionou... – gaguejou. – Mas, provavelmente, foi tudo culpa de Tyrash... não era bastante forte, está me entendendo? É por isto que acabou não dando certo...

O sorriso apagou-se no rosto de San.

Kriss achou que era um bom sinal.

– Encontrarei outro mago, um mais poderoso. Podemos tentar novamente. Você vai ter de volta o seu mestre, eu juro, é só me deixar experimentar de novo.

San continuou se aproximando, implacável. Seu rosto corava-se de uma raiva cada vez mais incontrolável.

Segurou a garganta do monarca com mão férrea e levantou-o vagarosamente do chão, até ter o rosto dele na mesma altura do seu. Aquela face, que já fora perfeita, animada por uma beleza que deixava todos sem fôlego, transformara-se agora numa careta apavorada.

– Quer tentar de novo? – Cuspiu no seu rosto. – Condenou o meu mestre a um destino pior que a morte, e procura deter-me jurando que vai tentar outra vez?

Apertou ainda mais, e o rosto de Kriss ficou roxo.

– Nada disso, vai ter de pagar por aquilo que fez. Afinal de contas, Shyra estava certa: não conseguirá levar a bom termo o seu plano, morrerá aqui e agora, e nada, nada mesmo daquilo que fez terá sentido. – Sorriu. – Justamente como no meu caso.

Soltou a presa, e Kriss caiu no chão, tossindo. San trespassou-o de um lado a outro com a espada, com uma única estocada. Levantou-o no ar, espetado na lâmina, saboreou seus estertores e, antes de ele exalar o último respiro, jogou-o do parapeito, no vazio. Acompanhou a queda até o corpo se espatifar no solo. Abaixo dele abriu-se uma flor de sangue. San ficou encantado, olhando a neve que se tingia de vermelho. Não sentiu qualquer alívio, nem mesmo uma pontinha de satisfação. Só dor.

Não adiantou. Não deu em nada, como qualquer outra coisa na minha vida.

Voltou atrás, entrou no palácio. Sentia-se mortalmente cansado. Mais que o esgotamento, no entanto, o que realmente o atormentava era a imagem do ser imundo que a magia evocara. E havia sido por culpa dele. Não só não conseguira trazer Ido de volta à vida, como também gerara aquele horror. Tudo em que ele tocara durante a sua existência se transformara em cinzas, nada daquilo que tentara tinha tido sucesso.

E agora?, pensou aflito. Diante dele, só trevas e desolação. Levantou os olhos e parou. No meio da sala havia uma pequena figura. Levou algum tempo para entender de quem se tratava. Então a reconheceu. A filha de Neor, a garotinha espevitada que vira correr pelo palácio, vestida de homem, durante o período que passara na corte. Estava de pé diante dele, segurando a espada. Tremia.

– Saia da minha frente – intimou.

Ela continuou calada.

San levantou a espada com esforço sobre-humano e ficou em posição de ataque.

– Acha que tenho receio de matar uma menina? Eu sou o Marvash, não há abismo em que eu não goste de mergulhar – disse.

– Tudo começou com você – replicou ela. Tinha uma voz fina, trêmula. Mas o frêmito que a agitava não era medo. Era o mais puro ódio. – Sem você as pessoas que amei ainda estariam vivas. Foi você que destruiu tudo.

Olhou para ela.

– Eu já lhe disse, sou o Marvash.

A garota gritou e avançou contra ele. San parou o golpe. Ela não desistiu e voltou ao ataque, com mais vigor, procurando uma brecha na guarda dele.

Em outras circunstâncias, San a teria vencido com facilidade no primeiro assalto. Mas não agora. Os ferimentos do combate anterior impediam que se mexesse como desejava. Movia-se sem jeito, estava enfraquecido. E ela era pequena, ágil e muito determinada.

Um golpe mais preciso, e alguma coisa voou sibilando no ar. San viu-se de repente segurando apenas a empunhadura da espada de Nihal. A lâmina jazia no chão, quebrada. Sentiu uma fisgada de lástima ao lembrar que a arma que representara tudo para a sua avó, e que Ido carregara nos últimos anos da sua vida, tinha sido agora destruída.

Acabou. De vez.

Mais um ataque. San deteve a espada adversária com a mão. A lâmina mordeu sua carne, mas ele aguentou. Seus olhos cruzaram os da mocinha. Estavam velados de pranto. Um lampejo repentino e o viu. Vislumbrou nos olhos dela o menino que fora quando perdera Ido, quando a sua inocência ainda não havia sido manchada pelo mal ao qual era predestinado. Viu a si mesmo como se nem um só dia tivesse passado desde que o mestre o deixara sozinho.

Perdeu-se no langor da lembrança, e aquele instante bastou para que afrouxasse a presa. Amina soltou a lâmina, golpeou-o no ventre e o fez desmoronar no chão, já sem forças, apontando-lhe a espada na garganta.

Entreolharam-se. Amina estava ofegante, incrédula. Não conseguia entender como pudera levar a melhor com um guerreiro tão forte.

San sorriu.

– Você venceu. Mais um gesto e depois poderá voltar para junto dos seus como heroína. – Apertou as mãos em volta da lâmina, puxou-a lentamente para si para acompanhar o golpe. Sabia que era um gesto insensato, que só a Sheireen podia matá-lo. Mas era tão intenso o seu desejo de sumir, tão profunda a loucura que lhe ofuscava a mente, que esperava encontrar a morte até na espada de uma simples garotinha. Qualquer coisa, desde que pudesse dar um basta àquele suplício.

De repente, Amina opôs resistência. Odiava-o mais do que nunca. Mesmo que o homem estivesse no chão, vencido, prostrado de dor. Porque ela não esquecia, nunca teria feito. Matá-lo podia até parecer a coisa certa, mas em vez disso deu um puxão, livrou a lâmina do aperto dele e a abaixou.

— O que está fazendo? — perguntou San.

— Estou indo embora.

Ele fitou-a, incrédulo.

— Ficou louca?

— Já não pode prejudicar ninguém, e os ferimentos que tem no corpo não são daqueles que vão sarar.

— Eu quero, eu *preciso* morrer! — berrou San.

Amina curvou-se sobre ele.

— Bem que gostaria, não é? Deixou-se vencer de propósito, ou estou errada? Mas eu não mato um inimigo já morto. E, de qualquer maneira, nem é digno da minha espada. Está aqui, deitado e inerme, numa cidade que não lhe pertence. É para isto que tramou tantas intrigas? É por isto que matou tantas pessoas e cuspiu nos liames mais sagrados?

Voltou a embainhar a espada, brindou-o com um último olhar cheio de desdém e então se afastou.

San virou-se, com muito esforço conseguiu sentar-se.

— Quero morrer, morrer! — gritou.

As lágrimas começaram a riscar as suas faces, enquanto os soluços sacudiam-lhe o peito. Encurvado no meio daquele grande salão, parecia um menino do qual tinham tirado, de repente, todos os afetos.

É a isto que você se reduziu? A invocar a morte como um verme? É ou não é o Marvash, afinal?

Arrastou-se até a parede, levantou-se com um esforço indizível. Pensou nos exércitos em formação de batalha, lá embaixo, que continuavam a se massacrarem sem motivo. Os reis que tinham começado aquele conflito estavam mortos, e mesmo assim a chacina continuava. Pensou no Mundo Emerso, no ciclo eterno de paz e guerra, nos Marvash e nas Sheireen, no rastro de sangue que se arrastava ao longo dos séculos. Por fim, tudo pareceu-lhe insensato. E então compreendeu. Uma iluminação tardia, que lhe deu o verdadeiro sentido daquilo que era. Deu-se conta da única razão pela qual estava no mundo, da real finalidade da sua inútil existência salpicada de erros. E iria cumprir aquela finalidade, num derradeiro impulso de orgulho. Sim, claro, estava sozinho, e os Marvash eram dois, mas daria um jeito assim mesmo.

Não partirei sozinho, pensou com raiva.

34

O ÚLTIMO MARVASH, A ÚLTIMA SHEIREEN

A suavidade das suas mãos que lhe acariciavam as costas. O calor do seu aperto e da sua respiração no pescoço. A maciez dos seus lábios na pele. Coisas que acreditara nunca mais poder voltar a ter, sensações que tentara relegar ao mundo dos sonhos. E, ao contrário, ali estava ele, com ela, a chorar no seu ombro, abraçando-a bem apertado como se receasse perdê-la a qualquer momento.

– Perdoe-me – murmurou Amhal.

Adhara levantou-se, olhando fixamente para ele. Seus olhos verdes e vibrantes estavam de volta: cheios de sofrimento, é verdade, mas também de esperança, de sonhos, de vida. Não conseguia acreditar. Apesar de já fazer muito tempo que perseguia esta única finalidade, percebia agora que nunca tinha esperado realmente alcançá-la. Alguma coisa nela continuara a acreditar que Amhal estava perdido para sempre, que no fim daquela longa viagem seria fatalmente forçada a matá-lo, como desde sempre acontecera. Mas, ao contrário, tivera sucesso, conseguira mudar a história, revoltara-se contra os deuses.

– Não há coisa alguma que precise do meu perdão – disse para ele.

Foi a vez de o jovem chegar-se a ela, de beijá-la com ardor, como naquela última tarde, na entrada da Academia. Agora, porém, nada havia de violento na sua paixão, só o desespero de quem tem consciência do tempo perdido e procura, com todas as suas forças, esquecer meses e mais meses de sofrimento. Mas Adhara já estava completamente entregue ao presente. O que fora no passado só chegava a fazer sentido naquele momento em que tudo se cumpria: o longo caminho que daquela clareira, menos de um ano antes, levara-a ali, para realizar o que ninguém até então tivera a coragem de fazer. E as mãos dele no seu corpo tornavam-na, finalmente, viva: já não era o corpo de Elyna, já não era a carne na qual os Vigias haviam gravado o selo da Consagrada. A pele que fremia no toque de Amhal era, afinal, somente dela. Era de fato a Adhara que, nascida por engano num gramado, ficara exaustivamente procurando a si mesma através de pântanos de incerteza e sofrimento, até construir uma pessoa e tornar-se o que era agora. E o beijo extremamente demorado e quente devolvia-lhe a unidade, juntando-a a um corpo que demasiadas vezes a traíra, do qual fora muitas vezes apenas uma hóspede irrequieta. Aquele sentido perfeito de totalidade deixou-a profundamente comovida.

Gritos dilacerantes, no entanto, tiraram-na dos seus devaneios. Ficou sentada, olhou em volta.

— Precisamos sair daqui – disse.

Só então percebeu. O rosto de Amhal estava extremamente pálido, úmido de suor frio. No lugar do medalhão havia agora um buraco escuro, do qual o sangue escorria lento, inexorável. Ela sentiu o coração falhar.

— Precisa cuidar dos ferimentos – disse, apressada, e procurou levantar-se. Mas suas pernas cederam e acabou novamente no chão.

Tinha dado tudo no combate. As suas feridas eram praticamente superficiais, mas estava esgotada.

— Fuja... – murmurou Amhal. – Fuja, procure se salvar.

— Não diga bobagens – replicou ela.

Arrastou-se para a mão metálica. Jazia no chão, aos pedaços, inutilizável. Adhara soltou uma praga, para então voltar para ele, ofegante. Rasgou as mangas do casaco, tentou transformá-las de qualquer jeito em ataduras, usando a mão útil e os dentes.

— Posso senti-lo... – disse Amhal, baixinho, com o olhar que errava pela sala.

— Não fale – intimou-o Adhara, apoiando o indicador nos lábios dele. Então evocou um encantamento de cura. Mas estava fraca demais, e a fórmula só conseguiu deter parcialmente a hemorragia. Olhou para o próprio braço direito e viu que estava mortalmente pálido, marcado por profundos cortes circulares onde o punhal lhe sugara o sangue e as energias.

Culpa dele, pensou desesperada, *é por causa do punhal que estou nestas condições.*

Que cruel ironia: o que lhe permitira salvar Amhal fora o Punhal de Phenor, e aquele mesmo punhal impedia agora que o curasse e que ela própria tivesse forças suficientes para levá-lo embora.

– Posso senti-lo... – continuou Amhal.

– Fique calado, eu lhe peço, está muito fraco.

O jovem olhou para ela, sacudindo a cabeça.

– É importante. Preste atenção. – Segurou o rosto dela entre as mãos, apertando-o como se fosse uma coisa delicada e preciosa. – É San. Está em algum lugar aqui perto. E está libertando o seu poder.

Ela esquecera-o por completo. Dera-se conta de que Shyra, sozinha, nunca conseguiria vencê-lo, mas esperava que pudesse pelo menos atrasá-lo. Sabia que San só tinha a ver com ela, que só a Sheireen poderia derrotá-lo.

– Não interessa! – respondeu. – Tudo aquilo que fiz nestes últimos meses, só fiz por você; não vim aqui para cumprir o meu destino de Sheireen; até pensei em fazê-lo, mas agora percebo claramente que não me importo, que não é aquilo que desejo. Só quero você, nada mais.

– Não está entendendo – replicou Amhal. – Aquele homem é um louco, ele e eu estamos ligados mais profundamente do que imagina, e sei o que há no seu coração: um abismo sem fundo e um imenso poder que está a ponto de desencadear-se. Aquele homem é predestinado para a morte, e, quando sumir, pode acreditar que não sairá de cena sozinho. E sinto que o momento se aproxima.

Adhara olhou para ele com infinito amor. Não, não havia dúvida alguma, nenhuma incerteza. Sabia o que queria.

– E então precisamos nos afastar antes que isso aconteça – disse, com firmeza. Pegou as ataduras. – Ajude-me, com uma só mão não consigo.

Juntos, prenderam com firmeza as tiras em volta do peito de Amhal. Quase imediatamente formou-se uma leve mancha avermelhada na altura da ferida provocada pelo medalhão. Adhara fitou-a com horror. Ele encobriu-a com a mão, então sorriu cansado.

– Está tudo bem, vamos lá. – Estava muito pálido, pouco a pouco sua pele parecia ficar cada vez mais diáfana, mais fina.

– Vou levá-lo para longe daqui mesmo que seja a última coisa que faço na vida.

– Não diga isso, nem de brincadeira.

– E então não se atreva a render-se.

Beijaram-se de novo, com desespero, então Adhara procurou ficar de pé. Suas pernas tremiam, a cabeça rodava. Cerrou os dentes, disse a si mesma que a vontade vencia qualquer coisa. Conseguiu levantar Amhal segurando-o pelo braço. Ele procurou erguer-se, mas não tinha força.

Feri-o fundo demais, pensou Adhara. Apanhou o punhal no chão e o guardou na bainha.

– San – repetiu Amhal, com voz esganiçada. – Está prestes a fazer alguma coisa terrível.

– Não precisa se preocupar. Estaremos longe quando isso acontecer.

Adhara começou a avançar com cuidado. Amhal, encostado nela, totalmente entregue, os pés procurando se apoiar no chão, mas cedendo sob o peso do corpo.

Arrastaram-se rumo à saída. Não ficava longe. Então seguiriam para a brecha nas muralhas, aquela pela qual Kriss entrara, e dali passariam pelo campo de batalha até chegar às tropas aliadas.

Vamos conseguir. Jamila virá nos buscar.

– Já lhe disse que Jamila está comigo? – disse para reanimá-lo, enquanto cambaleava para a saída.

– Jamila... – murmurou ele, sonhador.

– Não me diga que a esqueceu.

– Tentei, assim como tentei fazer o mesmo com você. Mas há coisas das quais não conseguimos nos livrar. Jamila é uma delas.

– Levará a gente embora daqui – continuou Adhara.

Amhal tentou ensaiar uma risada, mas uma tosse áspera cortou o seu riso na garganta. Adhara ouviu-o soluçar.

– Que dor, que dor terrível, maldição...

– Procure não pensar nisso – replicou ela, segurando com mais força o braço do rapaz apoiado à sua cintura. – Já é coisa do passado.

Encostou-se, finalmente, no umbral da porta. Já estavam saindo. Ela estava sem fôlego, com os ombros doloridos, e começava a perder a sensibilidade do braço que segurara o Punhal de Phenor.

Mas não se rendeu. Afastou-se da parede, olhou direto diante de si... Uma vertigem confundiu céu e terra, e acabou ajoelhada no chão.

– Adhara.

– Só preciso recobrar o fôlego.

Sentia alguma coisa que lhe molhava o casaco, onde o corpo de Amhal aderia ao seu.

Tentou ficar de pé, mas um abalo fez estremecer o prédio desde os alicerces. O ar vibrou, grávido de uma potência mágica sem igual. Adhara sentiu-se invadida por ela dos pés à cabeça; era um poder assolador, repleto de uma maldade e de um desespero inimagináveis.

Freithar, pensou. Porque um ódio tão desmedido gritava aquele nome, Marvash, levava a sua marca inconfundível.

– Precisamos nos apressar – disse, com voz alquebrada.

– Já chega... Adhara.

Ela o ignorou, tentou levantar-se, mas caiu sentada, sem fôlego.

– Deixe-me aqui...

– Não posso, você sabe disso.

– Precisa.

– Nunca, nem pensar.

Apertou os olhos e esperou que aquele simples gesto fosse suficiente para cancelar o que estava diante dela.

Se os deuses existem, se de fato sou consagrada a Thenaar, então é possível. Será um milagre, e Amhal e eu estaremos a salvo.

Sentiu o braço dele que soltava a presa em volta do seu pescoço, seu corpo que se afastava inexoravelmente dela. Tentou segurá-lo com mais força na cintura, mas sua mão não obedecia. Abriu os olhos e viu que o seu casaco estava encharcado com o sangue de Amhal, a atadura molhada, o rosto dele exangue.

– Precisa ir.

– Jurei que o salvaria, jurei que mudaria a história. Não posso deixá-lo.

– Mas já me salvou. Fez isto de uma forma que nem pode imaginar.

– Se deixá-lo será como se o tivesse matado. A Sheireen terá mais uma vez vencido e o Marvash morrerá, tudo continuará na mesma, como antes, e eu não passarei de um estúpido fantoche nas mãos dos deuses! – A garganta infligiu-lhe uma fisgada de dor. Percebeu o calor da mão de Amhal na face.

– Começou a me salvar na mesma tarde em que nos conhecemos, e nunca parou. Sempre esteve comigo, até mesmo quando me entreguei a Kriss, mesmo quando o medalhão dele privou-me de qualquer sentimento. E mesmo agora está me salvando. Eu estou aqui, e não ao lado de San. Estou aqui com você, o meu poder desapareceu. Não sou mais um Marvash, e devo isto a você.

Adhara sentiu as lágrimas descendo pelas faces, inexoráveis.

– Mas qual seria o sentido disto tudo, se no fim tiver de abandoná-lo? Para que tanto esforço, se não puder ficar com você?

– Porque agora a minha alma está livre, como nunca esteve em toda a minha vida.

Sorria, apaziguado, e Adhara pensou que nunca o tinha visto daquele jeito. Sempre houvera dor nos olhos dele, uma sombra que parecia devorá-lo por dentro, arrancar pedaços de vida dia após dia. A dor, a sombra, já não estava lá, mas isto só tornava tudo ainda mais doloroso.

– Vá logo – disse Amhal – e viva por mim também.

– Não! – gritou ela. – Estou cansada de viver pelos outros, de sobreviver a quem amo. Não aceito este final! Por que tem de acabar deste jeito, por quê?

Por que estou sem forças, por que estas pernas não me sustentam? E Thenaar, onde está Thenaar agora?, não pôde evitar de pensar, com raiva.

– Ficarei com você – disse, colocando as mãos no peito dele. – Não há outro lugar onde eu queira ficar agora.

Mais um abalo, e uma parte do teto desmoronou. Adhara curvou-se para proteger Amhal, enquanto a alvenaria se rachava em volta deles, os estuques se pulverizavam em mil fragmentos iridescentes. Quando levantou os olhos, o viu.

Estava de pé no que sobrava da cobertura do edifício. Transfigurado, quase irreconhecível. No seu rosto estava estampada uma careta desumana: o verdadeiro semblante do Marvash. Adhara foi atropelada pela força da sua magia como que por uma arrasadora inundação, a energia penetrou em cada fibra do seu corpo e encheu-a de uma dor avassaladora.

Sentiu. Que San recorria a todas as reservas do seu poder. Que Freithar estava com ele e que a vitória do Marvash se encontrava próxima. Embora sozinho, ainda que o seu companheiro o tivesse abandonado para escolher outro caminho, percebeu claramente como a força dele era devastadora. Não fazia ideia de qual magia ele estivesse evocando, mas sentiu que depois o Mundo Emerso nunca mais seria o mesmo, que aquele poder iria arrastar para o abismo milhares e mais milhares de vidas humanas.

Compreendeu. Que não era possível evitar o destino. Que a ideia de procurar a salvação com Amhal não passava de pura loucura. Que não podia fugir daquele combate e que o choque iria determinar o futuro do mundo.

Decidiu. Que só havia uma coisa a fazer.

Estava exausta, esvaziada de toda a força. Mas ainda tinha a arma. Toda Sheireen antes dela dispusera da arma, e com ela enfrentara o inimigo.

Beijou Amhal na boca, o último beijo.

Ele entendeu.

– Levante-me – disse.

– Por favor...

– Estou com você.

Entreolharam-se. Adhara obedeceu e apoiou-o na parede, com o sangue que escorria cada vez mais farto da ferida.

Virou-se e ele abraçou-a na cintura. Adhara sentiu nas costas o calor do corpo dele. Fechou os olhos.

– Vamos conseguir? – perguntou.

– Vamos.

Sacou o punhal, levantou-o diante de si. Amhal envolveu a mão dela nas suas e, juntos, apertaram os dedos em volta da empunhadura. Os rebentos chisparam famélicos, mordendo a carne de ambos os braços.

Adhara sabia o que fazer. Um destino antigo, de milhares de anos, estava mostrando o caminho. Indicou-o a Amhal. Que suprema magia: transformar o mal em bem, arrancar o Marvash da sua sina e ensinar-lhe como matar o seu criador.

Uma bolha de luz tomou forma diante de San, alargou-se rápida, destruindo qualquer coisa em seu caminho. Tudo queimava ao longo do percurso e desaparecia no nada.

Até que algo bloqueou o seu avanço. Uma luz rosada, cálida, que se espalhava em volta. Partia do Punhal de Phenor e alcançou

San, envolvendo-o com suas volutas. O corpo inteiro do homem dissolveu-se nela, como uma folha seca numa fogueira, consumido pelo próprio ódio, pelo próprio desespero. A esfera luminosa também acabou sumindo, desmanchando-se lentamente numa chuva fina, dourada. Quem travava combate levantou os olhos para o céu, um céu repentinamente claro, límpido, no gélido ar invernal.

    Quietude profunda, silenciosa. O rasgo de céu limpo fechou-se devagar, e a neve voltou a descer lenta, como se nada tivesse acontecido. Elfos e homens ficaram calados. Metade de Nova Enawar já não existia, destruída desde os alicerces pelo feitiço de San. Mas a outra metade, incrédula, ainda estava de pé. Na margem da cratera, só um punhal negro, a empunhadura forjada com botões de rosa, e um adorno em forma de relâmpago manchado de sangue ao longo da lâmina.

EPÍLOGO

Um homem sábio certo dia disse que o Mundo Emerso vive em frágil equilíbrio, que a paz se alterna com a guerra e vice-versa, até o fim dos tempos.

Fico imaginando o que pensaria agora, o que diria, se tivesse visto o que eu vi. Paz. A paz reina de novo. Uma paz difícil e ingrata, uma paz construída à custa de muitos mortos. Eu mesma só estou viva por milagre. Fiquei muito tempo quase sem acreditar. Que viver e morrer dependesse de uma coisa tão boba quanto o local em que cada um de nós se encontrava naquele dia. A oeste, morte. A leste, vida. Quem simplesmente tropeçou na fuga, quem parou um instante a mais para olhar a catástrofe atrás de si, morreu naquele dia. Quem seguiu adiante sem se virar, quem pôde confiar em suas pernas, viveu.

Foi o que aconteceu no dia em que Nova Enawar ficou cercada. Eu já tinha corrido bastante, depois de deixar San moribundo nos bastiões. E vi tudo, até o que os outros não viram.

Estavam envoltos por uma luz muito pura e sorriam. Seguravam nas mãos um punhal decorado com motivos florais. Eram tão bonitos quanto os heróis de que falam os livros. Dissolveram-se no ar gelado logo depois que salvaram a todos nós. Adhara e Amhal.

O que aconteceu em seguida já é história.

Com a morte de Kriss, pouco a pouco a guerra consumiu a si mesma. Não havia mais motivo para continuar. Alguns elfos procuraram vingar-se, mas em sua maioria estavam transtornados com o que acontecera, como se acabassem de acordar depois de um pesadelo. De repente, pasmos, pareciam perguntar a si mesmos que raio de loucura os havia impelido a chegar até nós, que raio de sonho absurdo os levara àquela guerra. E, por outro lado, nós também estávamos esgotados. Pelas inúmeras mortes, pela destruição.

Não posso dizer que o fim foi indolor. Ainda houve derramamentos de sangue e episódios terríveis; os vencedores sabem ser extremamente cruéis com os vencidos. Mas, afinal, tudo acabou e, lentamente, teve início a reconstrução.

Quem salvou Theana fui eu. Encontrei-a jogada numa prisão de Salazar. Estava fora de si, prostrada, mas viva. Levei-a até o meu irmão. Nunca poderei esquecer as palavras dela naquele dia.

– Não creio poder continuar o meu ofício no templo – disse a Kalth.

– Por quê? – perguntei.

– Porque depois do que vi perdi a fé – afirmou, sem meias palavras. – Talvez San não tenha conseguido levar completamente a cabo o que se propunha, mas não há dúvida de que o Marvash venceu. O Mundo Emerso sempre foi o reino dos Marvash, uma terra desolada onde imperam o ódio e a morte, um lugar sem paz nem deuses. E talvez seja justo, então, que suma, que desapareça.

Aquela foi a primeira vez em que falei de Adhara e Amhal, daquilo que eu tinha visto. Até então guardara tudo dentro de mim, eu mesma não sei por quê. Pudor, talvez. Tinha assistido a alguma coisa grande, a algo impensável, e as palavras nunca poderiam fazer-lhe jus. Mas o tempo passava, e as pessoas à minha volta desconheciam quem fosse Adhara, e só se lembravam de Amhal porque nos atraiçoara e lutara ao lado de Kriss.

Contei tudo, e até o meu irmão, normalmente tão ponderado, ficou impressionado.

– Assim sendo, não digam que este lugar está perdido. Há quem sacrificou a vida por nós.

Theana ficou calada, então sorriu com tristeza.

– Quer dizer que, afinal, acabou conseguindo... – limitou-se a dizer.

Talvez fossem aquelas palavras a me levarem a tomar a decisão. Por mais algum tempo continuei a combater. Kalth imaginava, para mim, um futuro de rainha; às vezes, aliás, acho que via demais em mim a imagem da nossa avó. Teria gostado que eu fosse como ela, Amina, a soberana guerreira. Mas eu sentia que o meu destino era outro.

Quando chegou a paz, compreendi que era hora de guardar a espada. E também compreendi que eu não nascera para comandar. Outras tarefas me aguardavam.

Eu tinha de viver pelos mortos, por aqueles que participaram desta história e que foram esquecidos pelo tempo. Tinha de viver pela minha avó e pelo seu supremo sacrifício, por Baol e pelo seu heroísmo que me permitira sobreviver. Eu tinha de viver por Adhara e Amhal, que em silêncio haviam consumido suas existências pelo Mundo Emerso.

Tenho jeito com os instrumentos, assim como com as rimas. Nunca poderia ter imaginado que a pena fosse o meu destino. Mas talvez devesse ter desconfiado, quando me escondia da minha mãe para ler os livros de aventuras de que tanto gostava.

Agora ando, com o meu alaúde, pelas hospedarias, canto para quem quiser me ouvir. Cada noite uma história diferente. Canto de Nihal, de Dubhe, de Senar, de Ido, de Learco. De todos os heróis que tornaram grande o Mundo Emerso, sacrificando suas vidas em nome da sua beleza. E também canto de Livon, de Soana, de Elêusi, dos humildes que com sua dedicação tornaram possíveis as maiores façanhas. Afinal de contas, sinto que se trata de uma única, grande história.

No começo, alguns reconheciam em mim a garotinha que tinha trazido de volta o cadáver da avó e falara corajosamente ao povo assustado de Nova Enawar. Então eu negava tudo, saía de lá e ia procurar outra hospedaria. Agora já não acontece mais.

De vez em quando o meu irmão me procura, vem visitar-me.

– Poderia ter sido uma grande rainha – não se cansa de dizer.

– A minha obrigação é a memória do passado, a sua é a construção do futuro – rebato.

O ciclo das Sheireen e dos Marvash dominou por tempo demais este mundo. Desde a época de Freithar, que quis tornar-se um deus recorrendo à morte, toda coisa feita por aqui seguiu a lógica perversa desta eterna alternância. Às vezes olho para mim e para os meus similares, e acho que os deuses quiseram brincar conosco. Mas então lembro aquela cena para sempre gravada em minha mente: Adhara e Amhal, Sheireen e Marvash, abraçados, que juntos derrotam San. E então entendo. Que a liberdade existe e precisa ser conquistada. Mesmo que custe imensa dor. Que o destino nada pode sobre nós, desde que tenhamos a coragem de nos rebelarmos.

Acredito que Adhara tenha sido a última. Que este jogo cruel tenha chegado ao fim. Que a partir de agora o Mundo Emerso pertencerá a quem nele mora.

E o ama.

Amina

PERSONAGENS E LUGARES

Adhara: jovem criada pela magia da Seita dos Vigias para ser a nova Sheireen.

Adrass: o Vigia que criou Adhara.

Ael: espírito élfico da água.

Aelon: santuário dedicado ao espírito élfico da água, Ael.

Amhal: depois de ter sido aprendiz de Cavaleiro de Dragão, juntou-se a San e tornou-se o segundo Marvash. Em troca da sua fidelidade a Kriss conseguiu a anulação de todos os sentimentos graças ao Talismã de Ghour.

Amina: filha de Fea e Neor, neta de Dubhe, gêmea de Kalth.

Ashkar: catalisador. Um artefato mágico que serve para centralizar e amplificar a magia.

Aster: semielfo que cem anos antes tentou conquistar todo o Mundo Emerso. Foi um dos Marvash.

Baol: ordenança de Dubhe.

Calipso: rainha das ninfas e da Terra da Água.

Caridosos: os sobreviventes à peste que cuidam do tratamento dos doentes.

Dakara: fundador da Seita dos Vigias.

Devhir: pai de Kriss, mandado justiçar pelo filho para que este assumisse o trono de Orva.

Dohor: pai de Learco, cruel rei da Terra do Sol que tentou conquistar todo o Mundo Emerso.

Dubhe: rainha da Terra do Sol, já foi uma habilidosa ladra treinada nas artes dos Assassinos. Durante o seu reinado, fundou e liderou os Guerreiros das Sombras, uma formação de espiões.

Elyna: jovem morta por envenenamento. Seu corpo foi usado para gerar Adhara.

Ehalir: lugar mitológico para o qual os deuses élficos voltaram depois do pecado do primeiro Marvash.

Elfos: os antigos habitantes do Mundo Emerso, que o abandonaram para se abrigarem nas Terras Desconhecidas quando as demais raças começaram a povoá-lo.

Erak Maar: nome élfico do Mundo Emerso.

Fâmins: criaturas monstruosas criadas pela magia do Tirano para combaterem em suas fileiras.

Irmãos do Raio: os sacerdotes do culto de Thenaar.

Freithar: o primeiro Marvash.

Guilda: também chamada de Seita dos Assassinos, sociedade secreta que perverteu o culto de Thenaar.

Guerreiros das Sombras: a formação de espiões fundada por Dubhe.

Huyé: povo nascido da união de gnomos e elfos que vive nas Terras Desconhecidas.

Ido: gnomo, Cavaleiro de Dragão, salvou San da Seita dos Assassinos.

Jamila: dragão de Amhal.

Kalth: filho de Fea e Neor, neto de Dubhe, irmão gêmeo de Amina. É o atual rei da Terra do Sol e lidera o Mundo Emerso contra a invasão dos elfos.

Keo: dragão que vigia a morada de Meriph.

Kriss: rei dos elfos, que lidera o seu povo na reconquista do Mundo Emerso.

Lança de Dessar: artefato usado por uma Sheireen num longínquo passado.

Laodameia: capital da Terra da Água.

Larshar: fiel lugar-tenente de Kriss, regente da cidade de Orva na ausência do monarca.

Learco: soberano da Terra do Sol, responsável pelos cinquenta anos de paz vividos pelo Mundo Emerso. Foi morto pela peste espalhada na corte por San.

Lhyr: irmã de Shyra, maga e sacerdotisa. Kriss mandou raptá-la e forçou-a a manter ativa a magia que permitia a difusão da peste no Mundo Emerso.

Livon: pai adotivo de Nihal, foi morto diante dos olhos da filha por dois fâmins do Tirano.

Makrat: capital da Terra do Sol.

Marvash: "Destruidor", em língua élfica. Figura mitológica que aparece periodicamente no Mundo Emerso para assolá-lo e dar início a uma nova era.

Merhat: uma das quatro cidades que os elfos construíram nas Terras Desconhecidas.

Meriph: gnomo, mago, mestre de Adrass, vive na Terra do Fogo, no sopé do Thal.

Mherar Thar: nome élfico das Terras Desconhecidas.

Nelor: uma das quatro cidades que os elfos edificaram nas Terras Desconhecidas.

Neor: único filho de Dubhe e Learco, foi por pouco tempo rei da Terra do Sol, antes de ser morto por Amhal.

Nihal: semielfo, heroína que, cem anos antes, salvou o Mundo Emerso do Tirano. Foi uma Sheireen.

Nova Enawar: única cidade da Grande Terra, sede do Conselho do Mundo Emerso e do Exército Unitário.

Oarf: dragão de Nihal, posteriormente usado por San em suas andanças, até este decidir abandonar o Mundo Emerso.

Orva: uma das quatro cidades edificadas pelos elfos nas Terras Desconhecidas. É o lugar de origem de Kriss.

Pesharjai: o Dia do Milagre, festividade élfica durante a qual os doentes se dirigem ao templo de Phenor em busca de cura.

Peste: doença mortal e infecciosa que os elfos difundiram por todo o Mundo Emerso.

Phenor: divindade élfica da fecundidade e da criação, o princípio feminino que compõe uma díade com Thenaar, negando-o e completando-o ao mesmo tempo.

Portal: artefato mágico, conseguido com o uso de Fórmulas Proibidas e com o sangue de um ou mais sacrifícios, que permite deslocar-se instantaneamente de um lugar para outro.

Punhal de Phenor: arma destinada a Adhara, a única pela qual os Marvash San e Amhal podem ser derrotados.

Saar: grande rio que marca a fronteira entre o Mundo Emerso e as Terras Desconhecidas.

Salazar: cidade-torre capital da Terra do Vento.

San: neto de Nihal e Senar, braço direito de Kriss. É um Marvash.

Sarnek: antigo mestre de Dubhe, que a iniciou no ofício de sicário.

Senar: poderoso mago, marido de Nihal.

Sheireen: "Consagrada", em língua élfica. É uma figura mitológica que aparece periodicamente no Mundo Emerso com a finalidade de contrastar os Marvash.

Shet: uma das quatro cidades que os elfos edificaram nas Terras Desconhecidas.

Shevrar: nome élfico de Thenaar.

Shyra: guerreira dos elfos, irmã de Lhyr. No começo seguiu Kriss, tornando-se um dos seus mais fiéis colaboradores. Depois do rapto da irmã abandonou-o, juntando-se à rebelião até tornar-se líder dela.

Terra das Lágrimas: tradução de Mherar Thar, o nome com que os elfos chamam as Terras Desconhecidas.

Terras Desconhecidas: territórios além do Saar.

Thal: o maior vulcão do Mundo Emerso; fica na Terra do Fogo.

Theana: maga e sacerdotisa, Ministro Oficiante dos Irmãos do Raio.

Thenaar: deus da guerra, da destruição e da criação.

Tori: gnomo, vendedor de venenos. Forneceu a Dubhe a poção para rejuvenescer.

Tyrash: mago do séquito de Kriss.

Uro: gnomo que forneceu a Theana uma poção milagrosa para curar a peste.

Veridônia: alga de floração fluorescente que cresce particularmente viçosa nos arredores de Orva.

Vigias: seita secreta, dissidente dos Irmãos do Raio.

Viverna: animal parecido com um dragão, mas desprovido de patas anteriores, cavalgadura predileta dos guerreiros élficos.

Yeshol: chefe da extinta Seita dos Assassinos, tentou ressuscitar Aster, mas foi morto antes de levar a bom termo a tentativa.

Zalênia: o Mundo Submerso, onde Ido e San procuraram abrigo quando estavam sendo perseguidos pela Guilda.

Zenthrar: mago do séquito de Kriss.

AGRADECIMENTOS

Enquanto escrevia os últimos capítulos deste livro, ia pouco a pouco sendo tomada por uma estranha sensação: aquela melancolia típica do fim das férias, a saudade que se experimenta quando uma fase da nossa vida se conclui.

Por dez anos, o Mundo Emerso tem sido para mim um lugar onde buscar refúgio. A trama na qual tecer as minhas fantasias e, ao mesmo tempo, soltar livremente as minhas obsessões. Ajudou-me a crescer, consolou-me acompanhando-me ao longo de etapas fundamentais na minha vida. Claro, ainda está vivo em mim, e haverá ocasiões, no futuro, para voltar a visitá-lo, mas sinto que chegou a hora de dar um tempo, de tentar outros caminhos.

Muitas coisas mudaram desde aquela noitinha em que, cansada dos estudos diários, comecei pela primeira vez a pensar em Nihal e no mundo onde ela vivia. Relendo os apontamentos de então, reencontro a estudante daquele tempo, a jovenzinha que, pela primeira vez, tinha de se ver com o mundo. Agora já sou adulta, tenho marido e uma filha. Assim como Adhara, de alguma forma encontrei a mim mesma, ainda que, na verdade, a gente nunca pare de procurar-se, pois do contrário deixaria de viver.

Mas, diante de tantas coisas que mudaram, felizmente muitas outras permaneceram iguais. Agora como então, há Giuliano, a primeira pessoa à qual quero agradecer. Não só está no centro da minha existência, como também se tornou indispensável para a minha escrita: sem os nossos brainstormings, *acredito que já não seria capaz de narrar histórias que façam sentido.*

Agora como então, os meus continuam sempre ao meu lado, incitando-me, incentivando-me, expressando suas críticas quando necessário e elogiando-me quando mereço, sem nunca pararem de dar suas dicas.

Sandrone está comigo desde o começo, uma boa parte daquilo que aconteceu nestes anos eu devo a ele; ensinou-me muita coisa e continua a fazê-lo, e espero que nunca pare.

Ainda estão comigo Fiammetta e todos aqueles que trabalham na editora: Massimo Turchetta, Alessandro Gelso, Fernando Ambrosi, Chiara Giorcelli, Nadia Focile, Alice Dosso, Teresa Ciancio, Sandra Barbui, pessoas fantásticas que com sua dedicação e seu profissionalismo ajudaram-me durante esses anos. Afinal de contas, a gente escreve um livro sozinha, sentada a uma escrivaninha, mas publicá-lo é um trabalho de equipe. Eu tenho a sorte de trabalhar com quem partilha comigo um sonho.

Um agradecimento a Andrea Cotti, Barbara Di Micco e à recém-chegada – pelo menos ao Mundo Emerso – Silvia Sacco Stevanella, que me ajudou a fazer sair a borboleta do casulo. Obrigada a Manola Carli pelas suas impagáveis observações. Obrigada ao meu agente Roberto Minutillo Turtur, que simplificou bastante a minha vida.

Não creio que os meus agradecimentos consigam jamais extinguir a minha dívida com Paolo Barbieri: tornou o Mundo Emerso um lugar verdadeiro, vibrante, enriqueceu-o com a sua fantasia e o seu talento, presenteando-me com desenhos lindos, capas fantásticas, e eu sei que uma boa parte do meu sucesso se deve a ele. Só preciso levantar a cabeça e cruzar com o olhar do nosso Ido, pendurado aqui, na parede, para sentir-me mais forte. Nunca me cansarei de dizer obrigada.

Agradeço aos meus amigos que me aguentam, me animam, me ajudam nos momentos mais difíceis: o afeto de vocês é, para mim, algo insubstituível.

Obrigada aos leitores, os verdadeiros artífices do que há de bonito no Mundo Emerso: partilhar estes anos com eles foi uma honra e um prazer. Espero que perdoem as minhas falhas e que continuem me proporcionando a sua confiança a cada nova história.

Last but not least – de fato – um grande beijo a Irene, que me mudou profundamente, que talvez sempre tenha existido na minha cabeça e na minha barriga, que me acompanhou fisicamente durante dois livros desta trilogia. Espero que algum dia possa amar as minhas histórias, amar visceralmente a leitura, e que, lendo estas páginas, possa sentir-se perto de mim assim como estamos agora.

Licia Troisi

Impressão e Acabamento:
GRÁFICA STAMPPA LTDA.
Rua João Santana, 44 - Ramos - RJ